ISABEL BERNSMANN

Kommissarin Moll und die Tote aus der Speicherstadt

TÖDLICHES VERSPRECHEN Eine junge Frau liegt bewusstlos und dem Koma nahe im Konferenzraum der Hamburger Bank »Severin und Partner«. Sie ist Mathematikerin und eine Angestellte des Hauses. Kurz darauf wird die Freundin des Junior-Chefs ermordet und auf grausame Weise in der ehrwürdigen Bank ausgestellt. Kommissarin Frederica Moll und ihr Partner Christian Lauterbach finden heraus, dass eine Projektgruppe junger Mathematiker für »Severin und Partner« eine verbesserte Version der Kryptowährung Bitcoin entwickelt, die sicherstellen soll, dass alle Transaktionen zu ihrem Ursprung zurückverfolgt werden können. Geldwäsche und Schwarzgelder in Millionenhöhe, die sich bis jetzt einer staatlichen Kontrolle entzogen haben, wären für die Behörden sichtbar. Aus der akademischen Übung wird schnell ein Spiel um Leben und Tod, als Spekulanten und Kriminelle aus dem organisierten Verbrechen die Jagd auf die Programmierer eröffnen. Ein Spiel, das Kommissarin Frederica Moll unter allen Umständen gewinnen muss, um weitere Morde zu verhindern.

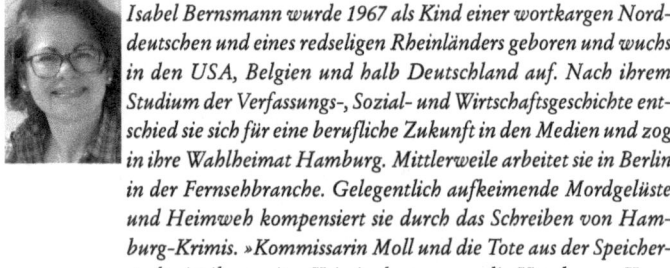

Isabel Bernsmann wurde 1967 als Kind einer wortkargen Norddeutschen und eines redseligen Rheinländers geboren und wuchs in den USA, Belgien und halb Deutschland auf. Nach ihrem Studium der Verfassungs-, Sozial- und Wirtschaftsgeschichte entschied sie sich für eine berufliche Zukunft in den Medien und zog in ihre Wahlheimat Hamburg. Mittlerweile arbeitet sie in Berlin in der Fernsehbranche. Gelegentlich aufkeimende Mordgelüste und Heimweh kompensiert sie durch das Schreiben von Hamburg-Krimis. »Kommissarin Moll und die Tote aus der Speicherstadt« ist ihr zweiter Kriminalroman um die Hamburger Kommissare Moll und Lauterbach.

ISABEL BERNSMANN

Kommissarin Moll und die Tote aus der Speicherstadt

KRIMINALROMAN

GMEINER

Personen und Handlung sind frei erfunden.
Ähnlichkeiten mit lebenden oder toten Personen
sind rein zufällig und nicht beabsichtigt.

Immer informiert

Spannung pur – mit unserem Newsletter informieren wir Sie
regelmäßig über Wissenswertes aus unserer Bücherwelt.

Gefällt mir!

Facebook: @Gmeiner.Verlag
Instagram: @gmeinerverlag
Twitter: @GmeinerVerlag

Besuchen Sie uns im Internet:
www.gmeiner-verlag.de

© 2023 – Gmeiner-Verlag GmbH
Im Ehnried 5, 88605 Meßkirch
Telefon 0 75 75 / 20 95 - 0
info@gmeiner-verlag.de
Alle Rechte vorbehalten
1. Auflage 2023
Originalausgabe erschienen 2020 im Eigenverlag der Autorin,
© Isabel Bernsmann

Lektorat: Susanne Tachlinski
Herstellung: Mirjam Hecht
Umschlaggestaltung: U.O.R.G. Lutz Eberle, Stuttgart
unter Verwendung eines Fotos von: © Claudio Testa / unsplash
Druck: GGP Media GmbH, Pößneck
Printed in Germany
ISBN 978-3-8392-0367-5

Für Peter

11. Mai 2018, 2.30 Uhr
Gotthardstraße 43, Zürich, Schweiz

Urs wischte sich müde über das Gesicht und trat sofort wieder in die Pedale. Er spielte nervös mit der Gangschaltung und zwang seine Augen, die regennasse Straße vor sich zu fixieren. Er schüttelte den Kopf. Das alles konnte nur Einbildung sein. Der Schnaps war schuld, das musste es sein. Als Strafe für seine Disziplinlosigkeit würde er seinen Konsum an Horrorfilmen, insbesondere denen von John Carpenter, in nächster Zeit einschränken. Er fixierte weiter die Straße, während seine Beine nur zögerlich vorwärtstraten. Vielleicht war es einfach zu leer auf den Straßen. »Massive Attack« würde ihm jetzt guttun. Über seine Ambient-Kopfhörer steuerte er »Unfinished Sympathy« an und erhöhte seine Trittfrequenz.

Er schaffte gerade mal zehn Meter, bevor er wieder nach dem Wagen suchte. Dieser Blick über die Schulter hatte sich zu einer zwanghaften Handlung entwickelt, seitdem er das riesige schwarze Ungetüm zum ersten Mal gesehen hatte. Es war vor der Kneipe aufgetaucht und hatte sein Fahrrad mit einem grellgelben Lichtkegel markiert. Ihm war der riesige Kühlergrill aufgefallen, der wie ein Rammbock vor der Motorhaube hing und von den kreisrunden Scheinwerfern, wie von zwei Leibwächtern, umrahmt wurde. Er hatte das alberne Ding ignoriert und sich, leicht schwankend von den vier Bier, auf den Weg nach Hause gemacht. Er konnte sich nicht erinnern, wann die gelben Schatten angefangen hatten, ihn zu jagen. Er wusste nur, dass sie immer wieder hinter ihm aufgetaucht waren, egal, wie oft er um eine Ecke verschwunden war.

Instinktiv hielt er an und sah sich wieder um. Da waren sie. Die gelben Lichter blieben kurz stehen und fuhren dann langsam an ihm vorbei. Der Nieselregen malte dunkle Schlieren auf die Scheiben, sodass er den Fahrer nicht erkennen konnte. Gab es überhaupt einen Fahrer, oder war das Ding direkt aus der Hölle gekommen? Er schwang sich wieder auf den Sattel und konzentrierte sich auf die Musik. »You're the book that I have opened ...«

Der Wagen war einige Straßen weiter nach links abgebogen. Urs atmete tief ein und trat wieder schneller in die Pedale. Er konnte ja noch nicht einmal mit Sicherheit behaupten, dass es immer derselbe Wagen war. Warum auch? Wer sollte es auf ihn abgesehen haben? Claires Verschwörungstheorien konnte er nicht ernst nehmen. Sie war immer schon misstrauisch gegen alles und jeden gewesen, doch seit sie in Deutschland diesen Bankjob angenommen hatte, fühlte sie sich regelrecht verfolgt. Ihre gemeinsame Forschungsarbeit an den Kryptowährungen hatte bereits darunter gelitten, weil die herausragende Mathematikerin Claire Muller Gespenster sah.

Plötzlich hörte er einen Motor hinter sich aufheulen. Seine Füße verloren ihren Tritt und sein rechter Knöchel schlug schmerzhaft gegen die Pedale. Sein Körper bemühte sich, sein Gleichgewicht auf dem Rad zu halten, während sein Kopf panisch versuchte, ihn vor dem gelben Abgrund zu retten, der hinter ihm auf ihn zuraste. Die Feuchtigkeit hatte die Scheinwerfer des Wagens zu riesigen Schlünden aufgezogen, die ihn bereits umhüllten. Verzweifelt trat er gegen seinen kaputten Dynamo, der sich auch durch die rohe Behandlung nicht wieder zum Leben erwecken ließ. Urs suchte erneut sein Gleichgewicht und trat schneller und schneller zu dem Trip-Hop-Stück in die Pedalen, bis er doppelt so schnell war wie der Beat. Der gelbe Nebel wurde blasser, und obwohl ihm plötzlich speiübel wurde, verringerte er sein Tempo nicht mehr. Die Erkenntnis durchfuhr ihn wie ein Schnitt ins eigene Fleisch. Claire hatte recht gehabt.

Schneller und schneller, lauter und lauter. LIKE A SOUL WITHOUT A MIND! Bloß nicht darüber nachdenken, weg von der Straße. Nach Hause, die Tür abschließen und sich im Bett verkriechen. Und auf den Morgen warten. Ein heftiger Schmerz durchfuhr sein rechtes Bein. Er war wieder aus dem Takt geraten und diesmal mit dem linken Fuß von der Pedale gerutscht.

Er wollte nicht glauben, dass ihm jemand durch die Züricher Nacht mit der Absicht folgte, ihn zu töten. Aber vielleicht wollte derjenige ja nur reden? Wenn er ihm alles sagte, was er wüsste, dann würde doch wieder alles gut werden?

Ihm war mittlerweile kalt und sein Hemd klebte ihm unangenehm am Rücken, als er zu »Really hurt me, baby!« endlich in die Gotthardstraße abbog. Sofort sah er die Frau, die in gekrümmter Haltung vor dem Grünstreifen stand und auf die er in gerader Linie zuhielt. Neben ihr saß ein Hund, der ihn lustlos anzustarren schien. Sollte er sie um Hilfe bitten? Aber er hatte es nicht mehr weit und die Lichter waren ihm seit einigen Minuten nicht mehr gefolgt. Er umrundete das Pärchen schneller, als er »how can you have a day without a night?« brüllen konnte, und verschwand in die Nacht. Diesmal hatte er sich nicht umgesehen.

Christiane Semmling kniff ihre Augen zusammen. Schlaflosigkeit war eine Geißel, die sich gegenüber den anderen Wehwehchen, die ein 85 Jahre alter Körper produzierte, gerne als Königin aufspielte. Da war es fast Schicksal, dass ihre Sandy ihr Wasser nicht mehr halten konnte und sie zu jeder Tages- und Nachtzeit vor die Tür zerrte. Wenigstens war es nachts angenehm leer auf den Straßen.

Doch was war das? Missbilligend formten sich ihre Augenbrauen zu gekrümmten Fragezeichen. Waren das die Umrisse eines dunkel gekleideten Fahrradfahrers, der aus der Glärnischstraße in gerader Linie auf sie zugefahren kam? Konnte er sie überhaupt sehen, ohne Licht? Irritiert hörte sie, wie er lautstark sang. Falls er damit andere Verkehrsteilnehmer warnen wollte, war ihm das hiermit gelungen. Sie zog Sandy an der Leine näher zu sich, als der Fahrradfahrer in einer ausladenden Bewegung an ihnen vorbeifuhr.

Sie konnte seinem rhythmischen Gebrüll noch einen Moment folgen, bevor es durch einen lauten Knall abrupt endete. Erschrocken sah sie die Straße hinunter. Der Regen hatte etwas zugenommen und ihre Augen konnten im engen Lichtkegel der Straßenlaterne wenig ausmachen. Aber es war ein zufriedener Knall gewesen, so, als wenn jemand mit einem Stock gegen eine riesige Mülltonne aus Eisen geschlagen hätte. Sie drehte sich um und zog wieder ungeduldig an der Leine. Drei Straßenlaternen weiter war ein dunkler SUV kurz stehen geblieben, um sie mit seinen roten, geschlitzten Rücklichtern abschätzen zu können, machte einen U-Turn und bog dann mit quietschenden Reifen wieder in die Claridenstraße ab, von wo aus er sein Opfer abgefangen hatte. Frau Semmlings Augen suchten beunruhigt die Fahrbahn ab. Doch vom Fahrradfahrer fehlte jede Spur.

»Sandy, komm, lass uns nachsehen, was passiert ist.«

Sie fanden ihn an der nächsten Straßenecke, zusammengekrümmt auf dem Asphalt. Das Fahrrad lag einige Meter entfernt, grotesk verbogen, als wollte es sich über seinen Besitzer lustig machen. »Sandy, Platz!«, befahl Frau Semmling und beugte sich über den Mann. »Können Sie mich hören?«

Der Mann hörte auf zu wimmern, aber er antwortete nicht. Sie zog ihr Handy aus der Hosentasche und wählte den Notruf. Sie versuchte noch einmal, mit dem Mann zu sprechen. Doch seine Atmung war bereits zu flach. Im Licht der Straßenlaterne konnte sie einen kleinen Gegenstand erkennen, der hinter dem Verletzten im Rinnstein glitzerte. Sie ging um den Mann herum, nahm es auf und hielt es ins Licht. Es sah aus wie ein Schlüsselanhänger, nur ohne Schlüssel. Ein kleiner, weißer Terrier, der unnatürlich in die Länge gezogen war, als wollte er zu einem weiten Sprung ansetzen. Irgendwo hatte sie das Tier schon einmal gesehen. In einem Buch vielleicht?

Der Mann stöhnte auf. Sie ließ den Anhänger achtlos zu dem Handy in ihre Hosentasche gleiten, nahm die Hand des Fremden und sprach beruhigend auf ihn ein.

Nach endlosen Minuten traf der Notarzt ein. Gespenstisch flackerte das Blaulicht seines Wagens durch die dunkle Nacht. Sandy fiepte leise.

Um 3.10 Uhr konnte der Arzt nur noch den Tod von Dr. Urs Wendeler feststellen. Todesursache war ein Schädelhirntrauma, verbunden mit schweren inneren Verletzungen und einem gebrochenen Halswirbel.

KAPITEL 1

Einen Monat später

Der Wachmann Jürgen Minski reckte seine Arme nach oben und sah sich in der Reflexion seines Glaskastens genüsslich beim Gähnen zu. Endlich 23 Uhr. Gleich würde er zu seiner letzten Runde aufbrechen. Er musste keine Übergabe machen, da der Wachmann für die frühen Morgenstunden bereits vor Jahren wegrationalisiert worden war. Er konnte also in einer Stunde das Licht ausmachen, die Türen abschließen und ins verdiente Wochenende verschwinden. Und mit ein bisschen Glück würde Monika noch da sein, bevor ihre Schicht im Krankenhaus begann ... Er gähnte genüsslich ein zweites Mal, nahm die Taschenlampe in die linke Hand, schob mit der rechten ein Wurstbrot in den Mund und machte sich auf den Weg.

Die Büroräume des Finanzhauses Severin & Partner lagen in der Speicherstadt des Hamburger Hafens. Was von außen immer noch nach einem alten Fabrikgebäude aus dem 19. Jahrhundert aussah, war im Inneren zu einem modernen Bürobau mit einem großen Atrium umgebaut worden. Fast alle Innenwände waren aus Glas. Die Etagen, die man teilweise über das Foyer einsehen konnte, verband ein gläserner Fahrstuhl. Im Eingangsbereich hatte man im klassischen Hamburger Understatement ein paar Chesterfield-Ledergarnituren um einen eleganten Springbrunnen platziert. Teile der Fassade und des Mauerwerkes waren kunstvoll in den Umbau integriert worden, was selbst einem architektonischen Laien wie Jürgen Minski positiv aufgefallen war. Er konnte die bunt bedruckten Kaffeesäcke, die hier jahrhundertelang gelagert worden waren, noch förmlich riechen. Aber eine gelungene Fusion zwischen alter Hanse und der Moderne interessierte den fußlahmen Wachmann weniger als die offenen Korridore, die man bequem von Weitem einsehen konnte, ohne sie ganz hinuntergehen zu müssen.

Schnaufend stieg er durchs Treppenhaus. Die Büros der Banker lagen verwaist auf den Fluren. Um Milliarden zu verschieben, benötigte man nur noch ein Smartphone. Doch als er im vierten Stock die Brandschutztür aufstieß, sah er im Konferenzraum noch Licht. Die Investmentbankerin, mit der er sich am frühen Abend unterhalten hatte, hatte wohl vergessen, es auszumachen. Typisch, diese Jugend von heute. Nichts war für die von Wert, wofür andere hart arbeiten mussten.

Der Konferenzraum verfügte über einen Sichtschutz, der jetzt vollständig zugezogen war. Jürgen Minski wollte eigentlich nur die schwere Glastür einen Spalt öffnen, nach dem Schalter tasten, das Licht löschen und weitergehen. Stattdessen blieb er, wie angewurzelt, im Türrahmen stehen. Mit der Präsenz eines anderen Menschen hatte er nicht gerechnet. Am Kopfende des langen Konferenztisches saß noch jemand. Er fuhr sich durch die Haare. Vielmehr, lag da noch jemand. Der Oberkörper war längs über den Tisch gefallen und die Arme hingen schlaff zur Seite herunter, als hatte derjenige vorgehabt, den schweren Konferenztisch alleine anzuheben. Vor dem Körper lagen ein Notebook und ein aufgeschlagener Notizblock. Die Person war zu weit weg, als dass er hätte sagen können, wer sie war und was sie genau da trieb, aber der Kleidung nach zu urteilen schien es die Investmentbankerin zu sein. Unschlüssig blieb er an der Tür stehen. Sollte er rufen? Er entschied sich zunächst für ein lautes Räuspern. Keine Reaktion.

»Guten Abend, ich wollte Sie nicht stören«, sagte er als Nächstes, sehr laut und sehr deutlich, aber immer noch reagierte sie nicht. Dann fasste er sich ein Herz und ging zu ihr. Zaghaft schüttelte er sie an der Schulter. Nichts. Er ging um sie herum und sah ihr ins Gesicht. Ihre Augen waren geschlossen und ihre Gesichtszüge entspannt. Nichts an ihr war irgendwie auffällig, außer, und das nahm er mit wachsender Besorgnis wahr, dass sie nicht mehr zu atmen schien. Er legte seine Finger an ihren Hals, um nach ihrem Puls zu fühlen, aber er war sich nicht sicher, ob er in seiner Aufregung nur seinen eigenen zählte. Verunsichert musterte er sie einige Sekunden länger. Sie war ein so junges Ding, an einen Herzinfarkt oder Schlaganfall wollte er nicht glauben. Vielmehr hörte man ja immer davon, wie exzessiv diese Leute feiern konnten. Champagner und Koks gehörten zu den Grundnahrungsmitteln, sagte man. Er kannte sich mit solchen Dingen nicht aus und hatte Angst, etwas zu unternehmen, was dem Ruf des Bankhauses schaden könnte. Er mochte seinen ruhigen Wachjob, mit dem er seine Rente aufbessern konnte, und wollte ihn nicht gleich wieder verlieren. Langsam wurde er ärgerlich. Schlief sie nur ihren Rausch aus oder musste er doch einen Arzt rufen?

Er überlegte immer noch, was er tun sollte, als er sich plötzlich an das erinnerte, was ihm der Chef der Sicherheitsabteilung, Martin Terborn, bei seinem Antrittsbesuch gesagt hatte: *Wenn irgendetwas, und ich meine irgendetwas, Ungewöhnliches passieren sollte, rufen Sie mich jederzeit an, auch wenn Sie es nicht für wichtig halten.*

Aber sollte er ihn hierfür anrufen? War es etwas Ungewöhnliches? Er sah noch einmal auf die leblose Bankerin, die sich so nett mit ihm unterhalten hatte. Ach, was soll's, und wenn der Arzt ihr nur wegen ihrer Drogensucht ins Gewissen redet, wäre das sicherlich auch gut. Also griff er zu seinem Handy und wählte die Nummer der Feuerwehr. Dann warf er einen letzten Blick auf die Frau und machte sich auf den Weg ins Foyer, um die Nummer vom Sicherheitschef zu suchen.

Während es klingelte, spürte er seinen Puls bis hoch in die Schläfen. Niemand hatte ihm beigebracht, wie man mit dem obersten Chef sprach. Als seine Aufregung den Höhepunkt erreichte, bellte ihn die Stimme von Martin Terborn an.

»Ja?«

Jürgen Minski musste erst einmal schlucken. Was hatte sein Kollege gesagt? *Pass auf den auf, mit dem ist nicht gut Kirschen essen. Wenn dem nicht passt, wie du deinen Job machst, bist du ganz schnell weg vom Fenster, SecurTec hin oder her.* »Guten Abend, Herr Terborn, hier ist Jürgen Minski von der Sicherheitsfirma. Ich sollte mich bei Ihnen melden, wenn etwas Ungewöhnliches passiert …«

»Minski … ach ja, ich erinnere mich, Sie sind der neue Wachmann aus der Nachtschicht. Ist etwa eingebrochen worden?« Das Bellen schlug in Belustigung über. »Oder haben einige unserer Erfolgsbanker ihren Abschluss mal wieder zu heftig gefeiert?«

Also hatte er recht mit seiner Vermutung. Er setzte sich erleichtert auf seinen Stuhl. »Eingebrochen wurde wahrscheinlich nicht.«

Er bereute seine Antwort sofort. Das Bellen nahm einen scharfen Ton an. »Was heißt hier ›wahrscheinlich‹? Sie werden doch wohl Einbruchspuren erkennen können? Womit haben Sie noch mal vor Ihrer Rente Ihr Geld verdient?«

Jürgen Minski konnte sich nicht erinnern. Er hätte am liebsten aufgelegt und den Job hingeschmissen. Aber er dachte an Monika und die Kreuzfahrt, die sie sich schon so lange wünschte, und riss sich zusammen. »Tut mir leid, ich meine, da liegt eine Frau im Konferenzraum im vierten Stock, ich glaube, sie ist im Investment tätig. Sie ist nicht ansprechbar.«

Er konnte Terborn langsam ein- und ausatmen hören, bevor dieser weitersprach. »Ist sie tot?«

»Ich … ich glaube nicht …«, stammelte er in den Hörer. »Ich habe gerade den Notarzt gerufen und warte jetzt im Foyer. Haben Sie noch Anweisungen für mich?«

»Sie ist aus dem Investment?«

Verzweifelt versuchte der Wachmann, sich an den Namen der jungen Frau zu erinnern. Hatte sie ihn überhaupt gesagt? »Ich weiß ihren Namen leider nicht, aber Herr Bornheim junior hatte mir beim Gehen gesagt, dass eine Dame aus dem Investment noch länger machen würde.«

Martin Terborn räusperte sich. »Oh mein Gott, das kann nur Claire Muller sein. Haben Sie sonst noch jemanden gesehen?«

»Nein, Herr Bornheim junior war der Letzte um 20.30 Uhr, das heißt, er meinte, dass – Frau Muller? – noch eine oder zwei Stunden bleiben würde. Ich habe gedacht, sie wäre schon längst weg. Außer ihr ist niemand mehr hier.«

»Gut, gut … Tun Sie erst einmal nichts, ich werde Sie in fünf Minuten wieder anrufen. Und leisten Sie Erste Hilfe, Mann, das werden Sie ja wohl gelernt haben. Aber ansonsten fassen Sie nichts an.«

Nichts anfassen? Bevor Jürgen Minski sich über die Ansage wundern konnte, hatte Martin Terborn bereits aufgelegt.

KAPITEL 2

Das Abendessen bei ihrer Mutter hatte kein Ende nehmen wollen. Die anderen Gäste waren bereits vor einer Stunde gegangen, doch ihre Mutter hatte sie gebeten, noch etwas zu bleiben. Frederica fühlte sich zunehmend unwohl und leitete den Abschied ein. »Danke, Mama, aber ich muss jetzt los. Ich habe Bereitschaft, da darf ich sowieso keinen Alkohol trinken.« Frederica Moll sah abweisender aus als nötig, um sich gegen die neuen Vorhaltungen zu rüsten, die gleich auf sie niederprasseln würden. Zur Sicherheit verschränkte sie noch die Arme vor der Brust. Aber ihr war klar, dass das alles nur unzureichende Sicherheitsmaßnahmen gegen eine Freya Moll, geborene Anckelmann, sein würden. Was sie im wirklichen Leben keine Mühe kostete, nämlich die Welt auf Abstand zu halten, konnte ihr bei ihrer Mutter, mit der sie neun Monate in symbiontischer Beziehung gelebt hatte, niemals gelingen. Sie legte ihre Hände auf den Esstisch und suchte einen Fluchtpunkt in ihrer leeren Kaffeetasse, die seit dem Dessert nicht mehr aufgefüllt worden war.

»Rufbereitschaft. Nach dem Tod deines Vaters hatte ich eigentlich gedacht, diese Ausrede nie mehr hören zu müssen. Soll ich dir noch Kaffee bringen lassen?«

Wenn ihre Mutter doch wenigstens nicht so scharfsinnig wäre. Frederica fühlte immer noch den Selbstmord ihres Vaters, Klaus Moll, der sich vor 20 Jahren erschossen hatte. Falls er sich erschossen hatte. Er war ein guter Polizist und Vater gewesen. Und kein Feigling. Sie sah ihrer Mutter ins Gesicht. Es war ihr eigenes und sie fragte sich, warum sie nicht einfach mitspielte. »Bitte bemühe dich nicht, ich muss wirklich gehen. Bei dem Wetter werden es sicherlich wieder einige Leute für eine gute Idee halten, sich mit einem Kopfsprung ins Flachwasser der Alster abkühlen zu wollen.«

Ihre Mutter wirkte ernsthaft verwirrt. »Wäre das denn ein Fall für die Mordkommission? Oder bist du da jetzt auch nicht mehr? Was mir Henning von deiner letzten Festnahme berichten musste, war wirklich alles andere als vorteilhaft.«

Frederica zuckte zusammen. Ihre Mutter besaß das Talent, ihre Version der Geschichte zu den unmöglichsten Gelegenheiten hervorzuholen und sie damit aus dem Gleichgewicht zu bringen. Die sie natürlich von »Henning« hatte. Henning Marquardt. Senator für Inneres und Sport und damit ihr ranghöchster Chef, ehemaliger Partner ihres Vaters und guter Freund der Familie. »Alles andere als vorteilhaft? Ich wäre fast ermordet worden!« Sie konnte sich nicht länger beherrschen und setzte schnippisch nach: »Wenn ein Apotheker, der jahrelang durch das Strecken von Medikamenten den Tod Hunderter von Menschen in Kauf genommen hat, dich entführt und zu töten versucht, ist das sicherlich wenig vorteilhaft.« Sie sah in die amüsierten Augen ihrer Mutter und sofort wieder in die Kaffeetasse. Langsam zählte sie bis zehn, visualisiert in Form von bunten Geburtstagskerzen, wie sie es sich in der Lehranalyse, der sich jeder in seiner Ausbildung zum Psychoanalytiker unterziehen musste, beigebracht hatte. »Ja, ich bin noch bei der Mordkommission und nein, über die Leitung einer Cold Case Unit ist noch nicht entschieden worden.« Und dabei konnte es auch bleiben, wenn es nach ihr ginge. Eine Beförderung, von der ihre Mutter ausging, dass sie sie ihrem Einfluss auf Marquardt zu verdanken habe, musste sie zwangsläufig ablehnen.

Nach dem Tod ihres Vaters war für sie klar gewesen, dass sie nicht in seine Fußstapfen treten wollte, und war Psychoanalytikerin geworden. Doch je älter sie geworden war und je mehr eingebildete Kranke in ihre Praxis gekommen waren, umso intensiver hatte sie das Bedürfnis gespürt, ihm und seiner Arbeit nahe zu sein. Es war ihr egal gewesen, dass es Henning Marquardt gewesen war, der sie zur Mordkommission geholt hatte. Er fand, dass eine Psychoanalytikerin dem Dezernat gut zu Gesicht stehen würde, und sie hatte nicht widersprochen. Doch sie wusste, dass er damit eine eigene Agenda verfolgte. Zuerst war es nur eine Ahnung gewesen, doch seit vor ein paar Monaten ihr damaliger Vorgesetzter, Hauptkommissar Christian Lauterbach, bei dem Einsatz um die Überführung des Apothekers lebensgefährlich verletzt und zunächst für tot gehalten worden war, war sie sich sicher: Henning Marquardt wollte sie unter Kontrolle halten. Sie wusste nur noch nicht, warum.

Zunächst hatte sie fälschlicherweise Christian verdächtigt, im Auftrag Marquardts ihre Bewegungen zu überwachen. Diese Fehleinschätzung hätte ihn fast das Leben gekostet.

Es sei ihre Schuld gewesen, war die gängige Aussage unter den Kollegen. Sie habe ohne Christians Einwilligung weiter in dem Fall recherchiert und den Apotheker alleine konfrontiert, während Christian ein Lagerhaus überprüft hatte. Wäre sie bei ihm gewesen, hätte man ihn nicht überfallen, ihm ein Messer in die Seite gerammt und ihn – im Glauben, er sei tot – in die Elbe geworfen.

Freya Moll strich sich eine Strähne ihres perfekt gefärbten Bobs aus dem Gesicht und schenkte sich Champagner nach. »Die arme Marion. Gut, dass sie das nicht mehr erleben musste. Drei Generationen im Apothekergewerbe und nun das. Ihr Sohn lebenslänglich im Gefängnis.« Sie sah ihre Tochter nachdenklich an. »Trotzdem verstehe ich nicht, warum du seine Verhaftung nicht jemand anderem überlassen konntest. Jemandem, der sich mit so was auskennt.« Sie trank einen Schluck. »Und der keine andere Wahl hat, als zu gehorchen.«

Der das Geld braucht, wolltest du doch sagen, aber darüber spricht man natürlich nicht. »Mama, ich habe dir doch schon erklärt, dass wir nicht genügend Beweise hatten, um ihn verhaften und anklagen zu können. Ich musste improvisieren. Sonst hätte er weiter Chemotherapien mit Kochsalzlösung gestreckt und unzähligen Krebspatienten die Aussicht auf Heilung genommen. Um einen Narzissten überführen zu können, muss man ihn über seine Selbstwahrnehmung provozieren.«

»Und dich dabei in Lebensgefahr bringen? Ich bitte dich. Musste das sein?«

Kein »Ich mache mir Sorgen um dich« …

»Weil er versucht hat, mich zu töten, konnte die Staatsanwaltschaft einen Durchsuchungsbeschluss ausstellen und ihn aufgrund eines Indizienprozesses verurteilen. Dafür waren doch die beiden Verweise, die ich erhalten hatte, ein angemessener Tausch.«

»Und die Suspendierung.«

Jetzt musste Frederica lächeln. »Ja, Mama, das hast du prima mit Marquardt eingefädelt. Eine Suspendierung, die zeitlich so schön passend mit meiner Rekonvaleszenz zusammengefallen ist. Und bevor du wieder fragst: Ich habe Christian nur einmal, kurz nachdem sie ihn gefunden hatten, gesehen. Ich habe mich bei ihm für meine unprofessionelle Vorgehensweise entschuldigt und seitdem nicht mehr mit ihm gesprochen.« Sie zerknüllte ihre Serviette und zog sie wieder glatt. »Er ist immer noch in der Reha und will mich nicht sehen.«

»Ich will dich nie wiedersehen«, waren seine genauen Worte.

Sie konnte sich den trotzig wirkenden Zusatz nicht verkneifen: »Zufrieden?«

Freya Moll blieb unbeeindruckt. »Kollegen kommen und gehen, habe ich mir sagen lassen. Aber vielleicht hättest du etwas länger Urlaub nehmen sollen. Du wirkst noch angespannt.« Sie dachte kurz nach. »Wie lange liegt der Vorfall jetzt zurück? Fünf Monate? Ist denn jetzt genug Gras über die Angelegenheit gewachsen? Soll ich Henning noch einmal auf die Cold-Case-Abteilung ansprechen? Es wird Zeit, dass du in deinem Alter endlich eine Abteilung übernimmst, sonst ist es bald zu spät.«

Die Serviette wurde wieder zu einem Ball. »Ich bin erst 38. Kann Steffen für deine Freundinnen nicht mit sportlichen Highlights dienen?«

Freya trank noch einen Schluck. »Sei nicht unappetitlich. Dein Bruder wird schon noch Kapitän seines Eishockeyteams. Ich könnte über eine Spende nachdenken. Aber vielleicht wird er auch abgeworben? Dann wäre das hinausgeworfenes Geld. Schade, dass er keine Freundin hat. Dass ich von dir keine Enkel zu erwarten habe, hast du mir ja deutlich gemacht. Aber Steffen sollte nicht kinderlos bleiben. Er wäre so ein liebevoller Vater.«

Frederica war die gedanklichen Sprünge ihrer Mutter gewohnt. Trotzdem war sie ratlos, was ihre Mutter meinte. Was stellte sie sich unter »Enkel haben« vor? Sie einmal in der Woche zum Tee begrüßen? »Noch ist es bei mir ja nicht zu spät. Und habe ich jemals gesagt, dass ich keine Kinder will?«

Freya Moll sah ihre Tochter verwundert an. »Hast du nicht? Wie merkwürdig. Hast du denn einen Mann?«

»Oh Mama, musst du denn …« Frederica wurde durch den Ruf eines Käuzchens erlöst. Sie sah auf das Display ihres Telefons. Der Kriminaldauerdienst. Sie konnte ihr Glück kaum fassen, als sie ihrer Mutter ein wichtiges Gespräch signalisierte und in den Flur trat.

※

»Du bist ja weiß wie eine Wand. Ist etwas passiert?« Terborns Freundin Inge, mit der er zusammenlebte, war, mit einem aufgeschlagenen Buch in der Hand, ins Wohnzimmer zurückgekommen. »Wer ruft denn so spät noch an?«

Martin sah geistesabwesend hoch. Das Telefonat mit diesem idiotischen Wachmann hatte seine alten Instinkte, die er glaubte, gut weggeschlossen zu haben, wieder geweckt. Er erinnerte sich an das Gespräch mit Robert Bornheim, das sie vor etwa einem Jahr geführt hatten und das jetzt wie ein Marktschreier um seine Aufmerksamkeit buhlte. Es war sein Einstellungsgespräch gewesen und Robert hatte ihm gerade seine zukünftigen Aufgaben als Sicherheitschef in der Privatbank seiner Familie erklärt, als dieser plötzlich leiser geworden war und sich zu ihm vorgebeugt hatte. Es hatte etwas nach Verschwörungstheorie und Paranoia geklungen, irgendetwas mit Bankgeschäften im Netz, was Martin kaum interessiert hatte. Jetzt aber rekapitulierte er in Sekundenschnelle die wesentlichen Inhalte des Gesprächs, die sein Unterbewusstsein für ihn katalogisiert hatte. Es war um virtuelle Währungen und deren Potenzial in einem modernen Finanzmarkt gegangen, der keine staatlichen Reglementierungen dieser Kryptowährungen kannte. Viel konnte er zwar immer noch nicht damit anfangen, aber irgendetwas davon hatte ihn gerade getriggert.

»Claire Muller hatte einen Zusammenbruch in der Bank.«

»Claire, die Rechenmaschine?«

Martin sprach nicht häufig von seinem Job, aber ein paar Anekdoten konnte ihm seine scharfsinnige Lebensgefährtin regelmäßig aus der Nase ziehen. »Ja, das Mathegenie, das Robert aus London mitgebracht hat. Aus dem Investment.« Er runzelte die Stirn. »Am Montag müssen sie für eine Präsentation nach London.«

»Und mit der stimmt jetzt was nicht?«

»Mit Claire oder mit der Präsentation?« Als er Inges vorwurfsvolle Miene sah, wurde er wieder sachlich. »Der Notarzt wird sich um Claire kümmern. Nur glaube ich irgendwie nicht, dass sie an Erschöpfung leidet.«

»Wer sagt das denn?« Inge setzte sich zu ihm aufs Sofa. »Vielleicht hat sie sich ja einen Virus eingefangen, kuriert sich aufgrund dieses Termins nicht aus und bekommt jetzt die Quittung. Ist mir in der Werbeagentur auch schon passiert.«

Martin schüttelte den Kopf. »Das meine ich nicht. Ich glaube, dass da etwas anderes dahintersteckt. Robert hat um diese Präsentation einen Riesenwirbel gemacht. Alles ist sehr geheim, auch mir hat er nichts gesagt. Nur, dass die Zukunft der Bank auf dem Spiel stehe. Und der Senior nichts davon wisse.«

Inge legte das Buch zur Seite. Sie sah ihren Freund nachdenklich an. »Der Chef weiß nichts von einem superwichtigen Meeting und die, die das Ganze vorbereitet, ist umgekippt. Da ist wohl ein Vater-Sohn-Gespräch fällig. An deiner Stelle würde ich mich da raushalten.«

»Ich bin der CSO, wie du sehr wohl weißt. Und als Chief

Security Officer einer Privatbank trage ich in erster Linie die Verantwortung für die Sicherheit unserer Mitarbeiter im In- und Ausland, dann erst für die technischen Einrichtungen. Ich werde jetzt also Robert anrufen und dann schleunigst in die Bank fahren.«

Inge legte Martin die Hand auf den Arm. »Übertreibst du nicht etwas? Geht es wirklich um alles? Du bist nicht mehr bei der KSK, wo es wirklich um Leben und Tod ging.« *Und es ist gut, dass du da weg bist.* »Wie wichtig kann schon eine Präsentation sein, an der eine Person arbeitet? Glaub mir, ich kenne mich da aus. Ist es sinnvoll, ihn jetzt schon anzurufen? Ich tippe auf einen Infekt, also nichts, was ein paar Tage Bettruhe nicht heilen könnten.«

»Robert hat mich eingekauft, eben weil ich ein Ex-Soldat bin. Bei meinen Einsätzen ging es nicht nur darum, Leben zu retten, sondern auch um das Erreichen von strategischen Zielen. Robert hat einen klaren Kopf, er wird nicht gleich durchdrehen.« Er nahm sein Handy wieder auf und grinste sie an. »Aber du hast recht, um seinen Vater muss er sich alleine kümmern.«

*

Die Stimme des Juniorchefs klang verwundert. »Martin? Ist etwas passiert?«

»Der Wachmann hat angerufen. Claire soll es nicht gut gehen. Sie ist im Konferenzraum zusammengebrochen und nicht ansprechbar. Ich mache mich gleich auf den Weg und melde mich dann, wenn ich Näheres weiß.«

Roberts Verwunderung schlug in Verständnislosigkeit um: »Was sagst du da?«

Martin ging zur Wohnungstür. »Ich weiß, viel an Information ist das nicht, aber ich bin bereits auf dem Weg. Vielleicht ist es ja auch nur eine Verwechslung.«

»Eine Verwechslung? Der Wachmann ist sich also nicht sicher, ob es Claire ist?«

»Der Wachmann ist neu. Aber wie dem auch sei, einer Person scheint es auf unserem Konferenztisch im vierten Stock nicht gut zu gehen.« Martin zögerte kurz. »Es war doch richtig, dich anzurufen?«

»Ja, natürlich.« Robert Bornheim schien die Neuigkeit noch zu verarbeiten. »Oh Scheiße, wenn das wirklich Claire ist, dann haben wir ein riesiges Problem. Das weißt du, oder?«

Martin war sich da nicht so sicher. Vielleicht war es auch viel mehr als das. Aber eines nach dem anderen. »Ich melde mich wieder.«

Robert Bornheim sah auf die Uhr. Fast Mitternacht. Was hatte Claire noch so spät im Büro zu suchen gehabt? Sie hatten sich gegen 20.30 Uhr voneinander verabschiedet. Claire hatte noch ein letztes Mal die Positionen durchgehen und kleinere Fehler ausmerzen wollen. Länger als bis 22 Uhr hätte das nicht dauern dürfen. Wie lange hatte sie wohl schon so dagelegen? Und wo war der Wachmann die ganze Zeit über gewesen?

Ihre Arbeit. Ihm trat kalter Schweiß auf die Stirn. Er hätte sie nicht alleine lassen dürfen. Oder wenigstens Martin Bescheid sagen müssen. Sollte Claire etwas zugestoßen sein, stünde nicht nur alles, was er seit Beginn seiner aktiven Laufbahn in der Bank seines Vaters aufgebaut hatte, auf dem Spiel, sondern noch einiges mehr.

Er lief hektisch in seinem Wohnzimmer auf und ab. Seitdem sie sich ihm anvertraut hatte, wusste er, dass sie keine

Spielchen mit ihm trieb. Was war also geschehen? An einen gewöhnlichen körperlichen Zusammenbruch konnte und wollte er nicht glauben.

Die Zeiger seiner Uhr verschwammen vor seinen Augen. Martin durfte ihn nicht enttäuschen. Vielleicht war es ein Fehler gewesen, ihn unter falschen Voraussetzungen einzukaufen. Aber jetzt war es zu spät. Lieber noch weitere Eisen ins Feuer legen, falls sich seine Befürchtungen bestätigen sollten.

KAPITEL 3

Martin Terborn stieg in seinen 5er BMW Touring und fuhr die Klimaanlage hoch. Hamburg erlebte einen Jahrhundertsommer, in dem die Nächte keine Abkühlung mehr brachten. Als er nach Haus gekommen war, hatte er geduscht und seinen Anzug gegen kakifarbene Chinos, ein hellgraues Polohemd und Segelschuhe getauscht. Hätte er sich noch einmal umziehen sollen? In Uniform fühlte er sich immer noch am wohlsten. Sie gab ihm Schutz und sorgte dafür, dass Rangordnungen automatisch eingehalten wurden. Aber jetzt wollte er nahbar wirken. Und je eher Claires

Zusammenbruch als harmlos eingestuft wurde, umso besser. Er startete den Wagen und fuhr auf dem leeren Schwanenwik in Richtung Speicherstadt. In ungefähr 20 Minuten würde er mehr wissen. Aber mehr von was? Die dunkle Alster verschluckte das wenige Licht, das die lang gezogene Wolkendecke übrig ließ.

Was tat er hier eigentlich? Chief Security Officer. Das hörte sich nach langen Arbeitstagen und viel zu viel Verantwortung an. Aber neben der Gebäudeüberwachung, die er mit seinem fünfköpfigen Team neu organisiert hatte, und dem Personenschutz für die wichtigsten Köpfe der Bank, war er hauptsächlich damit beschäftigt, Personen zu überprüfen und Codekarten ausstellen zu lassen. Um ehrlich zu sein, war er kaum mehr als ein Pförtner. Wurde er deshalb oft unwirsch, wenn er mit seinen Mitarbeitern oder Kollegen sprach? Ihm war klar gewesen, dass die »neue berufliche Herausforderung«, die ihm sein Freund Robert Bornheim nach seinem Einsatz in Lagos, bei dem eine Einheimische ermordet worden war, nicht ganz ernst gemeint gewesen war. Wäre da nicht die kleine Zusatztätigkeit, die er ihm vor einigen Monaten als reine Vorsichtsmaßnahme verkauft hatte. Aber jetzt Claires Zusammenbruch.

Er erreichte den historischen Teil des ehemaligen Freihafens, parkte neben dem Rettungswagen und öffnete mit seiner Codekarte den Seiteneingang. Das Foyer lag verlassen vor ihm. Von dem Wachmann und den Rettungskräften keine Spur. Die gedimmte Beleuchtung des Atriums verstärkte in ihm die unwirkliche Atmosphäre eines evakuierten Gebäudes. Ungeduldig sah er auf sein Handy. Er hatte sein Versprechen gehalten und Jürgen Minski fünf Minuten nach dessen Anruf zurückgerufen und ihm Anweisungen erteilt. Eine davon war, ihn im Foyer zu treffen und einen

Zwischenbericht abzugeben, bevor Martin mit dem Notarzt sprechen würde. Doch weder stand der Wachmann vor ihm, noch hatte er ihm eine Nachricht geschickt. Sein Blick schweifte nach oben und scannte durch die Etagen. Da oben war er. Der Wachmann schien auf ihn zuzuschweben. Winkend stellte er sich an den Fahrstuhl.

Ungeduld wich Verärgerung, als er in den vierten Stock hochfuhr. Er musterte Jürgen Minski durch den Glaskasten. Ein älterer, dicklicher Mann, der kaum zur Abschreckung taugte. Martin konnte nur hoffen, dass der Wachmann in einer Gefahrensituation die Lage besser einschätzen würde als ein technisches Gerät. Als sich die Fahrstuhltüren öffneten und Minski ihn nervös begrüßte, registrierte Martin sofort die erhöhte Aktivität von Menschenleben rettendem Personal. Und noch einiges mehr. Wen hatte der Wachmann alles hochgescheucht? Vielleicht sollte er doch lieber mit Bewegungsmeldern arbeiten. »Was ist da drin los?«, herrschte er Minski an. »Haben Sie die alle ohne Sicherheitsüberprüfung hochgelassen?«

Jürgen Minski zog erschrocken seine Hand zurück. »Sicherheitsüberprüfung? Wie hätte ich denn ...« Er fing sich und versuchte tapfer, weiterhin professionell aufzutreten. Was ihm gründlich misslang. »Guten Abend, Herr Terborn. Die Polizei ist da.«

Martin vergaß seine unsinnige Anweisung sofort. Seine Augen verengten sich: »Ist sie etwa tot?« Als Minski vollends verstummte, riss sein Geduldsfaden. »Nun reden Sie, Mann! Sie wissen doch, dass sich hier oben niemand Externes ohne Begleitung bewegen darf! Haben Sie wenigstens die Unterlagen gesichert?«

Die Konferenztür wurde geöffnet und erlöste Jürgen Minski aus seiner misslichen Lage. Ein Mann mittleren

Alters, leger gekleidet in einer verwaschenen Jeans und kariertem Baumwollhemd, kam auf sie zu. Unter seiner abgeliebten Lederjacke konnte man ein Holster erkennen. Er blieb völlig entspannt vor ihnen stehen und sah den Wachmann an, als erwarte er, dass dieser ihm gleich den Neuzugang vorstellen würde.

Martin ließ seinen geübten Blick über den in etwa gleichaltrigen Polizisten gleiten. Er selber war fast 1,90 und drahtig austrainiert. Der Polizist war vielleicht zehn Zentimeter kleiner, dafür aber breiter, als stemmte er regelmäßig Gewichte, wovon ihn ein offensichtlicher Gehfehler nicht abzuhalten schien. Er merkte, wie auch er ruhig, aber bestimmt gemustert wurde. Der Blick aus wachen, selbstbewussten Augen verriet einen Mann, der wusste, wer er war und was er konnte. Jemand, der sich nicht mit Nebensächlichkeiten aufhielt. Martin spannte instinktiv die Schultern an. Das Gespräch konnte interessant werden.

»Hauptkommissar Christian Lauterbach vom Kriminaldauerdienst. Und Sie sind?«

»Martin Terborn, Sicherheitschef der Bank.« Er lächelte Jürgen Minski an. Noch war er nicht bereit, dem Polizisten etwas anzubieten. »Mein Wachmann hat mir von einem Vorfall berichtet. Eine unserer Investment-Bankerinnen hatte einen Schwächeanfall?«

Die Miene des Polizisten verriet nichts. »Wohl kaum, und das dürfte Ihnen dank unserer Anwesenheit klar geworden sein.« Er nickte in Richtung Glastür. »Kommen Sie bitte mit.«

Martin erwiderte ebenfalls mit einem Nicken. Während er dem Polizisten folgte, drehte er sich noch einmal zu dem Wachmann um: »Wenn die Polizei Sie nicht mehr braucht, können Sie Feierabend machen. Und gehen Sie auf meine Rechnung ein Bier trinken.«

Christian Lauterbach hielt ihm die Tür auf. »Wie aufmerksam. Sie sind sicher ein beliebter Chef?«

Martin verstand die Frage nicht. »Das weiß ich nicht, aber so lange ich respektiert werde, ist mir das herzlich egal. Wollen Sie mir jetzt sagen, was …«, doch weiter kam er nicht. Perplex starrte er auf die Szenerie, die sich ihm hinter der Glastür bot. Neben zwei Rettungssanitätern, die leere Spritzen, Beutel und ein EKG-Gerät einräumten, waren noch vier weitere Personen im Raum. Ein Mann, der von Christian Lauterbach als sein Kollege Amir Aydin vorgestellt wurde, sowie drei in weißen Schutzanzügen gekleidete Spurensicherer. Die Person, um die sich alles drehte, war nicht mehr da. Martin Terborn ließ rasch seinen Blick umherwandern und starrte wie benommen den Polizisten an: »Sie ist also tot?«

Christian Lauterbach musterte den Sicherheitschef kurz. Irgendetwas an seiner Reaktion gefiel ihm nicht. Vielleicht war sie zu persönlich. Aber er tat ihm den Gefallen und spielte mit. Es war noch zu früh, um jemanden zu verdächtigen. »Nein, aber sie liegt im Koma. Sie wissen, wer sie ist und können sie identifizieren?«

Martin strich sich mit der Hand über den Mund. »Wahrscheinlich ist es Claire Muller, eine Mathematikerin aus dem Investment. Sie ist Luxemburgerin, das heißt, sie hat hier keine Familie. Ich könnte sie identifizieren, wenn es notwendig ist.«

»Danke. Können Sie sonst noch etwas zu dem Vorfall beitragen? Was hat sie hier noch so spät gemacht, zudem an einem Freitag?«

Martin wünschte sich, er hätte sich umgezogen. Der Ton des Polizisten war ihm zu fordernd. »Eine Präsentation vorbereitet.« Er schielte zum Tisch, auf dem ein aufgeklapptes

Notebook, ein Notizblock sowie ein paar verstreute Blätter lagen, aber kein Telefon. Er sah Christian Lauterbach direkt in die Augen: »Sogar eine sehr wichtige. Herr Lauterbach, ich bin gerne bereit, Ihre Fragen zu beantworten, aber ich muss zunächst die Firmenunterlagen sichern.«

Der Hauptkommissar war dem Blick des Sicherheitschefs gefolgt. »Aha? Sie lassen mich da wohl vorher keinen Blick drauf werfen?«

Martin Terborn machte sich nichts vor. Wenn die Spurensicherung schon da war, war es ernst und dann blieb kein Raum für Höflichkeiten. Dann war die Frage des Polizisten nur rhetorisch. Aber er hatte keine Wahl, solange er nicht wusste, was passiert war, musste er vorsichtig sein. »Nein, tut mir leid, so ohne Weiteres kann ich ihnen die Unterlagen nicht überlassen.«

Der Polizist nickte, als hätte er die Antwort erwartet. »Darauf kommen wir später noch zurück. Was wissen Sie über den allgemeinen Gesundheitszustand von Frau Muller?«

Martin musste nachdenken. »Nicht viel. Sollte ich was wissen?«

»Sie sind der Sicherheitchef.«

Eine leichte Irritation stieg in Martin auf. Fordernd und dann noch frech. Langsam fing er an, den Mann zu mögen. »Was soll diese Fragerei? Soweit ich weiß, ist sie gesund. Ansonsten hatte ich bislang nicht viel mit ihr zu tun.« Er gab auf seinem Smartphone ein paar Tastenkombinationen ein und hielt dem Polizisten ein Foto von Claire Muller vors Gesicht. »Vielleicht können wir erst mal ihre Identität klären? Der Wachmann ist neu und kennt sich noch nicht so gut aus. Das hier ist Claire Muller.«

Der Polizist nickte zufrieden. »Prima, dann sind wir ja

schon mal einen Schritt weiter. Medizinische Informationen hat Ihre digitale Personalakte nicht parat?«

So schnell ließ sich Terborn nicht abspeisen. »Es ist also Claire?«

Christian Lauterbach zog eines der beschriebenen Blätter vom Konferenztisch zu sich heran, das ihm Martin Terborn mit einer eleganten Bewegung sofort wieder abnahm. »Ja, dann ist sie es wohl«, sagte er. Und, als müsste er eine Niederlage kaschieren, setzte er flach nach: »Das Gekritzel kann sowieso niemand entziffern.«

Irgendwie versöhnte diese menschliche Schwäche Terborn mit der Anwesenheit der Polizei. »Nein, wir erfassen keine medizinischen Daten, außer, es handelt sich um eine Behinderung, die der Mitarbeiter angezeigt haben möchte.« Sein Blick wanderte zum Unterkörper des Polizisten. »Wir nehmen bei ›Severin & Partner‹ den Datenschutz sehr ernst.«

Christian Lauterbach setzte sich. Der offene Ton des Sicherheitschefs verfehlte seine Wirkung nicht. »Natürlich. Dann sage ich Ihnen jetzt mal, was wir wissen. Der Notarzt hat eine komatöse Frau vorgefunden, die er gerade noch zurückholen und durch das Versetzen in ein künstliches Koma stabilisieren konnte. Mehr war erst einmal nicht möglich. Es müssen weitere Tests durchgeführt werden, aber nach ersten Erkenntnissen ist sie durch eine erhebliche Überdosis Insulin umgekippt.« Er sah zum Tisch, als müsste er sich noch einmal die Szene in Erinnerung rufen. »Jetzt könnte man annehmen, sie hätte sich verrechnet. Der Notarzt ist allerdings stutzig geworden, weil bei der Höhe der Überdosis ein Versehen nahezu ausgeschlossen werden kann.« Jetzt sah er Martin wieder direkt an, als wollte er ihn wie ein Exponat auf ein Blatt Papier stecken. »Deswegen hat er uns gerufen.« Er trat einen Schritt vom Tisch weg, nahm Terborn das beschriebene Blatt aus der Hand und musterte es interessiert. »Sie wissen nichts über einen möglichen Diabetes?«

Martin Terborn zog die Augenbrauen hoch und sah an dem Polizisten vorbei zum dunklen Fenster. Seine Haltung demonstrierte Ahnungslosigkeit. »Diabetes? Nein. Wie gesagt, ich hatte bislang nicht viel mit ihr zu tun. Wir haben immer nur Belangloses ausgetauscht, wir sind Flurkollegen, wenn Sie so wollen.« Er konnte dem durchdringenden Blick des Hauptkommissars nicht weiter ausweichen und kramte in seiner Hosentasche nach seinen Schlüsseln. Warum hatte er nicht wenigstens Socken und Lederschuhe angezogen. »Sie hat sich also bewusst eine Überdosis gespritzt?«

Christian Lauterbach gab Martin Terborn lächelnd das Blatt zurück. »Das wäre ein Suizidversuch.«

Ein leichtes Kribbeln stieg in Martin hoch. Er sah wieder zu der Fensterfront und setzte sich schnell. »Ach, herrje – hören Sie, ich weiß auch nicht, was hier vorgefallen ist, aber das kann ich ausschließen. Jedenfalls vor Montag.«

Die Miene des Polizisten blieb gleichmütig. »Auch wenn Ihnen die Statistik vielleicht entgegenkommt, aber nicht alle Suizide werden an einem Montag verübt.«

Martin überlegte, ob sich Christian Lauterbach über ihn lustig machte. Er kannte solche Typen, in sich ruhend und gleichzeitig abgebrüht. Das waren Menschen, die den Toten schon einmal näher gewesen sind als den Lebenden. Vielleicht rührte daher auch seine Behinderung. Er beschloss, weiter kooperativ zu bleiben. »Claire Muller hat zusammen mit dem Juniorchef der Bank, Robert Bornheim, am Montag eine wichtige Präsentation in London. Sie ist extra für dieses Projekt vor knapp einem Jahr von ihm angeheuert worden. Ihre Karriere hängt von einem erfolgreichen Start ab. Sie ist eine äußerst fähige Mathematikerin und eine sehr ehrgeizige Person. Daher würde sie sich kaum vorher umbringen, wenn überhaupt.« Er setzte, den lakonischen Tonfall des Polizisten imitierend, nach: »Was unsere Mitarbeiter außerhalb der Dienstzeiten treiben, geht mich natürlich nichts an.«

»Für jemanden, der wenig über eine Flurkollegin weiß, sind Sie sehr weitsichtig.« Lauterbach nickte seinem Kollegen zu. »Und vielleicht haben Sie sogar recht. Aber jetzt, wo wir schon mal hier sind, wollen wir auch etwas für Ihre Steuergelder tun. Wo ist Frau Mullers Büro?«

Martin Terborn beobachtete den anderen Polizisten, der zwischenzeitlich die Spurensicherung und die Rettungssanitäter hinausbegleitet hatte und sich nun stumm zu ihnen stellte. »Sie hat kein Büro«, log er. »Homeoffice. Sie wissen schon, immer unterwegs, die Cloud immer dabei. War es das dann?«

Christian Lauterbach sah ihn lange an, als müsste er sich entscheiden, ob er den Sicherheitschef mochte oder nicht. Dann gab er seinem Kollegen ein Zeichen und verabschiedete sich. »Gut, dann werden wir jetzt unseren Bericht schreiben und an die Mordkommission geben. Die wird sich sicherlich bei Ihnen melden. Auch wegen der Unterlagen. Ihre Mitarbeiterin ist übrigens im UKE – das ist das Universitätsklinikum Eppendorf, falls Sie das nicht kennen. Auf Wiedersehen, Herr Terborn.«

Als sich die Fahrstuhltür geschlossen hatte, konnte er sich ein Aufatmen nicht verkneifen. Schnell griff er nach dem Notebook und den Papieren und hastete in sein Büro. Er setzte sich an seinen Schreibtisch und sah noch einmal zum schräg gegenüberliegenden Konferenzraum. Sollte er sich zuerst auf den Weg ins UKE machen und nach Claire fragen? Oder lieber die Unterlagen durchsehen? Er griff kurzentschlossen nach dem Notebook und klappte es auf. Kopflos losfahren ergab keinen Sinn. Im UKE würden sie ihm sowieso nichts sagen. Und er war viel zu neugierig auf das, wofür Claire wahrscheinlich umgebracht werden sollte. Denn an eine Überdosis aufgrund von Dämlichkeit konnte er bei Claire nun wirklich nicht glauben, ebenso wenig wie an einen Selbstmord. Er hatte die Polizei nicht belogen, als er sagte, dass er Claire nicht gut kenne, aber so viel hatte er schon von ihr mitbekommen: Sie konnte rechnen und sie war gründlich.

Er runzelte die Stirn. Was war nur mit Robert los? Warum war er nicht hier? Hatte er wenigstens seinen Vater informiert?

Der Bildschirm wurde hell und Martin fing leise an zu fluchen. Ausgerechnet jetzt musste Claire, über die sich sonst alle Administratoren beschwerten, seine Anweisungen befolgt haben. Der Bildschirm verlangte ein Passwort. Er lehnte sich frustriert in seinem Bürostuhl zurück. Endstation. Er griff zum Handy und wählte Roberts Nummer.

»Ja?«

»Robert, es ist Claire und sie liegt im Koma. Eine Überdosis Insulin. Wusstest du, dass sie Diabetikerin ist?«

Robert schien überrascht: »Im Koma? Diabetikerin? Ich verstehe kein Wort. Wird sie wieder gesund? Und was ist mit der Präsentation?«

»Die ist hier, wenn auch passwortgeschützt. Keine Ahnung, wie es mit ihr weitergeht, die Ärzte werden mir als Außenstehendem ja sowieso nichts sagen. Apropos: Soll ich irgendjemanden für Claire anrufen? Kennst du ihre Familienverhältnisse?«

»Nein, sie hatte mal Eltern und eine Freundin erwähnt, ich glaube auch, dass sie hier in Hamburg in einer WG lebt, aber Genaueres weiß ich nicht. Darum soll sich das Krankenhaus kümmern. Das Wichtigste ist die Präsentation für Montag. Zur Not kann ich da auch alleine hinfliegen. Aber ich brauche die Unterlagen. Aus Sicherheitsgründen hat sie die einzige vollständige Version mit allen Hintergrundinformationen und Quellcodes auf ihren Geräten abgespeichert.«

Martin zog eine Augenbraue hoch. Wie unverantwortlich. Aber darum würde er sich später kümmern müssen. »Das Notebook ist individuell passwortgeschützt. Da kommt unsere IT auch nicht ran. Wir müssen wohl oder übel warten, bis sie wieder ansprechbar ist.« Er dachte kurz nach. »Oder ihr Smartphone suchen. Vielleicht hat sie das Passwort dort abgespeichert. Wäre dumm, aber jetzt hilfreich.«

Er hörte plötzlich einen lauten Knall, hohles Scheppern und einen weit entfernt fluchenden Robert Bornheim. »Verfluchte Scheiße, das kann doch nicht wahr sein. Wir müssen unbedingt an diese Daten. Sofort. Und sag mir nicht, dass das nicht geht. Das ist dein Job, verdammt noch mal!«

»Robert?« Der Sicherheitschef wartete ab, bis Bornheim sein Handy wieder aufgesammelt hatte. »Die Polizei war hier.«

Robert Bornheim verstummte. Es dauerte einige Sekunden, bis er sich wieder gefangen hatte. »Hast du sie gerufen?«

»Nein, natürlich nicht. Das war der Notarzt. Die Überdosis Insulin war wohl so hoch, dass das kein Unfall gewesen sein kann. Sie werden sicherlich auch mit dir sprechen wollen.«

»Mit mir? Das ist ausgeschlossen. Kannst du dich nicht weiter darum kümmern?«

»Wie du meinst. Aber ich denke, dass es erst einmal um Claire geht. Ich werde versuchen herauszufinden, wie es um sie steht und wie die Polizei das sieht.« Er beschloss, einen Testballon steigen zu lassen. »Vielleicht bist du ebenfalls in Gefahr?«

Die Antwort kam zu schnell. »Rede keinen Unsinn. Und besorg mir sofort die Unterlagen. Ich warte auf deinen Rückruf.« Robert hielt einen Moment inne und setzte dann nach: »Du weißt, was du mir schuldig bist.«

Martin legte wortlos auf, sah durch die Dunkelheit in den Innenhof und wartete auf eine Eingebung. Was war hier bloß los? Warum reagierte der sonst so besonnene Robert nur so aufgebracht? Wusste er mehr, als er zugeben wollte? Er konnte – nein, er wollte nicht glauben, dass hier jemand mit Vorsatz versucht hatte, Claire umzubringen. Auch wenn nichts anderes Sinn zu machen schien. Der Wachmann war zwar kein Raketenwissenschaftler, aber er hätte sicherlich bemerkt, wenn jemand die Bank betreten hätte – ob fremd oder nicht. Aber selbst wenn jemand unbemerkt eingedrungen wäre – wieso hätte er dann das Notebook liegen gelassen? Martin setzte sich auf. Das Smartphone. Noch hatte er keine Ahnung, wo das Ding war. Vielleicht hatte ein unbekannter Besucher es nur darauf abgesehen gehabt? Unsinn. Nein, da musste etwas anderes dahinterstecken und er wollte verflucht sein, wenn er das nicht herausbekäme.

Der Wachmann. Er trieb sich wahrscheinlich immer noch im Foyer herum. Es war besser, ihn nach Hause zu schicken. Tatsächlich traf er den unglücklich wirkenden Mann in seinem Glaskasten an. »Herr Minski, es tut mir leid, dass ich vorhin etwas laut geworden bin. Frau Muller arbeitet derzeit an einem sehr wichtigen Projekt und die Dokumente dafür unterliegen strengster Geheimhaltung.

Ich muss Ihnen sicherlich nicht erst sagen, dass der Vorfall heute Nacht ebenfalls unter diese Geheimhaltung fällt.«

Der Wachmann hatte ihm ängstlich entgegengesehen. »Natürlich, Herr Terborn. Und es tut mir wirklich leid, aber der Notarzt und vor allem die Polizei wollten mich nicht dabeihaben und deswegen habe ich vor dem Büro auf Sie gewartet.« Er sah an Martin vorbei in das gedimmte Atrium: »Fehlt denn etwas?«

Martin setzte sich auf die Tischkante. »Kann ich noch nicht sagen. Ich habe erst einmal Unterlagen und Notebook gesichert, nur ihr Handy habe ich nicht gefunden.«

Jürgen Minski dachte eifrig nach. »Im Konferenzraum habe ich keines gesehen, das wäre mir aufgefallen. Vielleicht hat sie es in ihrem Büro liegen gelassen, um ungestört im Konferenzraum arbeiten zu können?«

Martin fluchte leise. »Natürlich. In ihrem Büro bin ich noch nicht gewesen. Und jetzt denken Sie bitte noch einmal genau nach. Ist Ihnen noch irgendetwas aufgefallen? Hat jemand angerufen oder ist doch noch jemand gekommen?«

Jürgen Minski kratzte sich an der Nase. »Nein, Herr Terborn, es tut mir leid, aber es ist wirklich nichts gewesen.«

»Gut. Und jetzt gehen Sie bitte endlich nach Hause.«

Martin wartete, bis der Wachmann gegangen war, und schloss alle Eingangstüren ab. Dann machte er sich auf den Weg in den zweiten Stock, zu Claire Mullers Büro. Er ließ sich mit seiner Codekarte ein und sah sich neugierig um. Er war das erste Mal hier und erstaunt über das Ambiente, das eher einem Musterraum für Büroeinrichtungen entsprach als einem Arbeitsplatz. Es war alles vorhanden, was man in einem Büro erwartete: ein Schreibtisch, zwei Bürostühle, ein Ledersofa, ein Sessel, ein Couchtisch und zwei große Regale. Sogar die obligatorische Grünpflanze fehlte nicht. Und doch hatte man, bis auf den achtlos über das Sofa geworfenen Sommermantel und die benutzte Kaffeetasse auf dem Tisch, nicht das Gefühl, dass hier jemand arbeitete. Er sah noch einmal über den Tisch und plötzlich fiel es ihm auf. Es fehlten persönliche Gegenstände. Keine Bilder, kein Souvenir aus dem letzten Urlaub, keine Handtasche.

Keine Handtasche. War doch jemand hier gewesen? Aber ein Dieb hätte sicherlich nicht nur die Handtasche mitgenommen. Vielleicht benutzte sie gar keine?

Der Schreibtisch hatte keine Schubladen. Die fast leeren Regale waren ebenso schnell abgesucht wie auch der Rollcontainer und die Manteltaschen. Ratlos setzte Martin sich an den Schreibtisch. Nichts. Keine Handtasche, kein Handy. Er hatte nur einen Autoschlüssel in der Manteltasche gefunden, der zusammen mit einem anderen – vermutlich ein Wohnungsschlüssel – an einem Schlüsselbund hing, den eine dicke, zu singen scheinende Comicfigur zierte. Er steckte ihn achtlos ein, während er noch mal das Büro musterte.

Frustriert schloss er das Büro wieder ab und ging zu seinem Wagen. Claire musste das Smartphone bei sich haben. Also auf zum UKE. Bevor ein anderer auf die Idee kam.

KAPITEL 4

»Hast du sie angerufen?« Christian Lauterbach sah seinen Kollegen Amir schräg von der Seite an. Sie waren auf dem Weg zurück ins Präsidium, um den Bericht für die Mordkommission aufzusetzen.

Der sah verärgert vom Beifahrersitz aus zurück. »Das haben die Kollegen bereits erledigt. Außerdem bin ich nicht dein Sekretär.« Amir holte tief Luft. »Wie lange willst du das eigentlich noch durchziehen? Du kannst als Kommissar vom Dienst deiner ehemaligen Kollegin nicht jedes Mal aus dem Weg gehen, wenn sie Bereitschaft hat.«

»Und ob ich das kann.« Grimmig schnitt Christian einer Vespa, die ohne zu blinken auf seine Spur geschlichen kam, den Weg ab. »Es ist schließlich ihre Schuld, dass ich ...«

»Ja, ich weiß, du hast mir die Geschichte oft genug erzählt. Ich kenne sie und jeder andere im Dezernat kennt sie auch. Und wahrscheinlich auch sonst alle in Hamburg. Also noch mal: Wann ist mal gut?«

Christian ließ sich nicht aus der Reserve locken. »Heute jedenfalls nicht. Und außerdem denkt sie, ich wäre noch in der Reha. Ich werde schon noch mit ihr sprechen. Aber erst wenn ich so weit bin. Und keine Sekunde früher.«

»Warum sollte sie eigentlich sofort von dieser Sache erfahren? Ich dachte, du magst sie nicht mehr?«

»Weil daran etwas gewaltig stinkt und sie sich das sofort ansehen muss. Aber ich nicht mit ihr ...«

»Jaja, du nicht mit ihr reden willst. Dir ist aber schon klar, dass sie deinen Namen auf dem Bericht lesen wird?«

»Mir egal. Soll sie es doch wagen, mich anzurufen.«

Amir sah, wie Christian sein linkes Knie massierte. »Schmerzt wieder?«

Christian hörte sofort auf. »Nicht der Rede wert.« Als er Amirs zweifelndes Gesicht sah, lenkte er ein. »Hab übermorgen einen Termin beim Arzt. Annabelle will, dass ich noch mal aussetze, aber das habe ich ihr gleich wieder ausgeredet. Mir fällt sonst die Decke auf den Kopf, ich muss mich ablenken.« Er klopfte Amir auf die Schulter. »Dass ihr mich so schnell beim KDD aufgenommen habt, werde ich dir nie vergessen. Hast einen gut bei mir, Mann.«

»Ja, schon okay. Bist ja ein Guter. Ich hoffe nur, dass du auch deinen Mann stehen kannst. Wir sind keine Krüppel-Auffangstation.«

»Ich zeig dir gleich, wer hier ein Krüppel ist.« Christian schielte zu Amirs Handy, das einen Klingelton abgab. Er konnte die SMS aber nicht lesen und sah wieder auf die Straße. »Steht noch was an?«

»Ja, wir müssen noch in die Talstraße, im Hörsaal klaut jemand Jacken.«

»Ach, Gottchen. Um was sich der KDD alles kümmern muss. Dann sollten wir uns mal beeilen.«

Amir musste grinsen. »Das nächste Mal redest *du* mit ihr.«

*

Als Martin im UKE nach Claire fragte, wuchs seine Besorgnis. Eine Polizistin wäre bereits vor Ort und überprüfe ihren Gesundheitszustand. Warum diese Eile? Die Nachtschicht vom KDD konnte doch unmöglich schon ihren Bericht verfasst und weitergeleitet haben. Irgendjemand musste Claire auf oberste Priorität gesetzt haben. Hatte der Senior Wind von der Sache bekommen und seine Kontakte spielen lassen? *Robert, was verheimlichst du mir?* Nachdenklich machte er sich auf den Weg zur Intensivstation. Seine Miene heiterte sich etwas auf, als ihm einfiel, dass er ohne Hilfe dieser Polizistin nicht an Claires Handy gelangen würde. Oder an ihren Finger. Er schüttelte den Kopf. Für ihn war die Erfindung der Touch-ID ein überflüssiges Gadget, das sein Leben nur unnötig erschwerte.

Im Wartebereich zur Intensivstation saß eine Frau auf einem der Plastikstühle und las in einem Buch. Mein Gott, wann hatte er das zuletzt bei irgendjemandem außer bei Inge gesehen? Als sie seine Schritte auf dem Linoleum hörte, steckte sie das Buch in ihre Handtasche und sah erwartungsvoll auf. Er schätzte sie unauffällig ab. Nicht unattraktiv, aber eher interessant als schön. Ebenmäßiges, offenes Gesicht, dezent geschminkt. Lange, dunkle Haare und große, graue Augen, die ihn immer eindringlicher musterten, je näher er ihnen kam. Endlich stand sie auf und ging ihm entgegen. »Martin Terborn?«

Er blieb verdutzt stehen. Ihre Stimme war überraschend dunkel für die zierliche Gestalt, die er auf nicht mehr als 1,60 schätzte. Sie versuchte nicht, sich durch High Heels größer zu machen, sondern trug flache Sandalen und ein Outfit, das nach einer Dinnerverabredung aussah. Eine dunkle Seidenhose mit weitem Bein und eine orangefarbene Bluse ohne Ärmel. Darüber hatte sie einen grauen Seidenschal geschlungen. Vielleicht hatte sich die Nachtschwester verhört und sie war eine Angehörige. »Ja. Und Sie sind?«

»Kommissarin Frederica Moll. Sie möchten zu Ihrer Kollegin Claire Muller?«

»Ja, ich möchte natürlich gerne wissen, wie es ihr geht.«
Ihre Augen hielten ihn wie in einem Schraubstock fest. Er
tänzelte etwas um sie herum, bevor er die Flucht nach vorne
antrat. »Und ich bräuchte ihr Smartphone.«

Sie sah ihn weiter stumm an, bis er das Gefühl hatte, sich
rechtfertigen zu müssen. »Ich weiß, die Umstände sind
nicht gerade vorteilhaft, und ich würde nicht hier stehen,
wenn es nicht wichtig wäre.« Etwas lahm setzte er nach:
»Und es handelt sich um Firmeneigentum.« Er hatte kurz
überlegt, ob er ihr von einem wichtigen Anruf aus Tokio
erzählen sollte, auf den die Bank wartete und der nur über
Claires Kontakt, das heißt über ihr Handy, zustande kommen würde. Er hatte den Gedanken aber sofort wieder ver-
worfen.

Sie schien die Erklärung zu akzeptieren. »Noch ließe sich
das sicherlich einrichten. Der KDD hat bereits mit Ihnen
gesprochen?« Sie setzten sich nebeneinander auf die unbequemen Plastikstühle.

»Viel hat man mir nicht erzählt. Claire hat an einer wichtigen Präsentation gearbeitet, als sie in unserem Konferenzraum zusammengebrochen ist.«

»Wissen Sie, worum es dabei geht?«

»Sie sollte für einen Termin am kommenden Montag nach
London reisen. Mehr weiß ich leider nicht.«

»Kann dieser Termin der Grund sein, warum sie sich eine
Überdosis Insulin gespritzt hat?«

»Wie gesagt, ich weiß nicht, worum es bei dem Termin
geht. Manchmal fliege ich als Personenschützer mit, aber
diesmal ist das nicht der Fall.«

»Personenschützer?«

»Ja, ich bin der Sicherheitschef bei ›Severin & Partner‹.«

»Und ehemaliger Militär?«

Er stand wieder auf. »Wer hat Ihnen das gesagt?«

Die Polizistin sah ihn weiterhin regungslos an. »Nur geraten. Sollte sie alleine nach London fliegen?«

Martin zögerte kurz, entschied sich dann aber für die Wahrheit. »Nein, zusammen mit unserem Juniorchef, Robert Bornheim.«

Mit einer gewissen Genugtuung registrierte er ein Aufblitzen in ihren Augen. »Und wo ist Herr Bornheim jetzt?«

»Zu Hause, nehme ich an. Ich war der Ansicht, dass ein Besucher im Krankenhaus reicht.«

»Mich verwundert eher, dass er Sie geschickt hat, anstatt selber zu kommen.«

Ein aufmerksamer Ermittler pro Nacht reichte ihm völlig. Es war an der Zeit, das Thema zu wechseln. »Ich hätte nicht gedacht, hier jemanden von der Polizei anzutreffen. Arbeiten Sie immer so schnell oder bekommen wir eine Sonderbehandlung?«

Verwundert registrierte er ihre Reaktion. Sie schien sich plötzlich unwohl zu fühlen, als hätte er sie bei einer Lüge ertappt. Sie antwortete jedoch gelassen. »Ich gönne nicht Ihnen, sondern mir eine Sonderbehandlung.« Plötzlich lächelte sie mit den Augen. »Anstrengende Abendveranstaltung.«

Er musste zurücklächeln. »Wie geht es denn Claire nun? Hat man Ihnen Auskunft gegeben?«

Zu seinem Erstaunen zog die Polizistin eine Tüte Gummibärchen aus ihrer riesigen Handtasche, die sie neben sich auf den Boden gestellt hatte, und hielt sie ihm hin. »Möchten Sie?«

Reflexartig griff er zu. Ihm fiel auf, dass sie keine Dienstwaffe bei sich trug. Vielleicht war sie ja in der Handtasche. Er dachte an Claires Büro. »Gibt es eigentlich Frauen, die keine Handtasche benutzen?«

Falls er sie mit der Frage verwirrt hatte, ließ sie sich das nicht anmerken. »Natürlich. Gehört Ihre Kollegin dazu?«

Er ignorierte die Gegenfrage. »Robert Bornheim hatte kommen wollen, aber ich habe es ihm ausgeredet.« Warum er in diesem Moment Robert in Schutz nehmen wollte, war ihm selber nicht klar. Aber er hatte sowieso schon mehr gesagt, als er eigentlich beabsichtigt hatte.

Frederica kam zu demselben Ergebnis. Sie ließ die Tüte Gummibärchen in ihre Handtasche zurückgleiten. »Ich bin hergekommen, um festzustellen, ob sich Frau Muller in suizidaler Absicht eine zu hohe Dosis Insulin gespritzt hat oder ob es ein bedauerlicher Unfall gewesen ist.« Sie nahm die Tüte Gummibärchen wieder aus der Tasche und steckte sich ein weiteres in den Mund. »Natürlich kann es auch ein Mordversuch gewesen sein.«

Er versuchte, sein Erschrecken in Irritation umzuwandeln. »Jetzt fangen Sie auch damit an? Welches Motiv sollte dahinterstecken? Und bitte keinen Selbstmord unterstellen. Das habe ich auch bereits Ihrem Kollegen von der Nachtschicht erklärt.« Er sah sich gespielt suchend um. »Müssten die denn nicht jetzt hier sein? Ich muss auch nicht unbedingt wieder von vorne anfangen.«

Die Polizistin ließ sich nicht beeindrucken. »Ich habe sie abgelöst. Ihnen fällt also weder etwas zu einem Mordmotiv ein, noch ist Frau Muller Ihrer Ansicht nach suizidgefährdet? Eine vorsätzliche Intoxikation mit Insulin ist bei Diabetikern nicht selten.«

»Herrgott noch mal, ich wusste ja noch nicht mal, dass sie Diabetikerin ist – *falls* sie es ist.«

Frederica Moll nickte anerkennend. »Ja, richtig, das wäre noch festzustellen. Sie hatte allerdings ein Insulinset bei sich. Wussten Sie eigentlich, dass Insulinmorde eine sehr hohe

Dunkelziffer besitzen? Einige Experten würden sogar so weit gehen zu behaupten, eine der höchsten aller Morde überhaupt.« Gedankenverloren ließ sie die Tüte Gummibärchen wieder verschwinden. Martin bemerkte, wie ihre grauen Augen im Licht der Energiesparlampe zu flackern schienen.

Er sah hilflos auf die Uhr. Robert saß bestimmt auf heißen Kohlen. Und wenn er ehrlich war, machte er sich gerade mehr um die Firmendaten Sorgen als um Claire, für die er momentan nichts tun konnte. »Haben Sie mit einem Arzt gesprochen? Wissen Sie, ob ich mit ihr reden kann? Ob sie ihr Handy dabeihatte, als sie eingeliefert wurde?«

Ihr war sein Blick zur Uhr nicht entgangen. »Einen hypoglykämischen Schock«, sie sah Martins verständnislose Miene, »auch Zuckerschock genannt, kann man relativ einfach behandeln. In der Regel muss derjenige noch nicht einmal ins Krankenhaus. Frau Muller hingegen ist nur kurz aufgewacht, hat etwas Unverständliches gesagt und ist dann wieder ohnmächtig geworden. Da die Ärzte nicht wissen, wo das Problem liegt und ob vielleicht ein Hirnschaden die eigentliche Ursache ist, bleibt Frau Muller bis auf Weiteres im künstlichen Koma. Also nein, Sie können vorerst nicht mit ihr sprechen.«

Martin überlegte kurz und marschierte dann in Richtung Nachtschwester. »Guten Morgen, ich möchte bitte mit jemandem sprechen, der mir Auskunft über Claire Mullers Gesundheitszustand geben kann.« Er legte ihr eine Visitenkarte mit seinen Kontaktdaten hin. »Es ist sehr wichtig.«

Die Nachtschwester sah auf die Karte und dann zu Martin Terborn hoch. »Sie sind kein Angehöriger?«

Die Kommissarin war zwischenzeitlich zu ihnen an den Tresen getreten.

»Nein, ich bin ein Arbeitskollege. Sie ist während einer wichtigen Arbeit zusammengebrochen und ...«

Die Nachtschwester starrte wieder in ihren Monitor. »Dann kann ich Ihnen leider nicht weiterhelfen. Kommen Sie doch morgen wieder.«

Währenddessen hatte die Polizistin ihren Dienstausweis hervorgeholt und zeigte ihn der Schwester. »Kommissarin Dr. Moll. Bei der verabreichten Überdosis Insulin handelt es sich wahrscheinlich um einen Mordversuch. Bitte zeigen Sie uns, was Frau Muller dabeigehabt hat, als sie eingewiesen wurde.«

Ohne den Ausweis eines Blickes zu würdigen, stand die Schwester auf und verließ wortlos ihren Platz. Ihre Handlungsweise ließ darauf schließen, dass sie schon von der Anwesenheit der Polizei gehört hatte.

»Danke.« Martin sah Frederica Moll erleichtert an. »Damit haben Sie einen gut bei mir.«

Sie strahlte ihn an. »Das hoffe ich doch. Insbesondere, wenn ich den Gefallen einlöse und Sie mir Zugang zu dem Handy gewähren.«

Miststück. »Für was steht der Doktor? Psychologie?«

»Fast. Noch haben Sie ihren Finger nicht.«

Er starrte die Nachtschwester erwartungsvoll an, die mit einer Plastiktüte zurückkam. Sie blieb vor den beiden stehen und legte den Inhalt auf dem Tresen aus. Zum Vorschein kamen ein Portemonnaie, ein Mont-Blanc-Kugelschreiber, eine kleine Kosmetiktasche und – ein goldfarbenes Smartphone. Während er es hochnahm und die Home-Taste drückte, hatte er das Bedürfnis, sich für die protzige Ausführung entschuldigen zu müssen. »Das hat sie sich selber ausgesucht.« Im selben Moment stieß er einen leisen Fluch aus.

»Finger?« Hörte er die dunkle Stimme von rechts unten sagen. Martin fixierte das hässliche Landschaftsbild hinter dem Tresen und ging seine Optionen durch. Er konnte das Telefon erst mal einstecken und noch bis mindestens morgen Abend warten, bis er ernsthaft an die Daten müsste. Wenn sie bis dahin Claire aus dem Koma zurückholten, könnte er direkt mit ihr sprechen und die Polizei vollständig außen vor lassen. Aber wenn die Ärzte länger brauchten, musste er trotzdem mit dieser Moll zusammenarbeiten und hätte außerdem wertvolle Zeit verloren. Und so ein Informationsfluss konnte auch in die andere Richtung laufen … Die Präsentation war Roberts Verantwortungsbereich, aber die Sicherheit der Mitarbeiter lag bei ihm. Solange er nicht wusste, was Claire zugestoßen war, würde er Robert bewachen müssen. Er sah die Polizistin lächelnd an. »Wenn Sie mir den Finger besorgen, bekommen Sie alle Informationen, die zur Klärung des Vorfalls beitragen könnten. Deal?«

Frederica Moll wandte sich an die Nachtschwester: »Sie haben den Mann gehört. Sind Sie so nett und entsperren das Telefon? Dann können wir Ihnen sicher auch Kontaktdaten von Angehörigen zur Verfügung stellen.«

Martin biss sich innerlich in den Handrücken. Wieso hatte er nicht daran gedacht? Irgendjemand musste ja die medizinische Verantwortung für Claire übernehmen. Daher war natürlich auch das UKE daran interessiert, an die Kontakte im Handy zu kommen.

Die Schwester verschwand wieder wortlos den Flur hinunter. Sie kam bereits nach ein paar Augenblicken zurück und hielt ihm das goldene Smartphone wieder hin. Das Display leuchtete ihm entgegen. Schnell scrollte er durch die Adresslisten und gab der Schwester ein paar Nummern von einigen Mullers in Luxemburg sowie einer in London.

Unter dem aufmerksamen Blick der Kommissarin durchsuchte er weiter das Telefon. So unpersönlich und professionell, wie Claire ihr Büro eingerichtet hatte, so wenig »mädchenhaft«, trotz des goldenen Designs, pflegte sie auch ihre Software. Er musste nicht erst durch Unmengen von sinnlosen Apps scrollen, um an die Firmeninformationen zu kommen. Das machte es auch einfacher, in ihre Privatsphäre einzudringen – bis auf die Kontaktdaten von »Family & Friends« konnte er auch hier nichts Persönliches finden. Ihre Kurznachrichten reichten nur zwei Tage zurück, bis auf drei ältere, die sie wahrscheinlich noch beantworten musste, die aber mit dem Termin am Montag nichts zu tun zu haben schienen.

Als er den erwartungsvollen Blick der Polizistin in seinem Rücken spürte, drehte er sich zu ihr um und schüttelte bedauernd den Kopf. »Es tut mir leid, ich kann nichts finden, was den Vorfall von heute Nacht erklären könnte.«

Er hielt ihrem prüfenden Blick stand, während sie ihm noch einmal die Tüte Gummibärchen anbot. »Schade, aber da kann man wohl nichts machen.«

Er sah auf die Uhr. Fast 3.30 Uhr. Zeit, nach Hause zu gehen und ein paar Stunden zu schlafen. Er hielt ihr die Hand hin. »Hat mich gefreut, Sie kennenzulernen. Wollen wir hoffen, dass Ihr Einsatz hiermit erledigt ist.«

Sie nahm seine Hand und lächelte ihn an. »Sie melden sich sicherlich, falls Ihnen noch etwas auffallen sollte?«

»Natürlich. Auf Wiedersehen.«

KAPITEL 5

Robert Bornheim schlug die Augen auf und verfluchte sich und seine Dummheit. Er hatte dafür gesorgt, dass alles normal aussah, damit niemand Verdacht schöpfen konnte. Deshalb wollten sie erst am Montag fliegen, deshalb war er auch pünktlich nach Hause gegangen und hatte sie noch arbeiten lassen, so wie immer. Feuerbälle tanzten vor seinen Augen und er schloss sie wieder. *Claire, es tut mir leid.* Ihr Plan war gut gewesen, für die Kürze der Zeit und unter erschwerten Bedingungen sogar sehr gut. Doch jetzt lag sie im Koma und die Daten waren wahrscheinlich verloren.

Natascha war bereits im Bett gewesen, als Martins erster Anruf kam. Danach war er minutenlang wie erstarrt gewesen. Schließlich war er nur noch unruhig durch die Villa gestreift, bis er sich, mit einem Whisky und zwei Valium im aufgewühlten Magen, zu Natascha ins Bett gelegt und ihr beim Schlafen zugesehen hatte. Jetzt war er so verkrampft, dass er sich kaum bewegen konnte. Martin hatte versprochen, sich zu melden, wenn er mehr wüsste. Konnte er sich auf ihn verlassen?

Er griff zum x-ten Male zu seinem Handy. Keine neuen Nachrichten. Und erst 7.30 Uhr. Viel zu früh für irgendwas. Er stand vorsichtig auf und ging ins Erdgeschoss, um sich einen Kaffee zu machen. Das heiße, aromatische Getränk beruhigte ihn und er stellte sich vor das Panoramafenster im Wohnzimmer, um den Containerschiffen hinterherzusehen, die sich behäbig die noch schlafende Elbe hinunterschoben. *Claire, hast du mir die Wahrheit gesagt? Wir hat-*

ten doch eine Abmachung. Er las noch einmal die kurze SMS, die ihm Martin vor dessen eigenem Zubettgehen geschickt hatte. Plötzlich musste er grinsen. Sein Sicherheitschef textete in einer Art antiquiertem Telegrafenstil, so als würde auch die Textnachricht pro Wort kosten. *Claire im künstlichen Koma, Smartphone gesichert, kein Passwort gefunden. Setze Jensen morgen darauf an. Gute Nacht, Martin.*

Erstaunt sah er wieder auf die Elbe. Die Panik setzte ohne Vorwarnung ein und hielt ihn wie in einem riesigen Schraubstock, der von einer unsichtbaren Hand zugezogen wurde. Irgendetwas Festes drang in seinen Mund und seine Nase und nahm ihm die Luft zum Denken. Heftig schnaufend ließ er den Kaffeebecher fallen und ging in die Knie. Er presste Handflächen und Stirn auf das kühle Parkett, in einem fruchtlosen Versuch, sich zu beruhigen. Seine gekrümmte Haltung verhinderte zusätzlich die Zufuhr von Sauerstoff. Endlich zeigte sein Gehirn Mitleid und fuhr ihn runter.

Als er, eine Stunde später, mit einem wie von einem Laster überfahrenen Körper auf dem kalten Boden wieder aufwachte, schwor er sich, zukünftig vom Valium abzulassen. Diesmal wirklich. Er hörte Natascha über sich aufstehen und machte frischen Kaffee.

Kurze Zeit später stand seine Freundin vor ihm und musterte ihn kritisch. Sie sah unverschämt warm und rosig und verwuschelt aus. Wie aus einem glücklichen Leben.

»Du siehst fürchterlich aus.« Dankend nahm sie den Kaffeebecher in Empfang. »Ist etwas passiert?«

»Claire Muller liegt im Krankenhaus. Sie ist gestern Nacht im Büro zusammengebrochen und die Ärzte haben sie in ein künstliches Koma versetzt.«

Natascha stellte den Becher auf dem Küchentresen ab und setzte sich auf einen der Hocker. Robert war zu sehr mit seinen eigenen Gedanken beschäftigt, um zu bemerken, wie sich ihre Hände zu Fäusten ballten. »Künstliches Koma? Ist sie überfallen worden?«

»Nein.« Robert verdünnte seinen Kaffee mit Milch. »Obwohl, eigentlich weiß ich das nicht.« In wenigen Worten erzählte er, was er bislang von Martin gehört hatte.

»Das ist ja fürchterlich. Und du weißt nicht, ob es ein Unfall war?« Sie schlang ihre Arme um ihren Oberkörper.

»Ist dir kalt?«

Natascha nahm sofort eine andere Haltung ein. »Nein, überhaupt nicht. Ich weiß nur nicht, was ich davon halten soll.«

Robert sah sie überrascht an. Sie interessierte sich normalerweise nicht für die Bank. Sah er jetzt überall Gespenster? Ihm wurde schlecht vom Valium und er schluckte nervös. »Claire wird deine Anteilnahme sicherlich zu schätzen wissen.«

»Willst du denn gar nicht eingreifen?« Falls sie seinen spöttischen Unterton bemerkt hatte, ließ sie sich das nicht anmerken. »Diabetiker wissen genau, wie viel Insulin sie sich spritzen müssen, da muss etwas anderes passiert sein.« Sie ging zum Kaffeevollautomaten und drückte auf den Kopf. »Ich kenne mich da etwas aus, durch meine Tante. Sie hat Diabetes I und muss schon ihr Leben lang spritzen. Manchmal habe ich das auch schon für sie übernommen.« Sie sah zu ihrem Freund »Habt ihr nicht zusammen am Montag eine Präsentation in London?«

Sein Blick verfolgte sie durch die Küche. »Woher weißt du das?«

»Du hast es mir erzählt. Gestern oder so. Ich weiß nicht mehr genau.« Sie hatte seinen Becher nachgefüllt und hielt ihn ihm lächelnd entgegen. »Ist es so schlimm?«

Robert dachte an die letzten Monate. Und an vorgestern. Wie viel war in der Zwischenzeit passiert! »Ohne Claire macht der Termin keinen Sinn. Ich kann ihn sicherlich um eine Woche verschieben, mehr aber auch nicht. Wenn sie bis dahin nicht wieder fit ist …«

»Das ist doch Unsinn. Sie wird doch nicht die Einzige sein, die rechnen kann.«

»Rechnen?« Roberts Stimme überschlug sich plötzlich und Natascha trat unwillkürlich einen Schritt zurück. »Wir reden hier nicht von dem kleinen Einmaleins. Was Claire kann und worauf ich jahrelang gewartet habe, ist einzigartig. Vielleicht gibt es noch irgendwo jemanden auf ihrem Niveau, aber den muss ich erst mal finden!« *Finden und am Leben halten.*

»Dramatisierst du das nicht etwas? Was sagt denn überhaupt dein Vater dazu?«

Hinter seiner Schläfe begann es zu pochen. Sein Vater. Karl Bornheim. Ein Patriarch, wie er im Buche steht. Hart und kompromisslos, im Beruf wie im Privaten. Man konnte ihn schon fast als Klischee eines Bankiers in einem Museum für Wirtschaftsgeschichte ausstellen. Was ihn, Robert, seinen ältesten Sohn, zwangsläufig zu einem Klischee eines Bankiersohnes machte, der mit zu viel Disziplin und zu wenig Liebe aufgewachsen war und sich nun verzweifelt zu emanzipieren versuchte.

Er schüttelte den Kopf. Brillant analysiert, schlecht ausgeführt. »Der weiß nichts davon.«

»Von dem Projekt oder über Claires Zustand?«

»Beides. Und ich fürchte, wenn Martin nicht bald mit guten Nachrichten kommt, werde ich zu Kreuze kriechen müssen.« Er mied ihren Blick. *Warum spiele ich ihr etwas vor?*

Natascha umarmte ihn und sah ihn durchdringend an. »Du weißt, wie sehr ich dich liebe? Und dass ich immer dafür sorgen werde, dass dir nichts zustößt?«

Robert spannte seinen Rücken. »Warum sollte mir etwas zustoßen? Ich arbeite nur in einem Büro, nicht auf einem Hochseil. Und so schlimm ist mein Vater nun auch wieder nicht.«

Natascha ließ ihn sofort los und ging ins Wohnzimmer. Genau wie Robert starrte sie auf die geschäftige Elbe. »Natürlich hast du recht. Aber versprich mir, vorsichtig zu sein. Wirst du das tun?« Sie drehte sich wieder zu ihm um.

Vielleicht sollte ich ihr jetzt einen Antrag machen. »Natürlich, Liebe meines Lebens.« Er prostete ihr mit seinem Kaffeebecher zu. »Auf uns.«

Natascha drehte sich wieder zum Fenster. »Auf uns.«

*

»Hast du Frederica angerufen?« Annabelle sah zu ihrem Mann, der wie in Zeitlupe seinen Teller Gulasch aß. Ihrer jüngsten Tochter Jule hielt sie einen Löffel mit gemustem Bananenzwieback vors Gesicht und wiederholte die Frage. Als wieder keine Antwort kam, kratzte sie die Ränder der kleinen Schüssel ab und ließ den schmierigen Löffel vor dem Mund ihres Mannes tanzen. Diesmal würde sie nicht lockerlassen. Ben, ihr neunjähriger Sohn, war beim Fußball und ihre fünfjährige Tochter Rieke bei der Oma. Genug sturmfreie Bude für ein ernsthaftes Gespräch. Sie atmete tief durch und blies zum Angriff. »Hallo? Schläfst du schon?«

Christian ließ den halb mit Nudeln und Soße gefüllten Löffel vor der Nase schweben. »Ja, ja, klar.«

Ein anderer, voll mit Brei und Banane, bog ab und verschwand im Kinderschlund. »Ich habe dich gefragt, ob du sie angerufen hast. Sie hat doch Bereitschaft?«

»Ja. Und nein, habe ich nicht.« Er sah sie treuherzig an. »Das hat Amir erledigt.« Vorsichtig hielt er die Hand vor den Mund, um ein Gähnen zu unterdrücken.

Er sah erschöpft aus. Vielleicht sollte sie das Gespräch doch verschieben? Unentschlossen rührte sie den Matsch zu einem Sumpf, bis der lautstarke Protest ihrer Tochter sie aufschreckte. Nein, es musste sein. Die anfängliche Sorge um seinen Gesundheitszustand war einer neuen, der um das Arbeitspensum eines körperlich versehrten Polizisten im Nachtdienst, gewichen. Das konnte nicht lange gut gehen. Sah er das denn nicht? Sie füllte seinen Teller mit Nudeln auf. Außerdem war sie es leid, die Vermittlerrolle zu übernehmen. Zugegebenermaßen hatte keiner von beiden sie darum gebeten, aber wenn beide so stur waren und nicht verstanden, dass sie nicht nur sich, sondern auch ihrem Umfeld mit ihrem kindischen Gehabe schadeten, musste sie sich doch kümmern. Sie seufzte in den nächsten Löffel Brei.

»Was macht dein Knie?«

»Geht so. Wird bestimmt besser, wenn ich mich hinlege.« Mehr aus Höflichkeit setzte er nach: »Oder brauchst du mich noch?«

»Nein, Einkäufe sind erledigt. Hab ich heute Morgen gemacht, als du noch unterwegs warst.« Sie sah ihren Mann wieder direkt an. »Macht dir der KDD eigentlich Spaß?«

Christian hatte aufgegessen und schob den Teller von sich weg. »Ja, natürlich. Immer was los, viel Abwechslung und nette Kollegen, die auf ganz erfrischende Art und Weise das machen, was sie sollen, und nicht, was sie wollen.« Er sah angriffslustig zurück.

Hat er also doch ihren Vorstoß bemerkt. Na warte. »Du hast ja recht. Was Frederica da gemacht hat, war völlig indiskutabel. Dass sie überhaupt noch im Dienst ist, kann ich nicht verstehen.«

Christians Angriffsmiene fiel in sich zusammen wie ein punktierter Fahrradschlauch, aus dem die Luft mit einem Stoß entwichen ist. Eine Streiterei unter Freunden hätte ihn wieder zum Leben erweckt. Die vorbehaltlose Zustimmung seiner Ehefrau dagegen war für das Ansteigen seines Adrenalinlevels kontraproduktiv. Er musste wieder Gähnen, was seine Tochter mit einem blubbernden Lachen quittierte. »Ach? Schön, dass du endlich auf meiner Seite stehst. Und trotzdem willst du, dass ich den ersten Schritt mache?«

»Den zweiten Schritt. Oder eher den zwanzigsten. Wenn ich alle Kontaktversuche zusammenzähle, die Frederica seitdem unternommen hat.«

»Bitte keine Haarspalterei. Nur weil ihr ständig zusammen am Telefon hängt, hat das noch lange nichts mit der Tatsache zu tun, dass sie uns beide fast umgebracht hätte.« Er sah seine Tochter an. »Oder siehst du das anders?«

Annabelle schockierte die Aussage ihres Mannes nicht. Auch wenn ein Polizist in Deutschland weitaus ungefährlicher lebte als in anderen Ländern, war er dennoch jederzeit in Gefahr. Das hatte sie bei der Heirat gewusst. »Ja, das sehe ich anders.« Sie blieb ungerührt. »Der Einzige, der sich fast umgebracht hätte, warst du und nur du allein. Mag ja sein, dass ihr aufgrund ihres Alleinganges erst in diese Situation gekommen seid, aber spätestens, als du Matthias in dieser Lagerhalle vorgefunden hast, zusammengeschlagen und eingesperrt, war doch klar, dass du sofort hättest Verstärkung rufen müssen!«

Er verfluchte ihre Absprache, seiner Frau immer alles zu

erzählen. Keine Ermittlungsdetails, aber wenn es ihn persönlich betraf, wollte sie immer die Wahrheit wissen. »Mir war doch im Wagen mein Handy aus der Tasche gefallen«, erklärte er kleinlaut in Richtung seiner Tochter.

»Schlimm genug. Aber dich dann von einem halb schwachsinnigen Kleinganoven in die Elbe werfen zu lassen war reiner Zufall?« Annabelle hatte sich warm geredet. Alle Vorwürfe, die sie ihrem Mann in den letzten Wochen und Monaten an den Kopf hätte werfen wollen und sich aus Sorge um seinen Gesundheitszustand verkniffen hatte, wurden aus ihr herausgeschleudert wie kochend heißer Dampf aus einem Geysir. Jetzt gab es kein Zurück. »Hast du eigentlich dabei überhaupt an uns gedacht? Deine Familie, deine Kinder? Wir kann man nur so verantwortungslos handeln! Und das Allerbeste daran ist, dass Frederica ja auf dem Weg zu dir gewesen ist! Wärst du nicht so vorgeprescht, wäre die ganze Geschichte sicherlich anders ausgegangen und du hättest kein Messer in die Nieren gekriegt!«

Annabelle lehnte sich zurück. Erschöpft fuhr sie den letzten Löffel gelben Breis in den Mund ihrer Tochter ein. Sie hatte plötzlich das Gefühl, gegen eine Wand zu reden. Und sie fühlte sich schuldig. Sie hatte sich geschworen, nie wieder über das zu sprechen, was vor fünf Monaten vorgefallen war. Vielleicht war es besser, wenn sie sich nicht mehr einmischte. Sollten die beiden sich doch auf ewig bekriegen, Christian lebte, und das war das Wichtigste.

Christian war hinter sie getreten und massierte ihren Nacken. Sie schloss die Augen. Sofort entspannten sich ihre Schultern und sie hoffte, dass seine Hände weiterwandern würden. Es war schon viel zu lange her.

»Als mich dieser scheiß Messerstich lahmgelegt hat und ich mir beim Sturz in die Elbe das Knie zertrümmert habe, war das das Einzige, woran ich denken konnte. An dich und die Kinder. Deshalb, und nur deshalb, bin ich heute hier.«

Sie sah zu ihm hoch und gab Jule ein Spielzeug in die Hand. Seine Hände hielten Wort.

*

Wird auch Zeit, dass du mich mal wieder besuchen kommst!« Frederica blieb eine Antwort erspart, da Steffen sowieso niemanden zu Wort kommen ließ. Er umfasste seine kleine große Schwester und drückte sie fest an seine Eishockey-montur. »Wie war das ›Essen mit Freunden‹?«

Sie holte gespielt mühsam Luft. »Lass mich runter, sonst sage ich gar nichts. Das ist das zweite Mal in Folge, dass du Mamas Essen geschwänzt hast. Nächsten Monat kommst du, oder …«

»Oder was?« Er hielt sie wie eine Puppe vor sich in Augenhöhe und strahlte sie an. »Du bist schließlich meine große Schwester und musst für mich geradestehen. Gehen wir heute Abend feiern?«

Frederica befahl ihm, sie wieder hinzustellen. »Kann nicht, hab Bereitschaft.«

Steffen nahm den Helm ab und wischte sich über die schweißnasse Stirn. »Im Ernst, danke, dass du dich um Mama kümmerst. Ich sage ihr ja immer, dass sie sich einen Mann suchen soll, dann wäre sie auch nicht so versessen auf Enkel. Da geht noch was, bei ihrem Aussehen. Aber seit Papas Tod ist da nichts passiert.« Er sah Frederica schel-misch an. »Weißt du, warum?«

»Jedenfalls nicht, weil sie ihm nachtrauert«, erwiderte sie trocken. »Du warst noch zu klein, um das zu verstehen, aber sie wollten sich scheiden lassen. Getrennt waren sie schon lange.« Sie dachte an die Bilder ihres leichtlebigen, dennoch pflichtbewussten Vaters, die in den schweren Silberrahmen seltsam verspannt ausgesehen hatten. Kurz nach seinem Selbstmord hatte ihre Mutter sie weggeräumt. Henning Marquardt dagegen, der ehemalige Kollege ihres Vaters bei der Mordkommission, wäre sicherlich Freyas Kragenweite gewesen. Und der ihrer alten Hamburger Familie. Politisch begabt, hatte er es bereits bis zum Präses geschafft. Der Senator für Inneres und Sport würde es noch weit bringen.

»Was ist eigentlich mit diesem Marquardt? Haben die vielleicht was miteinander?«

Fredericas Augen weiteten sich. »Marquardt ist verantwortlich für Papas Tod.«

Steffen seufzte auf. »Die alte Leier. Fredy, keine Ahnung, was dich da reitet, aber wenn es dir so wichtig ist, wieso findest du es nicht raus?«

»Das stellst du dir etwas zu einfach vor. Ich kann nicht mal eben …«

»Natürlich kannst du mal eben«, unterbrach er seine Schwester, »du kannst ja mal damit anfangen, seine Akte zu lesen. Kommt jeder Idiot drauf. Kann ja nicht so schwer sein, an die ranzukommen, Frau Kommissarin?« Steffen gab ihr einen Kuss, setzte sich seinen Helm wieder auf und ging zurück aufs Eis. Er winkte ihr noch kurz zu, bevor seine Teamkollegen ihn wieder in ihre Mitte nahmen und die geschlossene Mauer aus Menschenkörpern ihr die Sicht versperrte. Eine Phalanx, standfest und unerbittlich gegen jeden Feind. Eine Familie.

Papa, warum waren wir das nie? Und warum hast du mir nichts gesagt?

Die Menschenkörper trennten sich, fuhren Spiralen auf dem Eis und formierten sich neu. Der Puck schien jeweils über die spiegelglatte Oberfläche zu schweben, bevor er mit einem ruckartigen Schlag weitergeschossen wurde.

Frederica hatte vergessen, eine Jacke mitzunehmen. Fröstelnd verließ sie das Stadion der Hamburger Freezers und fuhr aus Hamburg-Farmsen zurück in die Innenstadt.

KAPITEL 6

18. Mai 2018, 16.30 Uhr
Swinford Bridge, Cumnor, Witney, OX29 4BY, 8 km
vor Oxford, Vereinigtes Königreich

Vanessa Cunningham war schlecht gelaunt. Missmutig stieß sie ihren kleinen Bruder in Richtung der Mautbrücke vor sich her. »Rory braucht einen Haarschnitt«, hatte Mum zu ihr gesagt, als sie sich gerade zu einem Einkaufsbummel mit ihren acht besten Freundinnen verabschieden wollte. Den konnte sie jetzt natürlich vergessen. Rory bekam dafür einen extra Stoß die Brücke hoch, über den er sich prompt lautstark beschwerte. Vanessa seufzte. Wie lange sollte sie denn noch babysitten? Mit einem Siebenjährigen im Schlepptau würde sie nie den süßen Finn kennenlernen, der sich freitagnachmittags immer in der Mall herumtrieb. Sie war doch schon zwölf. Wenn das so weiterging, würde sie als alte Jungfrau sterben.

In der Brückenmitte zog sie ihren Handspiegel aus der Tasche und malte sich die Lippen rot. Mum würde den Lippenstift erst morgen früh vermissen, wenn sie sich für die Arbeit fertig machte. Bis dahin würde er wieder in der Schublade liegen, versprach sie sich etwas ängstlich. Konzentriert starrte sie in den Spiegel und gab ihr Bestes.

»Mir ist langweilig«, schrie Rory gegen den Laster an, der sich an ihnen vorbei über die schmale Brücke quälte. Rory war ein praktischer Junge, der Worten gerne auch Taten folgen ließ. Er schlug Vanessa von unten gegen die Hand und ließ den Lippenstift in hohem Bogen über das Brückengeländer fliegen.

»Du Idiot!« Panisch beugte sich Vanessa über die Brücke, als könne sie den Lippenstift auf seinem Weg in die Themse aufhalten.

Was sie außerdem nicht rückgängig machen konnte, war der Zustand der jungen Frau, die mit ihrem Hals an einem Seil, unsichtbar für den zufällig vorbeilaufenden Fußgänger, am Brückengeländer hing. Ihre rot geschminkten Lippen starrten Vanessa regelrecht ins Gesicht. Und Vanessa starrte fasziniert zurück.

Um 18 Uhr stellte der Notarzt den Tod der jungen Frau fest. Wer sie war, konnte man erst nach erheblichen Recherchebemühungen feststellen, da sie weder Papiere noch einen Schlüsselbund bei sich trug. Die Todesursache von Informatikstudentin Maggie Smiles war eine zerebrale Ischämie und eine Fraktur des Dens axis.

KAPITEL 7

Gegenwart

Martin Terborn scrollte auf seinem Smartphone durch seine Kontakte. Vor ihm, auf seinem Couchtisch im Wohnzimmer, stand Claires aufgeklapptes Notebook. Er hatte bereits so lange auf das Feld für die Passwort-Eingabe gestarrt, dass er sich wünschte, eine kleine Elfe würde das Zauberwort vorbeibringen. Müde fuhr er sich über die Augen. Weder hatte Claire es in ihrem Smartphone hinterlegt, noch konnte er es aus den wenigen Informationen, die er über sie hatte, erraten. Also musste Philip Jensen ran. Der IT-Nerd war vor zwei Jahren über ein Pflichtpraktikum bei »Severin & Partner« gelandet und, ohne sein Bachelorstudium wieder aufzunehmen, als Junior-Administrator geblieben. Er war sowohl pfiffig als auch verschwiegen genug, um der richtige Kandidat für den Einbruchsversuch zu sein.

»Hallo, Philip, hier ist Martin Terborn. Kann ich Sie um einen Gefallen bitten? Es ist wichtig, sonst würde ich Sie nicht an Ihrem freien Wochenende stören.«

Falls Philip Jensen über den Anruf erstaunt war, ließ er sich das nicht anmerken. »Hi, Herr Terborn. Natürlich, kein Problem, ich habe nichts Besonderes vor.«

Haben das diese Nerds jemals? Wie alt war Philip? 21, 22? »Das ist gut. Ich habe ein Problem mit einem Notebook und da dachte ich an Sie. Es ist allerdings etwas heikel.«

Philip Jensen dachte schnell. »Dateien knacken? Wenn es der Firma dient, bin ich dabei. Soll ich ins Büro kommen?«

Sie verabredeten sich kurzfristig in der Speicherstadt. Martin zog sich pfeifend seine Schuhe an. Solange ihn nur diese Polizistin in Ruhe ließ. Es fiel ihm unangenehm auf, wie sehr sie noch in seinem Kopf herumspukte.

»Willst du noch einmal weg?« Inge sah ihn fragend an. Ihre Mundwinkel umspielte ein spöttischer Zug. »Du wolltest doch nicht schon wieder weggehen, ohne mir Bescheid zu sagen?«

Er gab ihr einen langen Kuss und nahm seine Schlüssel. »Ich muss noch mal in die Bank, sorry.«

Inge öffnete ihm die Wohnungstür. »Schon gut. Ich bin sowieso verabredet.« Neugierig sah sie auf seinen Schlüsselbund. »Seit wann hast du einen Schlüsselanhänger?«

Verwirrt starrte er auf die dicke Sängerin, die er, um sie nicht zu verlieren, an seinen Bund gehakt hatte. »Ach, das ist eine lange Geschichte. Erzähle ich dir ein anderes Mal.«

Inge nickte, bereits auf dem Weg ins Bad. »Ruf an, wenn du fertig bist.«

✳

»Was willst du, ich habe Bereitschaft.« Frederica merkte, dass sie ihren Wochenenddienst als Ausrede schon reichlich überstrapaziert hatte, aber es versprach ja auch, ein außergewöhnliches Wochenende zu werden. Erst das Abendessen mit ihrer Mutter und dann auch noch der Anruf von ihrem Ex Matthias Carstensen, den sie seit ihrem gemeinsamen Fall vor fünf Monaten nicht mehr gesehen hatte.

Er hatte sie um ein Treffen gebeten, zu dem sie wie üblich pünktlich erschienen war. Und wie üblich hatte sie auf ihn warten müssen. Aber ihre unwirsche Begrüßung hatte eine andere Ursache.

Sie war nicht überrascht gewesen, als ihr Dezernatsleiter Thomas Wolf ihr vor zwei Jahren sagen musste, dass Matthias bei einem Einsatz im Hafen erschossen worden war. Die Konsequenzen seines Handelns interessierten ihn nicht und sie hatte das akzeptiert, weil der Vertrauensbruch ihres Vaters, der sich ohne Erklärung aus ihrem Leben gestohlen hatte, als sie gerade 18 geworden war, es nicht zuließ, dass sie sich jemals wieder auf einen Menschen verlassen würde. Aber dann kam Matthias und mit ihm eine weitere wichtige Lektion.

Während sie vor fast einem halben Jahr in dem Mord im Grindel ermittelt hatte, war er wieder auferstanden. Es stellte sich heraus, dass er damals nur verletzt und, da ihn alle für tot hielten, als verdeckter Ermittler eingesetzt worden war. Ohne sie auch nur darüber in Kenntnis gesetzt zu haben.

»Aber, Shorty, warum so maulig? Ich hab doch versprochen, mich zu melden. Und was soll ich sagen? Hier bin ich!«

Frederica verschränkte demonstrativ die Arme vor der Brust und blieb sitzen. Matthias, der mit weit ausgebreiteten Armen auf sie zugekommen war, drückte sie mit einem dicken Schmatzer an sich. Während sie sich mühsam aus seiner Umarmung schlängelte, sah sie, wie die weiblichen Besucher verstohlen einen Blick auf den gut aussehenden Mann warfen, der weitaus jünger wirkte als seine 41 Jahre. »Hochachtung, nur 20 Minuten zu spät. Hast du eine Therapie gemacht?«

»Autsch, das tut jetzt weh. Wo ich doch bei dir immer extrem pünktlich bin.« Er sah sich suchend um. »Gibt es hier was Leckeres zu trinken?«

»Hier ist alles lecker.«

»Leckerer als bei dir zu Hause, das gleich um die Ecke ist?«

»Bei mir zu Hause ist nichts lecker.« Frederica ordnete ihre Frisur und sah an ihm vorbei. Sie hatte sich nur leicht geschminkt und ein Kleid ohne tiefen Ausschnitt angezogen. Es fiel ihr schwer, einen neutralen Ton zu halten. »Also, was ist so dringend?«

Matthias setzte sich und strahlte sie offenherzig an. »Ich dachte, wir könnten uns bei dir einen schönen Nachmittag machen. Ich hätte auch Kuchen mitgebracht.«

»Hoffentlich keinen mit Sahne.«

Nur wenige Menschen wussten, dass Matthias mit seiner treuherzigen Art seine verlorene Kindheit im Waisenhaus überspielte. Fredericas Ausstrahlung wurde weicher und Matthias beugte sich nach vorne. »Natürlich nicht. Ich habe nichts zum Wechseln dabei.« Er sah sie zufrieden an. »Du siehst toll aus. Die Sommerbräune steht dir. Wieso haben wir eigentlich nie an einem Südseestrand Urlaub gemacht? Dich im Bikini würde ich mir jederzeit gefallen lassen.«

»Weil wir eigentlich nie zusammen Urlaub gemacht haben. Ging dann ja auch nicht mehr, als du tot warst.«

»Ach ja, stimmt … Hör mal, deswegen habe ich dich angerufen.« Matthias sah der Bedienung hinterher, die kurz vor ihm stehen geblieben war und ihn offensiv angelächelt hatte. Jetzt fixierten seine hellblauen Augen wieder Frederica. »Wir haben uns gar nicht richtig unterhalten können, damals, als wir die Nummer mit dem Apotheker durchgezogen hatten.« Er sah wieder der Bedienung hinterher. »Und ich wollte …«

Frederica schüttelte den Kopf. »Was soll das werden? Eine Entschuldigung? Nicht nötig.« Sie war ärgerlich seinem Blick gefolgt. »Was willst du von mir? Geld vielleicht?« Sofort biss sie sich auf die Lippen. Matthias war zehn gewesen, als seine Familie bei einem Verkehrsunfall ums Leben gekommen war.

Jemandem zu vertrauen, sich nur scheinbar zu entschuldigen, gehörte nicht zu seinem Repertoire an Spitzfindigkeiten. »Entschuldige, ich habe nicht gut geschlafen.«

Der schmerzliche Ausdruck in seinen Augen war echt. »Bereitschaft, ich weiß. Schon gut, Shorty. Ich weiß ja selber, dass es falsch gewesen ist, dir nicht zu sagen, dass mich diese Halbaffen nicht erschossen haben. Einfach so aus deinem Leben zu verschwinden und plötzlich wieder aufzuerstehen, war uncool.« Er sah sie so unschuldig an, als hätte er ihr gerade den Diebstahl von Plätzchen gebeichtet. »Alles wieder gut?«

Frederica hatte es sich versprochen und sich in den Arm gezwickt, um nicht einzuknicken. Jetzt aber konnte sie sich nicht mehr beherrschen und sie ließ es geschehen. Tief, melodiös und ehrlich drang ihr Lachen an die Oberfläche und schwirrte wie ein fester Kuss um Matthias herum. »Nein, nichts ist gut. Aber mach dir keine Gedanken, ich werde es überleben. Und bevor du fragst – nein, wir können keine besten Freunde werden. Denn wir waren es immer schon und werden es immer sein. Egal, was passiert.«

»Egal, was passiert?« Matthias, der auf Fredericas Ausbruch gewartet zu haben schien, hatte sich zufrieden zurückgelehnt und seinen Espresso getrunken, den die Bedienung mit einem Anflug von Grandezza vor ihm abgestellt hatte. Jetzt aber wurde er ungewohnt ernst. Er suchte in der winzigen Tasse nach Kaffeeresten. »Nach unserem Fall habe ich einen Kollegen gebeten, ein Auge auf dich zu haben ...«

Frederica verschränkte wieder die Arme vor der Brust. Ihr weißes Leinenkleid fühlte sich plötzlich unangenehm klebrig an. »Was meinst du damit?«

Matthias hob abwehrend die Hände. »Beruhige dich, das war meine Entscheidung, weder dein Chef noch sonst wer hat mich auf dich angesetzt, okay? Ich wollte dich nur im Auge behalten, damit du dich nicht wirklich umbringst.« Er setzte grinsend nach: »Wenn auch nur in Ausübung deines Dienstes, versteht sich.«

Frederica seufzte. Ein außergewöhnliches Wochenende, in der Tat. »Erst Christian, den mir der Wolf hinterhergeschickt hat und der auf mich aufpassen sollte, und jetzt auch noch du!« Sie rollte mit den Augen. »Jeder ist froh, dass wir den Apotheker aus dem Verkehr gezogen haben. Dafür hat sich der Wolf auch schön die Lorbeeren aufgesetzt, während er mich suspendiert hat.« Sie hatte sich einen Eiskaffee bestellt, dessen Reste sie jetzt lautstark durch den Strohhalm ausschlürfte. »Meinetwegen, ich interessiere mich nicht für Karriereleitern. Aber dann nie wieder einen Ton darüber zu verlieren und so zu tun, als hätte ich sie nicht mehr alle? Typisch Mann.«

Matthias nahm ihr angewidert den Glasbecher weg. »Du hast sie ja auch nicht mehr alle. Aber ich find's sexy. Apropos: Hast du eigentlich noch den alten Mercedes? Kann ich mir den mal ausleihen?«

Frederica holte sich den Becher zurück und schlürfte weiter. »Verwirr mich nicht. Wir waren beim Thema Stalking stehen geblieben.«

»Ach ja, richtig. Ich weiß von deinem Einsatz letzte Nacht. Willst du dich weiter um die komatöse Angestellte von »Severin & Partner« kümmern oder ist das vom Tisch?«

Frederica sah zur Bedienung, um Zeit zu gewinnen. Mal wieder wünschte sie sich, sie wäre nicht bei 1,60 stehen geblieben. Nur acht Zentimeter mehr, und vielleicht würde sie dann nicht jeder auf einem Spitzenuntersatz in die Vitrine stellen und regelmäßig abstauben wollen. »Auch wenn böse Zungen anderes behaupten – ich habe ganz regulär meine

Polizeiausbildung absolviert, mit ein paar Kursen Jiu Jitsu on top. Also, was ...«

Matthias griff wieder nach dem Becher, entschied sich dann aber um. »Ja, ich weiß. Also: Solange sie nicht stirbt, besteht für dich keine Veranlassung zu ermitteln, richtig?«

»In der Bank, meinst du? Wahrscheinlich nicht. Ist das wichtig?«

Matthias nickte. »Was ich eigentlich sagen will, ist, pass bitte auf dich auf. Dort ist vieles nicht das, was es zu sein scheint. Die Verbindungen dieser Bank zu gewissen Geschäftsleuten aus Afrika, genauer Nigeria, sehen nicht gut aus. Wir stehen noch am Anfang unserer Ermittlungen, aber die Bornheims sind nicht koscher.«

Frederica bestellte sich einen neuen Eiskaffee. »Inwiefern?«

»Karl Bornheim hat die Bank von seinem Vater übernommen, der im Nachkriegsdeutschland sein Geld auf dem Schwarzmarkt gemacht haben soll. Der Sohn hat die Bank in den späten Siebzigern übernommen und sie als Privatbank fortgeführt. Wer genau die Kunden sind – oder bis zur Abschaffung des Bankgeheimnisses in 2017 waren – lässt sich nicht genau ermitteln. Aber Karl Bornheim ist immer wieder durch bestimmte Kontakte in den Nahen Osten, später nach Afrika aufgefallen.« Er bestellte sich noch einen Espresso. »Seit zwei Jahren können keine Bargeldgeschäfte mehr über 10.000 Euro anonym abgeschlossen werden. Und seitdem diese von den Banken gemeldet werden müssen, scheint sich der Senior ein neues Geschäftsfeld erschlossen zu haben.« Er sah sich kurz um. »Kryptowährungen sind der neue heiße Scheiß, wenn es um anonyme Transaktionen geht. Besonders zur Anlage und Spekulation. Unmöglich zu überwachen.«

Frederica nahm den neuen Eiskaffee entgegen und rührte ihn mit dem Strohhalm um. »Und Claire Muller ist der ›digitale Superstar‹, der sich verkalkuliert hat?«

»Vielleicht. Vielleicht hat sie aber auch nur ihren Zweck erfüllt. Der Senior hat da seine Finger drin. Was genau er macht, wissen wir noch nicht, aber er hat seine Aktivitäten in Nigeria, dem Land der Kryptowährungen, massiv ausgebaut. Was das bedeutet, kannst du dir vorstellen.«

Frederica nickte. In dem wirtschaftlich und politisch höchst instabilen Land waren Entführungen, terroristische Anschläge und immer wieder lokal ausbrechende Konflikte an der Tagesordnung. Die sogenannte »Nigeria-Connection« mit ihren Phishingmails, die dazu auffordern, die Millionen eines unbekannten Onkels sicher zu verwahren, ist nur die harmlose Spitze des Eisbergs. Sie dachte kurz nach. »Ich behaupte, dass Karl Bornheim eine, über das übliche Maß hinausgehende, narzisstische Persönlichkeitsstörung aufweist. Nur wer wenig Empathie besitzt und sich gleichzeitig maßlos selbst überschätzt und diese Selbstüberschätzung gerne zur Schau trägt, wird gegen die hohen Risiken solcher Geschäftsverbindungen immun sein.« Sie trank ihren zweiten Eiskaffee aus. »Ein gefährlicher Mann mit gefährlichen Kontakten. Du gehst also davon aus, dass die Überdosis Insulin kein Unfall war?«

Matthias pfiff leise. »Das war's also? Ist sie denn Diabetikerin?«

»Zumindest hatte sie ein Insulinset in einer Tasche dabei.«

»Ich wette, sie ist keine.«

Frederica nickte. »Da halte ich nicht gegen. Ich werde sie mir einmal in wachem Zustand ansehen und mich dann entscheiden.«

Matthias musterte sie heimlich von der Seite. »Seid ihr immer noch alleine, Tanja und du?«

Tanja Buchholz war die junge Kollegin im Dezernat, eine Expertin auf dem Gebiet IT, Onlinerecherche und Social Media. Der versuchte Mord an ihrem Teamleiter Christian Lauterbach hatte sie besonders schwer getroffen.

»Warum fragst du?«

Die Antwort fiel ihm sichtlich schwer. »Weil du … Weil sie …, wann kommt Christian denn zurück?«

Frederica wunderte sich über ihre gleichmütige Antwort. Sie hatte mehr ungläubig als ärgerlich seinen Namen auf dem Bericht zu seinem Einsatz in der Bank gelesen und die Kopie, die sie sich ausgedruckt hatte, sofort geschreddert. Soll er doch in der Hölle schmoren, sie würde sich nicht mehr kümmern. »Das weiß ich nicht.«

»Weil er es nicht weiß oder weil ihr nicht miteinander redet?«

»Macht das denn einen Unterschied?«

Matthias seufzte. »Bei dir wahrscheinlich nicht.«

»Matthias, ich habe es wirklich versucht. Aber zu einer Aussprache gehört bekanntlich mehr als eine Person. Selbst seine Frau Annabelle dringt nicht zu ihm durch.«

»Ist ja schon gut. Ich wäre nur wesentlich beruhigter, wenn er auf euch aufpassen würde.«

Frederica öffnete den Mund, schloss ihn aber sofort wieder. Es machte einfach keinen Sinn.

*

Der Hamburger an sich war normalerweise nicht so leicht aus der Ruhe zu bringen, aber ein regenloser, blauer Himmel mit 35 Grad war nichts, was er gleichmütig hinnehmen konnte. Martin Terborn musste sich daher durch eine wild gewordene Blechlawine quälen, dessen Fahrzeuge allesamt keine Klimaanlage zu haben schienen und ihre Fahrer zu puterroten Verkehrsmonstern mutieren ließen. Nach endlosen 30 Minuten, und damit einige Minuten zu spät, erreichte er die Bank. Schnell parkte er seinen Wagen und hielt nach Philip Jensen Ausschau. Bald sah er einen schlaksigen Jungen in Jeans, einem T-Shirt und, trotz der hochsommerlichen Temperaturen, mit einer Wollmütze auf dem Kopf um die Ecke kommen. Er saß auf einem Mountainbike, das mit Sicherheit mehr als ein Monatsgehalt gekostet hatte. *Sein* Monatsgehalt, nicht das des Nerds. Mit quietschenden Bremsen blieb der Junge vor Martin Terborn stehen. Mit Genugtuung stellte Martin fest, dass der halb so alte Mann außer Atem war.

»Sorry, aber ich hatte nicht gedacht, dass der Verkehr heute so schlimm ist.«

Martin reichte ihm die Hand. »Kein Problem, schön, dass Sie kommen konnten.« Er ging vor und öffnete mit seiner Codekarte die Seitentür. Er hielt sie Philip auf, damit er sein Rad hindurchschieben konnte. Gemeinsam gingen sie an dem Springbrunnen vorbei durchs Atrium.

Jetzt endlich reagierte auch der Wachmann. Er trat aus seinem Glaskasten heraus und musterte die beiden. »Guten Tag, kann ich Ihnen helfen?«

Martin ließ seinen Blick langsam von oben bis unten an dem Mann entlanggleiten. »Ich bin Martin Terborn. Und Sie sind?«

Der Wachmann sah ihn irritiert an. »Ich bin vom Wachdienst, der SecurTec. Ich bin für einen kranken Kollegen eingesprungen.« Sein Griff ging zur Taschenlampe, die an seinem Gürtel hing. »Sie arbeiten hier?«

Entnervt signalisierte Martin Philip, dass er weitergehen sollte, und baute sich vor dem Wachmann auf. »Ja, wir arbeiten hier. Wir sind durch den Nebeneingang hereingekommen. Haben Sie uns nicht gesehen?«

Der Wachmann sah aus, als hätte man ihn bei einem Seitensprung ertappt. »Doch, doch, aber ich sah keine Veranlassung, Sie früher anzusprechen.«

Martin wurde lauter. »Wenn Sie ›keine Veranlassung‹ sehen, jemanden anzusprechen, den Sie nicht kennen und der an einem Wochenende durch die Seitentür hereinkommt, dann kann das nicht nur Ihren Job, sondern Menschenleben kosten! Das war das erste und letzte Mal, dass Sie im Dienst geschlafen haben. Haben wir uns verstanden?«

Der Wachmann sah ihn beleidigt an, nickte aber mehrmals und verschwand wortlos im Glaskasten.

Philip Jensen vermied den Blickkontakt, während sie auf den Fahrstuhl warteten. »Hätte er uns denn überhaupt sehen können? Mir scheint eher, dass ...«

»Darum geht es nicht«, unterbrach ihn Martin schnell. »Er hat einen Job und den soll er machen. Ich kenne ihn nicht, also kennt er mich nicht, wie kann es also sein, dass ich hier durch das Foyer laufe und er nicht reagiert?« Er sah Philips ängstliche Miene und biss sich auf die Zunge. Er hatte bereits genug gesagt.

Philip nestelte an seinem Rucksack. »Verstehe schon. Scheint Ihnen ja echt wichtig zu sein.«

»Ja, ist es mir. Sicherheit geht vor. Insbesondere seit gestern Nacht.« Sie erreichten den vierten Stock und Martin verließ als Erster den Fahrstuhl. Ohne auf Philip und sein Fahrrad zu warten, ging er zu seinem Büro. Er zeigte wortlos auf den Besucherstuhl vor seinem Schreibtisch, setzte sich dahinter und musterte Philip lange, bevor er sprach. »Erst einmal vielen Dank, dass Sie so kurzfristig Zeit hatten. Ich möchte Sie über einen Vorfall informieren, der sich gestern Abend hier in der Bank zugetragen hat. Dann werden Sie auch meine Reaktion auf den unaufmerksamen Wachmann verstehen«, log er.

Während Philip mehr fasziniert als geschockt zuhörte, schielte er auf das Notebook, das der Sicherheitschef währenddessen aufklappte und hochfuhr. »Und das soll Claires Notebook sein?«, entfuhr es ihm spontan.

Martin Terborn hielt interessiert inne. »Wie gut kennen Sie Claire?«

»Na ja, wie man die User halt kennt. Ich habe ihr das Notebook erst vor ein paar Wochen eingerichtet und ihr den Sticker über den Apfel geklebt. Die meisten Frauen finden das leuchtende Apple-Logo hässlich, daher habe ich Aufkleber besorgt. Claire hat einen Apfelbaum bekommen ...«, Philip grinste kurz, als wäre das ein besonders origineller Witz, »... aber hier klebt keiner.« Mit geübten Händen nahm er das Notebook, zog die Knie an und legte es sich auf den Schoß. Konzentriert sah er auf den Bildschirm. »Hm. Die Marke kenne ich, aber das Passwort-Fenster habe ich noch nie gesehen.« Er blickte auf. »Sind Sie sicher, dass es eines von unseren ist?«

Das Apple-Logo strahlte ihm freudig entgegen. Terborn lehnte sich zurück und musterte Philip. Der Junge war etwas zu aufmerksam. Noch ein Grund mehr, sich zu beeilen. Er sah auf sein Handy. Keine SMS, keine entgangenen Anrufe. »Können Sie es entsperren?«

Philip drehte das Notebook über alle Seiten, als würde er das Passwort als Aufkleber auf der Hülle suchen. Martin schloss die Augen. *Hoffentlich nicht ...*

»Na ja, so einfach kann ich das nicht beantworten, ich müsste mal gucken, wie der Stand ist, dann ...«

Martins Geduldsfaden riss wie ein zu stark gespanntes Drahtseil und flog Philip um die Ohren: »Wie der Stand ist? Was für ein Stand soll das sein? Hier ist ein Notebook, und wenn ich es aufklappe, will dieses Ding ein Passwort haben. Ich habe dieses Passwort nicht und die einzige Person, die es kennt, liegt im UKE und ist nicht bei Bewusstsein. Reicht das?«

Philip zeigte sich unbeeindruckt. »Schon, aber ...«

Wieder unterbrach ihn Martin. Die Anspannung ließ ihn persönlich werden: »Noch mal: Wie lange brauchst du, um diese Sperre zu knacken, zu hacken oder was auch immer? Gib mir eine Zeit, nenn mir irgendwelche relevanten Daten.«

Philip sah ihn misstrauisch an. »Okay. Gehen wir mal davon aus, dass es eines von unseren ist. Wie Sie wissen, vielmehr selbst angeordnet haben, sind unsere Rechner personalisiert. Das Passwort haben also nur die Anwender. Aber auch über die Sicherung kommen wir nicht unbedingt weiter, denn je nach Sicherheitslevel kann der Mitarbeiter die Sicherung selber sperren.« Er sah den Sicherheitschef unglücklich an. »Und soweit ich weiß, hat Claire alle ihre Daten aus dem Back-up-Programm gesperrt.«

Martin lehnte sich zurück. Seine Miene hatte einen gefährlichen Zug angenommen, den Philip nicht einordnen konnte. »Sie hat also die Berechtigung, selber zu entscheiden, welche Daten in der Cloud oder sonst wo gespeichert werden?«

Philip sprach vorsichtig weiter. »Claire geht sehr sorgfältig mit ihren Daten um. Und sie hat mich extra noch einmal gefragt, wie sie alle unbeaufsichtigten Back-ups deaktivieren kann, und es sich zeigen lassen.«

Martin Terborns Stimme blieb ruhig, während sich seine Augen leicht verengten. »Wir kommen also weder an das Passwort, noch können wir Back-ups zurückspielen.« Er sah dem Admin direkt in die Augen. »Aber vielleicht ist das gar nicht Claires Notebook? Können Sie es jetzt öffnen oder nicht?«

Philip kratzte sich an der Nase. »Doch, vielleicht, aber das ist nicht so einfach. Außerdem kann ich nicht so mir nichts, dir nichts fremde Notebooks knacken. Wenn das jetzt …«

»Öffne das verdammte Ding!« Martin Terborns aufkeimende Frustration schwebte über ihren Köpfen wie schwarze Gewitterwolken.

Der Nerd sah kurz hoch und zog den Kopf ein. »Ich habe mal in einem Thread gelesen, dass man mit einem Root-Account das Passwort zurücksetzen kann, aber dafür …«

»Ich verstehe kein Wort!«, unterbrach Martin ihn. »Können Sie mir bitte jetzt sagen, wie schnell Sie an die Daten kommen? Brauchen Sie einen zusätzlichen finanziellen Anreiz? Soll ich vielleicht Robert Bornheim anrufen?«

Philip wirkte beleidigt. »Das wird nicht nötig sein. Ich bin mir nur nicht sicher, ob es klappt.«

Terborn zählte bis zehn. Er sah wieder auf sein Handy. Immer noch keine Neuigkeiten. »Ich wollte sowieso noch ins UKE. Vielleicht gehen Sie in Ihr Büro und fangen an?« Er sah Philip aufmunternd an.

»Natürlich, gute Idee. Ich melde mich dann.«

Martin holte sich einen Kaffee, um seine Nerven zu beruhigen. Er setzte sich wieder an seinen Schreibtisch und schloss die Augen. Wie er es hasste, wenn er Situationen nicht unter Kontrolle hatte. Zu viel konnte dabei passieren. Zu viel, dass nie wieder rückgängig gemacht werden konnte.

Zu viele Fragen, die gestellt und nicht beantwortet werden. Zu viele Nächte ohne Schlaf und zu wenig Hoffnung auf bessere Tage. Er nahm Claires goldenes Smartphone in die Hand und starrte es an wie eine Trophäe. In seiner Welt gab es keine Zufälle. Nur solche, die entworfen werden.

Er griff gerade zu seinem Schlüsselbund, als sein Festnetz klingelte. *Philip Jensen*, stand im Display. Verwundert nahm er ab. »Haben Sie es schon geschafft?«

»Nein, das nicht, aber ich habe etwas Interessantes entdeckt. Ich dachte mir, bevor ich mich ans Notebook setze, überprüfe ich mal die Server-Logs. Dabei habe ich festgestellt, dass Claire sich gestern Vormittag gegen 9 Uhr mit ihrem Notebook ins Netz eingeloggt hat. Erst um 22.48 Uhr hat sie den Rechner runtergefahren, nur um ihn ein paar Minuten später wieder zu starten. Diesmal aber, ohne sich ins Netz zu hängen.« Philip Jensen machte eine bedeutsame Pause.

»Aha. Und, was heißt das jetzt? Kann doch sein, dass sie nur lokal arbeiten wollte und keine Daten aus dem Firmennetz brauchte.«

»Theoretisch möglich, aber praktisch nicht einfach umzusetzen. Beim Starten des Notebooks muss sie immer das von ihr eingerichtete Passwort eingeben. Und wenn sie dabei in der Nähe unseres WLANs ist, wird dies automatisch mitgeloggt. Warum sollte sie das Notebook mühsam offline starten wollen?«

Martin fühlte wieder diese leichte Irritation in sich hochsteigen, die diese dramatischen Ankündigungen des Nerds in ihm erzeugten. »Und das heißt?«

»Erst einmal gar nichts. Vielleicht wollte sie ja nur ihr Passwort ändern und hatte dann vergessen, die AGBs zu akzeptieren, bevor sie eigentlich nach Hause gehen wollte und vorher zusammengeklappt ist.«

»Für sich alleine also uninteressant.«

»Mag schon sein. Aber der Log-in-Screen ist ja nicht von uns. Er sieht oberflächlich zwar so aus wie unser, aber es gibt Unterschiede, die mir gleich aufgefallen sind. Wir hatten auf Wunsch des Seniors ein paar Änderungen vorgenommen, die hier noch fehlen.«

Martin Terborn versuchte, ruhig zu bleiben. Der Junge kam einfach nicht auf den Punkt. »Ist das jetzt Claires Notebook oder nicht?«

»Ich habe ihr Notebook zuletzt vorletzten Dienstag gecheckt, weil sie mit einem Template ein Problem hatte. Dabei habe ich die aktuellen Docks überprüft. Das Notebook war danach auf dem neuesten Stand und auch der Log-in-Screen war aktualisiert. Und jetzt funktioniert der Zugriff als technischer Administrator übrigens auch nicht mehr.« Er machte eine Pause. »Ich weiß nicht, ob das ihr Notebook ist.«

Martin gab sich Mühe, den Jungen nicht durch den Hörer zu ziehen. »Entschuldige, Philip, können Sie das einem Laien einfach erklären?«

»Sorry, klar. Der technische Administrator ist ein Account, den wir auf jedem Notebook anlegen, um zumindest an die Grunddaten zu kommen, wenn ein User sein Passwort vergisst oder das Passwort zu oft falsch eingegeben wurde. Damit kommen wir zwar nicht an die Daten des Users, aber wir können einige Funktionen des Systems zur Wiederherstellung nutzen. Dieser Account ist auf jedem Rechner in dieser Firma und das Passwort ist immer identisch.« Philip machte erneut eine Kunstpause, bevor er weitersprach: »Nur nicht auf diesem System, da ist der Account nicht vorhanden.«

Obwohl Martin nicht so ganz verstand, was Philip ihm da erzählte, hatte er langsam eine Idee, warum Robert so versessen auf das Notebook war. »Kann es sein, dass Claire selber diesen Account gelöscht hat? Vielleicht ist es also doch ihr Notebook?«

Die Stimme am anderen Ende der Leitung klang entschieden. »Auf gar keinen Fall. Claire mag ja ein Mathegenie sein, aber selbst ich könnte nicht ohne Weiteres auf diesen Notebooks einen Hidden-Account löschen.«

So langsam verschwammen bei Martin die Begrifflichkeiten. »Moment mal, jetzt noch einmal von vorne. Sie haben festgestellt, dass Claire gestern gegen 23 Uhr den Rechner runtergefahren und dann kurze Zeit später wieder gestartet hat, ohne sich jedoch wieder in das Firmennetz einzuloggen. Und dass ein Account, den ihr aus der Technik angelegt habt, nicht mehr auf dem Notebook existiert. So weit richtig?«

»Ja, richtig.« Die erneute Kunstpause klang diesmal schuldbewusst. »Und ich komme nicht an die Daten ran.«

Kurz nach 23 Uhr. Das war die Zeit, zu der Jürgen Minski die bewusstlose Claire gefunden hatte. »Philip, seien Sie so nett und versuchen es trotzdem?«

»Okay, geht klar, ich wollte auch noch mal einen Freund anrufen, ob der eine Idee zu dem technischen Admin hat.«

»Nein, Sie reden bitte mit niemandem darüber. Absolutes Stillschweigen, gegenüber jedermann. Ist das klar?«

»Klar.«

*

Doch für Martin war gar nichts klar. Und Robert hatte sich den ganzen Tag nicht bei ihm gemeldet. Warum auch? Es gab keine Neuigkeiten. Weder war Claire ansprechbar, noch hatten sie die Daten vom Notebook. Er sah aus dem Fenster. Robert erwartete Dankbarkeit und Loyalität. Dies hatte er ihm schnell klargemacht, als er ihm den Job in der Bank angeboten hatte. Lagos war damals noch zu frisch gewesen, um diesen Rettungsanker nicht anzunehmen. Auch Inge – gerade Inge – hatte er nicht alles erzählt, was damals vorgefallen war.

Er nahm sein Handy und wählte Roberts Nummer.

Bornheim antwortete nach dem ersten Klingeln. »Und? Hast du die Daten?«

»Nein, aber Philip Jensen arbeitet daran.«

»Das muss schneller gehen. Was ist mit Claire?«

»Immer noch im künstlichen Koma. Ich hatte darum gebeten, dass man mich anruft, wenn sich ihr Zustand ändern sollte, aber ob die das wirklich tun, weiß ich nicht.« Er war nicht noch einmal ins Krankenhaus gefahren. Der Gedanke, dass die Polizistin wieder da sein könnte, hat ihn davon abgehalten.

»Aber was hat sie denn, zum Teufel?«

»Keine Ahnung.« Er nahm sein Handy in die andere Hand. »Warum erkundigst du dich nicht selbst?«

Robert schien die Spitze, die in der Frage mitschwang, zu überhören. »Du solltest das nicht auf die leichte Schulter nehmen.« Er zögerte kurz, sprach dann aber weiter. »Hier geht es nicht um deinen Job oder die Bank.«

Martin erhob sich und ging im Büro auf und ab. »Dann erzähl mir doch endlich, worum es wirklich geht! Der Arzt darf uns jedenfalls nichts sagen, und wenn er seine ärztliche Schweigepflicht ernst nimmt, wird sich daran auch nichts ändern.« Roberts Fürsorge grenzte an Obsession. Was wusste er? Was verheimlichte er? »Ich habe einen Vorschlag. Komm doch einfach nachher auf einen Wein vorbei, dann können wir über alles reden. Wir stehen gerade unter enormem Stress, ein paar Stunden Entspannung werden uns guttun.« Er lachte unsicher ins Telefon. »Die Bank wird ja wohl nicht pleite sein? Oder hast du Gelder veruntreut?«

Robert klang bitter. »Du verstehst gar nichts … Aber was kannst du auch schon tun? Ich war viel zu naiv.«

Martin wurde langsam müde. Doch er ließ nicht locker. »Du kommst also? Um acht?«

»Gut, bis um acht.« Robert zögerte kurz. »Enttäusch mich nicht.«

KAPITEL 8

»Wie habt ihr euch eigentlich kennengelernt?«

Sie saßen in Martins Arbeitszimmer, vor sich ein paar Flaschen Wein, von denen bereits zwei leer auf dem Tisch standen. Robert hatte pünktlich um acht geklingelt und war schnell eingetreten. Sein nervöser Blick war durch die Wohnung gewandert, als müsste er sie auf Eindringlinge untersuchen, und dann flackernd an Martin hängen geblieben. Als Martin ihm erklärte, dass Inge mit einer Freundin ins Kino gegangen sei, hatte er nur kurz genickt und sich stumm in einen der schweren Ledersessel fallen lassen. Er wirkte alt und verloren.

Trotz des Weins blieb er jedoch konzentriert und versuchte, Martins Fragen unverfänglich zu beantworten. »Das war während meines VWL-Studiums in London. Dr. Claire Muller hat bereits Vorlesungen über die Spieltheorie gehalten, als ich noch mit den Jungs um die Häuser gezogen bin, obwohl sie fast zehn Jahre jünger ist als ich. Ich bin zufällig in eine ihrer Vorlesungen geraten und war sofort beeindruckt. Sie ist der Jackpot, von dem jede Bank träumt.«

»Ein Jackpot? Für was?«

»Unsere Zukunft.« Als Martin ihn zweifelnd ansah, sprach er schnell weiter. »Der Finanzmarkt wird mittlerweile von Mathematikern dominiert. Niemand sonst kann in der unendlichen Flut an Daten Strukturen erkennen und daraus Finanzprodukte entwickeln. Vielleicht wird irgendwann mal die künstliche Intelligenz so weit sein, aber momentan brauchen wir dafür noch Menschen. Nur wachsen diese lebenden Rechenmaschinen nicht auf Bäumen. Und sie sind schwer einzufangen. Claire ist so eine. Und sie war irgendwann bereit, für uns zu arbeiten.«

Martin lehnte sich zurück. »Was ist das für ein Termin am Montag in London?«

»Ich habe ihn verschoben.«

»Du willst mir also nichts darüber sagen? Hängt er mit dem zusammen, was gestern passiert ist?«

»Claire wird wieder auf die Beine kommen. Und dann holen wir ihn nach. Die Daten sind wichtiger. Wir müssen wissen, ob sie vollständig sind.« Er biss sich auf die Zunge. Hoffentlich hatte er nicht zu viel verraten.

Martin schien nichts bemerkt zu haben. »Philip wird sicherlich rankommen, oder wir warten auf Claire.« Er grinste Robert an. »Noch Wein?«

Robert lächelte zurück. »Gerne.«

Martin wurde ernst. »Ich weiß, du hattest mich nicht explizit darum gebeten, aber vielleicht hätte ich gestern auf sie aufpassen sollen.«

»Wir konnten nicht wissen, dass sie zusammenbricht. Es wird sicherlich eine medizinische Erklärung geben. Es war einfach nur schlechtes Timing, wenn du so willst. Hauptsache, sie wird wieder gesund.« Robert versuchte, an das zu glauben, was er gerade gesagt hatte, und trank einen Schluck aus seinem Glas.

»Warum hast du meine Einladung angenommen, wenn du mir nichts verraten willst?«

Die Frage traf Robert unvorbereitet. Ohne nachzudenken, sagte er: »Aber ich weiß genauso wenig wie du!«

Martin sprach ruhig weiter. »Du weißt sicherlich mehr als ich. Zum Beispiel was genau Claire eigentlich bei uns macht. Hast du ein Verhältnis mit ihr?«

Robert sah ihn entgeistert an. »Wie bitte? Nein, natürlich nicht.« Er setzte sein Glas ab. »Oder redet man in der Bank über uns?«

»Nicht, dass ich wüsste. Aber wenn du dich weiter so verhältst, als wäre sie deine Lieblingsmätresse, wird es sicherlich bald so sein.«

Robert nahm sein Glas wieder in die Hand. »Claires Steckenpferd sind Kryptowährungen. Als wir uns kennenlernten, hatte sie bereits ein paar geniale Algorithmen entwickelt, war aber nicht damit weitergekommen, weil sie zu wenig von der Finanzwelt verstand. Wir haben dann zusammen ein Konzept entwickelt und nach einem Jahr harter Arbeit einen Durchbruch erzielt.«

Martin schien ehrlich interessiert. »Was für einen Durchbruch meinst du? Redest du vom Bitcoin?«

Robert nickte, sein Enthusiasmus ließ ihn unvorsichtig

werden. »Laienhaft gesprochen, geht es um die Weiterentwicklung genau dieses Bitcoins. Claire war aufgefallen, dass er voller Kinderkrankheiten steckt, die bislang niemanden interessiert haben.« Er trank wieder einen Schluck. »So weit der erste Teil.«

Martins Frage kam prompt. »Und der zweite?«

»Ich lasse mal den ganzen mathematischen Teil weg, den ich nämlich auch nur so eben verstehe. Man muss wissen, dass alle Kryptowährungen Zahlungsmittel sind, die nicht staatlich reguliert werden. Sie unterliegen also keiner direkten Kontrolle durch einen Staat oder eine staatliche Einrichtung. Diese Währungen werden durch einen Algorithmus generiert, das heißt, dass in einem definierten Zeitabstand jeweils eine weitere ›Münze‹ erstellt wird. Sie ist dann einfach da. Das kann bis in alle Ewigkeit gehen.« Er sah Martin kritisch an. »Hast du Fragen?«

»Viel zu viele, aber ich beschränke mich auf die wesentliche: Kann es sein, dass diese Kryptowährungen nicht nur Fans haben? Es ist sicherlich nicht jeder der Meinung, dass diese Bitcoins die Lösung aller Probleme sind.«

»Natürlich gibt es Menschen, die mit dem Bitcoin viel Geld gemacht haben, und noch viel mehr, die das zukünftig vorhaben. Das ist in dieser Branche nichts Ungewöhnliches. Aber Claire und ich arbeiten nicht nur an der Optimierung eines fehlerhaften Systems. Die aktuelle Bitcoin-Version ist nur eine Beta-Version. Wir wollen uns nicht unbeliebt machen, nur aus dieser Beta-Version eine solide und sichere Alternative zu den gängigen Zahlungsmitteln machen. Ich suche für diese erste Phase, in der wir gerade stecken, nach Investoren, die die technischen Möglichkeiten erkennen und auch die Mittel haben, um das Projekt final auf die Beine zu stellen.«

»Wieso braucht man für ein virtuelles Konzept Investoren? Hat unsere Bank denn nicht genug Mittel dafür?«

»Bei Weitem nicht. Es geht hier um ein Projekt, das nicht nur aus einem einzelnen Deal besteht. Es geht um eine Finanzierung, die für die nächsten 50 Jahre stehen muss. Dabei ist also entscheidend, dass die Partner für diesen Zeitraum die benötigten Mittel garantieren können und dass sich daher auch nichts an den Eigentumsstrukturen ändert. Wir suchen eigentlich Gutmenschen mit einem dicken Portemonnaie, denen die Welt wichtiger ist als ihr Platz in der Forbes-Liste.«

»Und dieses Superprojekt wird nur von euch beiden betreut? Das reicht?«

»Ja, das reicht erst mal. Es gibt allerdings noch eine Freundin von Claire, die mit ihr das nötige Programm entwickelt hat. Claire hat neben dem Whitepaper, also dem Bauplan, auch den Kernel, das ist der Systemkern, für das Mining-Tool gebaut, beziehungsweise hat die Freundin diesen Kernel geschrieben und in einen Demo-Modus versetzt. Damit könnten wir dann das System live vorführen.« Roberts Stimme begann, sich vor Begeisterung fast zu überschlagen. »Martin, es funktioniert tatsächlich, und das mit geringstem Energieaufwand! Aber das Beste ist, es kann nicht kompromittiert werden!«

Martin sah wenig überzeugt aus. Plötzlich war noch eine Variable aufgetaucht, noch ein konstruierter Zufall? »Und warum lässt du dir nicht von dieser Freundin das Programm und die Arbeitsanleitung geben?«

Robert schnaufte frustriert. »Weil ich sie nicht kenne. Weder persönlich noch ihren Namen. Claire nennt sie nur ›BeeTwelve‹.« Er sah Martin düster an: »Aber selbst wenn ich sie kennen würde, ohne Claire kriege ich die verdammte

Demo gar nicht erst gestartet! Ich habe einfach zu wenig Ahnung von der Mathematik.«

Martin beugte sich vor und legte ihm die Hand auf den Arm. »Vielleicht ist Claire bald ansprechbar. Du meintest, ihr wolltet niemandem auf die Füße treten. Aber vielleicht fühlt sich doch jemand angesprochen? Was ist mit den Leuten, die keinen sicheren Bitcoin wollen?«

Roberts Antwort kam zögerlich. »Möglicherweise haben die dann ein Problem. Es ist dann nicht mehr möglich, Gelder zu verstecken, weil jede Transaktion sicher zurückverfolgt werden kann. Bis in alle Ewigkeit.« Er sah Martin lange an. »Sollten wir es tatsächlich schaffen, diese neue Kryptowährung zu etablieren, wäre der aktuelle Bitcoin binnen kürzester Zeit Geschichte. Gleichzeitig hätte ›Severin & Partner‹ die erste funktionierende und sichere digitale Währung erschaffen. Das wird den Bankensektor sicherlich revolutionieren.«

»Und damit seid ihr ein paar gefährlichen Leuten zu nahegekommen.« Martin formulierte den Satz nicht als Frage. »Also doch, Claire ist in Gefahr. Das würde auch das ausgetauschte Notebook erklären. Sie hat etwas geahnt und ihre Unterlagen beiseitegeschafft!«

»Wovon redest du?« Robert wischte sich über die Augen. »Das ist doch alles Wahnsinn.«

»Philip meint, herausgefunden zu haben, dass der Laptop, den wir bei Claire im Konferenzraum gefunden haben, nicht ihrer ist.«

Robert spürte Martins durchdringenden Blick. Er stand auf und ging unruhig im Raum auf und ab. »Das ist doch alles Wahnsinn«, wiederholte er. »Also hatte sie doch recht und war nicht nur hysterisch.«

»Jetzt verstehe ich nicht, wovon du redest.«

Robert setzte sich wieder. »In Zürich ist vor einem Monat

ein Fahrradfahrer von einem Auto überfahren worden. Er starb. Man geht von einem Unfall mit Fahrerflucht aus. Claire meinte, es wäre Mord gewesen.«

»Hat sie ihn gekannt?«

»Dr. Urs Wendeler war ein Freund von ihr. Ein Analytiker der Sonderklasse. Und tief in einer Arbeit zum Thema Kryptowährungen, als er starb.«

»Und Claire sollte die Nächste sein?«

»Ich weiß es nicht. Ich weiß wirklich nicht, was ich noch glauben soll.« Der Rotwein zeigte Wirkung. »Martin, ich habe Angst!« Roberts Stimme hatte einen flehenden Unterton angenommen.

Martin antwortete reflexartig. »Wir müssen zur Polizei. Hast du irgendwelche Beweise?«

Robert bereute seinen Ausbruch sofort. »Nein, habe ich nicht. Und ich gehe nicht zur Polizei.«

Martin lehnte sich vor. Seine Mundwinkel umspielte ein zögerliches Lächeln. »Ich bin dein Freund, vergiss das nie. Aber es ist spät und du bist erschöpft. Wir werden jetzt schlafen gehen und morgen Mittag entscheiden, was wir tun. Ich rufe dir jetzt ein Taxi und bringe dir morgen deinen Wagen vorbei. In Ordnung?«

»Gut«, sagte Robert und erhob sich wieder schwer aus dem Sessel. »Vielleicht reagiere ich gerade etwas über. Ich kann es zumindest nur hoffen.«

*

»Hast du sie jetzt angerufen?«

»Zieh ruhig den Kopf ein, denn langsam geht ihr mir alle auf den Sack. Erst Annabelle und jetzt auch noch du. Was interessiert dich das überhaupt so brennend?«

»Sei mir echt nicht böse, aber ...«

»Warum sollte ich? Ich habe kein Problem mit dir. Aber du offensichtlich mit mir.«

»Du kannst ruhig etwas langsamer fahren, die Zentrale hat Entwarnung gegeben.«

»Jetzt hast du auch noch etwas an meinem Fahrstil auszusetzen?«

»Mit 140 über die Köhlbrandbrücke ist in jedem Fall ungesund. Muss ja nur wieder mal ein Laster liegen bleiben ...«

»Aber nicht mitten in der Nacht an einem Samstag«, unterbrach Christian seinen Kollegen Amir. Aber er bremste den Dienstwagen auf 80 runter. Ohne auf die spektakuläre Aussicht zu achten, die die Brücke in 55 Metern Höhe bot, musterte er seinen Beifahrer. »Also, warum fragt mich jeder nach Frederica?«

»Weil du ständig von ihr anfängst«, antwortete Amir, für Christians Geschmack etwas zu trocken. »Und das geht *mir* auf den Sack.«

»Ich rede ständig von ihr? Ich bin froh, dass ich sie los bin. Also mach mal halblang. Und kannst dich wieder grade hinsetzen. Oder hast du dir dein Höschen feucht gemacht?«

»Sehr witzig. Aber ich finde, dass ...« Was Amir fand, sollte Christian heute nicht mehr erfahren. Die Zentrale machte sich laut bellend bemerkbar und gab einen neuen Einsatz durch.

»Marienthal? Das dauert. Sind wir die Einzigen?«

»Ein Anwohner hat schwarze Gestalten in schwarzen Pkws gemeldet. Und vielleicht auch Schüsse gehört. Eine Streife ist unterwegs.« Christian setzte das Blaulicht wieder aufs Dach, das er kurz vorher erst heruntergenommen hatte. Ohne mit der Wimper zu zucken, machte er einen verbotenen U-Turn und beschleunigte auf 120. Er ertappte sich dabei, wie er sich vorstellte, was *sie* zu diesem eleganten Manöver gesagt hätte.

Das »Sag mal, hast du sie noch alle?« seines Kollegen wäre es zweifelsfrei nicht gewesen.

KAPITEL 9

Durchatmen, er musste durchatmen. Warum bloß bekam er keine Luft? Wo war er? Nicht dort, bitte nicht ... Nein, so dunkel ist es dort nie gewesen. Er sah sich panisch um, ohne Einzelheiten zu registrieren. Aber er sah nichts. Alles um ihn herum lag in tiefer Dunkelheit. Und der stechende Schmerz. Ein Schmerz, der ihm die rechte Seite wegriss wie der Biss eines Hais. Woher wusste er, wie sich das anfühlt? Da – wieder und wieder. Seine Ausbildung sagte ihm, dass es gezielte Schläge waren. Warum wehrte er sich nicht? Seine Arme und Beine lagen reglos an ihm, er fühlte sie nicht. Vielleicht war sein Rückenmark durchtrennt ...

»Hättest du vielleicht die Güte, dein Handy auf stumm zu stellen? Und nun geh endlich ran.«

Mit einem tiefen Seufzer tauchte Martin aus dem brütenden Dämmerschlaf auf, den ihm der Rotwein aufgezwungen hatte, und griff halb blind um sich. Inge hing über ihm und hielt ihm sein aufgebrachtes Handy ins Gesicht. *Robert privat*, blinkte ihm entgegen.

Am anderen Ende war jedoch Natascha, die ihm sofort wieder die Luft zum Atmen nahm. »Ist Robert so betrunken, dass er nicht mehr an sein Telefon gehen kann? Bist du wenigstens ansprechbar?« Nataschas sonst so beherrschte Stimme hatte einen schneidenden Unterton angenommen.

Martin schüttelte die letzten Lähmungserscheinungen ab und sah Inge entschuldigend an. »Natascha. Ich habe Robert vor über zwei Stunden in ein Taxi nach Hause gesetzt. Bist du sicher, dass er noch nicht da ist? Vielleicht schläft er im Gästezimmer, um dich nicht zu stören?«

Ihr Ton wurde wieder beherrschter. »Dort habe ich zuerst nachgesehen. Aber entschuldige bitte. Ich dachte nur …« Er konnte sie seufzen hören. »Ich habe in der Taxizentrale nachgefragt, ihr nehmt ja immer Hansa-Taxi. Der Fahrer hat ihn in der Oktaviostraße an der Ecke Stoltenstraße abgesetzt. Das soll in Marienthal sein. Kennst du diese Adresse?«

Martin runzelte die Stirn. »Nein, die sagt mir nichts.«

»Er wollte doch nach Hause, oder?«

Er entschied sich für den diplomatischen Weg. »Robert hat heute nicht viel vertragen, die Sorge um Claire hat ihn zu sehr mitgenommen.« Er dachte an die dritte Flasche Barolo, die für das Wetter viel zu schwer gewesen war und die Robert ganz alleine geleert hatte. »Ich habe ihn in das Taxi gesetzt und dem Fahrer eure Adresse genannt.«

Natascha brauchte nicht lange, um sich zu entscheiden. »Ich werde auf jeden Fall zu der Adresse fahren.«

Martin fühlte sich überrumpelt. Er kannte Roberts Freundin nicht besonders gut, aber in seiner Welt ließ man eine Frau nicht mutterseelenallein nachts durch unbekannte Gegenden fahren. Und etwas pochte hinter seiner Stirn. Robert hatte noch etwas gesagt, bevor er in das Taxi gestiegen war. *Sie hat das nicht verdient. Kümmere dich um sie.* »Ich halte das für keine gute Idee. Willst du nicht lieber mich losschicken?«

Natascha klang bestimmt. »Du kannst mich in 15 Minuten abholen kommen. Wenn du dann nicht hier bist, fahre ich alleine.«

Wenigstens war er jetzt wieder nüchtern. Während er sich kaltes Wasser ins Gesicht spritzte, stellte er sich vor, was alles in zwei Stunden passieren konnte, wenn jemand entschlossen genug war. Inge war ihm ins Bad gefolgt und sah ihn entgeistert an: »Du willst ihn doch jetzt nicht suchen gehen? Seit wann bist du sein Babysitter?«

»Natascha will unbedingt zu dieser Adresse. Außerdem war ich dafür verantwortlich, dass er sicher nach Hause kommt. Stattdessen ist er dort nie angekommen, sondern ist nach Marienthal gefahren. Und zusammen mit dem, was er mir heute erzählt hat, habe ich kein gutes Gefühl.«

Inge trank einen Schluck Wasser. »Ist er denn in Gefahr?«

Martin sah sie durch den Badezimmerspiegel beunruhigt an. »Ich denke ja.«

»Ich frage mich trotzdem, was du mitten in der Nacht an einer unbekannten Adresse ohne Hausnummer erreichen willst. Die Straße auf und ab gehen, bis dir etwas auffällt? Du bist doch kein Privatdetektiv.« Ihre Stimme klang verärgert.

Martin überhörte es. Er griff nach seinen dunkelgrünen Chinos, sah auf sein rotes Polohemd, das er bereits angezogen hatte, legte die Chinos wieder weg und entschied sich für eine kakifarbene Hose. Doch bei dem Wort »Privatdetektiv« sah er Inge an und setzte sich aufs Bett. »Aber natürlich! Wieso habe ich nicht gleich an Andreas gedacht? Er ist zwar kein Privatdetektiv, aber er kann uns helfen. Erinnerst du dich noch an Andreas Wenninger aus meinem vorigen Leben? Er ist kurze Zeit nach mir in die Privatindustrie gewechselt. Als ›Ermittler‹, wie er sich jetzt nennt.«

»Ach, der kleine Dicke mit Glatze und Ziegenbärtchen?«

»Ja, genau der. Seit seiner Zeit beim MAD berät er Auftraggeber aus der Industrie. Er nennt es Ermittlungsarbeit. Was es genau ist, will ich gar nicht wissen. Fotos von untreuen Ehefrauen macht er jedenfalls nicht.« Er griff sich sein Handy und wählte eine Nummer.

»Hallo, Martin«, meldete sich ohne Umschweife die sonore Stimme von Andreas Wenninger, »ich weiß, dass du weißt, wie spät es ist, und du weißt, dass ich um diese Zeit meistens noch oder schon wieder wach bin, und ich weiß, dass du mich nicht wegen irgendeiner Kleinigkeit anrufen würdest. Also alles zusammen bedeutet dies, dass du ein Problem hast, und ich dir dabei helfen soll, es zu lösen. Und, by the way, schön, mal wieder von dir zu hören.«

Martin sah Inge an: »Andreas sendet dir liebe Grüße.«

Er hörte am anderen Ende Andreas' dunkles Lachen. »Gut gebrüllt, Löwe. Wie kann ich dir also helfen?«

»Ein Kollege von mir wird seit knapp drei Stunden vermisst. Robert Bornheim, der Sohn von Karl Bornheim, dem Bankinhaber von ›Severin & Partner‹. Kann sein, dass er einfach nur den Kopf freikriegen will, kann sein, dass er bereits tot in der Elbe treibt.«

»Dann ist es in jedem Fall egal, was du jetzt tust«, erwiderte Andreas völlig sachlich. »Und schon gar nicht brauchst du mich. Willst du deinen Joker nicht lieber bei etwas Aussichtsreicherem ziehen?«

»Vielleicht können wir uns auf einen halben Joker einigen?«

»Du willst also mein Tracking-Device anzapfen?«

Martin lachte. »Scharfsinnig wie immer. Einmal triangulieren, bitte. Wie lange brauchst du?«

»Ich melde mich in zehn Minuten.«

Inge sah ihn erwartungsvoll an. »Und? Macht er mit?«

»Ja.« Martin setzte sich zu ihr aufs Bett. »Er ortet gerade Roberts Telefon.«

»Ich weiß nicht, was ich ihm eher wünschen sollte. Dass ihm tatsächlich etwas zugestoßen ist oder er nur eine Abreibung von Natascha zu befürchten hat.«

Andreas Wenninger wohnte in einem kleinen Dorf in der Nähe von Goslar. Hier hatte er sich eine baufällige Villa gekauft und in mühevoller Kleinarbeit restauriert. Durch das Wegschlagen von Wänden und das Anrühren von Mörtel hatte er sich den Dienst, wie er den MAD nannte, erfolgreich aus dem System geschlagen und sich als Analyst eine neue Einnahmequelle erschlossen.

Kopfschüttelnd setzte er sich an seinen Rechner und gab in schneller Abfolge Daten ein. Soso, der Martin Terborn. Ruft mitten in der Nacht an und sagt noch nicht mal Danke. Wenn da nicht alle Alarmglocken schrillten, war man entweder blöd oder taub oder beides. Er beschloss, sein Augenmerk in nächster Zeit auf Hamburg zu richten, sicher war sicher.

Er hatte mal wieder nicht schlafen können und war an seinem Rechner gesessen, um seiner großen Leidenschaft, dem Fernschach, zu frönen. Die Züge waren hin und her geschossen wie bei einem Feuergefecht, als das Telefon geklingelt hatte. Vor der Technisierung hatte man sich noch Postkarten zugeschickt und tagelang auf eine Antwort warten müssen. Wehmütig dachte er an diese, heute nicht mehr vorstellbare, Geruhsamkeit zurück. Aber warum den alten Zeiten nachweinen? Der blinde Aktionismus vieler dümmlicher Politiker, die sich heute um Kopf und Kragen twitterten, bescherte ihm regelmäßig lukrative Beraueraufträge.

Er rief eine nicht öffentlich zugängliche, technische Leitstelle des Providers von Roberts Handyvertrag an und hatte einige Minuten später die Koordinaten in seinem Postfach. Er gab die Daten in eine Software zur kartografischen Darstellung ein und ortete den Sendemast, zu dem das Handy zum letzten Mal Kontakt gehabt hatte. Damit konnte er den Radius des Aufenthaltsortes auf 50 Meter eingrenzen. Der Normalbürger kannte nur eine Genauigkeit von circa 300 Metern, was daran lag, dass die Dienste nie alle ihre Tricks verrieten. Er schickte Martin eine Mail und eine SMS als Benachrichtigung. Dann setzte er sich wieder an den Rechner und machte seinen Zug: Turm g3-e3.

Martin öffnete die Mail und sah verblüfft auf den Kartenausschnitt. »Wenn die Peilung stimmt, dann ist Roberts Handy auf der Billerhuder Insel.«

Inge hatte sich zu ihm über den Monitor gebeugt. »Billerhuder Insel? Ist die noch in Hamburg?«

Martin googelte die Adresse. »Stadtteil Rothenburgsort. Die Insel misst um die 38 Hektar. Und sie ist auf jeden Fall kilometerweit weg von Marienthal.« Er sah sie fragend an. »Ist er mit einem anderen Taxi weitergefahren? Und was will er dort überhaupt? Da sind nur Schrebergärten.«

»Woher soll ich das wissen«, entgegnete Inge trocken. Sie zeigte auf einen grünen Kreis. »Ist das die Eingrenzung?«

Martin nickte. »Andreas hat einen Radius von um die 75 Meter markiert. Damit kann man doch arbeiten.« Zufrieden trank er noch einen Schluck Kaffee und machte sich zum Gehen bereit. »Hoffentlich wartet Natascha. Ich habe keine Lust, sie in Marienthal suchen zu gehen.«

Inge lief ihm hinterher. »Passt du bitte auf? Vielleicht hat ihm jemand das Handy gestohlen und findet das gar nicht witzig, wenn du ihn aufspürst.«

Martin schüttelte den Kopf. »Das wäre wirklich ein sehr großer Radius, wenn jemand in Marienthal klaut und dann an die Bille fährt.« Er sah Inge entschlossen an: »Genug diskutiert. Natascha und ich fahren jetzt auf diese Insel. Und egal, womit du dich die nächsten Stunden beruhigst, die Polizei wird nicht eingeschaltet. Zumindest noch nicht.«

*

Martin und Natascha sahen sich ratlos um. Sie hatten sich zur Mitte des grünen Kreises fahren lassen und sich durch die Seitenscheibe des Taxis neugierig das unscheinbare Klubgebäude angesehen, das dort vor ihnen aufgetaucht war. In der Dämmerung konnten sie nur schemenhaft den Schriftzug »Biller Ruder-Club« erkennen. Neben dem Klubhaus lag ein Steg sowie weiter flussabwärts eine kleine Halle, die vermutlich die Boote beherbergte. Wortlos gingen sie ein paar Schritte zum Wasser und blieben unschlüssig stehen.

»Hast du noch andere Schuhe dabei?« Martin hatte die Frage ohne Ironie in der Stimme gestellt.

Natascha sah an sich herunter. Zu einer weißen Baumwollbluse und einem beigen Leinenrock trug sie ihre schwarzen Lackledersandalen von Stuart Weitzman. Mit einer Absatzhöhe von 105 Millimeter. »Ich wusste nicht, dass wir uns außerhalb der Zivilisation bewegen würden.« Kurzerhand zog sie sie aus und verstaute sie in ihrer voluminösen Umhängetasche. »Und jetzt?«

Martin zuckte mit den Schultern. Weit und breit war keine Menschenseele zu sehen. Die Bille, ein Nebenfluss der Elbe, lag noch schlafend vor ihnen. Die morgendliche Stille war für einen Großstädter verstörend. Aber es brachte ihn auf eine Idee. »Ruf ihn mal an, bitte.«

Natascha drückte auf die Kurzwahltaste. Beide konzentrierten sich auf den bekannten Klingelton, doch trotz der Abgeschiedenheit und der Stille konnten sie kein Geräusch ausmachen. Mehr aus Hilflosigkeit denn aus Überlegung gingen sie den Steg hinunter, während Natascha es weiterklingeln ließ.

Plötzlich blieb sie stehen. »Ich glaube, ich kann es hören.« Sie zeigte auf das Stegende und rannte los.

Pass auf sie auf. »Natascha, warte bitte. Du weißt nicht, was uns erwartet.« Am Ende des Steges konnte auch Martin den Klingelton laut und deutlich hören. Er versuchte, ihn zu lokalisieren, lief an Natascha vorbei und zog sie wortlos mit sich die Böschung hoch.

»Aua! Lass mich los! Ich bin barfuß, wie du weißt!« Sie riss sich los und folgte Martin mit vorsichtigen Schritten. »Was ist diese Wildnis hier eigentlich? Ich bin mir sicher, dass Robert noch nie hier war!«

Martin hörte nicht zu. Er erreichte einen kleinen, alten Schuppen, der etwas versteckt hinter der Böschung in einem abgesteckten Gehölz vor sich hin moderte. Die Farbe war größtenteils abgeblättert und das Holz an einigen Stellen stark verwittert. Er konnte nicht erkennen, ob er überhaupt noch in Benutzung war. Martin konzentrierte sich weiter auf den Ton, der immer eindringlicher wurde.

Natascha beendete die Verbindung. Sie zeigte zu dem Schuppen. »Meinst du, er ist da drin?«

Martin drehte sich zu ihr um. Ihre weiße Bluse hatte ein paar grüne Flecken abbekommen, direkt oberhalb ihrer Brustwarzen, die sich in einem Spitzen-BH durch den dünnen Stoff abzeichneten. Ihren engen Rock, unter dem sich straffe, schmale Schenkel abzeichneten, hatte sie etwas nach oben geschoben, um besser klettern zu können. Und sie lächelte ihn an. Das sollte sie nicht tun, das Anlächeln. Hatte ihr das niemand beigebracht? Als er ihr seine Hand reichte, um sie den letzten Meter hochzuziehen, strich sein Handrücken leicht an ihrer Brust vorbei. Sie protestierte nicht und er lächelte zurück. »Zumindest sein Telefon.« Er drehte sich um und erkannte durch ein verdrecktes Fenster ein paar Ruderboote, die an der Längsseite aufgebockt waren. Mehr konnte er nicht ausmachen.

Natascha war zwischenzeitlich zur Vorderseite gehumpelt und rüttelte an der Tür. »Die ist verschlossen, lass uns hinten nachsehen.«

Er trat von hinten dicht an sie heran. »Natascha, sei vorsichtig, wir wissen nicht, was uns da drin erwartet. Außerdem wäre das Hausfriedensbruch.«

Natascha drehte sich nicht zu ihm um. »Das können später die Anwälte unter sich klären.« Sie rüttelte weiter an der Tür. »Kannst du nicht Vorhängeschlösser knacken?«

Er trat noch etwas näher an sie heran. »Glaubst du etwa, dass sich Robert hier eingesperrt hat? Oder ein Dieb das

Handy? Es ist merkwürdig genug, dass wir es nicht in einer Mülltonne gefunden haben.«

»Geht doch!« Natascha hatte weiter an dem Vorhängeschloss gezogen, bis es plötzlich aufsprang. Triumphierend nahm sie es ab, warf es auf den Boden und verschwand im Schuppen.

Als er ihr nachgehen wollte, hörte Martin hinter sich ein lautes Knacken. Schnell drehte er sich um und spähte in die Büsche. Da, da war es noch mal, als würde jemand auf dünne Zweige treten. Er zwang sich, dem Geräusch nicht nachzugehen, und folgte Natascha in den Schuppen.

Es roch staubig und abgestanden, wie auf einem vermoderten Dachboden. Im morgendlichen Halbdunkel, das durch die verdreckten Scheiben künstlich verstärkt wurde, konnte er wieder nur die Umrisse der Ruderboote ausmachen. Nataschas weiße Bluse leuchtete ihm am anderen Ende des Raumes entgegen. »Natascha? Hast du was gefunden?«

»Robert ist nicht hier.« Ihre Stimme klang erleichtert.

Martin schaltete seine Taschenlampen-App an und musterte den viereckigen Bootsschuppen, der etwa 20 Meter lang und circa zehn Meter breit war. Die Boote lagen sauber an der Längswand in ihren Halterungen verankert. Da waren die schnittigen Skiffe, aber auch zwei schwere Achter, wie die aus seiner Schulzeit. Am Ende des Schuppens konnte er einen kleinen Schreibtisch und einen zerschlissenen Bürostuhl ausmachen sowie vier Spinde und ein Holzregal mit Werkzeugen und Bootsteilen. Ein Mensch konnte sich hier nicht verstecken – oder versteckt werden.

Natascha stand vor dem Schreibtisch und sah ein paar verstaubte Unterlagen durch, deren staubiger Belag leise vor sich hin rieselte. Martin beendete die App und wählte Roberts Nummer. Beide sahen wie auf Kommando in dieselbe Richtung. Es klingelte aus dem vierten Spind, der letzte in der Reihe. Und er war unverschlossen. Martin nahm das Telefon heraus. Roberts Handy hatte immer noch Saft und zeigte zehn Anrufe in Abwesenheit.

Natascha nahm es ihm wortlos ab und drückte einige Tasten. Ihm fiel erneut die Erleichterung in Nataschas Stimme auf. »Nur unsere Anrufe.«

Seine Mundwinkel verzogen sich zu einem spöttischen Lächeln. »Ist das gut?«

Doch Natascha schien ihn nicht gehört zu haben. »Wo kann er nur sein? Ohne sein Telefon?«

Martin nahm ihr das Handy wieder ab und steckte es sich in die Hosentasche. »Kennst du dieses Bootshaus?«

»Ich hasse alles, was mit Wasser zu tun hat.« Sie hatten den Schuppen verlassen und gingen zur Straße zurück. Natascha zog sich ihre Sandalen an und blieb demonstrativ vor Martin stehen. »Ich muss ihn finden, bevor ihm etwas zustößt. Kann ich auf dich zählen?«

Ihre Augen lächelten nicht mehr. Oder hatte er sich das vorhin nur eingebildet? Sie sollte bescheidener sein und nicht mit Männern spielen. Nicht jeder war so beherrscht wie er. »Natürlich. Aber momentan weiß ich nicht, wo wir anfangen sollen. Du hast keine Idee, was das hier soll?«

»Wenn ich das wüsste, stünden wir nicht hier rum!« Natascha zupfte ihre Bluse zurecht und wischte sich über die grünen Flecken. »Es tut mir leid, du kannst ja nichts dafür. Aber es ist frustrierend, wie hilflos ich mich fühle.«

Martin sah sie nachsichtig an. »Was ist mit seinem Vater? Weiß er schon Bescheid?«

Natascha geriet auf ihren hohen Hacken ins Stolpern.

Nur Martins beherzter Griff an ihren Oberarm hielt sie davon ab hinzufallen. Sie antwortete nicht.

»Vielleicht solltest du erst mal nach Hause und dich ausruhen. Ich schicke Inge vorbei und komme später nach.« Er sah sie nicht an. »Und wir sollten bald seinen Vater benachrichtigen.«

Nataschas Mundwinkel zuckten leicht. »So, wie ich Karl Bornheim kenne, weiß der sowieso jetzt schon mehr als wir. Aber du hast recht, ich bin ziemlich fertig.« Ihre Mundwinkel sprangen nach oben. »Vielleicht ist er mittlerweile nach Hause gekommen!«

»Dann hätte er …«, weiter kam Martin nicht. Beide starrten auf seine Hosentasche, die in Roberts Klingelton Geräusche machte. Jemand rief sein Handy an. Martin zog es hervor. Es war eine unbekannte Nummer.

KAPITEL 10

»Natascha schläft?«

Inge erwartete ihn auf den Eingangsstufen zu Roberts Villa. Sie war, wie mit Martin besprochen, vorausgefahren, um sich um Natascha zu kümmern und dort auf ihn zu warten. »Ich konnte sie überzeugen, sich mit einem Schlafmittel hinzulegen.« Sie wirkte nachdenklich. Und offensichtlich hatte sie sich keine Gedanken darüber gemacht, was sie anziehen sollte. Das gelbe Baumwollkleid ließ sie krank aussehen und war mit dem ungesäumten, zerknitterten Bündchen zu kurz für ihre konturlosen Beine. Ihre Füße steckten in braunen, flachen Sandalen. Die Nägel an Händen und Füßen waren unlackiert. Ihr ungeschminktes Gesicht wirkte verwaschen.

Martin fragte sich, warum ihn das alles gerade heute störte. Er sah an ihr vorbei in den dunklen Flur. »Hat sie noch etwas gesagt?«

Inge wischte sich über die Augen, als wollte sie einen störrischen Gedanken vertreiben. »Ich weiß nicht. Nein. Ich meine, eigentlich ist es nichts, was sie gesagt hat, sondern eher das, was sie nicht gesagt hat.«

Martin löschte die Bilder von einer willigen Natascha aus seinem Kopf. »Du übertreibst. So gut kennen wir sie nicht, schon gar nicht in so einer Ausnahmesituation.«

Inge schien von seiner Verstimmung nichts zu bemerken. »Mag sein. Aber was hat das alles zu bedeuten? Ist Robert nun entführt worden?«

»Dann hätten sich die Entführer schon gemeldet. Nach dem, was er mir letzte Nacht erzählt hat und wie wir sein Telefon gefunden haben, gehe ich davon aus, dass er untergetaucht ist.«

»Untergetaucht? Kann natürlich sein, ohne sein Handy und das Ortungssystem seines Wagens ist er unsichtbar.«

»Noch so eine merkwürdige Sache. Er hat mir die Wagenschlüssel dagelassen. Ich hatte ihm zwar angeboten, ihm den Wagen zu bringen, aber normalerweise hätte er abgelehnt und ihn einfach am nächsten Tag abgeholt.«

Sie waren in die Küche gegangen, um sich einen Kaffee zu machen. Inge trug zwei Becher um die Küchenzeile herum und stellte einen vor Martin ab. »Was für ein merkwürdiger Tag. Was kann bloß so schlimm sein, dass er alles stehen und liegen lässt und verschwindet?«

»Vielleicht war das eine spontane Entscheidung. Er hatte nicht wissen können, dass ich ihn zu mir nach Haus einlade. Oder dass Claire etwas zustößt.«

»Mag sein. Aber Natascha hätte er etwas sagen können.«

»Hat er ja vielleicht? Kann doch sein, dass sie nur bei mir angerufen hat, weil sie von Robert das Go dazu bekommen hat. Er war über zwei Stunden weg, bevor sie sich gemeldet hat. Ausreichend Zeit für jemanden zu verschwinden.« Er trank nachdenklich seinen Kaffee. »Aber wenn er wirklich vorgehabt hat zu verschwinden, hätte er mir ja gar nichts erzählen müssen. Hat er aber, also sollte ich mich nützlich machen.«

»Dich nützlich machen? Und dich dabei in Gefahr begeben, während er das Ganze irgendwo aussitzt? Findest du das fair?«

Martin stellte seinen Becher ab. »Bei einer Entführung hätten wir bereits eine Lösegeldforderung auf dem Tisch. Außer, er wurde aus anderen Gründen entführt, aber dann könnten wir das Auffinden seines Telefons nicht erklären. Es war noch nicht mal ausgeschaltet. Dass ich Leute kenne, die es orten können, weiß er. Ich denke, das soll so eine Art Schnitzeljagd sein.«

Inge zeigte ihm einen Vogel. »Ihr seid doch nicht ganz dicht. Sobald 24 Stunden rum sind, werde ich die Polizei anrufen.« Sie hörte, wie jemand im ersten Stock auf die Toilette ging. »Sofern uns Natascha nicht vorher durchdreht.«

Martin nickte. »Sollten wir morgen nicht schlauer sein, werde ich Natascha zur Polizei begleiten. Aber ich glaube fest an die Schnitzeljagd. Ich weiß nur nicht, was er mich finden lassen will.« Er zog Roberts Handy aus der Tasche. »Als wir noch auf der Insel waren, hat eine unbekannte Nummer angerufen.«

Inge sah ihn erwartungsvoll an. »Ja, und?«

»Jemand sprach uns mit einem Namen an. ›Nestor‹ oder so ähnlich. Natascha zog mir das Handy vom Ohr und fragte nach. Dann wurde aufgelegt.« Martin legte das Handy auf den Küchentisch. »Weißt du, wo das Arbeits- zimmer ist?«

»Im ersten Stock, neben dem Schlafzimmer. Wir sind dran vorbeigekommen, als ich Natascha ins Bett gebracht habe. Soll ich nach Natascha sehen und dort nach einem Notebook suchen?«

»Schlaue Frau. Ja, bitte.«

Kurze Zeit später war sie wieder da und drückte ihm ein Laptop in die Hand. »Natascha hat nichts mitbekommen, sie schläft tief und fest.«

Martin startete das Notebook und kam bis zur Passwort- Abfrage. Inge setzte sich enttäuscht neben ihn. »Und jetzt?«

Er sah sie herausfordernd an und tippte etwas ein. Sofort erschien der Desktop und einige Programme starteten ihren Dienst. Auf seinem Gesicht machte sich ein sehr breites Grinsen breit.

Inge sah ihn erstaunt an. »Du kennst Roberts Passwort?«

»Ja und nein«, sagte er, immer noch grinsend, »ich kenne natürlich nicht sein aktuelles Passwort, aber vor einigen Wochen habe ich ihm mal dabei geholfen, ein neues ein- zurichten. Dazu hatte ich ihm ein temporäres aus der IT besorgt. Das sollte er dann abändern. Hatte er auch gemacht.« Er sah sie triumphierend an. »Dass er es jetzt auf das temporäre zurückgesetzt hat, ist doch ein Beweis für meine Schnitzeljagd-Theorie, oder?«

Schnell klickte er sich durch Laufwerke und Ordner. Robert würde vertrauliche Unterlagen nicht in der Cloud ablegen, sondern auf dem lokalen Datenträger, in einer Wallet, einer Art Aktentasche mit gesonderter Sicherung. Als er sie fand und öffnen wollte, wurde er erneut nach einem Passwort gefragt. Er gab wieder dasselbe ein und die Startseite des Programms leuchtete auf. Und alles, was es da gab, war in einem einzigen Ordner zusammengefasst. Es sah aus, als hätte man extra für ihn dieses Wallet angelegt, damit er alle Informationen gebündelt einsehen konnte. Er kopierte sich den Ordner auf einen Stick, den er mitgebracht hatte, und fuhr das Notebook wieder runter.

Inge war zwischenzeitlich aufgestanden und hatte die Kaffeebecher nachgefüllt. »Hast du was gefunden?«

Martin ignorierte die Frage. »Bringst du das Notebook wieder zurück? Ich werde jetzt Roberts Wagen suchen und ihn mir ansehen.« Er sah Inge mit glitzernden Augen an. »Vielleicht auch Teil seines Plans?«

*

»Hey! Sagt sofort diesem Captain Cock, dass er seine Finger von mir lassen soll! Ich bin nicht auf Pumpe, wie oft soll ich das noch sagen! Ich bin clean! Und du lässt mich sofort los! Aua!« Der junge, pockennarbige Pfleger war offensichtlich mit der kleinen Wildkatze überfordert, die auf seinen ungelenken Füßen herumtrampelte wie auf einem Gesellschaftsspiel und dabei seinen Hühneraugen gefährlich nahe kam. Er hatte sich nicht anders zu helfen gewusst und sie auf Armeslänge an ihren langen, karottenfarbenen Haaren weggezogen, um den schmächtigen Körper auf Abstand zu halten. Als hätte sie nur darauf gewartet, verpasste sie ihm einen Fausthieb in seinen Schritt. Mit schmerzverzerrtem Gesicht ließ er sie los. Sie verlor den Halt, stolperte und kroch auf dem Rücken auf allen vieren vor ihrem Angreifer weg. Als sie gegen ein paar Beine stieß, drehte sie den Kopf. Ihre grünen Augen, wachsam und misstrauisch, flackerten im weißen Licht der Krankenhausbeleuchtung. »Und wer bist du jetzt?«

Frederica sah sie amüsiert an. Sie fühlte, wie das Kribbeln in ihrem Genick nachließ. Sie hasste das UKE, wie sie alle Krankenhäuser auf der ganzen Welt hasste. Dabei war es nicht die lieblos eingerichtete Umgebung oder das teilnahmslos die Gänge entlanghastende Personal, das nur darauf wartete, dass ein Kollege einen Fehler machte. Es ging ihr auch nicht um die Strukturen und Prozesse, die die Patienten als Ware auf einem Förderband durch das System schleusten, unersättlich in ihrer Gier nach Profit. Es war etwas anderes. Etwas ebenso Profanes wie Elementares.

Sie hatte sich mit Claire Mullers Arzt unterhalten, der seine Patientin vorerst noch weiter im künstlichen Koma hielt. Aber zumindest hatte er Matthias' Verdacht bestätigen können, dass sie keine Diabetikerin war. Und dass die gespritzte Dosis kein Zufall gewesen sein konnte. »Dann wird sie versucht haben, sich umzubringen«, mutmaßte Matthias, als sie ihn informiert hatte.

»Nein, das glaube ich nicht. Es war noch Insulin im Besteck übrig, warum hat sie sich nicht alles gespritzt? In ein diabetisches Koma zu fallen, ist kein Zuckerschlecken, falls du mir den schlechten Witz verzeihen kannst.«

»Dann wurde es ihr gespritzt?«

»Der Arzt hat keine Kampfspuren entdeckt.«

»Merkwürdige Sache. Du hältst mich auf dem Laufenden?«

»Natürlich. So wie du mich.«

»Frederica, ich meine es ernst. Mit diesen Leuten ist nicht zu spaßen. Die spielen nicht nach unseren Regeln. Da sind dann auch die Bornheims nur Kollateralschaden.«

Jetzt stand Frederica im kalten Krankenhausflur und nickte dem Mädchen zu. »Schicke Spitzenleggings. Der Hoodie passt aber nicht dazu. Schwarz macht übrigens nicht schlank, auch wenn das gemeinhin behauptet wird.«

Der Karottenkopf blieb unbeeindruckt. »Sheeeesh, du bist wohl eine ganz Schlaue?« Sie rappelte sich hoch und zog schnell die Ärmel des ausgeleierten Kapuzenoberteils über ihre Arme. Sie war aber nicht schnell genug, um die langen Narben vor Frederica zu verstecken, die beide Unterarme überzogen. Sie sah aus, als wäre sie irgendwann mal in einen Dornenbusch gefallen. Als sie sah, dass der neugierigen Frau die Verletzungen nicht entgangen waren, flüchtete sie sich wieder in ihre aggressive Haltung.

»VERPISS DICH ENDLICH!«

Der Pfleger hatte sein Gemächt zurechtgerückt und das Mädchen mit einem langen Ausfallschritt wieder an den Haaren gegriffen.

Frederica zog ihren Ausweis aus der Tasche und hielt ihn dem Pfleger entgegen. »Was passiert hier gerade?« Ihre dunkle Stimme nahm einen offiziellen Ton an.

Der Pfleger ließ seinen geprügelten Blick hinter Frederica ins Leere laufen. »Wie bitte?«

Sie musterte den Mann, steckte ihren Ausweis wieder weg und kramte in ihrer Handtasche nach einer Tüte Lakritzschnecken, die sie dem verängstigten Mann hinhielt.

Der griff mechanisch zu. Sie versuchte es erneut. »Warum halten Sie sie fest? Wie lautet die Anordnung?«

Der Junge schüttelte den Kopf, sichtlich gestärkt durch den Zucker. »Keine Anordnung. Sie ist eine dumme Bitch von der Straße, die bewusstlos in der Gosse hing.« Er sah das Mädchen angewidert an, das vor Frederica sitzen geblieben war und sich näher an sie schmiegte. »Hoffentlich habe ich mir nichts eingefangen.«

Frederica verzog gequält spielerisch die Miene und lächelte den Rotschopf wieder an. »Willst du noch mal? Er scheint noch nicht genug zu haben.«

Das Mädchen grinste. »Ich ess keine Eier.« Sie zog geräuschvoll ihre Nase hoch und wischte sich dann mit dem Ärmel über das Gesicht. »Hoffentlich habe *ich* mir nichts eingefangen.«

Frederica sah den Pfleger jetzt nüchtern an. »Sie haben sicherlich noch andere Aufgaben zu erledigen?«

Der Junge sah aus, als wollte er ihr vor die Füße spucken. Nach einem kurzen Moment drehte er sich jedoch um und verschwand wortlos hinter einer Tür.

Das Mädchen rappelte sich hoch, klopfte sich graziös die Kleidung ab und blieb erwartungsvoll vor Frederica stehen. Zwei funkelnde Smaragde sahen ihr direkt in die Augen. Frederica funkelte zurück. »Willst du eine Lakritzschnecke?«

»Nee, ist mir zu glukosehaltig. Hast du eine Zigarette?« Ein rasselnder Husten begleitete die helle Stimme, die eines Kindes.

»Ich rauche nicht.« Frederica verstaute die Tüte wieder in ihrer Handtasche. »Hat der Pfleger dich wirklich angefasst?«

Die rothaarige Wildkatze zuckte mit den Schultern. »Keine Ahnung, Mann. Gerade noch war ich beim McDoof gewesen, als ich in dem Raum da hinten« – sie zeigte auf die Tür, durch die der Pfleger verschwunden war – »wieder aufgewacht bin, mit den schmierigen Händen von dem Typen auf meinen Weichteilen. Und da dachte ich mir, bevor der was auch immer mit mir macht, mache ich besser die Biege.« Sie zupfte ihre Leggings zurecht. »Das war aber nicht in seinem Sinne«, gestand sie nonchalant, »worauf ich Panik bekommen habe. Den Rest kennst du.« Die Katzenaugen sahen sie treuherzig an. »Hast du ein paar Euro? Ich hatte noch nicht aufgegessen.«

Frederica hielt ihr einen 10-Euro-Schein hin. »Steck ihn schnell weg, wir bekommen Besuch.«

Während des ungleichen Kampfes hatten ein paar Vorbeieilende verschämt weggesehen. Jetzt hielt ein aufgebrachter Mann mittleren Alters mit Glatze und Höckernase direkt auf sie zu und fixierte erst die Wildkatze, dann Frederica scharf. Seine Hände hatte er in den Taschen seines übergroßen Kittels versteckt. Er sah aus, als wäre er gerade einer Hungersnot entkommen. »Dr. Hirsefeld, Stationsleiter.« Er schien seinen Unmut nur mühsam zurückhalten zu können. »Hat sie Sie belästigt?« Mit einem geübten Griff fasste er der Wildkatze unter den Arm und wollte sie mit sich wegziehen.

»Moment, Polizei. Wo wollen Sie mit dem Mädchen hin?«

Dr. Hirsefeld rollte mit den Augen. »Was hast du diesmal erzählt? Dass man dich vergewaltigt hätte?«

Die Wildkatze sah Frederica entschuldigend an. »Nein, Papa, nur, dass mich Fred betatscht hat.« Die helle Stimme nahm einen kindlichen Ton an. »Aber das hat er ja auch«, setzte sie schmollend nach. »Und beleidigt hat er mich obendrein.«

Der gebeutelte Arzt zog seine Tochter fester an sich. »Ich entschuldige mich für Hanna. Die Tochter in der Pubertät und die Frau in den Wechseljahren. Eine atomare Sprengung ist ein Fliegenschiss dagegen. Entschuldigen Sie die Unannehmlichkeiten. Auf Wiedersehen.«

Während er sie unprätentiös hinter sich herzog, drehte Hanna sich noch einmal zu Frederica um. »Es ist der Geruch, der dich stört, nicht wahr?«

Wie alt mochte sie sein? 14? »Warte!« Frederica holte auf und drückte Hanna eine Visitenkarte in die Hand. Das Mädchen wirkte nicht erstaunt, sondern steckte sie sich, ohne drauf zu sehen, in den Bund ihrer Leggins. »Sie wird sie noch brauchen«, sagte sie zu Dr. Hirsefeld. Dann schloss sie die Augen und atmete tief durch.

KAPITEL 11

»Geh endlich auf, du verdammtes Miststück!« Philip Jensen griff das aufgeklappte Notebook an beiden Enden und zerrte es weit auseinander. Als es nicht brechen wollte, warf er es wutschnaubend auf den gegenüberliegenden Sessel und starrte es an. Er musste nicht der Hulk sein, sondern der Nuklearphysiker Dr. Bruce Banner, und mit dessen intellektueller Power konnte er jederzeit mithalten. Daher ging es hier längst nicht mehr um einen Auftrag des Sicherheitschefs, sondern um seine Ehre als Programmierer.

Er war nach Hause in den Lehmweg gefahren, um seine heißgeliebte Espressomaschine und den Stapel Tiefkühlpizzen in bequemer Nähe zu haben, und hatte sich sofort an die Arbeit gemacht. Doch Stunde um Stunde verging, ohne dass er ansatzweise weiterkam. Aber wie sollte er auch? Das Knacken eines Passwortes ging entweder ganz oder gar nicht. Momentan also ganz gar nicht. Keine Idee, kein Hinweis.

Das Klingeln der Mikrowelle lenkte ihn kurzzeitig ab und er holte sich das verklebte Weizengemisch an seinen Schreibtisch. Er besah sich die vier Scheiben Salami, die platzsparend in imaginäre Ecken auf die Tomatensoße gepresst worden waren. Plötzlich hatte er keinen Hunger mehr. In den letzten Stunden hatte er alles Menschenmögliche getan, um den Rechner zu knacken. Er hat alle dunklen Quellen im Netz abgegrast, die ihm einfallen wollten. Er hat sein Schweizer Messer – legale und illegale Tools – immer und immer wieder drüberlaufen lassen. Nichts. Niente. Nada.

Dabei war das doch genau seine Stärke. Wie mit einem sechsten Sinn ausgestattet, konnte er sich frei in der Matrix bewegen. Er erkannte automatisch, wo der Fehler im Programmcode war oder wieso eine Routine nicht das gewünschte Ergebnis brachte. Er wusste es einfach. Aber dieses Notebook stellte ihn vor ein echtes Rätsel. Gedankenverloren pulte er die Wurst von der Pizza und steckte sich ein Viertel in den Mund.

Zumindest hatte er gut daran getan, sich ein Dup vom Rechner anzulegen, an dem er seine Theorien testen konnte, ohne den Rechner zu zerstören. Was unweigerlich passiert wäre. Mit einem Schauern dachte er an die Reaktion von Martin Terborn, wenn er ihm das hätte beichten müssen. Schon beim ersten Versuch hatte er gemerkt, dass da Profis am Werk gewesen waren. Ein Trojaner hatte einen Reset ausgeführt, der umgehend den Bootbereich, der den Startvorgang des Rechners kontrolliert, geschreddert hat. Er warf Reste der Salamischeiben in den Papierkorb. Seine Testmaschine hatte einen Totalschaden und er war so klug wie vorher. No way, dass das Claire gewesen war ...

Plötzlich schob er den Teller beiseite und griff sich das Originalteil. Was wäre, wenn ... Zehn Minuten später stieß er einen Jubelschrei aus. Ohne dass die Log-in-Routine es gemerkt hatte, war er auf die Maschine gekommen, und damit über eine Backdoor an das Filesystem des Notebooks.

Selbstzufrieden lehnte er sich in seinem Bürostuhl zurück und verschränkte die Hände hinter dem Kopf. Er war nun mal der Beste. Und der andere ein Idiot. Eine Unachtsamkeit, die den meisten Menschen nicht aufgefallen wäre und die auf dem Dup natürlich nicht vorhanden war, hatte ihm schließlich Ali Babas Höhle geöffnet. Der Dummkopf hatte nämlich vergessen, das Tool, mit dem man den Log-in-Vorgang umgeht, am Ende der Operation zu zerstören. Dafür blinkte ihm jetzt ein »access granted« entgegen. Und ein Leben an einem Südseestrand seiner Wahl.

Mal sehen, was er diesmal finden würde.

*

Enttäuscht tauchte Martin vom Rücksitz des schwarzen Maseratis wieder auf. Er hatte den Wagen an der Alster entdeckt und als Erstes im Handschuhfach nachgesehen. Nichts. Und auch sonst war nicht viel zu finden. Nirgendwo lag etwas herum, was da nicht hingehörte. Selbst das Velours war in eine Richtung gebürstet. Er ging zum hinteren Teil des Wagens und öffnete den Kofferraum. Hier war alles ebenso sauber und leer wie im Fond. Einer inneren Eingebung folgend, öffnete er das rechte Servicefach, schob Werkzeugtasche und Warndreieck zur Seite und griff hinter die Abdeckung. Martin verkniff sich einen Triumphschrei, als er eine schwarze Kunststoffbox hervorzog, die mit einem Zahlenschloss gesichert war. Sie sah aus wie eine Waffenbox, doch als er sie in der Hand wog, stellte er fest, dass sie deutlich zu leicht war. Martin klemmte sich die Box unter den Arm, verschloss den Wagen und ging zur Wohnung zurück.

Um das Zahlenschloss würde er sich später kümmern, weil er hoffte, dass die Kombination irgendwo für ihn hinterlegt war. Stattdessen startete er den Rechner, steckte den Stick mit der kopierten Wallet ein und ging in die Küche, um das leise Klopfen des Rotweins hinter der Stirn mit einer Schmerztablette stillzulegen. Dabei rechnete er zum wiederholten Male die Weinmengen durch, die jeder von ihnen getrunken hatte. Getrunken haben musste. Doch ein betrunkener Mann konnte sich spontan keinen Fluchtplan ausdenken. Vielleicht hatte der Abend zu seinem Plan gehört?

Das Klingeln seines Handys riss ihn aus seinen Überlegungen. Es war Inge, die besorgt klang. »Natascha ist weg.«

Er schluckte noch eine Schmerztablette. »Was heißt weg? Ist sie einfach gegangen?«

»Scheint so. Ich hatte mich in einem der Gästeräume hingelegt. Im zweiten Stock, auf der anderen Seite der Villa. Nur für eine halbe Stunde. Als ich dann nach ihr sehen wollte, war sie weg.«

»Kannst du sehen, ob sie irgendwas mitgenommen hat? Handtasche? Autoschlüssel? Einen Koffer?«

»Martin, hier ist ein ganzer Raum voller Kleidung, Handtaschen, Schuhen und Accessoires. Das sieht hier aus wie in einer Boutique. Also nein, ich weiß nicht, ob sie gepackt hat. Ich habe aber zumindest keine Handtasche mit Inhalt gefunden. Aber auch keine Notiz für mich.«

»Vielleicht hat sie gedacht, du wärst schon weg.«

»Dann hätte sie doch sicherlich die Haustür abgeschlossen und die Alarmanlage scharf geschaltet. Und vielleicht ihren Wagen genommen.«

Das leise Klopfen hinter seinen Schläfen wurde wieder lauter. »Komm sofort da raus und fasse nichts mehr an. Ich rufe dir ein Taxi.«

Martin vergrub den schmerzenden Kopf zwischen seinen Händen. Robert hatte ihm eine Nachricht hinterlassen wollen, dessen war er sich sicher und darum würde er sich jetzt weiter kümmern. Natascha war nicht sein Problem, sollte sich doch die Familie darum kümmern. *Du bist mir für sie verantwortlich.* Er ignorierte die Stimme in seinem Kopf und konzentrierte sich auf den Monitor. Die Ordner in der Wallet waren nach Anwendungen sortiert, die er jetzt alphabetisch abarbeitete. Roberts Recherchen waren beeindruckend. Er fand Links zu Webseiten und gescannte Ausschnitte aus Tageszeitungen sowie eine Vielzahl an wissenschaftlichen Studien. Alles drehte sich um Kryptowährungen und den Bitcoin. Was er fand und bald selbst nicht mehr überblickte, waren keine Arbeiten eines interessierten Laien. Er lehnte sich zurück und schluckte seine dritte Tablette. Mühsam überflog er Dokumente von Professoren aller möglichen Fakultäten, die sich mit den einzelnen Aspekten der Kryptowährung, bezogen auf ihre jeweiligen

Fachgebiete, beschäftigten. Die Ausarbeitung eines amerikanischen Soziologen über die Auswirkung von digitalen und virtuellen Währungen auf das Verhältnis der Menschen zum Geld konnte Martin ansatzweise noch verstehen. Doch dem kritischen Kommentar eines Ökonomen über die monetären Aspekte des Bitcoins in der globalen Wirtschaft hatte er nach drei Sätzen nicht mehr folgen können. Was hatte Robert gesagt? *Das ist mir alles zu hoch, die Feinheiten habe ich Claire überlassen.* Wütend schob er den Rechner von sich weg. Robert hatte ihn also angelogen.

Er war immer noch wütend, als Inge ein paar Minuten später nach Hause kam. »Ich bin Soldat, kein Politiker. Ich brauche Fakten, wenn ich etwas erreichen soll. Das hier ist doch alles nur hypothetisches Gelaber aus Elfenbeintürmen. Kryptowährungen. Wen interessiert dieser Scheiß? Mich jedenfalls nicht!«

Inge sagte nichts, zog den Rechner zu sich heran und studierte die Dokumente. Ihr stach schnell ein kleiner Artikel aus einer Fachzeitschrift für Ökonomie ins Auge, der von einem Hamburger Professor geschrieben worden war. »Hier, sieh mal, daneben ist eine handschriftliche Notiz.«

Martin beugte sich nach vorne. »,11. April 2018, Literaturcafé«. Inge, du bist großartig. Endlich eine Spur!«

Gerade, als er zu seinem Telefon greifen wollte, fing es an zu vibrieren. Er sah aufs Display. »Nummer unterdrückt«. Schon wieder. Er seufzte kurz auf und nahm das Gespräch an.

»Hallo?« Inge wunderte sich über seinen harschen Ton. Als sich seine Augen weiteten, griff sie ihm unwillkürlich an den Arm, doch er schüttelte sie ab. »Wer ist da? – Ich kann Sie kaum verstehen! – Natascha? Bist du das? – Wo bist du?« Wieder versuchte Inge, Martins Arm zu greifen, doch diesmal stieß er sie von sich weg und drückte sie auf einen Stuhl. Als sie seinen harten Blick auffing, blieb sie eingeschüchtert sitzen.

»Ich kann dir nicht helfen, wenn du dich nicht beruhigst. – Atme! – So ist es gut. – Noch mal. – Und jetzt sage mir, wo du bist!«

Er bedeutete Inge mit erhobenem Zeigefinger, still zu bleiben. »Kennst du den Wald? Ist dort irgendetwas, was du mir als Anhaltspunkt nennen kannst? Eine Hütte? Ein Findling oder so etwas? – Natascha? – NATASCHA!«

Mit weit geöffneten Augen sah er Inge an. Er setzte sich und legte das Telefon zur Seite, während er sich mit dem Handrücken über die Augen fuhr. Inge schloss die Augen und wartete. Kurze Zeit später holte Martins viel zu sachliche Stimme sie wieder ab. »Natascha ist entführt worden. Sie wird in einem Waldstück gefangen gehalten, wo, weiß sie nicht.« Er fuhr sich wieder über seine Augen. »Sie war ihnen entkommen und hatte sich ein Handy von einem der Entführer nehmen können.« Er sah Inge wie durch einen Schleier an. »Dann schrie sie auf und eine männliche Stimme hat gesagt, dass sie verhindert sei.« Martin senkte den Blick.

»Hast du die Stimme des Mannes erkannt?«

Er verneinte. »Ich rufe jetzt die Polizei. Und du rufst Andreas an und findest heraus, ob man das Handy orten kann. Hoffen wir, dass sie es nicht zerstört haben.«

Er unterdrückte ein bitteres Lächeln, das man auch als selbstzufrieden hätte beschreiben können.

KAPITEL 12

»Hören Sie, ich sollte eigentlich gar nicht hier sein!« Christian behielt seinen Autoschlüssel in der Hand und rutschte auf der unbequemen Holzbank hin und her. Aber er zwang sich, weiter zuzuhören. Warum er dem Drängen dieses Terborn nachgegeben und sich mit ihm bei Ottos Burger im Grindelviertel getroffen hat, wusste er leider nur zu gut. Er liebte seine Frau und seine Kinder abgöttisch und würde alles für sie tun. Aber jedes Mal, wenn Annabelle sich mal wieder vornahm, seine Gefühle zu lenken, siegte sein Fluchtinstinkt. Da war ihm der Anruf dieses Security-Typen gerade recht gekommen. Er zog mit seinem Schlüssel eine tiefe Kerbe in den Biertisch. Was hatte seine Frau überhaupt davon, wenn er sich mit Frederica aussprach? Ihm gefiel es beim KDD. Eine seiner Nieren, zerfetzt vom Messerstich dieser Kanaille, würde nie wieder auf hundert Prozent fahren. Ebenso wie sein Kniegelenk, das beim Sturz in die Elbe halb zertrümmert worden war. Wie er entlang der Norderelbe wieder aus dem Wasser gekommen war, wusste er bis heute nicht. Es hatte noch ein paar Stunden gedauert, bis ihn endlich Spaziergänger gefunden und den Notarzt gerufen hatten. Seitdem konnte er keine Messer, kein Elbwasser und keine Spaziergänger mit Golden Retriever mehr sehen. Er zog parallel zur ersten eine zweite Kerbe. Und alles nur, weil Madame Moll unbedingt ihrem toten Vater beweisen musste, wie toll sie ohne ihn auskam. Dämliche, arrogante, egozentrische Kuh.

Schnell hatte er sich zu Martin gesetzt, der ihm auf den vor dem winzig kleinen Burgerladen aufgestellten Bierbänken einen Platz frei gehalten hatte. Vor dem Sicherheitchef hatte bereits ein schäumendes Alsterwasser gestanden, das Christian bei den 32 Grad, die schon wieder über Hamburg brüllten, ausnehmend verlockend vorgekommen war. Er hatte sich auch eines bestellt und hörte dem Mann nun geduldig zu.

»Vielen Dank noch mal, dass Sie sich bereit erklärt haben, mich zu treffen. Ich weiß so gut wie Sie, dass es keinen Sinn macht, einen Erwachsenen vor Ablauf von 24 Stunden als vermisst zu melden, wenn es keine Anhaltspunkte für ein Gewaltverbrechen gibt.« Er zögerte kurz. »Zumindest keine greifbaren. Daher habe ich Sie angerufen.«

Christian trank genüsslich das halbe Glas leer, bevor er antwortete. »Und wie kommen Sie nun darauf, dass hier eine Gewalttat vorliegt? Kann ein Paar nicht mal spontan einen Liebesurlaub antreten, ohne dass ein Kollege …«, er sah den Sicherheitchef vielsagend an, »… sie als vermisst meldet?«

»Ich habe mich natürlich bei Karl Bornheim rückversichert, bevor ich Sie angerufen habe. Er und seine Frau wissen nichts von einer Reise.«

»Aber haben offenbar auch nicht das Bedürfnis, sich an die Polizei zu wenden.«

Terborn setzte sich etwas zurück. Die Bewegung wirkte bei seiner Größe ungelenk. »Nein«, gab er unumwunden zu. »Ganz im Gegenteil. Karl Bornheim gab sich sehr unbekümmert und hat mir geraten, mich nicht mit Dingen zu befassen, die mich nichts angingen.«

»Tun Sie das denn?«

Terborn schien ratlos. »Sagen Sie es mir? Sie sind doch schließlich in Rekordzeit mit der Spurensicherung bei uns aufgetaucht.«

Christian winkte der Bedienung und bestellte sich einen Burger. Wenn er schon mal hier war, konnte er auch das Angebot testen. Er sah den Sicherheitschef fragend an. Der winkte ab. Christian legte den Schlüssel zur Seite. »Das machen wir immer, wenn unklar ist, ob ein Mord, ein Versuch oder ein möglicher Totschlag vorliegt. Wie geht es eigentlich Ihrer Kollegin?«

»Noch im künstlichen Koma, soweit ich weiß. Aber das ist doch nicht der Punkt. Bei uns in der Bank geht etwas vor und ich weiß nicht, was.«

Christian musste schmunzeln. Das Gefühl kannte er nur zu gut. »Höre ich da etwa verletzte Eitelkeit durchklingen?«

Doch Terborn schüttelte nur den Kopf. »Nein, sicherlich nicht. Ich bin Robert zu Dank verpflichtet. Vor ein paar Jahren hat er mir geholfen, wieder auf die Beine zu kommen, dafür schulde ich ihm was. Und ich denke, dass er jetzt meine Hilfe braucht. Ohne dass ich die Familie darin involviere.« Er sah Christian eindringlich an. »Seine Freundin ist in Gefahr. Sie hat mich über ein fremdes Handy angerufen und um Hilfe gebeten.«

Christian wurde ärgerlich. »Damit rücken Sie erst jetzt raus? Was hat sie genau gesagt?«

»Das Gespräch war sehr kurz. Sie klang verängstigt.«

»Das hört sich für mich so an, als wüssten Sie nicht, was Sie davon halten sollen.«

»Genau das versuche ich ja, Ihnen zu erklären!«

»Gut, dass Sie nicht Lehrer geworden sind.« Christian sah auf die Uhr. Er musste sowieso bald seinen Dienst antreten, so lange konnte er noch den Burger genießen und sich mit dem Mann unterhalten. »Haben Sie das Gespräch aufgezeichnet?«

Der Sicherheitschef seufzte. »Ich sagte doch, das ging alles so schnell. Und bevor Sie fragen – die Rufnummer war unterdrückt. Ich habe da bestimmte technische Möglichkeiten, aber ...«

Christian überhörte den letzten Satz. »Was erwarten Sie jetzt eigentlich von mir? Davon mal ganz abgesehen, dass eine andere Kollegin für den Fall zuständig ist?«

»Frau Dr. Moll, ich weiß.«

Christians Mundwinkel zuckten. Wenn ein Fremder ihren Namen aussprach, hörte sich das seltsam unhöflich an. »Sie kennen sie?«

»Sie war im Krankenhaus.« Terborn beugte sich zu Christian vor: »Hören Sie, Frau Dr. Moll ist sicherlich äußerst kompetent, aber ich habe Sie aus einem bestimmten Grund angerufen.«

Christian ließ sich von dem viel zu kleinen, aber äußerst leckeren Burger ablenken, den die Bedienung soeben mit einem Lächeln vor ihm abgestellt hatte. »Ach ja? Und welcher sollte das sein?«

»Wir beide, wir sind aus dem gleichen Holz geschnitzt.« Terborn bestellte sich noch ein Alster. »Kennen Sie sich im American Football aus? Sie sind ein Teil der Offensive Line, die dem Quarterback die Verteidiger so lange vom Hals hält, bis dieser dem Runningback die Pille überreicht und dieser dann damit durch die Defensive Line stoßen kann. Und genau so einen Offensive Guard brauche ich jetzt.«

Christian sah ihn belustigt an. »Ich soll also ein paar Typen kaltstellen, damit jemand anderes ein Ei legen kann? Dass ich hinke, haben Sie aber schon bemerkt?«

»Gerade deswegen sind Sie perfekt. Ich habe mich über Sie erkundigt. Sie wurden im Dienst schwer verwundet und sind trotzdem wieder aufgestanden. Ich bin fest davon überzeugt, dass Natascha Gruber und Robert Bornheim sich in großer Gefahr befinden. Und dass Robert mir Hinweise hinterlassen hat, wie ich helfen kann. Bitte, helfen Sie nun mir, sie lebend zu finden.«

*

»Nein, ich habe mir nicht angesehen, was auf dem Notebook ist, das müssen Sie mir glauben. Ich bin doch nicht lebensmüde. Ich möchte nur etwas am Gewinn beteiligt werden, mehr nicht. Und ich kann Ihnen bestimmt auch noch bei anderen Dingen von Nutzen sein.« Philip versuchte unauffällig, seine schweißnassen Handflächen an seiner Cargohose abzuwischen.

Was für ein Albtraum. Er hatte kaum den Mund aufgemacht, als sich die Schlinge auch schon um seinen Hals zuzog. Dabei hatte er sich diesen Deal bedeutend einfacher vorgestellt. So wie damals den mit Claire. Nachdem er diese auffälligen Aktivitäten auf ihrem Rechner gefunden hatte, die sie zwar gut, aber nicht gut genug vor ihm versteckt hatte, war es ein Leichtes gewesen, mit ihr eine – wie hatte er es genannt? – gewisse Kostenbeteiligung zu vereinbaren. Dass sie jetzt im Koma lag, hatte seinen Entschluss nur bekräftigt, mal eine Etage höher anzuklopfen, um mal auszutesten, was noch so geht. Er war mittlerweile 23. Ewig in dieser langweiligen Bank zu verschimmeln, hatte er eh nicht vorgehabt. Die Gelegenheit war also günstig gewesen.

Er schielte verstohlen zu dem Mann, der ihm stumm gegenübersaß. Seine buschigen Augenbrauen waren in der Mitte zusammengewachsen, was ihm einen skrupellosen Ausdruck verlieh. Philip rutschte auf seinem Ledersessel nach vorne und versuchte, treuherzig auszusehen. Der

Mann bewegte keinen Muskel. Scheiße. Er befand sich in freiem Fall und er wusste es.

»Ich bin wirklich gut in allem, was mit Computer und Technik zu tun hat, echt jetzt.«

Die Augenbraue hob sich leicht. »So gut wie Claire und BeeTwelve?«

»Klar! Was denken Sie denn? Ich hab den beiden schließlich geholfen«, log Philip, was das Zeug hielt. »Und ich bin schließlich zuerst zu Ihnen gekommen, anstatt zu Martin Terborn zu gehen.«

Die Augenbraue lehnte sich nach vorne. »Zuerst? Weiß Herr Terborn von dem Notebook?«

»Ja, das heißt, nein, er weiß, dass es auch für mich gesperrt ist. Außerdem habe ich ihm eingeredet, dass es sowieso nicht Claires ist. Und wenn ich ihm sage, dass ich es nicht entsperrt bekomme und ihm gleichzeitig ein anderes unterschiebe, wird er gar nichts merken, versprochen!«

»Natürlich versprichst du mir das. Die Frage, die sich mir nur stellt, ist, wer sonst noch von den Daten auf dem Rechner weiß?«

»Was meinen Sie, wer noch davon weiß?« Verdammt, er brauchte ein Taschentuch. Nein, das Gespräch lief gar nicht so, wie er sich das vorgestellt hatte. Unwillkürlich sah er hinter sich zur Tür. Außer ihnen beiden war niemand im Raum. Wenn er schnell war …

»Soll ich dir etwas zu trinken bringen lassen?« Philip sah in zwei amüsierte Augen, die das Blut in seinen Adern gefrieren ließen. Er wischte sich wieder seine Hände ab und versuchte, ruhig zu bleiben.

»Nein, danke. Kann ich mal zur Toilette?«

»Du beantwortest mir jetzt meine Fragen, bevor ich die Geduld verliere. Wie bist du in den Rechner gekommen?«

Philip seufzte. Welche Chance er auch immer hatte, unverletzt dieses Büro wieder zu verlassen, er würde sie, ohne zu kooperieren, nur verringern. »Ich hab schnell gesehen, dass der Anmeldeschirm nicht ganz authentisch war, da ich erst vor Kurzem an Claires Rechner Änderungen vorgenommen hatte. Das war wirklich nur ein Zufall, ehrlich. Aber so konnte ich herausfinden, dass das Passwort geändert wurde. Außerdem wurde der Service-Account, der auf allen Rechnern der Firma installiert ist, gelöscht und der Root-Zugang zusätzlich mit einer Bombe gesichert. Wenn also jetzt jemand versucht, den Root-Zugang mit dem richtigen Passwort zu nutzen, wird der Inhalt des gesamten Rechners digital geschreddert. Aber der Programmierer hat einen Fehler gemacht. Er hat die Backdoor, die er sich zum Experimentieren eingerichtet hatte, nicht gelöscht.« Trotz allem konnte Philip sich ein Grinsen nicht verkneifen.

Die buschige Augenbraue ließ offen, ob sie diese selbstgefällige Geste bemerkt hatte. Tatsächlich wirkte sie besorgt, wie Philip überrascht feststellte. »Du willst damit sagen, dass irgendjemand mit voller Absicht das Notebook ›vermint‹ hat?«

»Ja, und mit ziemlicher Sicherheit hat er vorher noch die Daten kopiert, als Claire noch angemeldet war.« Philip hielt erschrocken inne. Vielleicht hatte er zu viel erzählt – vielleicht aber auch nicht. Ihm kam eine Idee. »Aber eine Sache ist mir nicht klar: Warum die Mühe, warum nicht das Notebook einfach klauen oder eben die Daten kopieren. Es dazulassen und sich einem Risiko auszusetzen, es vorher noch zu buggen, ergibt überhaupt keinen Sinn.«

Die Augenbraue lehnte sich zurück und schien sich etwas zu entspannen. »Nun gut.« Er drehte seinen Bürostuhl zum Fenster und sah einige Sekunden, die sich für Philip wie

Stunden anfühlten, in den Himmel. Plötzlich fuhr der Stuhl zurück und die Augenbraue verkrampfte sich zu einem umgedrehten V. Eine lange, schmale Hand griff zum Telefon. »Ich bin immer gerne umfassend informiert. Mal sehen, was du uns noch zu erzählen hast.«

Philip schloss die Augen. Komisch. Er fand es beruhigend, dass er auf Leder saß. Das war einfach zu reinigen.

*

Nachdenklich beendete Martin Terborn die Verbindung. »Philip geht nicht ran. Wir hatten abgemacht, dass ich ihn jetzt anrufe. Ich hoffe nur nicht …«

»… dass auch Ihr IT-Junge verschwunden ist?«, beendete Christian den Satz. »Das glaube ich nicht. Das wäre doch etwas zu viel Zufall. Arbeitet er denn eng mit Ihrem Juniorchef oder der Bankerin zusammen?«

Martin steckte sein Handy weg. »Nicht, dass ich wüsste. Aber seit gestern weiß ich eh nichts mehr, also kann es auch ganz anders sein.« Er starrte grimmig in sein leeres Bierglas.

Christian hätte dem Sicherheitschef gerne beruhigend auf die Schulter geklopft. »Noch ein Alster?«

Martin Terborn verneinte. »Wir haben einen Termin.«

Christian war zu seiner eigenen Überraschung nicht verärgert. »Wir? Sie waren sich also sicher, dass ich mitspielen werde?«

Martin lächelte. »Ich hatte es gehofft. Wissen Sie, es geht mir nicht nur darum, dass mir die Polizei glaubt und nach den beiden sucht. Denn wenn ich richtig mit meiner Theorie liege, nämlich, dass Robert da in etwas hineingeraten ist, was seine Erfahrungswerte übersteigt, wäre er nicht aus der Gefahrenzone, wenn wir ihn offiziell finden würden.« Er setzte sein leeres Glas an, um noch an den letzten Tropfen zu kommen.

Christian sah ihn belustigt an. »Mit Erfahrungswerten meinen Sie sicherlich seine Berufserfahrung als Banker? Glauben Sie, dass er sich gerade übernimmt und sich mit der falschen Art von Kunden anlegt?«

»So etwas in der Art. Sein Ehrgeiz hat schon immer seine Integrität angegriffen. Bei dem Vater aber auch kein Wunder.«

Christian ließ die Aussage unkommentiert stehen. Er ließ es zu, dass Martin die Rechnung zahlte, und sah ihn nachdenklich an. »Sie meinen also, ich soll ihn zwar suchen lassen, ihn aber nicht finden?«

»Ganz genau. Ich habe zwar meine Kontakte, aber alles können die auch nicht bewerkstelligen. Gerade in der Personensuche ist der deutsche Polizeiapparat nun mal ungeschlagen.« Er lächelte Christian treuherzig an. »Nur im Personenschutz gäbe es da noch Verbesserungsbedarf.« Er stand auf. »Aber um ihn finden zu können, schulde ich Ihnen einen Ermittlungsansatz. Daher reden wir jetzt mit dem Professor.«

*

Während sie ins Literaturcafé im Schwanenwik fuhren, hörte sich Christian an, was Martin über den Wissenschaftler herausgefunden hatte. Theodor von Metzingen war emeritierter Professor der Universität Hamburg im Fachbereich Volkswirtschaft. Er war hoch angesehen und vertrat offen seine Meinung. Die Experten der Finanzwelt beschimpfte er gerne als Zuckerbäcker. Sie seien Meister im Dekorieren, also exzellente Blender, pfuschten aber beim Tortenboden, der Basisarbeit. In letzter Zeit schien es jedoch ruhiger um ihn geworden zu sein, was vielleicht an seinem fortgeschrittenen Alter lag.

Das Literaturcafé bestand hauptsächlich aus einem riesigen barocken Saal, in dem ein opulenter Kronleuchter mit einer wuchtigen Deckenbemalung, bestehend aus Putten und Früchten, um die Aufmerksamkeit der Gäste buhlte. Christian, der niemals freiwillig ein Café betreten würde, das das Wort »Literatur« im Namen hatte, sah sich erstaunt um. »Jetzt weiß ich auch, warum ich hier noch nie gewesen bin.«

Martins Blick folgte Christians zur Decke. »Ist mir noch nie aufgefallen.« Sein Blick wanderte weiter über die wenigen Gäste, die sich leise miteinander unterhielten.

»Sie suchen mich?« Die sonore Stimme kontrollierte mit Leichtigkeit den tiefen Raum. Sie kam aus einem großen, wachen Gesicht, das sie neugierig von einem Ecktisch aus musterte. Es war klassisch umrahmt von einem Panamahut auf dem Kopf und einem steif gebügelten, blauen Oxford-Hemd am Hals. Zu den Füßen des Mannes lag ein schwarzer Spaniel und döste.

Sie nickten dem Professor zu. Christian überließ Martin den Vortritt und setzte sich etwas abseits an den großen Tisch. Er sah den älteren Herrn zweifelnd an. Der Mann war mindestens Mitte 70 und strahlte die naive Leutseligkeit eines Elfenbeinturm-Bewohners aus. Wie würde Frederica ihn nennen? »Eure Holyness«, wahrscheinlich. Wie sollte der etwas über ein Verbrechen wissen? Falls es überhaupt eines gab. Sein Blick fiel auf den Schlüsselbund des Professors, den dieser auf dem Tisch abgelegt hatte und den eine Comicfigur zierte. Ein hässlicher Kauz, mit einer Halbglatze und Spitzbart, bekleidet mit einem grünen Regenmantel und einer Nickelbrille auf der Stupsnase. Wieso fand man so einen Schlüsselanhänger gut? Musste ein Geschenk von den Enkeln gewesen sein. Sein Blick wanderte weiter zum Sicherheitchef und er stutzte. Martin Terborn hat den Anhänger ebenfalls entdeckt und reagierte darauf, als hätte er ihn schon mal gesehen.

»Die Lücken im Bitcoin zu schließen und aus einer Beta-version eine funktionierende virtuelle Währung zu machen, ist die Grundlage dessen, worauf meine Zusammenarbeit mit Robert Bornheim fußt. Aber das auszuführen, würde jetzt zu weit gehen. Inwieweit glauben Sie, dass ich Ihnen behilflich sein kann?«

Martin konzentrierte sich wieder auf den Professor. »Eine Kollegin von uns liegt seit Freitagnacht im Koma. Seit Samstagnacht ist Robert Bornheim verschwunden. Und von seiner Freundin haben wir seit Sonntagmittag nichts mehr gehört.« Die Bedienung trat an ihren Tisch und die Män-ner bestellten Kaffee. »Und leider bin ich der Einzige, der das alles merkwürdig findet.« Martin nickte Christian zu. »Ich weiß, dass ich hier einen etwas ungewöhnlichen Weg wähle, um herauszufinden, was passiert ist, aber wenigstens habe ich einen Polizisten gefunden, der mir zuhört. Und Sie, Herr Professor, können uns vielleicht einen Anhalts-punkt geben, wo wir suchen müssen.«

Der Professor nickte, als wäre damit alles erklärt. »Nun gut, aber wo fange ich an? Wie sind Sie überhaupt auf mich gestoßen?«

Christian schob sich auf seinem Stuhl nach vorne und versetzte Terborn heimlich einen Tritt. Hoffentlich würde er kapieren, dass er nicht zu viel verraten durfte, bis klar war, was der Professor mit der ganzen Sache zu tun hatte. Mar-tin ließ sich nicht anmerken, ob er verstanden hatte. Doch er sah kurz hinter von Metzingen an die bemalte Wand, als müsste er seine Gedanken ordnen, bevor er dem Professor antworten konnte. Christian lehnte sich zufrieden zurück.

»Robert hatte erwähnt, dass Sie im Rahmen eines beruflichen Projektes miteinander zu tun hätten, so sind wir auf Ihren Namen gestoßen. Und da wir Grund zu der Annahme haben, dass eben wegen dieses Projektes ernst zu nehmende Schwierigkeiten für Robert entstanden sind, haben wir um dieses Treffen gebeten.«

Von Metzingen wich seinem Blick nicht aus. »Das kann ich mir nicht vorstellen. Von unserer Arbeit würde die gesamte Welt profitieren. Und sie soll daran schuld sein, dass Robert und seine Freundin verschwunden sind?« Er trank seinen Kaffee und fing an zu grinsen. »Man kann auch aus ganz anderen Gründen verschwinden.«

Martin ignorierte die Bemerkung. »Robert hat nie mit Ihnen darüber gesprochen? Ich kann mir vorstellen, dass Sie ebenso betroffen sind?«

Der Professor sah sie zweifelnd an. »Danke der Nachfrage, aber ich erfreue mich nicht nur bester Gesundheit, sondern weiß auch von keinen ›Schwierigkeiten‹, wie Sie es nennen. Auch forschen wir an keinem geheimen Regierungsauftrag, insofern werde ich gerne Ihre Fragen beantworten, soweit ich kann. Robert ist an virtuellen Währungen interessiert und hat mich um meine Expertise gebeten. Ich habe ihm die ökonomischen Aspekte von dezentralisierten Währungen aufgezeigt, speziell die des Bitcoins.« Er spielte kurz mit seinem Schlüsselbund, bevor er ihn in seiner Hosentasche verschwinden ließ. Plötzlich verfinsterte sich seine Miene. »Dabei fällt mir etwas ein. Einer meiner Brandbriefe hat ihn besonders interessiert. Ein ehemaliger Assistent von mir, der auf mir unerklärliche Weise mittlerweile als Koryphäe im Bereich der Kryptowährungen gehandelt wird, hat wissenschaftlichen Unsinn verzapft, zu dem ich recht deutlich meine Meinung geschrieben habe. Sein Name ist Urs Wendeler.«

Christian notierte sich den Namen. »Noch hört sich das alles für mich sehr harmlos an. Aber ich bin auch Laie. Fällt Ihnen im Rahmen Ihrer Zusammenarbeit ein Umstand ein, der jemanden in Todesangst versetzen könnte?«

Der Professor stieß ungeschickt gegen seine Espressotasse, die sich leise klirrend wieder beruhigte. »Genau darüber habe ich in diesem Brandbrief philosophiert. Wobei ich nicht den Begriff ›Todesangst‹ wählen würde. Aber wenn Robert Bornheim es schafft, ein Bitcoin 2.0 aufzusetzen, wird er damit einigen Menschen, die ihre virtuellen Schätze illegal erworben haben, sehr gefährlich. Sie müssten dann nämlich ihre Werte offenlegen, um sie in das neue System transferieren zu können. Und damit deren Herkunft erklären. Mit den Konsequenzen einer Strafverfolgung. Außerdem würde durch die Optimierung des Bitcoins eine zukünftige Verschleierung von Geldern unmöglich.«

Christians Blick war dem Schlüsselbund gefolgt. »Sie sprechen von Geldwäsche?«

»Ganz genau.«

»Es müsste sich also jemand bereit erklären, ein neues Programm zu schreiben, um diese Machenschaften weiter zu ermöglichen?«

Von Metzingen signalisierte der Bedienung, ihm noch einen Espresso zu bringen. Als er Christian ansah, zeigte er keine Gemütsregung. »Wenn Sie es so ausdrücken wollen – gewiss.«

»Wie weit sind Sie?« Der Spaniel hob seinen Kopf und wurde von Martin gestreichelt.

»Sie meinen mit der Weiterentwicklung des Bitcoins?«
Von Metzingen hob abwehrend die Hände. »Meine Herren,
da müssen Sie mich missverstanden haben. Grundsätzlich ist
das mein Fachgebiet, aber Robert Bornheim hat mich nur
ab und an konsultiert. Direkt beteiligt daran bin ich nicht.«
Er sah die Männer leutselig an. »Aber wenn Sie mich fragen, werden die beiden bald wohlbehalten wiederauftauchen.
Ganz vernarrt ist er in diese Natascha. Ständig haben sie
telefoniert und er hat sie dabei mit ›Honeybee‹ angeredet.«

Christian hatte genug gehört. Der alte Mann hatte sie
doch nicht mehr alle. »Hören Sie, wenn Robert Bornheim
übers Wochenende mit seiner Freundin verreist wäre, glauben Sie nicht, dass sie sich abgemeldet hätten, eben, wie
man das so macht?«

»Vielleicht«, erwiderte der Professor schmollend, »aber
Beweise für Ihre Entführungstheorie gibt es doch ebenso
wenig.« Er sah auf die Uhr. »Wenn Sie mich nun entschuldigen würden? Ich habe noch eine Verabredung.«

»Haben Sie nicht noch fünf Minuten für uns? Wir sind
doch Laien auf dem Gebiet und würden gerne noch wissen, was den Bitcoin so interessant macht«, schmeichelte
Martin dem älteren Mann. »Sie würden uns damit sehr helfen und für Sie wäre es sicherlich nur eine Fingerübung.«

Christian stellte überrascht fest, wie wendig Martin seine
Taktik wechseln konnte. Der Mann hätte einen guten Ver-
handlungsführer bei der Polizei abgegeben.

Der Professor jedenfalls schien darauf anzuspringen.
»Nun gut, fünf Minuten kann ich noch für Sie erübrigen.
Was den Bitcoin so interessant macht, ist gar nicht so einfach zusammenzufassen. Je nachdem, mit welchem Experten Sie darüber reden, werden Sie unterschiedliche Theorien hören, so ähnlich wie bei einem Zipperlein, für das

Sie eine Diagnose suchen. Gehen Sie zum Orthopäden, ist es die Hüfte, beim Internisten ist es der Magen und beim Kardiologen natürlich ein drohender Herzinfarkt. Aber was die Informatiker, Kryptografen, Mathematiker oder Wirtschaftswissenschaftler zum Bitcoin oder der Blockchain sagen, ist eigentlich gar nicht das Interessante.« Von Metzingen lehnte sich verschwörerisch nach vorne und sprach leiser weiter. »Die Hasardeure sind das entscheidende Glied in der Kette. Sie sehen den Bitcoin ausschließlich unter dem Aspekt des Gewinns oder Verlustes einer Spekulation. Dabei ist es ihnen vollkommen egal, was das überhaupt ist, ob nun eine Währung, ein Gummitierchen oder eine neue Blumensorte. Sie benutzen und vergewaltigen ihn, wie sie ihn gerade brauchen. Und über kurz oder lang wird er zu einer virtuellen Blase aufsteigen und in der echten Wirtschaft wieder platzen. Und dann wird der Wert des Geldes neu definiert werden müssen.«

Martin sah ihn interessiert an. »So groß kann der Markt doch gar nicht sein? Klar, jeder hat schon mal davon gehört, aber fast niemand kennt jemanden, der Bitcoins besitzt.«

»Na ja, wenn sich für Sie ein Handelsvolumen von 350 Millionen Dollar wenig anhört, dann sollte die Summe von 65 Milliarden Dollar, die diese 350 Millionen in der realen Wirtschaft wert wären, etwas beeindrucken.« Er schien sich über das Erstaunen seiner Zuhörer zu freuen. »Und um auf Ihren Einwand zurückzukommen, dass niemand die Dinger schürft – das stimmt quasi auch. So um die 85 Prozent der Bitcoins befinden sich im Besitz von nur einer Handvoll Eigentümern.«

»Sie meinen also, dass es eine kleine Gruppe an Spekulanten gibt, die sehr materielle Interessen an dem Bitcoin hat, weil es letztlich doch um eine gigantische Summe geht?«

Von Metzingen nickte. »Formulieren wir es aber anders. Wenn man sich den Kurs des Bitcoins aus den letzten drei Jahren ansieht und wenn man sich dann fragt, wen es wirklich interessieren kann, dass dieser Hype läuft, ist die Möglichkeit nicht fern, dass vielleicht einige es nicht nur als das berühmte ›Zocken‹ sehen, sondern eher als ein geniales Schneeballsystem, das ihnen Milliarden bringen kann. Dann ist unter Umständen auch jemand bereit, die Samthandschuhe auszuziehen und mit harten Bandagen zu kämpfen, wenn dieser Geldtopf in Gefahr ist.« Christian fand es an der Zeit, noch einmal nachzuhaken, bevor der Professor seine Verschwörungstheorien weiter ausführen konnte. »Hat Robert Bornheim Ihnen gegenüber wirklich niemals erwähnt, dass er in Gefahr sei?«

Von Metzingen gab der Bedienung ein Zeichen. »Wie gesagt, so detailliert haben wir nie über sein Projekt gesprochen. Aber er wirkte immer sehr entspannt. Seine Fragen ließen nie darauf schließen, dass er Probleme mit irgendwelchen Interessengruppen hätte.«

»Sie sind sich also sicher, dass das Verschwinden des Paares nichts mit diesem Bitcoin-Projekt zu tun haben kann?«

»Ziemlich sicher.«

»Danke für Ihre Zeit.«

Theodor von Metzingen schaute den beiden Männern hinterher, bis sie das Café verlassen hatten. Als er sicher war, dass sie ihn nicht mehr beobachten konnten, verwandelte er sich wieder in einen wachen Geschäftsmann. Er nahm sein Handy und wählte eine Nummer, die er auf einer Kurzwahltaste gespeichert hatte. Er sprach ruhig und konzentriert. Die joviale Haltung, die er für die beiden Männer angenommen hatte, war verschwunden. »Ja, alles gut gelaufen. Nein, natürlich habe ich nichts davon erwähnt. Sie haben aber auch wirklich keine Ahnung.« Seine Augen weiteten sich. »Das wird nicht nötig sein. Wir brauchen keine weitere Aufmerksamkeit. Die Zeit wird reichen. Ich werde mich darum kümmern.«

*

»Scheiße, so kommen wir also auch nicht weiter.« Martin schlug mit der flachen Hand gegen das Lenkrad und starrte durch die Windschutzscheibe auf die Alster.

Christian sah ihn an. Martin hatte ihm zwischenzeitlich das Du angeboten und Christian hatte, ohne darüber nachzudenken, angenommen. »Martin, ich finde es bewunderungswert, wie du dich für deinen Freund einsetzt. Wirklich, allerhöchsten Respekt.«

»Aber?«

»Nichts aber. Oder etwas aber: Wir sollten das Ganze etwas professioneller aufziehen. Willst du die Untersuchung nicht mir überlassen? Okay, so richtig werde ich es meinen Vorgesetzten nicht verkaufen können. Aber du bist einfach zu nahe dran, um alle Fakten sachlich einordnen zu können.«

Martin schlug wieder aufs Lenkrad ein. »Welche Fakten denn, bitte schön? Wir haben nichts, aber auch gar nichts herausgefunden. Robert ist verschwunden. Natascha ist verschwunden, vielleicht in Lebensgefahr. Ihr Handy kann nicht geortet werden, Claire liegt im Koma, sie ist unter meiner Aufsicht zu Schaden gekommen. Was gibt es da sachlich zu sehen?«

»Genau das. Sind dir bei diesem Elfenbeinturm-Hansel nicht ein paar Dinge aufgefallen?«

Martin massierte seinen Handballen. »Was meinst du damit? Er war doch sehr offen und freundlich.«

»Richtig. Sehr mitteilsam, neugierig und teilweise schon leutselig drauf. Aber die alles entscheidende Frage hat er nicht gestellt. Den Jackpot quasi eines treuherzigen, einsamen alten Mannes, der Gossip hören will. Wieso ist Robert weg? Ist ja fürchterlich. Welche Theorien haben wir? Könnte ihm etwas zugestoßen sein? Was ist mit der Kollegin im Koma? Wie heißt die? Was ich damit sagen will: Der Eindruck, den er bei uns hinterlassen wollte, nämlich den des schusseligen einsamen Professors, passte nicht zu seiner Denkweise. Weiter. Was ist dir noch nicht aufgefallen?«

»Haha. Nun sag schon.«

»Er sprach von einer Entführung. Keiner von uns hat das Wort in den Mund genommen, da bin ich mir ganz sicher.«

Martin schlug wieder gegen das Lenkrad, diesmal vor Aufregung. »Richtig! Danke übrigens für den Tritt gegen mein Schienbein, tut immer noch weh.«

»Bitte. Der Mann ist also nicht das, was er vorgibt zu sein. Er hat uns nur getroffen, um herauszufinden, was wir wissen. Dass das nicht viel ist, hat uns hier geholfen. Auch wenn das Ganze leider auf Gegenseitigkeit beruht. Aber – last but not least – was ist mit dem Schlüsselanhänger?«

»Schlüsselanhänger?« Martin sah aus, als würde er gedanklich ein paar Schubladen durchwühlen. Dann durchwühlte er physisch das Handschuhfach, in das er achtlos einen Schlüsselbund geworfen hatte. »Gut, dass du mich erinnerst, ich hatte seinen Anhänger eher beiläufig bemerkt. Aber wenn wir uns den hier ansehen, passen die doch zusammen?« Martin hatte, ohne genau zu wissen, warum, den Anhänger wieder an den Schlüsselbund zurückgehakt.

Christian musterte die dicke Sängerin. »Noch so 'n hässliches Teil. Aber du hast recht, irgendwie scheinen die zusammenzugehören. Und die Figuren kommen mir bekannt vor.«

»Echt jetzt? Mir sagen die nichts. Aber das ist der Schlüsselbund von Claire Muller.«

*

»Hanna, du wirst selbstverständlich weiter die Schule besuchen und Abitur machen. Und danach studieren.« Dr. Hirsefeld sah seine Tochter noch nicht einmal an, als er über ihr weiteres Leben entschied. »Und damit Ende der Diskussion.«

Schmollend saß sie auf dem Besuchersofa ihres Vaters, während er Dokumente unterzeichnete. Sie hatte die Arme vor der Brust verschränkt und schielte auf ihr Smartphone, das er ihr kurz vorher abgenommen und neben sich auf den Tisch gelegt hatte. »Als Mama noch da war, hast du nie so mit mir gesprochen.« Sie zog ihre Ärmel wieder über ihre Narben. »Und dass du Fremden immer wieder vorlügst, dass sie noch da wäre, finde ich peinlich. Ich vermisse sie jedenfalls.«

»Das scheint nicht auf Gegenseitigkeit zu beruhen«, erwiderte ihr Vater kühl. Diesmal sah er sie an. »Oder hat sie sich bei dir gemeldet?«

Hanna überlegte, ob sie ihren Vater anlügen sollte. Einfach nur, um ihm wehzutun. Aber dafür waren die Wunden noch zu frisch. »Nein.«

Das Lächeln ihres Vaters versetzte ihr einen Schlag in die Magengrube. »Ich habe nichts anderes von dieser Frau erwartet.« Er klappte seine Dokumentenmappe zu, stand auf und gab ihr das Telefon zurück. Seine Hand schwebte einen Moment neben ihrem Kopf, bevor er sie wieder wegzog. »Glaub mir, wir sind ohne sie viel besser dran. Irgendwann wirst du es schon noch einsehen. Und jetzt, geh nach Hause, ich habe noch zu tun.«

Sie steckte ihr Telefon ein und bedachte ihren Vater mit ihrem süßesten Grinsen, das sie extra für solche Situationen vor dem Spiegel einstudiert hatte. »Vielleicht hast du recht. Bis später dann.«

Dr. Hirsefeld sah seiner Tochter zufrieden nach. So schwer war das doch gar nicht mit der Kindererziehung. Ein paar offene, klare Worte und der Fall war erledigt. Er kam noch nicht einmal auf die Idee, dass sie andere Vorstellungen haben könnte.

KAPITEL 13

»Sag mal, spinnst du? Wir können nicht einfach einbrechen und die Wohnung durchsuchen. Alles, was wir finden, wäre wertlos, das ist bei uns nicht anders als bei den Amis. Hörst du mir überhaupt zu?« Christian und Martin saßen immer noch an der Alster in Martins Wagen und diskutierten ihre Optionen. Momentan versuchte Christian allerdings, Martin vom Einbruch in Philip Jensens Wohnung abzuhalten. »Was machst du da eigentlich?«

Martin trennte mal wieder die Verbindung zu Philips Handy. »Jetzt geht noch nicht mal mehr die Mailbox ran. Wir fahren jetzt zu ihm, der Lehmweg ist nur zehn Minuten von hier.«

»Ich muss seit einer knappen Stunde im Dienst sein.« Christian schnallte sich an, als Martin den BMW startete und sich etwas zu forsch in den Wochenendverkehr einfädelte. »Bist du eigentlich verheiratet?«

»Nein, aber in einer Beziehung. Inge ist Art Director, wir kennen uns seit drei Jahren. Und du?«

»Verheiratet, drei Kinder.«

»Respekt! Bei mir hat sich das noch nicht ergeben.«

»Überlege es dir gut, ist auch kein Zuckerschlecken, obwohl Annabelle schon das meiste macht.«

Martin sah ihn von der Seite an und nickte zu Christians Bein runter. »Und dein Dienstunfall?«

»Ist länger her.« Christians abgewandtes Gesicht verschloss sich jeder weiteren Nachfrage.

Und Martin fragte nicht nach. »Wir sind da.«

Mit dem Blick eines Polizisten sah Christian an dem vierstöckigen Altbau aus der Gründerzeit hoch, der von altem Baumbestand umsäumt war. »In der Bank scheint man auch als Nachwuchs gut zu verdienen. Wie alt war dieser Nerd noch mal?«

»Zu jung. Aber er hat was auf dem Kasten. Hoffentlich ist alles in Ordnung.«

Sie hatten einen Parkplatz vor der Tür bekommen und drückten auf ein Klingelschild, das ordentlich mit »Jensen« beschriftet war. Als eine Weile nichts passierte, hielt Martin die Klingel gedrückt. Als hätte sie Ohren, fing er an, sie zu beschimpfen. »Komm schon, wo sollst du sonst sein. Du warst doch genau so heiß drauf, hinter das Geheimnis des Notebooks zu kommen wie ich.«

Christian sah zweifelnd an der Front hoch. Hinter keinem der Fenster konnte er Leben entdecken. »Vielleicht ist er doch losgezogen und macht irgendwo Party?«

»Der macht keine Party. Niemals.« Martin steckte die Hände in seine Hosentaschen und beäugte die schwere Eingangstür. Seine Knie federten leicht.

Christian sah ihn entgeistert an. »Du willst die doch wohl nicht aufbrechen? Sie wird eh nach außen aufgehen.«

Bevor Martin antworten konnte, ging die Tür auf und sie wurden von einem älteren Herrn beäugt, der einen Pudel im Arm trug. Misstrauisch grüßte er die beiden Männer. Martin streichelte den Pudel, der glücklicherweise damit einverstanden war, nickte dem Mann kurz zu und schlängelte sich schnell an ihm vorbei. Christian tat es ihm nach.

In dem ausladenden Treppenhaus roch es nach Bohnerwachs und Stock im Hintern. Christian fühlte sich sofort unwohl, so wie immer, wenn er auf ungeschönten Snobismus traf. Ob in der Umgebung oder bei einem Menschen selbst. Dabei war es ihm auch völlig egal, ob die Person ihren Hochmut bewusst einsetzte oder nicht. Obwohl ... wenn es unbewusst war, brachte ihn das noch viel mehr auf die Palme. Wie bei Frederica. Keuchend trabte er Martin hinterher bis in den dritten Stock. Dort schob er sich vor Martin, blieb am Treppenabsatz stehen und sah aufmerksam den langen Flur entlang.

Wäre Martin Zivilist gewesen, hätte er Christians subtile Bewegung nicht bemerkt und wäre an ihm vorbeigegangen. So aber blieb er, ohne sich dessen überhaupt bewusst zu sein, in leicht gebeugter Haltung hinter dem Polizisten stehen und beobachtete das Treppenhaus. Seine Augen weiteten sich. Auf dem Flur gab es nur zwei Wohnungstüren. Die eine sah aus wie jede andere gutbürgerliche Wohnungstür. Die andere stand offen.

Martin sah Christian an, der langsam nickte, seine Pistole aus dem Halfter zog und sich lautlos an der Türzarge positionierte. Martin ging an ihm vorbei, stieß die Tür vorsichtig ganz auf und rief in die Wohnung. »Hallo? Philip, sind Sie zu Hause?«

Sie warteten einen Moment. Als nichts passierte, rief Martin etwas lauter, während sie die Wohnung betraten. Von irgendwoher hörten sie einen Fernseher, der die Titelmelodie einer Samstagabendshow plärrte. Ansonsten war es totenstill. Sie bewegten sich vorsichtig durch die unbekannte Wohnung, bis sie das Wohnzimmer erreicht hatten. Als der Dielenboden unter ihrem Gewicht plötzlich knarzte, blieben die Männer sofort stehen. In der Wohnung hörten sie keinen Laut. Plötzlich wich die Stille lautem Verkehrsgeräusch und ihnen wehte frische Luft entgegen.

»Gibt es hier einen Balkon?«

»Da steht ein Gerüst«, rief Martin, während er durch das Wohnzimmer zum geöffneten Fenster rannte. Der dunkel gekleidete Mann, der gerade in einem weiten Sprung die letzten Treppenstufen vor dem Haus nahm und um die Häuserecke verschwand, hatte sich nicht umgesehen.

Christian trat zu Martin ans Fenster. »Hast du ihn erkannt?«

»Ich denke, es war Robert. Die Statur und die Kleidung stimmen. Sicher bin ich mir aber nicht.«

Christian steckte seine Waffe weg. »Aber auf keinen Fall war es dein Nerd, der versucht, uns aus dem Weg zu gehen?«

Martin schüttelte den Kopf und schloss das Fenster. »Definitiv nicht, er ist kleiner und schmächtiger als Robert. Und er ist blond, der Mann gerade war dunkelhaarig.«

»Okay, dann lass uns mal diese Räuberhöhle ansehen. Vielleicht finden wir einen Hinweis auf – irgendwas.«

Martin musste Christian recht geben. Die schmucke Altbauwohnung mit den hohen Decken, die von jeder Menge Stuck umsäumt waren, stand in heftigem Kontrast zu den dunklen Möbeln mit Chromanteil, die in dem großen Wohnzimmer etwas verloren angeordnet waren. Dominiert wurde der Raum jedoch von einem riesigen Schreibtisch. Neugierig musterte Christian die Glasplatte. »Dein Philip scheint sich für längere Zeit aus dem Staub gemacht zu haben.«

Martin sah von einem Stapel Post auf, den er gerade durchsah. »Wieso glaubst du das?«

Christian zeigte auf die verstaubte Glasfläche, auf der man, wie sauber ausgestanzt, die Umrisse einiger viereckiger Gegenstände erkennen konnte. »Weil er alles Wichtige mitgenommen hat.«

Martin trat an den Tisch. »Rechner und Monitore, würde ich behaupten. Jetzt ist da noch nicht einmal mehr eine Tastatur.« Er zog einen Finger durch die Staubschicht. »Ich verstehe das alles nicht. Der Typ ist völlig harmlos. Warum sollte er mit dem Notebook und seinen eigenen Gadgets kurzfristig abhauen?«

»Das weiß ich nicht. Was ich aber weiß, ist, dass niemand so schnell verschwinden kann. Außer natürlich, derjenige hat Todesangst.«

»Du denkst also, er hat was auf dem Notebook gefunden, für das man bereits Claire töten wollte, und ist untergetaucht, um sein Leben zu retten?«

»Wenn ich deiner Theorie folge, dass hier Leute in Gefahr sind, dann würde die Erklärung Sinn machen, oder?«

»Und was wäre, wenn man ihn entführt hätte?«

Christian seufzte. »Du meinst, *die* wären schneller gewesen, ihn mitzunehmen, als er, zu verschwinden?«

Das Piepen von Martins Handy erschreckte beide gleichermaßen. Drei kurze Klingeltöne – eine SMS. Martin zog das Telefon aus der Hosentasche und drückte auf den Briefumschlag, den eine rote Eins zierte. Er verzog die Mundwinkel. »Es war Robert. Und Natascha ist nicht bei ihm.« Stumm hielt er Christian die Nachricht hin:

Nicht nach mir suchen. Findet das Programm. Findet Natascha.

*

»Da bist du ja.« Inge saß in der Küche und hatte den Mund voll. Sie sah seinen hungrigen Blick, der nicht ihr, sondern dem dampfenden Teller Nudeln galt. »Möchtest du? Frische Spaghetti aglio e olio.«

»Großartig, her damit.«

»Frustessen?«

»So was in der Art. Es scheinen mittlerweile mehr Menschen im Stundentakt zu verschwinden, als wir Mitarbeiter in der Bank haben.«

Inge war aufgestanden, um Martin ein Glas Rotwein zu holen. »Im Ernst? Wer fehlt denn jetzt?«

»Einer unserer ITler. Du weißt, Philip, den ich auf das Notebook angesetzt habe. Von jetzt auf gleich hat er seine Sachen gepackt und ist weg.« Er trank einen Schluck Wein. »Aber ein Gutes hat das Ganze, jetzt glaubt mir Christian wenigstens, dass hier etwas faul ist.«

»Wer ist Christian?«

»Christian Lauterbach, das ist der Polizist, der Freitagnacht wegen Claire in die Bank gekommen war. Echt netter Typ, sehr straight. Er lässt nach Natascha suchen.«

»Dann ist sie also nicht bei Robert?«

»Nein.« Martin erzählte zwischen seinen Nudelbissen, was er herausgefunden hatte. »Und wieder mal befinden wir uns in einer Sackgasse. Wenn Claire nicht bald aufwacht und mit ein paar Informationen aufwartet, bin ich mit meinem Latein am Ende.« Missmutig nahm er die letzten Tropfen des aromatischen Knoblauch-Öl-Gemisches mit einem Stück Ciabatta auf. Sein Blick entspannte sich. »Aber wenigstens war das hier köstlich. Danke, ich war schon fast verhungert.«

»Was sagt denn jetzt eigentlich euer Bornheim senior zu dem Ganzen? Hat der keine Idee, was vor sich geht?«

Martin kaute den letzten Bissen gründlich durch, bevor er antwortete. »Ich habe es ihm noch nicht gesagt. Als ich bei den Bornheims angerufen hatte, um nach Natascha zu fragen, war der Senior unterwegs und ich wollte seine Frau nicht beunruhigen.« Er sah auf die Uhr. »Und jetzt ist es etwas spät. Morgen dann.«

Martins Handy fing an zu vibrieren. »Wenn man vom Teufel spricht.« Damit es nicht vom Tisch fiel, hatte es Inge aufgehoben und sah aufs Display. Sie hielt es ihm mit spitzen Fingern hin. »Der Senior.«

Die tiefe, sonore Stimme, die es gewohnt war, jeden Befehl nur ein Mal zu erteilen, schnitt jegliche Begrüßungsformel ab: »Terborn, Sie haben heute bei uns angerufen? Ich hatte mein Handy bei meiner Frau gelassen. Was gibt es?«

»Guten Abend, Herr Bornheim.« Martin fragte sich, ob der Mann die subtile Zurechtweisung seiner schlechten Manieren überhaupt mitbekam. »Ich wollte mich nach Robert und Natascha erkundigen. Beide sind nicht erreichbar, vielleicht können Sie mir weiterhelfen?«

Die sonore Stimme zögerte keine Sekunde. »Natürlich, Terborn, kein Grund zur Besorgnis. Robert ist geschäftlich unterwegs und Natascha ist zu einer Freundin gefahren.«

»Eine Geschäftsreise? Vor dem wichtigen Termin am Montag?«

»Ich denke nicht, dass Sie über jeden seiner Schritte informiert sein müssen. Er wird sich sicherlich bei Ihnen melden, wenn er Sie braucht. War es das?«

Martin war es gewohnt, vom Senior abgebügelt zu werden, aber jetzt hatte er wenigstens einen Grund, bestimmte Informationen für sich zu behalten. »Ja, vielen Dank für Ihren Anruf. Wir sehen uns dann sicherlich am Montag in der Bank?«

»Natürlich. Gute Nacht.«

»Du mich auch!« Martin pfefferte sein Handy auf den Küchentisch, während Inge ungerührt die neue Portion Nudeln aß, die sie sich schnell nachgekocht hatte. »Du glaubst doch nicht, dass solche Leute dort sitzen, wo sie sitzen, weil sie nett sind?«

»Natürlich nicht. Aber verarschen kann ich mich ohne ihn! Für wie blöd hält der mich eigentlich?«

»Offensichtlich für ziemlich blöd«, beantwortete Inge seine rhetorische Frage. »Ist das bei ihm normal oder bekommst du da eine Sonderbehandlung?«

»Gute Frage.« Martin dachte wieder an sein Antrittsgespräch bei Robert. »Ich weiß ja nicht, wie Robert mich beim Senior eingeführt hat, aber Robert hält mich sicherlich nicht für dumm. Eher für jemanden ...« Martin verstummte nachdenklich.

»Eher für jemanden, der für ihn die Kohlen aus dem Feuer holt?«

»Ganz genau. Und das werde ich jetzt auch tun.«

Inge hatte aufgegessen und trank ihr Glas Rotwein leer. »Und was willst du jetzt mitten in der Nacht erreichen?«

»Deine Kochkünste an Andreas Wenninger verkaufen. Er muss Philip suchen.«

»Erst monatelang gar nicht und dann zweimal an einem Wochenende? Der dreht uns noch durch. Und wieso Philip?«

»Weil er das Notebook hat.« Martin dachte an Christians Worte. »Oder weil der, der Philip hat, das Notebook hat.«

KAPITEL 14

Jürgen Minski schloss mit hängenden Mundwinkeln die Tür auf. War ja klar. Da steckte ihm der Stress vom Freitag noch in den Knochen und jetzt musste er schon wieder in dieser Bank Dienst schieben. Gestern war er noch ganz froh gewesen, dass dieser Terborn sich nicht über ihn beschwert hatte. Aber wenn er direkt am Montagmorgen eine Tagesschicht übernehmen musste, sah das Ganze schon wieder anders aus.

Ohne sich umzusehen, steuerte er seinen Glaskasten an. Naserümpfend klapperte er mit dem Schlüsselbund. In dem weitläufigen Foyer sollte keine kleinbürgerliche Bankatmosphäre zu spüren sein, hatte ihm sein Chef bei seiner Einweisung erklärt. »Severin & Partner« betreue nur solche Kunden, die weder einen Empfang noch einen Schalter kannten. Als wäre hart verdientes Geld etwas Schmutziges.

Er setzte sich an seinen Tisch, packte seine Thermoskanne, sein Pausenbrot und »Die Libelle« von John le Carré aus und stellte sich auf einen langweiligen Tag ein.

Wenn nur das Geplätscher des Springbrunnens nicht wäre. An einem Montagmorgen um sechs war es so still, dass der sonst so leise fließende Wasserstrahl scheinbar zu einem Wasserfall anschwoll und seinen Harndrang unangenehm verstärkte. Er sah abwechselnd zu den Toiletten und dem Brunnen. Vielleicht gab es einen Schalter, mit dem man die Pumpe ausschalten konnte?

Der Springbrunnen stand hinter dem Eingang im anderen Bereich des Foyers. Er bestand aus dunkelgrauem Granit mit einem sechs Meter langen, achteckigen Sockel und einer acht Meter hohen Stele, durch die das Wasser in die Höhe gepumpt und dann außen entlang in das Becken zurückgeleitet wurde. Konzentriert starrte der Wachmann zu dem Brunnen. Die Stele war gerade so breit, dass sich ein Mensch dahinter verstecken konnte. Er runzelte die Stirn und stand auf. Was er sah und was sein Gehirn daraus machte, ließ seinen Blutdruck erneut ansteigen. Eine menschliche Hand, zart und hell, trieb wie eine Wasserlilie auf der Oberfläche des kleinen Sees.

Ohne auf seinen umkippenden Stuhl zu achten, bewaffnete er sich mit seiner Taschenlampe und rannte quer durch das Foyer. »Was machen Sie da?« Die junge Frau, die von ihm abgewandt im Brunnen saß und mit dem Oberkörper an der Stele lehnte, reagierte nicht. »Was erlauben Sie sich!« Als er sie fast erreicht hatte und sie sich immer noch nicht bewegte, wurde er lauter. »Wie sind Sie hier überhaupt reingekommen?« Nach endlosen Sekunden hatte er den Brunnen erreicht und umrundete die Hand.

Abrupt blieb er stehen und beäugte die halb nackte Frau. Ihre nasse, dünne Sommerkleidung klebte auf ihrer Haut, als wäre sie aus Seide. Die kleinen, runden Brüste lächelten ihm kokett zu und zeigten ihm den Weg zu den langen, braunen Beinen, die weit gespreizt über den Beckenrand hinausragten. Ihr Rock war weit hochgeschoben. Sie trug keinen Slip.

Er ließ die Taschenlampe fallen. Verstört sah er zuerst auf seine wachsende Erregung und dann in ihr von Hämatomen überzogenes Gesicht. Diesmal ließ der Gesichtsausdruck der Frau keine Zweifel zu. Er drehte sich um und rannte an die frische Luft.

*

Frederica trat kräftig aufs Gas. Was bildete der Mann sich eigentlich ein? War sie etwa für seine Handlungen verantwortlich? Keineswegs, aber warum tat dann jeder so, als wäre sie es? Der Wagen machte einen uneleganten Sprung nach vorne. Sie hatte sich selbst einer Gefahr ausgesetzt, um eine Straftat aufzuklären und damit weitere zu verhindern. Den Apotheker aus der Reserve zu locken, bis er einen Fehler beging, war riskant gewesen, aber das war allein ihre Entscheidung gewesen. Christian nicht mit einzubeziehen, war nur folgerichtig gewesen, denn so ein Alleingang konnte nicht nur die Karriere, sondern das Leben kosten. Er war

Polizist durch und durch und er war passionierter Familienmensch. Niemals also hätte sie von ihm verlangt, ihre Entscheidung mitzutragen. Dass er damals ihr Vorgesetzter war, spielte dabei keine Rolle. Nur sie war für sich verantwortlich und sonst niemand.

Sie hupte einen Radfahrer aus dem Weg, der meinte, den Weg eines Autos kreuzen zu können, ohne auf dessen Motorhaube durch die Luft geschleudert zu werden. Bissig hupte sie noch einmal hinterher, als er es doch mit einem Millimeterabstand hinbekam und ihr stolz den Mittelfinger zeigte.

»Zum Glück ist das ein Cabriolet.« Tanja Buchholz sah sie zweifelnd an. Die Rechercheurin mit einer Neigung zu auffallenden Perücken trug heute ihren pechschwarzen Bob, den sie gerade vom Fahrtwind in Form schütteln ließ.

Frederica hörte kaum zu. »Ja, natürlich.«

Tanja seufzte leise und versuchte es erneut, während sie etwas zum Festhalten suchte. »Was für ein Oldie ist das noch mal?«

»Ein Mercedes Benz SL 300, 107, Baujahr 1974.« Frederica sah dem Fahrradfahrer im Rückspiegel nach. »Interessieren dich Oldtimer? Dann nehme ich dich mal zu einem Rennen mit.«

Tanja krampfte sich im Originalsitz fest, der nach heutigen Maßstäben keinerlei Halt bot. »Schönes Rot. Schade nur, dass er so einen kleinen Kofferraum hat. Du scheinst übrigens genervt zu sein.«

»Der spielte nicht nur mit seinem Leben. Meinen die eigentlich alle, sie wären unsterblich?«

»Das Gefühl solltest du kennen.« Tanja drehte sich um und suchte nach dem selbst ernannten Highlander, der aber bereits in einer Seitenstraße verschwunden war.

Frederica ging vom Gas. Ihre Wut verrauchte schnell, wenn sie mit Sachlichkeit konfrontiert wurde, und wich regelmäßig einem Gefühl der moralischen Unterlegenheit. Natürlich hatte Tanja recht. Und manchmal vergaß sie einfach, dass es noch andere Leute gab, die Christian vermissten. Trotzdem hupte sie den nächsten lebensmüden Radfahrer noch weg, bevor sie antwortete. »Wusstest du, dass Christian wieder im Dienst ist?«

Tanjas Verblüffung schien echt. »Wie bitte?«

Ihre Wut auf den Mann vergrößerte sich erneut. Er hatte also nicht einmal zu Tanja Kontakt gehalten, obwohl sie jahrelang eng zusammengearbeitet hatten? Wie konnte man sein altes Team einfach so hinter sich lassen und weiterziehen! Trotz ihrer Ausbildung war ihr diese Charaktereigenschaft, die alle Männer in ihrem Umfeld zu haben schienen, immer fremd geblieben. »Du hast die Berichte vom Wochenende noch nicht gelesen, oder? Er ist jetzt beim KDD.«

Tanjas Stimme klang eher beleidigt als defensiv. »Wann denn, es ist gerade mal acht.«

Frederica sah auf ihre Uhr. Die Tage schienen seitdem länger als früher. »Ich hatte Rufbereitschaft.«

»Und warum hast du heute nicht frei?«

Sie musste unwillkürlich grinsen. »Hab ich doch.«

Der Bob zitterte leicht. »Ja, natürlich. Ich vergaß, dass es dich entspannt, mit Toten zu reden« Sie sah aus dem Fenster. »Ihr habt seit dem Vorfall nicht miteinander gesprochen, oder?«

Frederica griff ins Handschuhfach und zog sich eine Tüte Lakritzschnecken auf den Schoß. Mit geübten Fingern riss sie eine Ecke aus der Verpackung, steckte sich eine Schnecke in den Mund und rollte sie zwischen den Zähnen ab, während sie einhändig weiterfuhr. Christian hatte das immer beeindruckt, während Tanja diese Kunstfertigkeit noch nicht einmal zu bemerken schien. Sie steckte sich das restliche, halb abgerollte Knäuel in den Mund und trat wieder aufs Gas. »Mich ärgert diese Arroganz zu glauben, dass alles nur nach Christians Plan abzulaufen hat. Als hätte ich an allem Schuld. Dabei hat niemand ahnen können, dass Matthias tatsächlich in der Lagerhalle festgehalten wurde. Es sollte nur eine Routineüberprüfung werden, die jederzeit unter Kontrolle geblieben wäre. Aber er musste sich ja mit mir streiten, anstatt mir von der Spur in den Hafen zu erzählen.« Sie nahm sich die nächste Schnecke und verbot sich weitere Beschuldigungen. Warum war es so schwer für ihn zu verstehen, dass es Dinge gab, die sie lieber alleine tat?

»Ganz ehrlich? Die Spur war so dünn, ich wäre da noch nicht einmal hingefahren. Aber Fakt ist, dass euch nichts passiert wäre, wenn ihr zusammengeblieben wärt.«

»Dann hätte er mich einfach nur in Ruhe meine Arbeit machen lassen sollen.«

Tanja schwieg. Sie sah wieder aus dem Fenster, als wollte sie nach Verstärkung suchen. Alfred, der bereits während der ganzen Fahrt vom Dezernat in der Sedanstraße in den Freihafen auf der Rückbank schlief, war ihr jedenfalls keine Hilfe.

»Ich bin durchaus bereit, den ersten Schritt zu machen, aber er will ja nicht.«

Tanja nahm sich die Tüte Lakritzschnecken von Fredericas Schoß und steckte sich eine ganz in den Mund. Sie atmete tief durch und sah Frederica an. »Vielleicht weiß er, warum du es tust, und will deshalb nicht?«

Frederica fühlte sich plötzlich weniger wütend. »Was meinst du damit?«

»Dass du den ersten Schritt machst, weil du weißt, dass es deine Pflicht ist, aber nicht, weil du es wirklich willst?«

Sie antwortete nicht. Sie war Tanja nicht böse, aber sie wollte nicht, dass die jüngere Kollegin annahm, sie würde auf ihre Meinung keinen Wert legen. Tanja sah nach wie vor zu ihr auf und dieses Vertrauen wollte sie nicht noch einmal missbrauchen. »Wir sind da.« Sie ließ den Wagen über das Kopfsteinpflaster rattern und parkte schwungvoll vor der Bank.

Aufmerksam musterten sie die breite Glasfront des Eingangsbereiches. Durch die Doppeltüren konnten sie die gewohnt geschäftige Aktivität ausmachen, die einen Tatort umgab. Für Frederica tatsächlich jedes Mal ein beruhigendes Gefühl. Menschen begingen Unrecht, aber Menschen glichen es auch wieder aus.

Prüfend sah sie in Tanjas Gesicht, das etwas blass geworden war. »Bist du bereit?« Sie hatte den Zweifel in den Augen der Tatort-unerfahrenen Kollegin gesehen. Und sie konnte die Angst nachempfinden. Sie sah wieder zur Glasfront der Bank. Was sie dort drin erwartete, war kein Routinefall. Kein alter Mensch, der friedlich in seinem Bett gestorben war, sondern eine junge Frau, brutal aus dem Leben gerissen. Bislang hatte die Rechercheurin solche Gräueltaten nur auf Fotos gesehen. Frederica musterte die blasse Nasenspitze auf dem Beifahrersitz. Tanja hatte zwar darum gebeten, zu Außeneinsätzen mitgenommen zu werden, aber jetzt sah sie so aus, als wollte sie wieder umkehren.

Frederica wurde schmerzlich bewusst, wie sehr sie Christian vermisste. Als sie vor ein paar Jahren ihre Praxis als Psychoanalytikerin an den Nagel gehängt und in die Fußstapfen ihres Vaters getreten war, hatte auch sie nicht geahnt, wie fordernd Tote sein können.

Vielleicht, weil du es nicht wolltest …

Tanja drehte sich mit einem Ruck zu ihr und nickte ihr zu. »Ich bin so weit.«

Frederica stieg aus, öffnete den Kofferraum und holte einen kleinen Rollstuhl heraus. Sie brachte ihn zur Beifahrertür, klappte ihn auseinander und hielt ihn fest. Mit ein paar versierten Griffen schob sich Tanja in den Sitz.

»Passt doch. So klein ist der Kofferraum also gar nicht. Aber Alfred wird mir jetzt nicht die Rückbank auffressen, oder? Das ist noch das Originalleder.« Frederica sah die riesige Dogge zweifelnd an.

Tanja lehnte sich in den Wagen und streichelte ihrem Behindertenhund über den Kopf. »Du weißt doch, wie abgöttisch er dich liebt. Natürlich wird er nur etwas rumsabbern.«

Frederica verzog in gespieltem Ekel die Mundwinkel und schob Tanja Richtung Eingang. Vor der Haupt- und der Seitentür waren jeweils zwei Streifenpolizisten postiert. Auf dem Vorplatz standen geschäftsmäßig gekleidete Menschen in kleinen Gruppen zusammen und tuschelten leise, einige telefonierten mit verhaltenen Bewegungen. Mitarbeiter der Bank, vermutete Frederica, die geschockt Eindrücke austauschten, bevor sie sich andere Arbeitsorte für den Tag suchen würden.

Am Haupteingang stand Peter Neureuther und winkte ihnen zu. Der ältere Streifenpolizist hatte sie schon erwartet und hielt ihnen die Tür auf. Er zeigte ins Foyer. »Beim Springbrunnen. Aber ich muss euch warnen«, dabei sah er Tanja an, »der Anblick ist – ich nenne es mal außergewöhnlich.«

Frederica zog sich ihren Seidenschal vom Kopf und steckte ihn in die Handtasche. Sie holte ein Paar Einweghandschuhe hervor und zog sie an. »Wissen wir schon, wer sie ist?«

»Der Eigentümer der Bank, Karl Bornheim, hat sie identifiziert. Es ist Natascha Gruber, die Freundin seines Sohnes.«

Der dunkelgraue Granit glänzte edel im Licht der aufgestellten Scheinwerfer. Mittlerweile war es hell genug, um ohne die starken Lampen auszukommen, aber niemand hatte sich die Mühe gemacht, sie auszuschalten. Die Leiche lag hinter der Stele, sodass sie nur etwas Tuch und eine ausgestreckte Hand sehen konnten, die im Auffangbecken des Brunnens lag. Sie war leicht nach oben gekrümmt, als wollte sie die ersten Sonnenstrahlen des Tages einfangen, die um das Licht der Scheinwerfer herumwirbelten. Frederica sah nach oben und zählte die Stockwerke. Auf der vierten Etage stand ein Mann am Fahrstuhl und sah auf sie herunter. Sie konnte nicht ausmachen, ob er sie direkt ansah oder nur die Szenerie im Allgemeinen aufnahm. Er hatte die Arme vor der Brust verschränkt und schien keine Anstalten zu machen, ins Foyer zu fahren. Dass er sich überhaupt im Gebäude frei bewegen konnte, gefiel Frederica nicht. Aber darum würde sie sich später kümmern. Sie wandte sich an Peter.

»Wie lange braucht die SpuSi noch?«

Der Polizist sah auf die Uhr. »Sie müssten gleich fertig sein. K. H. hat bereits feststellen können, dass hier nur der Auffindeort ist. Getötet wurde sie woanders. Außerdem lief der Brunnen noch, als wir ankamen. Wir haben sofort die Pumpe abgestellt, aber das fließende Wasser wird sicherlich Spuren vernichtet haben.«

»Nicht zu ändern.« Frederica sah sich um. »Ist K. H. noch da?«

Alle nannten den Rechtsmediziner Dr. Hausschildt nur K. H., in Anlehnung an Kaspar Hauser, weil er so wenig verständliches Zeug redete. So ganz zutreffend fand Frederica den Vergleich nicht, aber seitdem sie wusste, dass er seinen Spitznamen kannte und damit einverstanden war, benutzte sie ihn auch. Wenn auch niemals in seiner Gegenwart.

»Nein, er ist schon weg. Die Obduktion ist für heute Nachmittag angesetzt.«

»Wer hat sie gefunden?«

»Jürgen Minski, der Wachmann. Er hat heute früh um sechs seinen Dienst angetreten und sie kurze Zeit später im Brunnen entdeckt.« Peter hüstelte in seine Hand. »Er ist momentan leider nicht vernehmungsfähig.«

Frederica nickte und sah sich nach Tanja um, die sich die ganze Zeit über im Hintergrund gehalten hatte. »Wir werden uns gleich die Leiche ansehen. Bist du dir immer noch sicher, dass du das hier willst?«

Tanja sah sie zweifelnd an. »Keine Ahnung, aber ich wollte es ja so haben. Du kannst mich dann therapieren, wenn ich mir ein Trauma einfangen sollte.«

»Aber selbstverständlich. Am besten fangen wir mit der Geschichte zu der feuerroten Perücke mit Dutt an, die du letzte Woche ausgeführt hattest. Mr. Tankstellenüberfall hat sicherlich nur deswegen sofort gestanden, um Folgeschäden zu vermeiden.«

Tanja musste grinsen. »Der Zweck heiligt die Mittel, sagt meine Kollegin immer.«

Frederica wandte sich an Peter. »Die SpuSi packt ein. Könntest du bitte dafür sorgen, dass alle so schnell wie möglich das Foyer verlassen?«

Peter klang amüsiert. »Stören dich die Kollegen bei der Arbeit?«

»Nein, aber die Tote stört sich an ihnen. Ich denke, sie hat bereits genug Eingriffe in ihre Privatsphäre über sich ergehen lassen müssen. Ich warte daher mit meiner Untersuchung, bis alle weg sind. Und sage bitte Herrn Bornheim, dass ich ihn danach sprechen möchte.« Sie sah nach oben. Der Mann im Anzug war verschwunden.

KAPITEL 15

Natascha Gruber sah sie erwartungsvoll an. Ihre Gesichtszüge waren so entspannt, als hätte ihr Körper die erlittene Folter bereits wieder vergessen. Frederica lächelte ihr zu. Sie musste gestern noch sehr hübsch gewesen sein. Wahrscheinlich hat das auch ihr Mörder gedacht, als er sie so elegant gegen die Stele gelehnt hat. In der Bank ihres Lebensgefährten. In einem großen, lichtdurchfluteten und verglasten Foyer. Damit alle Angestellten sie sofort sahen, wenn sie morgens zur Arbeit erschienen. Sie blickte noch einmal nach oben. Wie auf dem Präsentierteller eines Bordells.

Frederica ging in die Hocke und zog das Tuch weg, das jemand über den Körper der jungen Frau gelegt hatte. Sie hörte, wie Tanja hinter ihr heftig einatmete und dann die Luft anzuhalten schien. Sie blendete die Rechercheurin aus und betrachtete den zerstörten Körper. Natascha Gruber trug eine weiße, kurzärmelige Bluse und einen beigen Leinenrock. Beide Kleidungsstücke waren zerrissen und blutbefleckt. Am Hals zeichneten sich dunkelrote Würgemale ab. Ihre nackten Füße waren verdreckt und der rote Lack auf den Nägeln abgeplatzt, so als wäre sie eine weite Strecke durch den Wald gerannt. Der kurze Rock war hochgezogen und die Beine gespreizt. Ihre rasierte Scham war weit sichtbar, ahnungslos und naiv wie die eines Kindes. Frederica nahm den rechten Arm auf und betrachtete ihn näher. Dann sah sie sich die anderen Gliedmaßen genau an. Beide Arme und Beine waren zerkratzt und mit kreisförmigen Brandmalen übersät. Die Fingernägel waren verdreckt und fast alle waren abgebrochen. *Gutes Mädchen, du hast dich nicht kampflos ergeben. Ich hoffe, du hast es ihm so richtig gezeigt.* Die Bluse war komplett aufgeknöpft und gab den Blick auf ihre kleinen, runden Brüste frei, auf denen die dunklen Warzenvorhöfe perfekt mittig gewachsen waren. Die sommergebräunte Haut der Brüste war sauber, sodass unangenehm deutlich die zerfetzten Überreste der Brustwarzen zu sehen waren, als hätte sie jemand mit einem stumpfen Gegenstand abgerissen. Frederica sah an der Stele hoch und bat Peter, der, nachdem er Fredericas Auftrag erledigt hatte, hinter ihr seine Position einnahm, den Brunnen wieder einzuschalten. Das Wasser floss sanft über den Hinterkopf und den Rücken der Toten in das Becken. Die Brüste mussten also bewusst gewaschen worden sein. Doch wozu? Frederica sah erneut auf den rasierten Schambereich. Vollständig rasierte Genitalbereiche sahen an erwachsenen Menschen unnatürlich aus. Aber vielleicht hatte Natascha Gruber das genauso gesehen und jemand anderes hatte Hand angelegt. Doch was wollte derjenige damit bezwecken?

»Man hat ihr die Brustwarzen zerfetzt?« Tanja hatte ihre Sprache wiedergefunden und betrachtete mittlerweile fasziniert die Tote. »Ist das so eine Art sadistischer Trieb eines Sexualmörders?«

Frederica kam aus ihrer gebückten Haltung. »Grundsätzlich möglich. Brüste oder die Vagina dienen dabei häufig als Trophäe.« Sie neigte den Kopf. Irgendetwas stimmte hier nicht. Die Szene wirkte inszeniert. Mordopfer konnten viel erzählen, wenn man sie ließ, noch bevor sie auf dem Obduktionstisch lagen. Aber Natascha Gruber schwieg. War sie schon zu lange tot, um noch auf ihren Mörder hinweisen zu können, oder wusste sie nicht, wer ihr das angetan hatte? Frederica sah sich zu Tanja um. »Fahr mal bitte ein Stück zurück und sage mir, was du siehst.«

Tanja überlegte einen Moment. »Sie ist zur Schau gestellt worden, oder?«

»Richtig. Und dann passt es nicht, dass der Mörder ihre Brustwarzen zerfetzt. Zerbeißt, vielleicht? Bei einem sadistischen Sexualtäter ist der Mord nur Mittel zum Zweck, er will einfach keine Zeugen für seine Tat am Leben lassen. Aber in der Regel werden die Leichen dann entsorgt, nicht ausgestellt.«

Tanja hatte ihren Rollstuhl wieder näher herangefahren. »Es sieht fast so aus, als sollte das eine Nachricht sein.«

Frederica zog die Handschuhe aus und drehte sich zu Peter um. »Ihr könnt sie in die Gerichtsmedizin bringen lassen.« Sie überprüfte noch einmal die Umgebung. »K. H. hat nicht zufällig Reste von Brustwarzen gefunden und schon mal mitgenommen, oder?« Trocken setzte sie nach: »Alles andere scheint noch dran zu sein.«

»Wir hatten gehofft, du hättest eine Idee, wo sie sein könnten.« Peter zeigte sich ungerührt. »Brauchst du mich noch?«

»Nein. Weiß Karl Bornheim, dass ich ihn jetzt heimsuchen werde?«

»Oh ja. Und so, wie ich ihn heute Morgen kennengelernt habe, wird er sich in der Zwischenzeit eine theaterreife Inszenierung ausgedacht haben. Ich beneide dich nicht um dieses Interview.«

»Ich mich auch nicht.« Sie sah sich zu Tanja um, die immer noch die Tote musterte. »Kommst du?«

Sie fuhren mit dem Aufzug in den vierten Stock, sahen sich um und wandten sich dann nach links, zu der einzigen offenen Bürotür. Frederica war sich sicher, dass Bornheim auf sie warten würde. Aber sicherlich nicht, um ihre Fragen zu beantworten, sondern um sich welche beantworten zu lassen.

»Ich bin selbstverständlich sehr für Inklusion, aber warum Sie bei der Ermittlung um den Mord an der Lebensgefährtin meines Sohnes damit anfangen müssen, ist mir ein Rätsel.«

Der ältere, distinguierte Herr, der in einem unauffälligen Maßanzug hinter seiner teuren Antiquität eines Schreibtisches auf sie gewartet hatte, hielt sich nicht mit Small Talk auf. Frederica sah sich in dem geschmackvoll eingerichteten Büro mit Blick auf die Elbe nicht weiter um. Für sie war ein exklusives Ambiente eine Selbstverständlichkeit, was der Banker mit einem süffisanten Lächeln quittierte. Er war nicht aufgestanden, um sie zu begrüßen und ihnen einen Platz anzubieten. Unaufgefordert setzte sie sich auf einen der Besucherstühle, während Tanja ihrem Beispiel folgte und ihren Rollstuhl neben sie fuhr.

»Ich bin Kommissarin Frederica Moll und das hier ist meine Kollegin Tanja Buchholz. Unser aufrichtiges Beileid.«

Die buschigen Augenbrauen des Mannes, die zu einer Linie verwachsen waren, formten sich zu einem V. »Ich hoffe, Sie haben noch etwas mehr zu bieten als ein paar unterwürfige Floskeln.«

Frederica merkte, dass Tanja nervös wurde, und sah sie lächelnd an. »Wir haben eine ganze Menge mehr zu bieten, wie Sie an meiner Kollegin sehen können.« Sie blickte sich gespielt suchend um. »Wo finde ich denn Ihren Sohn?«

Karl Bornheim erwiderte kühl: »Robert ist geschäftlich verreist. Ich habe ihn selbstverständlich über Nataschas Tod informiert. Er wird so schnell wie möglich zurückkehren.«

»Und das wäre wann?«

»Das kann ich Ihnen leider nicht genau sagen. Unsere Geschäftspartner in China sind in ihren Verhandlungsstrategien etwas eigen. Ein Vertragsabschluss bedeutet dort nur den Beginn, nicht das Ende von Kooperationsverhandlungen.«

Frederica sah ihn ebenso kühl an. »Und wie lange ist Ihr Sohn bereits verreist?«

»Seit ein paar Tagen.«

»Genauer wissen Sie das nicht? Frau Gruber wird heute Nachmittag obduziert, dann werden wird den ungefähren Todeszeitpunkt kennen und es wäre sicherlich hilfreich, Ihren Sohn als Verdächtigen ausschließen zu können.«

Der Banker verlagerte fast unmerklich sein Gewicht. »Mein Sohn hat Natascha abgöttisch geliebt. Er ist über jeden Verdacht erhaben.«

Frederica blieb unbeeindruckt. »Sind Sie es auch? Wann haben Sie Frau Gruber zuletzt lebend gesehen?«

Karl Bornheim fand es offensichtlich nicht merkwürdig, dass seine letzte Aussage unkommentiert blieb. »Das war vor einer Woche, sie waren Sonntag bei uns zum Essen.«

»Die Beziehung Ihres Sohnes war harmonisch?«

Der Bankier lehnte sich in seinem Arbeitsstuhl zurück und erwiderte trocken: »Da mein Sohn sie erst vor anderthalb Jahren aus London mitgebracht hat, gehe ich davon aus.« Wieder verlagerte er leicht sein Gewicht. »Wie gesagt, er liebte sie abgöttisch. Was Natascha dachte, blieb mir natürlich verborgen.« Ungefragt setzte er nach: »Sie war auf jeden Fall eine Bereicherung für die Familie.«

Auch diese Aussage ließ Frederica unkommentiert. »Könnte der Zusammenbruch Ihrer Mitarbeiterin Claire Muller mit der Ermordung von Frau Gruber in Zusammenhang stehen?«

Zum ersten Mal konnte Frederica so etwas wie eine spontane Gemütsregung in Karl Bornheims Mimik erkennen. »Darüber sprechen Sie bitte mit meinem Sicherheitschef. Er wird Sie bei Ihren Ermittlungen unterstützen. Und nun entschuldigen Sie mich.«

Frederica machte keine Anstalten aufzustehen. »Sie meinen Martin Terborn?«

Karl Bornheim verriet sich mit einem leichten Zucken seiner Mundwinkel. Mit der linken Hand fasste er in seine Jacketttasche, um sie leer wieder herauszuziehen. »Sie kennen ihn? Umso besser.« Diesmal stand er auf. »Auf Wiedersehen.«

*

»Was für ein Arsch. Seine Tochter möchte ich nicht sein, trotz des vielen Geldes.« Tanja hatte sich wieder die Tüte

Lakritzschnecken geschnappt und war bereits bei der dritten.

»Du bist ja schlimmer als ich.« Frederica deutete auf die Tüte. »Lässt du mir ein paar übrig?«

»Mal sehen.« Tanja kaute zu Ende. »Der Freund ist also erst mal raus?«

»Vor der Obduktion sollten wir keinen Ermittlungsansatz festlegen. Aber ich denke auch, dass Robert Bornheim aus mehreren Gründen nicht infrage kommt. Wobei sein Alibi mich dabei noch am wenigsten interessiert.«

»Soll ich mir seine Nummer besorgen und ihn anrufen? Fragen, wann er wieder in Hamburg ist?«

»Natürlich, und mach auch gleich einen Termin. Aber ich glaube nicht, dass das so einfach werden wird.«

»Weil er doch mit ihrem Tod etwas zu tun hat?«

»Robert Bornheim steckt so tief drin, dass selbst Alfred ihn nicht finden könnte. Aber wie genau, wissen wir momentan noch nicht. Er wird also warten müssen.«

Tanja nahm sich die nächste Schnecke. »Und woher weißt du das?«

»Weil er nicht hier ist.«

Tanja nickte. »Was machen wir mit diesem Sicherheitschef?« Sie sah in ihren Notizen nach. »Diesem Martin Terborn?«

»Was sollen wir schon mit dem machen? Der weiß noch weniger als wir.« Nach einer kurzen Pause setzte sie nach. »Oder alles.«

＊

»Ah, da sind ja die Damen Dr. Moll und Buchholz. Pünktlichkeit ist eine Tugend, die leider immer weiter in den Hintergrund rückt. Aber glücklicherweise muss Sie beide das nicht kümmern.«

Frederica musste nicht auf die Uhr sehen, um zu wissen, dass sie auf die Minute genau zum vereinbarten Termin in der Rechtsmedizin im UKE erschienen waren. Lächelnd nahm sie das Kompliment an. »Herr Dr. Hausschildt, auch wir freuen uns, Sie zu sehen.« Sie sah zur Toten, die mit einem Leichentuch bedeckt hinter K. H. aufgebahrt lag. »Was können Sie uns – außer der Tatsache, dass sie erwürgt wurde – noch über sie sagen?«

Der schlaksige Rechtsmediziner legte eine Hand auf das Leichentuch. Sein dreiköpfiges Team aus Ärzten und Assistenten, das mit ihm die Obduktion an Natascha Gruber vorgenommen hatte, war bereits gegangen. Er stand unter dem Licht des Saales und wirkte vor dem kühlen Obduktionstisch wie ein abstrakter Torwächter aus Stein. Nataschas Leibwächter. »Frau Dr. Moll, wie immer sehr scharfsinnig beobachtet.« Er senkte den Blick, als müsste er sich die Ergebnisse wieder ins Gedächtnis rufen. »Grundsätzlich war die Tote bei bester Gesundheit, nach Aktenlage 30 Jahre alt und nicht schwanger.«

Tanja sah ihn aufmerksam an. »Nicht schwanger? Warum betonen Sie das?«

K. H. sah an den Frauen vorbei in den Raum. Frederica stellte überrascht fest, dass er errötete. »Weil sie bei den Verletzungen, die man ihr im Genitalbereich zugefügt hat, wahrscheinlich eine Fehlgeburt erlitten hätte.«

Frederica trat an den Tisch und legte ebenfalls eine Hand auf das Tuch, auf Höhe des Unterleibes. »Können Sie sagen, wie lange sie diese Torturen ertragen musste?«

Der Rechtsmediziner schüttelte den Kopf. »Ein paar Stunden mindestens, genauer kann ich es nicht eingren-

zen. Sie wurde mehrfach auf brutale Art und Weise vergewaltigt. Sie erlitt eine Einreißung im Bereich des Damms,
mehrere Schleimhauteinreißungen der Scheide, Schürfun-
gen der Scheidenhaut sowie in der Tiefe der Scheide einen
Einriss im Bereich des Scheidengewölbes. Neben diesen
zahlreichen frischen Verletzungen, die noch nicht angefangen haben zu verheilen, habe ich Glassplitter einer Wein-
flasche in ihrer Vagina gefunden.« Er sah die Frauen an, als
wollte er sicherstellen, dass sie die Tragweite seiner Ausführungen begriffen. Frederica drückte ihre Hand sanft auf
den toten Körper. Solange ein Mann verstand, was er sagte,
würde sie ihn nicht unterbrechen. »Diese Art der Folter-
methode wird gerne bei Frauen angewandt. Man führt eine
Flasche mit einem langen Hals ein und bricht sie dann ab.
Dann tritt man der Frau mehrfach in den Unterleib.«

Ihr fiel trotz des ausgeleuchteten Raumes K. H.s Blässe auf.
Er fühlte sich sichtlich unwohl und sie fragte sich, warum.
War es, weil sie beide Frauen waren? Sie hatte sich immer
geärgert, wenn Christian in so einem Fall ein paar unsensible
Bemerkungen gemacht hatte, aber jetzt verstand sie, dass K.
H. auf sie angewiesen war. Sie nickte ihm zu. »Ich denke, wir
haben genug gehört. Nur noch eine Frage. Was denken Sie,
sind die verstümmelten Brustwarzen ein Teil der Folter?«

K. H. schüttelte nachdenklich den Kopf. »Das kann ich
nicht genau sagen, vielleicht würde der Tatort Aufschluss
über das Motiv geben. Bei dieser Art von Verletzungen –
wie übrigens bei den meisten Vergewaltigungen – geht es
nicht um die Befriedigung sexueller Lust, sondern um das
Ausleben von Machtfantasien.« Er sah Frederica an und
verbeugte sich leicht. »Was ich Ihnen sicherlich nicht weiter erklären muss. Ich kann aus medizinischer Sicht sagen,
dass ihre Brüste post mortem verstümmelt worden sind.«

K. H. nahm seine Hand vom Leichentuch und setzte sich auf einen Schemel. Er wirkte erschöpft.

Tanja notierte sich etwas in ihr Handy und sah ihn dann fragend an. »Ihr Gesichtsausdruck wirkt so friedlich. Es ist schwer vorstellbar, wie heftig sie gelitten haben muss.«

Frederica zog mit einem Ruck das Tuch von Nataschas Körper. Tanja hatte recht. Dunkle, hässliche Male lagen wie ein Hundehalsband um ihren schlanken Hals. Die zerschundenen Arme und Beine waren gewaschen worden und sahen weniger zerstört aus als am Auffindeort. Ihr Gesichtsausdruck hatte sich nicht verändert und der Rest des Körpers lag friedlich vor ihnen, als wollte er die Ausführungen des Rechtsmediziners Lügen strafen. Hier hatte jemand kalkuliert zugeschlagen. Wie bei der Erledigung eines Auftrages. Sie bedeckte Nataschas Körper wieder. »Ist Ihnen am Fundort noch etwas aufgefallen?«

K. H. fuhr sich durch die Haare. »Nein, sie hatte auch sonst nichts bei sich, noch nicht einmal Schuhe. Sie trug auch keine Unterwäsche.«

»Mir ist aufgefallen, dass sie im Schambereich vollständig rasiert ist.«

K. H. sah Frederica zum ersten Mal direkt in die Augen. »Rasiert? Ja, natürlich, bei einer Frau wie ihr hätte ich auch nichts anderes erwartet.«

Frederica lächelte ihn an. »Sie meinen, weil das heutzutage üblich ist?« Als er nickte, fuhr sie fort. »Obwohl das sowohl medizinisch als auch aus psychologischer Sicht bedenklich ist?«

»Inwiefern?«

Frederica überlegte kurz, entschied sich aber gegen Nachhilfeunterricht. »Das ist jetzt unwichtig. Wann, glauben Sie, ist ihr Schambereich das letzte Mal rasiert worden?«

»Nicht länger als 24 Stunden vor ihrem Tod, denke ich. Warum ist das Ihrer Meinung nach interessant?«

»Weil ich glaube, dass diese Intimrasur einen ganz bestimmten Zweck erfüllen sollte.« Frederica ignorierte K. H.s fragenden Blick. Es war nicht der richtige Ort und der richtige Zeitpunkt, um den intimen Moment, den sie mit Natascha teilte, zu erklären. Sie würde zu viel über sich selbst preisgeben. »Auch wenn ich noch nicht weiß, welchen. Wann ist sie gestorben?«

»Das können wir nicht genau eingrenzen. Ihr Magen war leer, es gab keine toxikologischen Auffälligkeiten und die Leichenstarre war bereits voll ausgeprägt, als der Wachmann sie heute Morgen gefunden hatte. Da war sie bereits seit mehreren Stunden tot, aber nicht länger als zwölf Stunden. Sie wird also letzte Nacht in der Zeit zwischen 20 Uhr und Mitternacht ermordet worden sein.«

Tanjas helle Stimme klang unnatürlich. »Sie meinen zu Tode gefoltert.«

Frederica legte ein letztes Mal sanft ihre Hand auf das Leichentuch. »Hast du Robert Bornheim schon erreicht?«

Tanja schüttelte den Kopf. »Geht keiner ran. Soll ich sein Handy orten lassen?«

Frederica nickte dem Rechtsmediziner zum Abschied zu. »Später. Jetzt kümmern wir uns zuerst um diesen Terborn.«

※

Inge stellte das schmutzige Geschirr in den Geschirrspüler. Dann nahm sie Claires Schlüsselbund auf, den Martin achtlos auf den Küchentisch gelegt und dann vergessen hatte. Liebevoll betrachtete sie Madame Castafiore, die in ihrem roten Cocktailkleid aus dem Hergé-Comic mit Tim und

Struppi »Die Juwelen der Sängerin« eine Arie schmetterte. Lächelnd sah sie aus dem Fenster. Ihre Hände schienen ein Eigenleben zu führen, als sie den USB-Stick vom Schlüsselbund abnahmen und in ihre Hosentasche gleiten ließen.

Im Wohnzimmer suchten ihre Augen den Raum ab. Sie sah hinter das Sofa, schüttelte die Kissen auf und bückte sich unter Sessel und Tisch. Dabei achtete sie darauf, nicht zu viele Gegenstände umzuräumen.

Im Schlafzimmer fand sie, was sie gesucht hatte. Sie nahm Roberts Handy aus Martins Nachttischschublade und wischte über die Oberfläche. 80 neue Nachrichten. Sie löschte alle und legte das Handy zurück.

Zufrieden nahm sie ihren eigenen Schlüsselbund aus der Schale neben der Eingangstür und verließ die Wohnung.

*

Tanja war wieder auf dem Beifahrersitz des Oldtimers verstaut und kraulte Alfred zur Belohnung, dass er die Ledersitze in Ruhe gelassen hatte, hinter den Ohren. »Ich habe meine erste Obduktion überstanden und bin nicht umgefallen!«

Frederica startete den Wagen. »Erstens hat K. H. die Leiche ohne uns geöffnet und zweitens sitzt du ja bereits.«

»Hey, das darf nur Christian!« Tanja hörte sich verletzt an. Als Frederica nicht reagierte, drehte sie sich zum Fenster.

Frederica bog in die Sedanstraße ein und fuhr auf den Hof des Kommissariats. Sie vermied es, Tanja anzusehen. Was durfte nur Christian? Wahrheiten aussprechen? *Die Lehranalyse vermittelt einen hohen Grad der Fähigkeit zur Selbstbeobachtung, Selbstreflexion und andauernden Selbstanalyse.* Was sie in ihrer Ausbildung zur Psychoanalytikerin nicht hatte akzeptieren können, hielt sie auch heute noch für Bullshit. Denn was richtig und was falsch war, was wahr und unwahr, fiel auch nach regelmäßigem Selbstauseinandernehmen nicht wie Manna vom Himmel. Es gab einfach Dinge, die unlogisch waren. Weder wahr noch unwahr. Weder richtig noch falsch. Wie Justitias Augenbinde. Blinde Rechtsprechung konnte nicht gerecht sein, denn es ging nicht darum, jedem das Gleiche zu geben, sondern jedem das zu geben, was derjenige am meisten brauchte. Sie parkte den Wagen und sah aus dem Fenster.

Plötzlich zog sie Tanja an ihrer Perücke. »Ich werde ihn zurückholen, versprochen.«

KAPITEL 16

Christian hatte Rieke vom Kindergarten abgeholt, war mit ihr nach Hause gefahren und hatte ihren stürmischen Bitten, ihr doch endlich das Radfahren beizubringen, nachgegeben. Seine kluge Tochter hatte das Prinzip schnell rausgehabt und drehte bereits, rotbäckig und leicht verschwitzt, ihre Runden im Garten. Er sah ihr nachdenklich dabei zu, wie sie ihm freudestrahlend zuwinkte. Einhändig ging also auch schon. Ehe er es sich versah … Er sah Rieke mit 16 vor sich, den Vater gegen einen Freund und das Fahrrad gegen die Rückbank eines Autos getauscht.

Das Klingeln seines Handys holte ihn in die Gegenwart zurück und Christian riss sich von dem für Väter allgegenwärtigen Horrorszenario los.

»Hallo?«

»Claire Muller ist wieder wach.« Martin Terborns Stimme klang angespannt.

»Aha.« Mehr fiel Christian dazu nicht ein, weil sein Gehirn noch mit der Rückbank beschäftigt war.

»Kommst du mit?«

»Wohin?«

»Ins Krankenhaus natürlich. Wohin denn sonst?«

Christian schüttelte sich innerlich frei. »Weiß noch jemand, dass sie wieder ansprechbar ist?«

Martin Terborn klang verwirrt. »Wie meinst du das? Das Klinikpersonal hat mich angerufen, die wissen das natürlich, und …«

»Nein, jemand, der nicht zum Krankenhaus gehört?«

»Nicht, dass ich wüsste. Ich habe jedenfalls niemanden informiert. Meinst du, sie ist in Gefahr?«

Christian dachte eher an Frederica als an eine namenlose Bedrohung.

»Das werden wir sehen, wenn wir mit ihr gesprochen haben. Bis gleich.«

Er rief seiner Tochter lobende Worte zu. Als sie wieder lachend zurückwinkte, ging sein Herz auf und umschlang sie wie ein schützender Kokon. Noch brauchte sie ihn. Doch wann wäre ihr Leben nur noch ihres? Wann würde sie ihn, sanft, aber bestimmt, aus ihrem Leben ausschließen? Niemand sollte ihr wehtun dürfen. Niemand sie beschützen, außer ihm, solange er lebte. Ein kurzer, heftiger Schmerz durchschoss sein kaputtes Knie. War Frederica deshalb so unzugänglich? Weil ihr Vater sein Versprechen nicht gehalten hatte? Sie war 18 gewesen, als ihr Vater sich erschossen hatte. Ein Polizist, wie er. Wie sie beide.

»Musst du los?« Annabelle war in den Garten gekommen und legte ihre Hand auf seinen Arm.

»Ja, ich muss ins Krankenhaus.« Er massierte sein Knie. Wahrscheinlich würde Frederica dort auftauchen. Er war wieder im Dienst und spätestens seit Freitagnacht wusste sie das auch. Sie hatte ihn nicht angerufen. Nicht mehr.

»Hast du deine Tabletten genommen?«

Er ignorierte die Frage. Rieke sah zu ihnen herüber, verlor diesmal beim Zuwinken das Gleichgewicht und fiel krachend auf das Kiesbett. Erschrocken sah sie Christian an. Er lachte demonstrativ, um sie zu beruhigen. »Nichts passiert, Schatz. Soll ich das Fahrrad für dich verprügeln?« Sie kicherte, rappelte sich wieder auf und fuhr weiter.

Schnell drehte er sich um und ging ins Haus. Sein Knie schmerzte jedenfalls mehr als sonst, wenn er an Frederica dachte.

*

»Dr. Moll, ich wurde angerufen. Claire Muller ist ansprechbar?« Frederica hielt der Stationsschwester ihren Dienstausweis hin.

»Ja, natürlich.« Die überarbeitete Schwester nahm sich keine Zeit, sich zu setzen. Sie sah stumpf in ihren Monitor und gab ein paar Tastenkombinationen ein. »Frau Muller geht es schon sehr viel besser, daher kann sie Besuch empfangen.«

»Wissen Sie, was die Ursache ihrer Komplikationen war?«

Die Schwester rief sich weitere Unterlagen auf. »Nein, leider nicht. Frau Muller war bewusstlos eingeliefert worden. Ihr Stoffwechsel hatte kaum auf die Zufuhr von Glukose angesprochen und ihr Blutzucker blieb konstant zu niedrig. Um Schäden zu vermeiden und um Zeit zu gewinnen, wurde sie in ein künstliches Koma versetzt. Weitere Informationen liegen mir leider nicht vor.«

»Hat sie irgendetwas gesagt, als sie aufgewacht ist?«

Die Schwester schüttelte den Kopf. Zutraulich beugte sie sich etwas zu Frederica hinunter. »Meine Lieblingspatientin ist sie jedenfalls nicht.«

»Das hört sich doch gut an.« Sie ließ die verdutzte Schwester stehen und suchte auf dem langen Korridor Claires Zimmer.

Die Mathematikerin war bereits von der Intensivstation auf ein normales Zweibettzimmer verlegt worden. Frederica klopfte und trat sofort ein. Schnell stellte sie fest, dass eines der zwei Betten leer war. Aus dem anderen starrten sie zwei erboste Augen an, umrahmt von einem fettigen Pony und einem runden, hervorstehenden Kinn. »Ich hatte nicht ›herein‹ gesagt!« Claire Muller sprach in dem eigentümlich altmodischen Singsang des Luxemburgers, bei dem man eher auf einen Dialekt als auf einen Akzent tippte.

Frederica trat auf das Bett zu und hielt der jungen Frau einen Nougatriegel hin. »Möchten Sie? Ich könnte keinen Tag ohne Süßigkeiten überleben.« Während Claire noch überlegte, setzte sich Frederica vor Claires Bett auf einen Besucherstuhl.

Claire Muller ließ sich in die Kissen zurückfallen, ohne das Nougat anzunehmen. Sie sah Frederica an, als hätte diese ihr gerade ein unmoralisches Angebot gemacht. Aber in ihrem Gesicht konnte Frederica noch etwas Anderes entdecken als die scheinbare Ablehnung einer Süßigkeit. »Ich darf nicht. Wer sind Sie überhaupt?«

»Ich bin Polizistin. Dr. Frederica Moll.«

»Sind Sie Ärztin?«

»Psychoanalytikerin.«

Die junge Frau sah sie argwöhnisch an. »Ich werde dazu nichts sagen.«

Frederica riss den Riegel auf, biss ein Stück ab, packte ihn wieder ein und warf ihn zurück in ihren Shopper, den sie extra für diesen Termin aus dem Schrank gefischt hatte. »Schön, dass Sie gleich auf den Punkt kommen. Meinen Sie Ihren Selbstmordversuch?«

Seltsamerweise entspannte sich Claires Mimik. Sie fuhr sich mit der Hand durch ihren klebrigen Pony, als wäre ihr ihr ungepflegtes Äußeres plötzlich peinlich. »Hat Sie das Krankenhaus geschickt? Dann tut es mir leid, dass Sie umsonst gekommen sind. Ich muss mich jetzt frisch machen.«

»Erwarten Sie noch Besuch?«

»Ich brauche keine Psychologin.«

»Psychoanalytikerin. Aber ich bin als Polizistin hier. Wir untersuchen Ihren vorgetäuschten Selbstmordversuch. Doch etwas Zucker?«

Die Wirkung von Fredericas Worten waren größer, als sie es selbst angenommen hätte. Angst hastete in Claires Augen zurück und ließ sie in den Angriff fliehen. »Wie bitte? Was erlauben Sie sich! Wie können Sie sich über eine selbstmordgefährdete Patientin lustig machen! Ich werde mich über Sie beschweren!«

Frederica holte gleichmütig eine Packung Schaumküsse aus ihrem Shopper und hielt sie Claire hin. »Sie mögen ja eine brillante Mathematikerin sein, aber schauspielern gehört nicht zu Ihren vornehmsten Eigenschaften.« Ihr Ton wurde weicher. »Claire, was macht Ihnen solche Angst?«

»Ich will, dass Sie jetzt gehen!«

Frederica stand auf und ging zum Fenster. Die emotionslose Funktionalität des Krankenhauszimmers ging ihr auf die Nerven und sie wusste, dass sie die junge Frau falsch behandelte. Die grellweiß gestrichenen Wände und der unterschwellig durchziehende Geruch von Desinfektion und Hoffnungslosigkeit umhüllten Claire wie ein Kampfanzug. Frederica konnte das Adrenalin förmlich riechen, wie es durch den Raum kroch. »Wollen wir nach draußen gehen? Ich brauche frische Luft und Sie brauchen meine Hilfe.«

»Nein, auf keinen Fall!« Claire schien über ihren eigenen Ausbruch erstaunt zu sein. Ohne Frederica anzusehen, zog sie die Decke bis zum Kinn und schloss die Augen. »Nicht nach draußen, bitte nicht.«

Als Frederica einen neuen Versuch starten wollte, hörte sie hinter sich die Tür aufgehen. Dieser Besucher hatte gar nicht erst angeklopft. Claire öffnete die Augen und sah zur Tür. Ihre Augen weiteten sich und plötzlich sah sie Frederica hilfesuchend an.

Schnell drehte Frederica sich um.

»Moin, alles gut bei dir?« Christian trat ein und blieb in lässiger Haltung vor ihr stehen. Sein scheinbar offenherziger Blick ließ erkennen, dass er damit gerechnet hatte, sie hier zu treffen. Neben ihm tauchte der Sicherheitchef der Bank auf und lächelte sie arglos an.

Frederica lächelte zurück. Die Anspannung ließ Christian die Patientin im Bett völlig ignorieren und sie versuchte, es ihm leichter zu machen. »Ja, alles bestens.« Sie sah wieder zu Claire, die Martin Terborn unablässig fixierte und dabei mit ihren Händen das Bettlaken erwürgte. »Claire? Alles in Ordnung? Kennen Sie schon meinen Kollegen Christian Lauterbach? Er hat sich um Sie gekümmert, als Sie am Freitag zusammengebrochen waren.«

Als Claire realisierte, dass der zweite Mann Polizist war, schien sie sich etwas zu entspannen. »Nein, ich war ja bewusstlos. Guten Tag.« Nach einem kurzen Zögern setzte sie nach: »Und vielen Dank.«

Frederica beobachtete den Sicherheitschef. Martin Terborn hatte sich auf die andere Seite von Claires Bett gestellt und ihr einen Strauß bunter Tulpen auf die Bettdecke gelegt. »Hallo, Claire. Wie geht es Ihnen?«

»Danke, so weit ganz gut. Was ist mit der Präsentation? Ist Robert ohne mich hingeflogen?«

Martin setzte sich auf die Bettkante. »Nein, er hat den Termin verschoben.«

Frederica fragte sich, warum Claire auf einmal so brav mitspielte. Als Claire sich aufsetzte, gab Christian dem Sicherheitschef ein Zeichen. Der nickte, stand auf und stellte sich mit verschränkten Armen ans Fenster. Schnell nahm Frederica seinen Platz auf der Bettkante ein.

»Können Sie uns sagen, was genau Freitagnacht passiert ist?«, setzte Christian an.

Claire sah kurz zu Martin Terborn und griff dann nach ihrem Wasserglas. Sie trank langsam ein paar Schlucke und blickte Frederica an. Die wusste nicht, ob Claire entschieden hatte, ihr doch zu vertrauen, oder nur blitzschnell ihre Optionen durchrechnete, aber sie hoffte, dass die junge Frau nicht nur begabt, sondern auch clever war.

Claire sah kurz an der Menschenansammlung vorbei, die sich so plötzlich in ihrem Zimmer materialisiert hatte. Mit einem Ruck stellte sie das Glas wieder auf dem hässlichen beigen Beistelltisch ab und lächelte Christian offen an. »Das war wirklich dumm von mir. Ich weiß auch nicht, wie das passieren konnte, aber ich habe mir wohl zu viel Insulin gespritzt. Mir ist die Aufregung, die ich verursacht habe, auch sehr peinlich, das dürfen Sie mir glauben. Aber es war wirklich nur ein ganz dummer Unfall.« Ihre luxemburgischen Vokale tapsten um sie herum wie junge Hunde. Man konnte fast glauben, dass sie wirklich nur ungeschickt gewesen war.

Christian verschränkte die Arme. »Wenn ich den Arzt richtig verstanden habe, haben Sie sich nicht nur etwas zu viel gespritzt. Sie sind haarscharf an Ihrem Exitus vorbeigeschrammt, meine Liebe. Sind Sie sicher, dass Sie wieder okay sind?«

Claires Augen weiteten sich. »Warum fragen Sie? Hat der Arzt etwas erwähnt?« Sie lehnte sich erschöpft in ihr Kissen zurück und beantwortete sich die Frage selbst. »Natürlich nicht. Er hat seine Schweigepflicht zu beachten. Wie ich schon Ihrer Kollegin gesagt habe, ich bin müde und möchte jetzt schlafen.«

Martin Terborn trat wieder an Claires Bett. Er sah sie eindringlich an. Frederica konnte in seinem Gesicht eine Mischung aus Unverständnis und Wut lesen. Schnell steckte er seine Hände in die Hosentaschen, wie um sich davon abzuhalten, Claire an ihrem fettigen Haar hochzuziehen und zu schütteln.

»Claire, so einfach geht das nicht! Ich brauche Antworten! Menschen sind verschwunden«, er atmete tief durch, »andere sterben. Was ist Freitagnacht passiert? Wo ist Ihr Notebook? Was für eine Präsentation ist das? Was hat Natascha …« Seine Augen zeigten Überraschung, als er sich an die Wange griff. Claire hatte ihm eine kräftige Ohrfeige gegeben und die Bettdecke wieder bis zum Kinn hochgezogen.

Dann spürte Frederica, wie Claire, unbemerkt von den Männern, ihre Hand ausstreckte und sie am Bein berührte. »Ich weiß nicht, wovon Sie sprechen. Mein Notebook hatte ich im Konferenzraum bei mir, als ich ohnmächtig wurde. Wo es jetzt ist, kann ich nicht wissen. Fragen Sie doch Robert. Vielleicht ist es da, wo auch mein Handy und meine Schlüssel sind!« Sie schloss die Augen und drückte einen Knopf.

Während Martin weiter auf sie einredete, erschien die Stationsschwester und sah erst die Besucher, dann Claire fragend an. »Kann ich etwas für Sie tun?«

Ohne die Augen zu öffnen, erwiderte Claire: »Mir geht es nicht gut, ich möchte mich jetzt ausruhen.«

Frederica stand auf und ging zur Tür. »Dann wollen wir doch der Patientin ihren Wunsch erfüllen. Herr Terborn, haben Sie kurz Zeit für ein paar Fragen?« Sie sah unsicher zu ihrem ehemaligen Partner. »Christian, kommst du mit?«

Der Sicherheitschef schien sich nur schwer von der jungen Frau lösen zu können. Mit einem Ruck drehte er sich zu Frederica um und folgte ihr aus dem Raum. Christian schloss sich an.

Die Cafeteria des Krankenhauses war fast leer, sodass sie sich an einen abseits platzierten Ecktisch setzen konnten. Der Sicherheitschef war noch sichtlich angespannt. »Sie glauben Claire doch wohl kein Wort? Eine Mathematikerin, die nicht rechnen kann?« Er nahm sich eine Papierserviette aus dem Ständer und riss sie in kleine Stückchen. »Das nenne ich als Ausrede dummdreist.« Er wischte die Papierschnipsel mit dem Handrücken vom Tisch. »Christian, jetzt sag doch mal was! Und komm mir nicht wieder mit deiner Selbstmordtheorie!«

Er redete sich weiter in Rage und bemerkte nicht, wie Frederica und Christian ihn auf einmal völlig ignorierten und stumm aneinander vorbeisahen. Ohne die schützende Beengtheit des Krankenzimmers schwirrten zu viele Fragen um ihre Köpfe, die keiner von beiden einfangen und sich zu beantworten traute. Was wäre, wenn man sich in den letzten sechs Monaten nur etwas vorgemacht hatte? Wenn doch alles ganz anders war, als man es in Erinnerung hatte? Und die ungnädige Wut, die Christian befeuert und Frederica entsetzt hatte, plötzlich verdampfte wie schlechte Gerüche? In dem Krankenzimmer hatten sie sich alle auf Claire konzentriert, doch jetzt, in dieser riesigen, fast leeren Cafeteria, saßen sie sich schutzlos gegenüber.

»Nein, ich bin immer mehr der Meinung, dass es ein Mordversuch war!« Terborn hatte sich eine neue Papierserviette genommen und baute ein Segelschiff.

Frederica nahm es ihm aus der Hand und faltete es zu Ende. Ihre persönlichen Probleme mussten warten, sie hatte Dringenderes zu erledigen. »Wenn es ein Mordversuch war, stellt sich die Frage, wen sie zu decken versucht.«

Christian sah sie erleichtert an. Er bestellte Kaffee und nahm den Faden auf. »Was unlogisch wäre. Denn dann kennt sie ihren Angreifer und hat entweder persönliche Gründe, warum sie uns seinen Namen nicht nennt, oder sie ist so eingeschüchtert worden, dass sie weiter um ihr Leben fürchten muss, wenn sie uns etwas erzählt.«

Frederica schüttelte den Kopf. »Auch wenn sich das vielleicht hart anhören mag, aber wenn man sie hätte umbringen wollen, hätte sich im Krankenhaus eine weitaus bessere Möglichkeit geboten als in der Bank.« Sie sah Martin Terborn erwartungsvoll an.

Falls sie ihn verunsichert hatte, ließ er sich das nicht anmerken. »So gut kenne ich sie nicht. Aber warum würde sie sich dann eine Überdosis Insulin spritzen? Wie ist sie da überhaupt rangekommen? Das war dann auf jeden Fall geplant. Also doch ein Suizidversuch?«

Frederica kramte den Nougatriegel aus ihrem Shopper, biss noch einmal davon ab und hielt ihn fragend den beiden Männern hin, die angeekelt ablehnten. »Das Insulin könnte sie einem Familienmitglied oder einem Freund gestohlen haben, so etwas kommt vor. Aber für die Selbstmordtheorie gefällt mir das Setting in der Bank nicht. Und dann war die Dosis nicht hoch genug. Außerdem ist mein professioneller Eindruck, dass Claire Muller keine Kandidatin für einen Suizid ist.« Sie biss erneut von dem Nougatriegel ab und versenkte das letzte Stück in ihrer noch halb vollen Kaffeetasse. »Nur, was ist dann vorgefallen?«

Martin Terborn starrte auf Fredericas Kaffee, auf dessen Oberfläche langsam Fettaugen hochploppten. Er schien sich nur mühsam von dem Anblick lösen zu können. »Am Notebook ist manipuliert worden. Irgendjemand hat sich die Daten runtergezogen und dann mit einem Passwort den Zugang gesperrt.« Er sah fasziniert Frederica dabei zu, wie sie den Kaffee austrank. »Philip, unser ITler, war sich nicht sicher, ob es überhaupt unser Notebook ist, aber ich denke schon. Dafür spricht übrigens, dass es zusammen mit ihm verschwunden ist.«

»Wie bitte? Und das erfahre ich erst jetzt?« Christian sah Martin entgeistert an. »Und wie kannst du dir sicher sein, dass Claire es nicht manipuliert hat?«

Terborn setzte sich aufrecht hin. »Wissen kann ich es natürlich nicht. Aber die Daten sind nicht elektronisch transferiert, sondern auf einen externen Device gezogen worden. Und den haben wir nirgendwo bei ihr gefunden.«

Christian sah Frederica ungläubig an. »Und das soll ein

Beweis sein? Habt ihr eigentlich keine Videoaufzeichnungen in der Bank?«

»Natürlich haben wir die. Aber – wie ich auch erst kürzlich realisiert habe – gibt es im Eingangsbereich einen toten Winkel, der es jedermann ermöglicht, unerkannt in den Fahrstuhl zu steigen. Und in der Geschäftsleitungsetage gibt es natürlich keine Kameras.« Er sah durch die Polizisten hindurch. »Dass jemand am Rechner war, weiß ich auch nur von Philip. Keine Ahnung, ob das wirklich stimmt.«

Frederica erschrak über das plötzliche Gefühl der Vertrautheit, das sie bislang als verloren weggesperrt und das Christians Blick mühelos wieder hervorgelockt hatte. Sie lehnte sich zurück und versteckte sich hinter ihrer leeren Tasse. Er hatte nicht erkennen lassen, ob er auf eine Reaktion wartete oder ob er sie nur aufgrund einer alten Gewohnheit einbezogen hatte. Vielleicht war es besser, es auf sich beruhen zu lassen. Wenigstens das.

Sie sah Terborn aufmunternd an. »Sie kennen sich schon lange?«

Welche Frage er erwartet hatte, würde sie wahrscheinlich nie erfahren, aber es war offensichtlich, dass es diese nicht gewesen ist. »Wie bitte?«

Christian kam ihm zuvor. »Wir haben uns erst Freitagnacht kennengelernt. Stört dich das?« Er lehnte sich zurück und verschränkte die Arme.

Frederica war Terborns leichter Schatten um die Mundwinkel nicht entgangen, der in seinem Gesicht hochgewandert war, als er ihre Frage verstanden hatte. Sie reichte ihm eine frische Papierserviette. »Vielleicht fangen wir einfach von vorne an. Sie haben also keine Beweise für Ihre Mordtheorie, auf Video oder in sonst einer Form.«

Christians Blick verengte sich, als Frederica ihn weiter

ignorierte. Er sah auf die Uhr und stand abrupt auf. »Sorry, das müsst ihr ohne mich klären. Ich habe jetzt Dienst. Martin, wir telefonieren.«

Ohne Frederica noch einmal anzusehen, drehte er sich um und ging.

Martin sah ihm neugierig hinterher. »Falls Sie Personenschutz brauchen, ich kann helfen.«

Frederica zwang sich, Christian nicht nachzuschauen. Es war einfacher, ihre Freundschaft wieder auszusperren. »Ihre Kollegin Claire Muller wird mit einer Überdosis Insulin in die Klinik gebracht. Sie ist keine Diabetikerin. Also wollte sie sich entweder selbst umbringen, oder jemand hat versucht, sie zu töten. Sie vermuten Letzteres?«

Terborn nickte eifrig, sagte aber nichts.

»Dann erklären Sie mir doch eines: Wie kann ihr jemand eine Spritze verabreichen, ohne dass sie sich wehrt?«

Der Sicherheitschef wischte den Einwand beiseite. »Ist das relevant? Vielleicht wurde sie mit vorgehaltener Waffe dazu gezwungen, vielleicht war ihr Angreifer gut ausgebildet und sie hatte keine Chance. Vielleicht hat sie auch Kampfspuren und wir haben sie nur nicht gesehen? Sie lag, bis ans Kinn zugedeckt, in diesem Bett.«

Frederica nickte. »Guter Einwand. Und zumindest würde es erklären, warum die Dosis nicht tödlich war. Vielleicht hat es der Angreifer nicht geschafft, ihr alles zu spritzen. Die Frage ist allerdings das Motiv. Was sind das für Daten auf dem Notebook? Würde man dafür töten?«

Terborn seufzte. »Ich weiß es nicht. Wahrscheinlich ein Projekt, das mit Bitcoins zu tun hat.« Martin erzählte von dem Gespräch mit dem Professor. »Wahrscheinlich gefällt es einigen Leuten nicht, wenn man ihr virtuelles Vermögen entwertet.«

»Mir war gar nicht bewusst, dass diese Kryptowährungen überhaupt jemanden hinter dem Ofen hervorlocken.« Frederica griff nach ihrem Handy und rief Tanja an. »Hi, Tanja, wärst du so nett und recherchierst was zum Bitcoin? Wer handelt damit und warum?« Sie sah wieder Martin an. »Ihre Bank ist auf diesem Gebiet aktiv?«

»Ganz ehrlich? Keine Ahnung. Ich bin erst seit einem Jahr dort und auch nur für die Sicherheit zuständig.« Er schob verärgert seine Tasse von sich weg. »Ich bin darauf angewiesen, dass mir Claire Muller Antworten liefert. Wie soll ich Robert finden, wenn sie mir nichts erzählt? Und jetzt das mit Natascha …« Seine Stimme brach.

»Moment mal. Meinen Sie Robert Bornheim? Warum finden?«

»Robert ist nach einem Treffen mit mir verschwunden, das war Samstagnacht.«

»Er ist nicht auf einer Dienstreise nach China?«

Er lachte gequält auf. »Wer behauptet das? Der Senior? Der will doch nur seine Bank schützen. Er hatte wohl keine Zeit, sich etwas Glaubwürdigeres auszudenken. Der Termin am Montag in London war schließlich gesetzt.«

»Mit Claire Muller.«

»Genau. Deswegen hatte ich auch Ihren Kollegen gebeten, mir bei der Suche behilflich zu sein. Nach Robert und – Natascha.« Er brach wieder ab und er starrte hinter Frederica an die weiße Wand.

»Gut. Kommen wir zu Natascha Gruber. Wie gut haben Sie sie gekannt?«

»Nur als Roberts Freundin. Wir sind gelegentlich zusammen essen gegangen. Robert hatte sie vor ungefähr zwei Jahren in London kennengelernt und mit nach Hamburg gebracht. Sie ist Österreicherin. Soweit ich weiß, ist sie

Innenarchitektin, arbeitet aber momentan nicht.« Er sah irritiert auf einen Kaffeefleck, den seine Tasse auf dem Tisch hinterlassen hatte. »*War* Österreicherin. Sorry, aber ich kann es noch nicht begreifen, was mit ihr passiert ist.« Er sah sie fragend an. »Das muss doch alles zusammenhängen!«

Frederica stand auf. »Das ist wahrscheinlich. Aber solange wir nicht wissen wie, können wir auch nicht ermitteln. Momentan stehen wir ganz am Anfang und müssen erst einmal mit der Familie sprechen.«

»Viel Glück dabei.« Martins Augen sprühten plötzlich Feuer. »Vielleicht erhalten Sie Auskunft. Aber weit werden Sie nicht kommen. Ich werde jedenfalls nicht untätig herumsitzen, während Robert und Philip weiter in Gefahr sind.« Sein Lächeln stand in direktem Kontrast zu seinem aggressiven Blick. »Sie finden den Täter?«

Frederica schüttelte ihren Rock aus. »Warum hat Claire Angst vor Ihnen?«

Die Frage schien Martin Terborn nicht zu überraschen. »Hat sie das denn?«

»Bitte keine Gegenfragen. Warum hat sie Sie ängstlich angesehen, als Sie in das Krankenzimmer gekommen sind?«

Der Sicherheitschef winkte ab. »Das müssen Sie sich eingebildet haben. Ich kenne sie kaum. Ich muss jetzt ebenfalls gehen. Wenn Sie noch Fragen haben, wissen Sie, wo Sie mich erreichen können.«

KAPITEL 17

Auf dem Weg ins Dezernat wählte Frederica Christians Nummer, doch er nahm das Gespräch nicht an. Sie sah in den Rückspiegel und strich sich das feuchte Haar aus dem Gesicht. Vor ihrem Besuch im Krankenhaus hatte sie das Verdeck des Mercedes geschlossen und ihre Entscheidung sofort bereut, als sie wieder in den heißen Wagen eingestiegen war. Die Sommerhitze klebte an ihrem Seidenkleid wie ein unartiges Kind. Wie Christian. Was war da vorhin passiert? Sie hatte ihn von sich weggestoßen und ihn damit deutlich verletzt. Aber warum hatte sie das getan? Sie fischte nach der Flasche Wasser auf dem Beifahrersitz, die sich noch heißer anfühlte als das Wageninnere, und trank sie in einem Zug aus. Sie war zu lange hinter ihm hergelaufen. Es schien ihm beim Kriminaldauerdienst zu gefallen. Gutgläubig, wie er war. Wie unprofessionell, sich mit einem potenziellen Verdächtigen anzufreunden und ihn in die Ermittlungen miteinzubeziehen. Sie warf die Flasche zurück auf den Beifahrersitz. Vielleicht war es gut so, wie es war. Sie hatte genug damit zu tun, den brutalen Mord an Natascha Gruber aufzuklären.

*

Im Dezernat kam Tanja fragend auf sie zugerollt. Heute trug sie einen feuerroten Turban – oder so etwas Ähnliches. Frederica musste an die kunstvoll hochgetürmten Frisuren der Geishas denken. Alfred blieb, ganz wohlerzogener

Behindertenhund, in seinem Hundebett liegen, in dem ein ausgewachsener Mensch komfortabel seinen Mittagsschlaf hätte halten können. Frederica warf ihren Shopper auf den Tisch und ließ sich in ihren Bürostuhl fallen.

Wortlos hielt sie Tanja einen Haselnusskaffee von Balzac hin, den diese ebenso kommentarlos annahm. Beide liebten auch im Hochsommer den feinen, nussigen Geschmack. Die Rechercheurin trank einen tiefen Schluck. »Und? Hat sie was gesagt?«

Frederica schüttelte den Kopf. »Christian war da. Und dieser Terborn, sein neuer bester Freund.« Letzteres war etwas süffisanter aus ihr herausgeplatzt, als sie es gewollt hatte.

Sie war Tanja dankbar, als diese die Bemerkung ignorierte. »Also zurück zu Natascha Gruber. Ich habe noch mal darüber nachgedacht, was K. H. über ihre Verletzungen gesagt hat, und ich denke, wenn wir uns unter den vorbestraften Sexualstraftätern umsehen, werden wir den Mörder nicht finden.«

Frederica verbrannte sich wie immer den Gaumen und setzte ihren Kaffee schnell ab. »Wahrscheinlich nicht. Obwohl es Täter gibt, die mehrere psychische Auffälligkeiten in sich vereinen.«

Tanja nickte. »Ein Sadist, der auch gerne Mordfantasien auslebt?«

»Die Trigger für die sexuelle Erregung und den Orgasmus sind höchst individuell. Meistens weiß derjenige nicht, was ihn anregt, bis er es zufällig lernt und die Methodik dann im Laufe der Jahre immer weiter verfeinert. Daher macht es für das Opfer keinen Sinn, ›stillzuhalten‹ und zu hoffen, dass er mit der Befriedigung seiner Lust von ihr ablässt. In den meisten Fällen wird der Tötungsakt in die individuelle sadistische Fantasie eingebunden, um letztlich zum Orgasmus zu kommen. Und das macht es für eine Ermittlung sehr schwer, weil diese irrationalen Vorgänge eben nicht nachvollziehbar und damit recherchierbar sind.«

»Wenn ich also ein Opfer habe, dass ›nur‹ vergewaltigt wurde und dann erwürgt, wird der Täter jemand sein, der am Anfang seiner sadistischen Karriere steht?«

»Wenn sich Täter und Opfer vorher nicht kannten, dann ja. Beziehungstaten sind in ihrer Dynamik etwas anders gelagert. Da soll der Mord den Aggressionsakt nur vertuschen. Sadistisch veranlagte Psychopathen brauchen mehr als das. Sie können ihr Opfer bis zur Bewusstlosigkeit würgen, es aufwachen lassen, den Terror in sich aufsaugen und wieder von vorne anfangen. Aber was wir von solchen Vorgängen wissen, bevorzugt diese Art der Täter den Schnitt durch die Kehle und das langsame Verbluten.« Sie öffnete ihren Kaffeebecher, um die Hitze entweichen zu lassen. »Ich denke hier an einen Auftragsmord, der von einem sexuellen Sadisten ausgeführt wurde.«

Tanjas Turban fing an zu tanzen. »Wie praktisch ist das denn? Da kann jemand seine perversen Triebe ausleben und wird auch noch dafür bezahlt?« Sie sah Frederica nachdenklich an: »Aber wie sollen wir denn so jemanden finden?«

»Einfacher jedenfalls als einen gutbürgerlichen Serientäter. Der wählt seine Opfer zwar nach seinen individuellen Dämonen aus, die wir aber nur schwer herleiten können, wohingegen ein Auftragsmörder einen Auftraggeber hat, der ihn bezahlt. Mit viel Arbeit und etwas Glück finden wir die Geldspur.«

Tanjas Turban geriet wieder ins Wanken. »Wenn man eine Idee hat, wer der Auftragsmörder sein könnte – oder

der Auftraggeber. Aber wie kommst du überhaupt auf einen Auftragsmord?«

»Die Art, wie die Leiche inszeniert worden ist. Im ersten Moment könnte man die sexualisierte Pose und die zerschnittenen Brustwarzen einem sexuellen Sadisten zuordnen, der sich wahllos ein Opfer mit der richtigen Haarfarbe gesucht hat. Aber das ist mir zu einfach. Warum hat er sie in der Bank ausgestellt? Im Foyer, mit gespreizten Beinen und offener Bluse, für jedermann sichtbar, der die Bank betritt? Nein, hier hat jemand ganz gezielt Natascha Gruber zu seinem Besitz gemacht, sie entwürdigt, ermordet und als Warnung abgelegt.«

»Als Warnung? Dass du dich an unsere Abmachung zu halten hast, weil ich jederzeit an dich rankomme?«

»Weil ich jederzeit an dich und die Deinen rankomme.« Frederica trank ihren Kaffee aus und warf den Becher in den Müll. »Und weil deine Freundin kein Unschuldslamm ist.«

Tanja nickte. »Natascha, die Hure.« Sie loggte sich in den Polizeiserver ein. »Was hat der böse alte Banker gesagt? Sie waren erst seit zwei Jahren zusammen. Mal sehen, was die gute Dame davor so alles getrieben hat.«

Alfred wachte auf und bellte die Tür an. Maureen Thalbach stand im Rahmen und sah die Frauen erwartungsvoll an. Die Assistentin ihres Chefs Thomas Wolf hatte keinen größeren Wunsch, als ihrem Idol »Pink« optisch nachzueifern. Folgerichtig trug sie einen Fassonschnitt, wenn auch nur in ihrer Naturhaarfarbe mittelblond. In der Farbe Pink war allerdings ihr ärmelloses Sommerkleid, das knapp über den Knien endete und ihre Stummelbeine unvorteilhaft zur Geltung brachte. Die weißen Sneakers taten ihr Übriges, um den Look im wahrsten Sinne des Wortes abzurunden. Sie ignorierte Alfred und deutete auf Frederica: »Der

Chef will dich sehen.« Dramatisch sah sie auf ihre Armbanduhr. »Jetzt!«

Alfred ließ ein leichtes Knurren hören. Frederica stand auf und streichelte den Hund ausgiebig mit der rechten Hand, die sie gleich Thomas Wolf, Dezernatsleiter, Lebemann und Hundehasser, reichen würde.

»Frau Moll, da sind Sie ja. Setzen Sie sich bitte, wir haben Einiges zu besprechen.« Thomas Wolf gehörte mit seinen 60 Jahren noch zur alten Garde, die Seilschaften pflegte und guter Teamarbeit voranstellte. Dabei machte er jedoch eine Ausnahme – er siezte seine Untergebenen, was im Polizeibetrieb unüblich war. Aber Frederica wusste, dass er sich auch gelegentlich gegen ihren Präses, den Senator für Inneres und Sport, Henning Marquardt, stellte – sofern es seinen eigenen Interessen nützte.

Ihr Chef lehnte sich zurück und zog an seiner E-Zigarette, die einen unangenehm süßlichen Duft verströmte. »Wie geht es Ihrer Mutter? Ich habe gehört, dass sie sich in diesem Jahr an der Spendengala der Polizei beteiligt?«

»Danke, sie wird Ihre Nachfrage zu schätzen wissen.« Sie hielt es für klug, etwas Persönliches einzustreuen. »Sie hat auch schon versucht, mich einzuspannen, aber bislang konnte ich mich erfolgreich wehren.«

Thomas Wolf nickte, als hätte er diese Antwort erwartet. Wie in Gedanken blies er eine neue Wasserdampfwolke in Fredericas Richtung. »Und was ist das jetzt für eine Sauerei mit Karls Schwiegertochter? Hat man sie tatsächlich halb nackt und verstümmelt in der Bank ausgestellt?« Der Dezernatsleiter sah aus, als würde er Frederica persönlich für den Mord verantwortlich machen.

»Lebensgefährtin des Sohnes. Und ja, leider ist das richtig. Ich bin der Meinung, dass ein klassischer Ermittlungsansatz einer Beziehungstat hier wenig Aussicht auf Erfolg bietet …«

»Da haben Sie völlig recht«, unterbrach sie Wolf, »denn wir können sicher davon ausgehen, dass es keiner aus der Familie war. Das war irgendein kranker Psychopath und die arme Natascha war zur falschen Zeit am falschen Ort.«

Frederica musste sich zusammenreißen, um seine Duftwolken nicht wegzuwedeln. »Mag sein. Aber vielleicht ist sie auch gezielt angegriffen worden.«

Der Dezernatsleiter schluckte die nächste Dampfwolke herunter und sah Frederica kritisch an. »Ein fehlgeschlagener Erpressungsversuch?«

»Ein Warnzeichen. Aber dazu müssen wir erst noch weiter recherchieren.« Sie vertrieb Christians verletzten Gesichtsausdruck in der Cafeteria aus ihrem Blickfeld. »Und da wir momentan unterbesetzt sind …«

Wolf lehnte sich zurück. »Darüber wollte ich ebenfalls mit Ihnen sprechen. Tanja Buchholz ist sicherlich eine kompetente Rechercheurin, aber aus mehreren Gründen …«, hier machte er eine vielsagende Pause, »… brauchen Sie einen ausgebildeten Kollegen an Ihrer Seite.« Er legte seine E-Zigarette beiseite und durchsuchte eine Loseblattsammlung, die auf seinem Arbeitstisch herumflatterte. Er fand, was er gesucht hatte, und nahm seine E-Zigarette wieder auf. »Sie wissen, dass Lauterbach sich zum KDD hat versetzen lassen?« Als Frederica nickte, fuhr er fort: »Ich habe hier einen vielversprechenden Kollegen. Noch fährt er Streife, aber er hat gute Beurteilungen …«

Frederica heuchelte weiter Interesse, während sie versuchte, sich über ihre eigenen Gefühle klar zu werden. Ein gutes Team bestand immer aus unterschiedlichen Charakteren, die in der Regel nie privat etwas gemeinsam unternehmen würden. Wie hätten sie also jemals zu guten Freunden werden können, die füreinander einstanden? Es machte sie allerdings sprachlos, wie alle über Christians Verrat hinweggingen. Sein Verrat an Tanja, sein Verrat an ihren gemeinsamen Jahren, sein Verrat an ihrer Loyalität ihm gegenüber.

Sie sah auf das Bild von Wolfs Frau, das in einem Silberrahmen schräg auf seinem Arbeitstisch stand, damit jeder Besucher seine Trophäe bewundern konnte. Sie war seine dritte Ehefrau, 25 Jahre jünger als er und vermögend.

Sie gab sich einen Ruck und sah ihrem Chef direkt in die Augen: »Holen Sie Christian zurück.«

Thomas Wolf holte sich eine Tabakzigarette aus der Schublade und zündete sie an. »Sie sind ihm nichts schuldig. Niemand denkt das.«

»Ist das so?«

Wolf legte seinen Kopf in den Nacken und blies seinen Zigarettenrauch an die Zimmerdecke. »Ich denke, ja.«

»Für mich nicht. Ich habe ihn schließlich nicht zu seinen Entscheidungen gezwungen.«

Ihr Chef antwortete ungewöhnlich leise. »Sicherlich nicht gezwungen, aber dazu verleitet.« Er schüttelte den Kopf. »Schon Ihr Vater hat diesen feinen Unterschied nicht verstanden.«

Frederica zog die Schultern zusammen. »Ich möchte Christian und keinen neuen Partner.«

Thomas Wolf schien amüsiert. »Noch entscheide ich hier, wer mit wem zusammenarbeitet. Auch wenn mir klar ist, dass erzwungene Partnerschaften nichts taugen. Womit wir weiter beim Thema wären. Ich höre, dass Herr Lauterbach ganz zufrieden beim KDD ist. Und er kann von Glück sagen, dass er weiter zumindest als bedingt diensttauglich eingestuft wurde. Er will und kann also nicht zurück.« Er drückte seine Zigarette im Aschenbecher aus. »Was wollen Sie also?«

Bevor sich Frederica stoppen konnte, machte sich ihr Herz selbstständig: »Ich will mein Leben zurück.«

Er nahm sich eine zweite Tabakzigarette und steckte sie sich an. »Wie melodramatisch. Und wie darf ich das jetzt verstehen?«

Sie ärgerte sich bereits über ihre Ehrlichkeit und wunderte sich über sich selbst, dass sie sie gerade vor ihrem Chef gezeigt hatte. Sie beugte sich vor, nahm ihm die Zigarette aus dem Mund und drückte sie im Aschenbecher aus. »Das ist ganz einfach zu verstehen. Ich bin mit Christian Lauterbach noch nicht fertig und er nicht mit mir.« Sie lehnte sich wieder zurück. »Dieser Fall muss aufgeklärt werden, sonst haben Sie ein Problem. Und dass wir es nicht mit einem klassischen Mord aus Eifersucht zu tun haben, macht Ihr Problem nur noch größer. Sie holen mir also meinen Partner zurück und ich garantiere Ihnen, dass es verschwindet.« Sie versuchte, nicht zu lächeln. »Haben wir einen Deal?«

Der Dezernatsleiter griff wieder zu seiner E-Zigarette. »Natürlich haben wir das, Frau Dr. Moll. Grüßen Sie Ihre Mutter von mir.«

*

Martin Terborn sah auf die Uhr. Andreas verspätete sich nie. Bei ihrem Telefonat hatte er jedoch beschäftigt geklungen, obwohl der Wunsch nach einem Treffen von ihm ausgegangen war.

Dass Andreas Wenninger in der Stadt war, um sich mit ihm zu treffen, hatte ihn verunsichert. Der Ex-MAD-Mann verließ nur noch selten seine Villa in Goslar, aber über den

Grund ihres Treffens hatte er ihn bislang im Unklaren gelassen.

»Hallo, mein Bester, schön, dich zu sehen!« Die siegessicher klingende Stimme wurde von einem schmerzhaften Schlag auf Martins Schulter begleitet.

Er fuhr zusammen. Ohne sich umzusehen, griff er in seine hintere Hosentasche, zog sein Portemonnaie hervor und drückte dem grinsenden, älteren Mann, der sich neben ihn auf die Parkbank gebeamt zu haben schien, einen Zehneuroschein in die Hand. »Ich war abgelenkt. Beim nächsten Mal hast du keine Chance!«

»Sicher.« Andreas Wenninger nickte Martin zu, als wäre der ein kleiner Junge, dem er Mut für sein weiteres Leben zusprechen wollte. »Bislang jedenfalls kann ich gut von unseren Wetten leben.« Er wedelte mit dem Schein vor Martins Nase. »Das hier ist schon wieder ein neuer Türgriff.«

Martin gab ihm die Hand. »Gib nicht so an, so häufig sehen wir uns nicht. Ich bin nur aus der Übung, das ist alles.«

»Du hättest mich selbst mit einem Blaulicht auf dem Kopf nicht kommen sehen.« Er wurde ernst. »Du fragst dich vielleicht, weshalb ich mich in den Wagen gesetzt und die 250 Kilometer nach Hamburg gefahren bin, anstatt weiter mit dir zu telefonieren.«

Martin sah den Wildgänsen dabei zu, wie sie ihren Jungen das Schwimmen beibrachten. »Ist Philip tot?«

Andreas Wenninger zog ein Stofftaschentuch aus der Hosentasche und fuhr sich über die schweißnasse Glatze. »Wahrscheinlich. Wie gut ist dein Robert ausgebildet?«

»Inwiefern? Körperlich?«

»Nein, taktisch. Hast du mit ihm Szenarien geprobt? Entführung zum Beispiel? Oder tätliche Angriffe in einer Menschenmenge?«

Martin runzelte die Stirn. »Ein paarmal sind wir durch die Protokolle gegangen, aber nur Standard. Er treibt keinerlei Kampfsport, wenn du das meinst. Aber er ist intelligent, ihm wird schon einfallen, wie er ihnen immer einen Schritt voraus bleibt.« Er sah Andreas kalkulierend an. »Du weißt, wer *die* sind und was sie wollen?«

Wenninger zog eine kleine vorgestopfte Pfeife aus seiner Hemdtasche und zündete sie an. Nachdenklich paffend zählte er die Wildgänse auf dem kleinen Abschnitt der Alster, der an der Krugkoppelbrücke in einen Seitenarm mündete. Auf der anderen Straßenseite lag das »Bobby Reich«, ein kleines Restaurant auf einem Steg, das zu jeder Tages- und Nachtzeit gut besucht war. Die Brücke war momentan für den Autoverkehr gesperrt und es war ungewöhnlich still. Leises Stimmengewirr und Tellergeklapper wehte zu ihnen herüber wie die Hintergrundgeräusche in einem Hörspiel.

Bei 35 hörte er auf zu zählen. »Was weißt du über Nigeria?«

Falls Martin die Frage merkwürdig fand, ließ er sich das nicht anmerken. »Nicht viel«, log er, »ich war mal flüchtig für einen Auftrag da. Wir haben uns nur auf Victoria Island bewegt, der Rest des Landes ist zu gefährlich. Viel mehr …«

»Hohe Gewaltbereitschaft, Korruption, Piraterie, ausgedehnte Kinderprostitution. Und gewerbsmäßig ausgeführte Entführungen«, unterbrach Andreas ihn. »Du hattest doch erwähnt, dass Roberts Freundin plötzlich wie vom Erdboden verschluckt war?«

»Inge war im Haus und hatte nichts bemerkt.«

Andreas nickte. »Entführungen haben eine lange Tradition. Das wird dort fast wie ein Spiel gehandhabt, bei dem die Lösegeldforderungen in ihrer Höhe für unsere Verhältnisse einem Trinkgeld gleichen und die Entführten in der Regel wieder unversehrt freigelassen werden.« Er hatte seine Pfeife aufgeraucht und schlug sie gegen die Parkbank, um die Tabakreste zu entfernen. »Und was ist bei allen Entführungen das große Problem?«

»Die Lösegeldübergabe«, antwortete Martin prompt. »Und nun lass mich raten. Sie haben die Kryptowährungen für sich entdeckt?«

»Da entsteht gerade ein ganz großer Hype. Bei gekaperten Rechnern kennen wir das schon, aber dabei kommt man nicht auf große Summen. Auf reiche Familien abzuzielen und diese regelmäßig zur Kasse zu bitten, ist lukrativer. Insbesondere wenn man sich über die Lösegeldübergabe keinen Kopf mehr machen muss.« Er stopfte sich eine zweite Pfeife. »Aber das ist nur die Spitze des Eisberges. Der einzige Knotenpunkt für virtuelle Währungen auf dem afrikanischen Kontinent befindet sich in Nigeria. Und der verzeichnet seit zwei Jahren einen heftigen Zuwachs. In korrupten Ländern vertraut niemand der eigenen Währung. Also was kann man tun, wenn man entweder Devisen zur Unterstützung der Familien in das Land rein- oder die Schulgelder für die Kinder aus dem Land rausschaffen muss?« Er hatte die zweite Pfeife angezündet und paffte wieder, scheinbar gedankenverloren, vor sich hin.

»Man greift zu Kryptowährungen.« Martin straffte die Schultern. »Und wenn Robert mit einer neuen Verwaltungsmethode den Markt aufmischt, haben genau die Leute ein Problem, die ihre Gelder lieber unter der sprichwörtlichen Krypto-Matratze verstecken wollen.«

Andreas sah ihm zum ersten Mal in die Augen. »Und nicht nur das. Denn du redest nur von den, nennen wir sie mal, ehrbaren Bürgern, die einfach nur zurechtkommen wollen. Denke mal an kriminelle Vereinigungen, das organisierte Verbrechen.«

Martin nickte. »Geldwäsche, ich weiß. Und da reden wir von anderen Verhandlungsmethoden.« Er schloss die Augen. »Natascha war also nur der Anfang.«

Andreas ignorierte Martins Kommentar. »Gerade für den Bitcoin wird ein weitläufiges Beziehungsgeflecht aus den unterschiedlichsten Professionen unterhalten, um die Millionen sowohl sauber als auch real in den Wirtschaftskreislauf einzubringen.« Er sah den Wildgänsen diesmal beim Grasen zu. »Und die Bank gehört zu diesem Geflecht.«

Martin blieb jedoch ruhig. »Robert hat damit definitiv nichts zu tun. Für ihn lege ich meine Hand ins Feuer. Und der Senior ist doch zu alt für so was. Nein, ich denke, dass sie da in irgendetwas reingeraten sind, was sie nicht mehr kontrollieren können.« Seine Miene hellte sich auf. »Was ist mit Philip? Vielleicht ist er doch kein Kollateralschaden, sondern hat sich unter der Hand etwas dazuverdient?«

»Jedenfalls ist er, wie Robert auch, wie vom Erdboden verschluckt. Keine Aktivitäten real oder virtuell – und glaub mir, ich habe da meine Leute. Aber ob er das Notebook freiwillig übergeben hat oder nicht, können wir nicht wissen.« Andreas musterte Martin unauffällig. Trotz seiner jahrzehntelangen Erfahrung in der Menschenführung wurde er heute aus dem Ex-Soldaten nicht schlau. Wusste sein Freund mehr, als er vorgab? Nataschas Tod – besser, die Art ihres Todes – schien ihn wenig zu berühren.

Martin schien zu spüren, dass er einer Überprüfung unterzogen wurde. Sein Blick trübte sich. »Der arme Robert, er hat sie so sehr geliebt. Ich kann nur hoffen, dass er schonend davon erfährt. Andreas, wir müssen ihn dringend finden. Wir müssen beide finden. Philip ist unschuldig, da bin ich mir ganz sicher. Ich werde es nicht hinnehmen, dass noch jemand stirbt. Ich habe Philip da reingezogen und jetzt werde ich dafür sorgen, dass er lebend wieder rauskommt.«

Andreas ließ es auf sich beruhen. Über Martins Motivation konnte er sich später noch den Kopf zerbrechen. »Falls er noch lebt. Egal, ob er mit drinsteckt oder nicht. Martin, du machst dir offensichtlich keine Vorstellungen davon, womit oder vielmehr mit wem wir es hier zu tun haben. Diese Leute halten sich an keine Regeln, noch nicht einmal an ihre eigenen. Was kannst du da schon als Einzelner ausrichten? Das ist wie bei der Mafia, die hier spielen richtig dirty. Tritt denen auf die Füße und deine Familie wird in Sippenhaft genommen, wie bei den Bornheims.« Andreas sah seinen Freund eindringlich an. »Martin, ich muss dir dringend davon abraten, irgendetwas zu unternehmen. Deswegen bin ich persönlich gekommen.«

Beide Männer sahen stumm auf das Wasser. Der Himmel hatte sich im Einklang mit der untergehenden Sonne tiefrot gefärbt und überzog die Wildgänse, hellgrau und pudrig, mit einem rosa Mantel. Andreas fragte sich, ob er Martin jemals wiedersehen würde. Er seufzte, als er auch die zweite Pfeife wegsteckte und langsam weitersprach. »Am 11. Mai ist in Zürich ein Fahrradfahrer ums Leben gekommen. Er ist von einem Auto gerammt und dann sterbend im Rinnstein zurückgelassen worden. Sein Name war Dr. Urs Wendeler und er war ein führender Wissenschaftler auf dem Gebiet der Kryptowährungen.« Er stand auf. »Und er war ein guter Freund von Claire Muller.«

Zu seiner Überraschung nickte Martin nur. »Robert hat mir von der Fahrerflucht erzählt. Er war sich nur nicht sicher, ob es Mord war.«

Andreas ging zum Wasser und warf den Junggänsen ein paar Brotkrumen hin, die jemand auf der Sitzbank hinterlassen hatte. Als Martin ihm gefolgt war, sprach er weiter: »Nur eine Woche später, am 18. Mai, starb in der Nähe von Oxford eine junge Informatikstudentin. Maggie Smiles, alias BeeTwelve, soll sich an einer Brücke erhängt haben …«

»Moment mal«, unterbrach Martin ihn, »Robert hat von einer Freundin erzählt, die zusammen mit Claire an ihrem Projekt gearbeitet hat. Er nannte sie BeeTwelve, ihren richtigen Namen kannte er nicht. Die Meldung wird ihm also entgangen sein.«

»Du erkennst ein Muster?«

»Natürlich.« Martin atmete auf. »Endlich ein Hinweis.«

Andreas griff ihn am Arm. »Der Hinweis, damit aufzuhören. Ich möchte nicht unhöflich werden, aber das ist eine Nummer zu groß für dich. Halte dich da raus!«

Martin sah demonstrativ auf seinen Arm und Andreas ließ ihn los. »Ich weiß, was ich tue. Mein neuer Polizistenfreund Christian hat den Polizeiapparat für die Suche nach Robert angeworfen, aber solange der Alte seinen Sohn beharrlich auf Dienstreise lügt, bleiben unsere offiziellen Möglichkeiten begrenzt. Der Mord an Natascha hat daran wenig verändert, solange die Polizei Robert nicht als dringend tatverdächtig einstuft.« Er setzte sich wieder auf die Parkbank und faltete seine Hände so kräftig, bis das Weiße der Knöchel zu sehen war. »Die nächsten Stunden sind kritisch. Sowohl für Robert als auch für Philip. Hast du mehr Informationen zu den Todesfällen in der Schweiz und in England?«

»Kann ich versuchen, dir zu besorgen, aber setze deine Hoffnung nicht darauf. Viel mehr, als was ich dir dazu gesagt habe, wird es nicht geben.«

»Egal. Gib mir einfach alles, was du hast.« Er runzelte die Stirn.

»Ist dir noch etwas eingefallen?«

»Nichts weiter. Nur das Telefon. Robert hat mir sein Telefon überlassen, aber bislang hat niemand angerufen. Aber ich bin mir sicher, dass er eine Art Schnitzeljagd mit mir veranstaltet.« Er gab ihm die Hand. »Andreas, ich danke dir sehr für deine Hilfe. Aber jetzt muss ich gehen. Ich melde mich, wenn ich dich und deine Zaubertechnik brauche.«

Andreas Wenninger schüttelte den Kopf. »Du kannst nicht anders, oder? Pass wenigstens auf dich auf.«

Aber Martin hatte sich bereits umgedreht und stieg den kleinen Hügel zur Straße hinauf. Ihm war Claires Schlüsselbund wieder eingefallen. Und Claire würde noch die Nacht zur Beobachtung im Krankenhaus bleiben.

KAPITEL 18

Claire Mullers Wohnung lag im Yvonne-Mewes-Weg, einer kleinen, beschaulichen Seitenstraße im Hamburger Stadtteil Alsterdorf. Die Wohngegend war für eine alleinstehende junge Frau eher untypisch. Martin verzog die Mundwinkel, als er an den adrett aufgestellten Reihenhäuschen mit ihren scharf rasierten Gartengrundstücken vorbeifuhr. Was wollte Claire hier? Er verfolgte das Geräusch einer abhebenden Boeing. Der Flughafen war nicht weit entfernt, vielleicht war ihr die Nähe zum Airport Fuhlsbüttel wichtiger als ein hippes Umfeld. Er parkte den Wagen in einer Parallelstraße und schlenderte zu dem zweigeschossigen Wohnhaus zurück, in der Claires Wohnung lag. Trotz des schönen Feierabendwetters war niemand zu sehen. Vielleicht waren alle noch an der Elbe und suchten Abkühlung.

Als gehöre er hierher, griff er nach Claires Schlüsselbund, den er zusammen mit Roberts Handy aus seiner Wohnung geholt hatte, suchte sich einen der beiden Schlüssel aus und steckte ihn in die Haustür. Das Schloss ließ sich ohne Gegenwehr öffnen. Es hatte nur zwei Klingelschilder an der Tür gegeben, sodass Martin wusste, dass Claires Wohnung im ersten Stock liegen musste. Langsam ging er nach oben, schloss mit dem anderen Schlüssel die Wohnungstür auf und ging hinein. Schnell zog er die Tür hinter sich zu, bevor er sich umsah.

Auf den ersten Blick machte die Wohnung den Eindruck, als würde hier eine mehrköpfige Familie wohnen, die mit dem Kauf teurer Möbel wartet, bis die Kinder größer sind. Alles sah funktionell aus und war stark abgenutzt, so als hätte sich Claire in einem Secondhandladen für Möbel eingedeckt, sie irgendwo in der Wohnung abgestellt und gleich wieder vergessen. Er erinnerte sich an ihren Kleidungsstil, der dem einer korrekt gekleideten Bankerin, die ein paar Euro für ihre Outfits übrig hatte, entsprach. Er zuckte mit den Schultern und ging ins Wohnzimmer. Wahrscheinlich war das bei den heutigen Arbeitsnomaden so, die regelmäßig umzogen und sowieso kaum zu Hause waren.

Im Wohnzimmer konnte er nichts Besonderes finden. Hier gab es weder Technik, noch schien Claire einen Fernseher zu besitzen. Nirgendwo lagen Zeitschriften, Notizblöcke oder anderes herum. Auch im Schlafzimmer und in der Küche fand er nichts. Alles war sauber und aufgeräumt, als hätte Claire gewusst, dass sie erst einmal nicht wiederkommen würde. Vielleicht war es auch so gedacht gewesen? Aber dann wäre sie ohne Gepäck verreist. Sie hatte nichts dabeigehabt und hier gab es keine gepackte Tasche. Er musterte die letzte Tür am Ende des Flurs, die wie der Eingang zu einer Abstellkammer aussah, und stieß sie auf. Sein Blick erhellte sich. Er hatte das Arbeitszimmer gefunden. Auf dem raumfüllenden Schreibtisch waren zwei gestandene 26-Zoll-Monitore aufgebaut. Unter dem Schreibtisch befanden sich ein Rollcontainer und eine große schwarze Workstation. Ausstattung für einen Computerfreak. Daneben standen eine kleine Blumenvase und ein gerahmtes Foto, das Claire und eine andere Frau in etwa demselben Alter zeigte. Beide trugen Trekkingoutfits, im Hintergrund war ein Küstenstreifen zu sehen, den Martin nicht erkannte. Daneben lag noch ein Stapel mit losen, handbeschriebenen Zetteln.

Er versuchte gar nicht erst, die Workstation zu starten. Das ganze Equipment schrie nach komplizierten Passwörtern, die er niemals knacken könnte. Er sah lieber die Papiere auf dem Schreibtisch durch, die er aber schnell wieder beiseitelegte. Es waren nur Tabellen, Charts und kryptische Formeln, mit denen er nichts anzufangen wusste. Zum x-ten Male holte er Roberts Handy aus der Tasche. Er hatte sich gewundert, dass niemand, auch kein Geschäftskollege, angerufen hatte. Das Display war immer noch schwarz. Frustriert verließ er das Arbeitszimmer und ging zurück in die Küche.

Sein Blick fiel auf den großen silbernen Kühlschrank, auf dem einige Post-its klebten. Er merkte, wie sein Puls sich beschleunigte, als er eine Notiz in einer ihm unbekannten Handschrift entdeckte.

Moin, Claire, Pierre versucht, dich schon die ganze Zeit zu erreichen, melde dich mal bei ihm. Kuss PIA.

Wer war Pia? Bis zu dem Treffen mit Andreas hätte er auf BeeTwelve getippt. Eine Freundin? War sie vielleicht das Mädchen auf dem Foto? Jedenfalls jemand mit einem Schlüssel. Und sie nahm Nachrichten an. Eine Mitbewohnerin? Diese Pia hatte jedenfalls kein Datum notiert. Er drehte den Zettel um. Klebrig und leer. Er sah wieder auf den Kühlschrank. Die Notiz hatte über einer weiteren für einen Zahnarzttermin geklebt, und der war für letzten Donnerstag. Also musste dieser Pierre danach hier angerufen haben, sonst hätte die Notiz nicht über einem alten Termin geklebt. Er steckte die Notiz ein und versuchte, sich zu erinnern, ob er schon einmal über diesen Namen gestolpert war. Wahrscheinlich würde er ihn in Claires Telefon finden.

Er nahm es aus der Ladestation und scrollte durch das Menü. In der Anrufliste der letzten Tage waren drei Nummern verzeichnet. Er schrieb sie sich ab, verließ die Wohnung und ging zu seinem Wagen zurück.

Die unerwarteten Ereignisse der letzten Tage und die Hitze hatten Martin etwas unaufmerksam werden lassen. Als er Roberts Handy und Claires Schlüsselbund aus seiner Wohnung geholt hatte, war ihm nicht aufgefallen, dass die Castafiore verschwunden war. Und der Umstand, dass der Mann in weißen Bermudas, der neben einem geparkten Wagen ein Rosenbeet wässerte, dazu einen kaputten Schlauch benutzte, wäre ihm normalerweise ebenfalls nicht entgangen.

So aber entriegelte er, nichts ahnend, seinen Wagen, setzte sich auf den Fahrersitz und ließ die Autotür offen, um die

Hitze aus dem Wageninneren herauszulassen. Gerade als er die Telefonnummern überprüfen wollte, bemerkte er einen hellen Fleck, dem ein dumpfer Schmerz an der Schläfe folgte. Und dann kam nichts mehr.

*

Henning Marquardt sah auf die Uhr. Schon wieder zu spät, um seiner Frau den Gefallen zu tun, mit ihr zu Abend zu essen. Trotzdem lehnte er sich zufrieden in seinem Bürostuhl zurück. Nicht nur waren in den letzten drei Jahren unter seiner Führung die Einbruchszahlen um die Hälfte zurückgegangen, auch die Gewalttaten waren auf einen historischen Tiefstand gesunken. Dass weder das eine noch das andere direkt mit der Polizeiarbeit zu tun hatte, sondern mit den räumlichen Bewegungsmustern osteuropäischer Banden zusammenhing, musste man nicht so genau erklären. Nur was schwarz auf weiß dokumentiert wurde, zählte. Und das ließ ihn gut aussehen.

Melanie Dombek steckte ein letztes Mal für den Tag ihren Kopf durch die Tür. Hoffte er jedenfalls. Er schätzte seine Sekretärin für ihre Effizienz, aber in der Regel signalisierte ihr persönliches Erscheinen mehr und vor allen Dingen unangenehme Arbeit. Er sah ihre Miene und sollte recht behalten.

»Karl Bornheim möchte Sie sprechen.«

»Sie haben ihn zurückgerufen und ihm erklärt, wer Frederica Moll ist?«

»Natürlich. Daraufhin ist er jetzt persönlich erschienen.«
Dummes Weib.

Er riss sich jedoch sofort wieder zusammen. Nein, nicht ihre Schuld. Er hätte mit Bornheim selbst telefonieren und das Gespräch nicht auf seine Sekretärin abwälzen sollen. Männer wie Bornheim ließen sich nicht über Vorzimmer abwimmeln. Er winkte Melanie Dombek zu. »Soll reinkommen. Und Sie machen Feierabend. Danke und bis morgen.«

Karl Bornheim hatte nicht im Vorzimmer gewartet, sondern sich fordernd vor Marquardts Schreibtisch aufgebaut, während dieser noch dabei war, seine Sekretärin zu verabschieden. Seine Stimme klang wie ein reglos im Wasser treibender Alligator, kurz bevor er zuschnappt. »Im Gegensatz zu Ihnen führe ich eine Bank, keinen Kindergarten. Ich kann es mir nicht erlauben, ständig die Polizei bewirten zu müssen. Meine Kunden verlangen Diskretion. Wann also kann ich mit Ergebnissen rechnen?«

Henning Marquardt seufzte unmerklich auf. Es war ihm also noch nicht einmal eine Begrüßungsfloskel zum Warmwerden vergönnt worden. »Ich verstehe selbstverständlich Ihren Unmut, aber Sie müssen meinen Mitarbeitern schon etwas Zeit geben, insbesondere in diesem komplizierten Fall. Mein herzliches Beileid zu Ihrem Verlust. Ich wage es nicht, mir auszumalen, wie es Ihrem Sohn geht.«

»Das geht Sie auch nichts an. Diese Moll ist Freya Anckelmanns Tochter?«

»Das ist korrekt. Sie arbeitet seit einigen Jahren in der Mordkommission, wie ihr Vater vor ihr.« Als müsste er etwas erklären, setzte er nach: »Sie ist eine kompetente Ermittlerin.«

»Offensichtlich nicht zu kompetent. Weder meine Familie noch meine Bank haben in irgendeiner Weise etwas mit Nataschas Tod zu tun. Die Lebensgefährtin meines Sohnes ist einem perversen Sadisten zum Opfer gefallen. Ich erwarte also eine umgehende Beendigung von Ermittlungen in unsere Richtung und eine dahingehende Presseerklärung.«

Henning Marquardt zog sich seine Anzugjacke an, die er über seinen Bürostuhl gelegt hatte, und bot dem Bankier einen Stuhl an. Dieser setzte sich widerwillig. Ein winziges Zugeständnis an Marquardts Bemühungen. »Herr Bornheim, die vornehmliche Aufgabe meiner Ermittler ist die Aufklärung von Straftaten. Dabei wird kein Hinweis unberücksichtigt gelassen. Was auch in Ihrem Sinne sein dürfte, wenn wir Ihrer Familie ganz offiziell einen Persilschein aushändigen sollen. Sicherlich wollen Sie nicht, dass trotz aller Bemühungen unsererseits die Regenbogenpresse verstärkt Fragezeichen an den Namen Bornheim hängt?«

»Die Regenbogenpresse können Sie getrost mir überlassen. Sorgen Sie nur dafür, dass die Anckelmann-Tochter weiß, was gut für sie ist.«

Der Präses musste grinsen. Er rühmte sich gerne seiner außergewöhnlichen Leistungen, aber das Zaubern gehörte leider noch nicht dazu.

*

»Hat Robert Bornheim sich schon gemeldet?« Frederica hatte sich heute für ein Wickelkleid von Fürstenberg entschieden und beglückwünschte sich nachträglich zu ihrer Wahl. Das grafische Muster kaschierte hervorragend einen Schokoladenfleck, den ein Schaumkuss vor wenigen Sekunden auf ihrer Brust hinterlassen hatte.

Tanja kaute noch an dem Waffelboden, als sie die aktuellen Meldungen vom Server zog. »Nein, leider nicht.« Sie überflog die Kopfzeilen, während ihre Hand nach einem weiteren Schaumkuss tastete. Plötzlich zog sie sie wieder zu sich heran und tippte ein paar Kombinationen in den Rechner. »Ich glaub's nicht. Hör dir das an! Eine Natascha

Gruber, geboren am 7. September 1986 in Wien, gemeldet in Hamburg, hat bis vor gut zwei Jahren nicht existiert.« Sie legte nachdenklich ihren langen schwarzen Zopf von der linken auf die rechte Schulter. »Ich versuche mal, mehr in Erfahrung zu bringen, aber einfach wird das sicherlich nicht.«

Frederica rieb an dem Schokoladenfleck, der dadurch nur an Umfang gewann. »Da wirst du nichts finden. Ihr Ausweis wird perfekt gefälscht sein und ihre Steuernummer in Deutschland wird aufgrund dieses Ausweises vom Finanzamt ohne weitere Prüfung ausgestellt worden sein. Und wenn sie brav ihre Steuern gezahlt hat, interessiert das auch weiter niemanden.«

Tanja nickte. »Und eine Sozialversicherungsnummer braucht sie als Freiberuflerin nicht. Jeder kann sich bei uns problemlos unter falscher Identität anmelden – sofern man weiß ist und Deutsch spricht, natürlich.« Sie nahm einen Hundekeks und warf ihn Alfred zu, der ihn elegant in seiner riesigen Schnauze auffing und in einem Happs runterschluckte. »Ob Robert Bornheim davon weiß?«

»Das bleibt festzustellen.« Frederica las in ein paar Notizen, die sie vor sich ausgebreitet hatte. »Martin Terborn hat erzählt, dass Robert Bornheim vor ungefähr zwei Jahren mit der Arbeit am Bitcoin 2.0 begonnen hat. Zur selben Zeit begann seine stürmische Romanze mit Natascha Gruber. Das wird kein Zufall gewesen sein.«

»Dann wäre ich an seiner Stelle etwas vorsichtiger gewesen.«

»Du meinst also, er hätte ihre Biografie vorher auf Herz und Nieren prüfen sollen?«

»So was von. Ich würde es tun. Aber erstens ist das bei mir eine Berufskrankheit und zweitens sitze ich an der Quelle.«

Sie griff in ihren Nylonrucksack, zog ein Paket Feuchttücher hervor und warf sie Frederica zu. »Oder willst du
mir sagen, dass du der Versuchung widerstehen könntest?«

Frederica grinste sie an: »Das muss ich gar nicht. Sobald
ich im Beisein meiner Mutter einen Satz bilde, in dem ein
Männername und das Wort ›Heirat‹ gemeinsam vorkommen, wäre sie sofort am Telefon, um ihre Kanzlei auf ihn
anzusetzen.«

Tanja sah sie nachdenklich an. »Woher weißt du eigentlich, ob jemand es nur auf dein Geld abgesehen hat?«

Frederica war diese Frage schon so oft gestellt worden,
dass sie sie nicht mehr befremdlich fand. »Gar nicht. Daher
bin ich Single.« Single. Das war befremdlich. Als wäre man
nur die Hälfte von etwas – anderem. Wie ein Teil eines
Zwillingsbrötchens, das in der Mitte noch weich, aber am
Rand schon angetrocknet ist. Sie warf das Feuchttuch in
den Müll und nahm sich den nächsten Schaumkuss. »Martin Terborn hat mir auch erzählt, dass Natascha Gruber in
London noch nicht wusste, dass Robert Bornheim Geld hat.
Ein beliebter Trick bei Callgirls. Als wäre es normal, dass
mittellose Männer für ein Abendessen mehr ausgeben als
andere für die Monatsmiete.«

Frederica warf die Packung Feuchttücher in Tanjas unge-
fähre Richtung. Sie landete vor Alfreds Schnauze, der sie
aufnahm und zurück in den Rucksack legte. Tanja starrte
wieder in den Monitor. »Wenn sie auf ihn angesetzt worden ist, werde ich was finden. So jemand wird vorher schon
mal aufgefallen sein, vielleicht bringt der Fingerabdruck-
vergleich was.«

Ein Mann, der sich in eine Frau verliebt, die ihre wahre
Identität verschweigt. Ist das Betrug, wenn die Liebe erwi-
dert wird? Ein Freund, den man für tot hält und der einen in

diesem Glauben lässt. Ist das Verrat, wenn es einem höheren Zweck dient? Ein Vater, der seiner Tochter verspricht, sie immer zu beschützen, und sich an ihrem 18. Geburtstag erschießt. Darf es sich anfühlen wie ein Mord, wenn sie keine Chance hatte, ihn davon abzuhalten? Und geht das überhaupt jemand anderen etwas an? »Alfred, hier!« Die Dogge schob ihren massigen Körper aus den Kissen, trabte zu Frederica und ließ sich hinter den Ohren kraulen. »Tanja, ich möchte dich um einen Gefallen bitten.«

Die jüngere Kollegin sah überrascht auf. »Du hörst dich plötzlich so ernst an. Ist etwas passiert?«

»Kann man so sagen. Vor gut 20 Jahren hat sich mein Vater das Leben genommen. Ich weiß nicht, warum, und um das herauszufinden, brauche ich deine Hilfe.«

Tanja errötete. »Ich weiß nicht, was ich da tun kann.«

Frederica biss sich auf die Lippen. Spontane Einfälle liefen bei ihr nie gut, das war das Erste, was sie in ihrer psychoanalytischen Ausbildung über sich gelernt hatte. Es war unfair, Tanja um Hilfe zu bitten. Sie wusste, dass sich niemand gerne auf sie zubewegte. Sei es aus Angst oder Respekt oder aus beidem. Sie würde es auch ohne fremde Hilfe schaffen, so wie immer. Das war einfacher, als etwas zurückgeben zu müssen. »Schon gut, war nur eine Idee, vergiss es einfach wieder.«

Doch da hatte sie Tanja unterschätzt. »Moment, so war das nicht gemeint. Du sprühst nicht unbedingt vor Offenheit, daher hast du mich gerade etwas überfahren.«

Frederica zog der Dogge an den Ohren. Sie traute sich nicht, Tanja anzusehen. Wenn sie gab, dann ganz, wenn sie nahm, dann ganz. Plötzlich fühlte sie sich mutig und ihr Wortwitz übernahm. »Du meinst, ich habe dich auf dem falschen Fuß erwischt?«

Tanja reagierte gelassen. »Mehr, als du ahnst.« Sie setzte ihren Rollstuhl neben Frederica. »Als wir uns kennengelernt haben, hab ich dir gleich von meinem Unfall erzählt. Du erinnerst dich? Wie mich dieser besoffene Autofahrer an meinem 17. Geburtstag vom Rad geholt und in den Rollstuhl gesetzt hat. Da habe ich angenommen, du würdest mir auch etwas von dir erzählen. Wieso jemand mit einem Doktortitel Ende 30 zur Mordkommission kommt oder wie sie so viel Geld für Klamotten ausgeben kann. Aber da kam nichts. Und zu fragen habe ich mich natürlich nicht getraut. Weißt du noch, was du stattdessen gesagt hast?«

Frederica war ehrlich überrascht. »Natürlich kann ich mich an unsere erste Begegnung erinnern. Aber an vielmehr leider nicht. War es denn etwas Nettes?«

Tanja warf ihren Zopf von der rechten auf die linke Schulter zurück. »Ja, aber darum geht es nicht. Du weißt es nicht mehr, weil der Moment nicht wichtig für dich war. Ich vertraue mich dir an und du honorierst es nicht. Trotz deiner Ausbildung.«

Frederica rollte mit ihrem Bürostuhl etwas von Tanja weg. »Warum denkt eigentlich jeder, dass wir immer auf Empfang stehen? Das ist ein Beruf, kein Zustand. Ein Comedian ist privat auch nur ein normaler, wahrscheinlich langweiliger Mensch, der nicht nonstop Witze erzählt. Du hast mir von dem Unfall erzählt und ich habe es zur Kenntnis genommen. Welche Regel bestimmt, dass ich dann etwas ›zurück anvertrauen‹ muss?« *Wenn sie gab, dann ganz, aber wann gab sie?*

Tanja wirkte plötzlich müde. »Nein, das musst du natürlich nicht. Ich werde die digitale Akte deines Vaters anfordern und deinen Namen rauslassen. Das war doch die Idee dahinter?«

Warum fühlte es sich an, als hätte sie etwas falsch gemacht? »Danke. Ich hoffe, es waren keine Plattitüden.«

Tanja sah sie lange an. »Was denkst du?«

Frederica wich ihr aus. »Ich denke, dass ich einen Sicherheitschef fragen muss, warum eine junge Frau Angst vor ihm hat.«

KAPITEL 19

Christiane Semmling war zutiefst empört. Wie konnte man ihre arme, alte Sandy nur so erschrecken! Da war sie nur kurz einkaufen gewesen und hatte, entgegen ihrer Gewohnheit, den Hund zu Hause gelassen, als sich prompt Einbrecher über ihr Zuhause hergemacht haben. Nachdem sie ihre verwüstete Wohnung betreten und Sandy zitternd, aber ansonsten unversehrt, unter dem Bett hervorgezogen hatte, war sie zur Nachbarin geflüchtet und hatte von da aus die Polizei gerufen.

Sie war aus einem anderen Holz geschnitzt, aber der arme Hund … Nein, sie konnte nicht sagen, was gestohlen worden war, es lag alles durcheinander. Was für ungehobelte Menschen mussten das sein, eine alte Frau heimzusuchen. Nein, ihre Wertsachen lagen in einem Schließfach der Bank, vielen Dank auch. Und warum fragte man sie plötzlich nach diesem armen Fahrradfahrer, den sie vor ein paar Wochen hatte sterben sehen? Wieso war es der Polizei nicht möglich, den Wagen zu finden, und was hatte sie, bitte schön, damit zu tun? Eine Anfrage aus Deutschland? Na, das wurde ja immer bunter. Und nein, sie würde jetzt nichts mehr sagen.

Nach dem USB-Stick, der wie Struppi aussah und der neben dem sterbenden Radfahrer im Rinnstein gelegen hatte, wurde sie nicht gefragt. Aber Frau Semmling würde sich sowieso nicht erinnern, ihn jemals besessen zu haben.

*

Vorsichtig öffnete Martin die Augen. Sein Schädel brummte, als hätte er bei tropischen Temperaturen eimerweise Sangria durch einen Strohhalm getrunken. Noch etwas benommen ließ er die Augen sicherheitshalber geschlossen und tastete sich ab. Bis auf die zentimeterdicke Beule am Hinterkopf schien er unversehrt zu sein. Er öffnete langsam die Augen und fand sich auf dem Fahrersitz seines Wagens wieder. Vorsichtig hielt er sich am Lenkrad fest und richtete sich auf. Es war tiefe Nacht und er hatte Mühe, sich zu orientieren. Jede Bewegung schmerzte und er fragte sich, ob er lieber einen Notarzt rufen sollte. Wieder fasste er sich an die Stelle am Hinterkopf, wie um sich zu vergewissern, dass er die Verletzung nicht geträumt hatte. Wo war er eigentlich? An was konnte er sich erinnern? Er war zu Claire Mullers Wohnung gefahren und hatte dort eine Notiz und auf dem Festnetz die Telefonnummern gefunden. Dann war er wieder in seinen Wagen gestiegen und dann … musste er bewusstlos geschlagen worden sein. Hektisch griff er um sich. Die Schlüssel, sein Portemonnaie und die Notiz waren noch da. Aber wo war sein Telefon?

Plötzlich vibrierte etwas auf dem Armaturenbrett. Das hellblaue Licht seines Handys tauchte das Wageninnere in ein entvölkertes Aquarium.

»Martin, wo bist du?« In Inges Stimme schwang Angst mit.

Er versuchte, seine Gedanken zu ordnen, und suchte nach Kopfschmerztabletten, die er nie im Auto dabeihatte. »Mach dir keine Sorgen, in einer halben Stunde bin ich zu Hause.«

»Warum hast du nicht zurückgerufen? Hier wurde eingebrochen.«

Das Aquarium schien sich plötzlich auszudehnen. Und wieder zusammenzuziehen. Und wieder auszudehnen. Er schloss wieder die Augen. »In einer halben Stunde.«

Er konnte vor Schmerzen kaum fahren und versorgte sich in einer Notapotheke mit Schmerztabletten, bevor er sich eilig auf den Weg nach Hause machte.

Nachdem er realisiert hatte, dass Inge nichts passiert war, begriff er den Einbruch als Chance auf weitere Hinweise. Auch wenn ihn vermutlich jeder andere dafür für verrückt erklären würde.

Inge wartete an der Wohnungstür. Er konnte deutlich die aufgebrochene Zarge sehen, die notdürftig wieder angenagelt worden war. Überall am Türrahmen und auf der Tür selbst hatte die Polizei nach Fingerabdrücken gesucht. Die grauschwarzen Puderreste erinnerten ihn an Theaterschminke.

»Ich musste noch an einer Kampagne arbeiten und bin erst spät nach Hause gekommen. Als ich die Treppe hochkam, stand die Haustür sperrangelweit offen.« Inge drückte sich an Martins Brust. »Was für ein Albtraum.«

Martin sah sich in der verwüsteten Wohnung um. Inge hatte nicht übertrieben. Nichts war mehr an seinem Platz. Alle Bücher waren aus den Regalen gerissen worden, alle Kissen und Matratzen waren aufgeschlitzt und sämtliche Kleinmöbel zerschlagen. »Was hat die Polizei gesagt?«

»Nicht viel. Sie haben Spuren gesichert, haben mich nach den Wertsachen gefragt und sind wieder gegangen.« Inge kreuzte ihre Arme vor dem Oberkörper, als wollte sie sich selbst trösten. »Bis auf etwas Bargeld und ein bisschen Schmuck scheint aber noch alles da zu sein.« Sie blickte sich um. »Wenn auch zerstört.«

»Deswegen hatte ich nach der Einschätzung der Polizei gefragt. Für mich sieht das eher nach Vandalismus als nach einem Einbruch aus. So, als wollte sich jemand an uns rächen.« Er nahm ein zerfetztes Kissen auf und ließ es gleich wieder auf den Boden fallen. »Oder um etwas zu vertuschen.«

In seinem Hinterkopf buhlte eine Information um Aufmerksamkeit, die aber von einem pulsierenden Schmerz verdrängt wurde. Martin fasste sich unbewusst an seine Verletzung. Als er auf seine Finger sah, waren sie rot.

Inge atmete hörbar ein. »Zeig mal her. Hast du dich gestoßen?«

»Ja, am Auto«, log Martin. »Und es tut höllisch weh. Muss es genäht werden?«

Inge befühlte vorsichtig die Wunde. »Ich glaube nicht.« Nachdem sie die Wunde versorgt hatte, ließ sie sich auf den Boden sinken und zog Martin nach. »Ich muss dir was beichten.«

Martin sah sich noch einmal um. »Du hattest nur keine Lust zu putzen?«

»Martin, ich meine es ernst.« Sie griff sich in die Hosentasche und hielt Martin ihre geöffnete Hand hin. Darin lag die Castafiore.

Martin blinzelte sie an. »Das war's. Die dicke Sängerin. Aber woher hast du sie?«

»Vom Schlüsselbund natürlich. Du willst mir aber nicht sagen, dass du nicht weißt, was das ist?«

»Du wolltest wohl sagen: Wer das ist?«

»Wer das ist, ist klar, die Castafiore aus ›Tim und Struppi‹. Aber sie ist außerdem ein USB-Stick.« Inge drehte am Kopf der beleibten Opernsängerin und zog ihn mit einem Ruck ab. Zum Vorschein kam ein Portanschluss. Sie sah ihn triumphierend an. »Ich habe diese Dinger mal als Schlüsselanhänger in Form von Fernbedienungen für einen Kunden aus dem Fernsehgeschäft herstellen lassen. Und damit man sie nicht gleich als USB-Stick erkennt und sie klaut, wurde die Kappe mit einem Schraubverschluss versehen. Genial, oder?«

Martin hielt sich den Kopf. »Superwitzig. Jetzt bin ich schon wieder vorgeführt worden. Gibt es noch einen funktionierenden Rechner in dieser Wohnung?«

Inges Miene verfinsterte sich wieder. »Nein. Und es tut mir leid.«

»Wieso hast du den Anhänger überhaupt abgezogen?«

»Damit du nicht weiter recherchierst. Ich will nicht, dass dir etwas zustößt.«

Martin musste lachen. »Aua, das tut weh. Kannst du bitte die Witze lassen?« Ihm kam eine Idee. »Hast du auch Roberts Handy manipuliert?«

Sie sah schuldbewusst zu Boden. »Ich wollte nur, dass du die Sache der Polizei überlässt.«

Martin legte den Kopf zwischen die Knie. »Inge, ich bin zu müde, um mich jetzt darüber aufzuregen. Außerdem haben die Einbrecher sicher nach dem Stick gesucht und wir haben es deiner Aktion zu verdanken, dass wir das Ding noch haben.«

»Was haben Sie noch?« Fredericas tiefe Stimme trieb neugierig durch die Räume. Scheinbar unbeeindruckt von der zerstörten Einrichtung stieg sie über einen zerschmetterten Couchtisch und stellte sich zu dem Paar, das sie mit offenen Mündern empfing.

»Sie haben die Haustür offen stehen lassen«, setzte sie, fast entschuldigend, nach. Sie sah auf Martins Hand, die die Castafiore, unsichtbar für die Polizistin, fest umschlossen hielt.

»Haben Sie einen Laptop dabei?« Inge nahm Martin die Entscheidung ab, der Polizistin reinen Wein einzuschenken.

»Nein, aber ein Handy mit USB-Anschluss.« Sie lächelte Martin an und streckte ihre Hand aus. »Kommen Sie, ich beiße nicht.«

Wortlos gab er ihr den Stick. »Wo kommen Sie jetzt überhaupt her?«

Frederica steckte den Stick in den entsprechenden Port und sah auf ihr Display. »Hier sind jede Menge Daten, alle nicht lesbar.« Sie sah Martin an. »Fahren wir?«

Er sah sie verwirrt an. »Wohin?«

Frederica schaute sich im zerstörten Wohnzimmer um. »Es wird Zeit, dass wir herausfinden, was Freitagnacht in der Bank passiert ist, bevor noch mehr Menschen zu Schaden kommen.« Ihre Stimme klang aufmunternd. »Sind Sie dabei?«

KAPITEL 20

»Schönes Teil.«

»Danke.«

Frederica wurde interessiert von der Seite beäugt. »Wenn Sie mir das Geheimnis verraten, wie man an einen SL 300 als Dienstfahrzeug kommt, haben Sie einen gut bei mir.«

Sie rollten langsam auf eine rote Ampel zu. Als sie umsprang, gab Frederica wieder gefühlvoll Gas. Der Oldtimer beschleunigte kaum merklich auf 65 und schnurrte elegant über die Kreuzung. Sie ignorierte die Frage. »Wie lange archivieren Sie Ihre Videoaufzeichnungen?«

Sie konnte Martin seufzen hören. Wahrscheinlich bereute er bereits, zu ihr in den Wagen gestiegen zu sein. »Wir lassen 48 Kameras rund um die Uhr aufzeichnen und bewahren die Dateien 14 Tage lang auf.«

»Ist das nicht sehr teuer?«

»Ja, aber die Geschäftsleitung will das so. Und ja, der Freitag von Claires Unfall, Suizidversuch, oder was Sie wollen, wird vorhanden sein. Auch wenn ich nicht weiß, was Sie zu finden hoffen. Im vierten Stock gibt es keine Kameras.«

»Aber doch sicherlich im Eingangsbereich.« Sie konnte in der Dunkelheit nicht ausmachen, ob ihn die Bemerkung beunruhigte. »Man weiß nie, welche Informationen wichtig werden könnten. Sind Sie denn gar nicht daran interessiert herauszufinden, was Freitagnacht passiert ist?« Frederica beobachtete ihren Fahrgast. Im Halbschatten der vorbeigleitenden Straßenlaternen wirkte sein Gesicht wie ein Puzzlestück in einem Kaleidoskop. »Haben Sie sich die Aufzeichnungen noch nicht angesehen?«

»Das macht doch Ihre Forensik schon. Daher weiß ich auch nicht, was diese Aktion hier soll.« Er wischte sich über die Augen. »Haben Sie zufällig eine Ibuprofen?«

Sein gerade gekauftes Schmerzmittel, von dem er offensichtlich zu wenig genommen hatte, lag natürlich in seinem Wagen.

»Im Handschuhfach.«

Martin klappte das altertümliche Fach auf und begann zu wühlen. »Wie sieht das denn hier aus?« Er zog eine Tüte Süßigkeiten nach der anderen aus der viel zu kleinen Ablage, bis er einen Streifen Schmerztabletten fand und sich eine herausdrückte.

Frederica nickte einer Tüte Schokolinsen zu. »Bedienen Sie sich. Ich versuche seit Jahren, weniger Zucker zu essen, daher habe ich zu Hause gar nichts mehr und lagere stattdessen alles im Wagen.«

Er nahm sich eine Handvoll der bunten Linsen, suchte sich sorgfältig eine aus und steckte sie sich in den Mund. »Das macht aber wenig Sinn, wenn Sie sich hauptsächlich im Auto aufhalten. Und das ist als Aufbewahrungsschublade für Süßigkeiten auch sehr teuer.«

»Daher habe ich einen Oldtimer, damals waren die Fächer noch kleiner.« Er ließ nicht erkennen, ob er ihre Bemerkung als Witz verstanden hatte oder nicht. Aber vielleicht war er einfach nicht zu Witzen aufgelegt. »Was ist mit Ihrem Kopf passiert?«

»Bin gegen eine Tür gelaufen.« Der Sicherheitschef versuchte gar nicht erst, eine glaubhafte Ausrede zu erfinden.

Frederica fand das irgendwie respektlos. »Nehmen Sie noch eine Tablette. Was haben die Einbrecher gesucht?«

Martins Stimme wurde schärfer. »Den Stick, nehme ich an. Wird das jetzt ein Verhör?«

Sie erreichten die Speicherstadt und Frederica ließ die Frage auf sich beruhen. Sie betraten die Bank durch den Seiteneingang. Das Foyer lag dunkel und aseptisch vor ihnen, als wäre es gerade erst eröffnet worden. Selbst der Brunnen plätscherte wieder unschuldig vor sich hin, als hätte er nicht kurz vorher die Spuren eines Mordes vernichtet. Von sehr weit hinten versuchte ein Lichtstrahl, bis zu ihnen vorzudringen. Sie verfolgten ihn bis zum verlassenen Glaskasten des Wachmannes.

Während Martin Terborn den Wachmann über das Haustelefon zu erreichen versuchte, sah Frederica sich genauer um. Sie ging zurück zum Seiteneingang, überprüfte die Einstellungen der Kameras und verfolgte sie bis zum Fahrstuhl.

Der Wachmann war irgendwie nicht zu erreichen. Martin musste der Sache nachgehen und machte sich eine gedankliche Notiz. »Der Serverraum ist hier hinten.« Er war unterdessen dem Klacken Fredericas Schuhe auf dem Steinfußboden gefolgt und hatte sie beim Fahrstuhl eingeholt. Jetzt zeigte er den Flur entlang. »Wollen wir?« Sein argwöhnischer Blick ließ sie nicht mehr los.

»Warum decken die Kameras den Seiteneingang nicht ab?«

Seine Miene verriet, dass er die Frage befürchtet hatte, aber er antwortete sachlich, vielleicht weil sie sie ohne Wertung in der Stimme gestellt hatte. Trotzdem bemühte er sich, vor ihr herzugehen, und drehte sich auch nicht um, als er zu sprechen begann. »Wäre Ihnen das auch ohne meinen Hinweis in der Cafeteria aufgefallen?«

»Um ehrlich zu sein – nein. Aber unsere Techniker haben es bemerkt. Hat das einen bestimmten Grund?«

»Ich bin wohl kein guter Sicherheitschef.« Entschuldigend setzte er nach: »Ich bin sehr gut im Feld, nicht im Sichern von Gebäuden.«

»Natürlich. Die Frage, die sich mir stellt, ist, wieso die Kameras überhaupt so eingerichtet worden sind.«

Er beschleunigte seinen Schritt. »Sicherlich nur eine Nachlässigkeit. Außerdem können Sie nicht alles mit Kameras erfassen. Irgendwo gibt es immer tote Winkel, man muss Prioritäten setzen. Und es ist nur der Nebeneingang.« Das Klacken ihrer Absätze schien ihn zu irritieren.

»Ein toter Winkel, der dadurch schnell zum Haupteingang werden kann.«

Plötzlich blieb er stehen und drehte sich zu ihr um, sodass sie gezwungen war, ihr Gewicht zu verlagern, um nicht mit ihm zusammenzustoßen. Martin Terborn sah in ihren Ausschnitt und dann mit einem leeren Blick in ihr Gesicht. »Frau Moll, wir haben es mitten in der Nacht. Wir sollten uns beeilen, damit wir noch etwas Schlaf bekommen.« Er zeigte mit einem Nicken auf eine Sicherheitstür. »Hier ist er.«

Der Serverraum war klein und fensterlos. Im Vorraum gab es einen schmalen Schreibtisch, eine Monitorwand mit insgesamt neun Flachbildschirmen und ein Regal mit Handbüchern und technischen Teilen. Er bot ihr einen Platz vor den Monitoren an, während er über das Key-Management-System Claire Mullers Log-in-Daten aufrief.

Nach und nach holte er aus dem Archiv eine Abfolge von Videoaufnahmen auf die Bildschirme, die zwischen Claires Büro im zweiten Stock, dem Flur und dem Fahrstuhl hin und her sprangen und die Investmentbankerin durch ihren Arbeitstag begleiteten.

Sie kamen schnell vorwärts, da Claire bis circa 17 Uhr entweder alleine in ihrem Büro saß oder nur kurz mit verschiedenen Kollegen sprach und diese Begegnungen alle harmlos wirkten. Sie hatten sich gerade darauf geeinigt, im Schnelldurchlauf bis zur fraglichen Tatzeit zu skippen, als Terborns Hand über der Tastatur einfror.

Frederica sah ihn fragend an. »Was ist Ihnen aufgefallen?«

Er zeigte auf den Monitor, auf dem ein Standbild einen jungen Mann festhielt, der gerade Claires Büro betreten wollte. Unter seinem Arm trug er eine viereckige Ledertasche, so ähnlich wie die, die von Lehrern der alten Schule bevorzugt wurden.

Frederica nickte. »Er sieht nicht zu Claire, sondern direkt in die Kamera.«

Martin räusperte sich. »Das ist Philip Jensen, ein Mitarbeiter aus der IT.« Er sah sie nicht an. »Er ist ebenfalls verschwunden.«

Frederica zog eine Augenbraue hoch. »Ebenfalls? Reden Sie wieder von Robert Bornheim, der auf Geschäftsreise ist?«

»Das sagt seine Familie. Ich glaube nach wie vor, dass er sich versteckt, weil er in Gefahr ist, und sein Vater keine Ahnung hat, was wirklich vor sich geht.«

Sie sah ihn immer noch spöttisch an. »Wissen *Sie* es denn?« Als er nicht reagierte, fragte sie weiter. »Vielleicht wäre es jetzt an der Zeit, mich in Ihre Überlegungen miteinzubeziehen?«

Martin startete wieder die Aufzeichnungen, als würde er es bereuen, sie auf den vermissten Mitarbeiter hingewiesen zu haben. »Das ist es also, warum wir wirklich hier sitzen? Damit Sie meine Reaktion testen können? Ich weiß überhaupt nichts! Ich habe nur einen Bekannten, der über gewisse Möglichkeiten verfügt, Menschen zu finden, die nicht gefunden werden wollen. Aber weder er noch Ihre

Kollegen kommen offensichtlich weiter!« Er war aufgestanden und ging in dem kleinen Vorraum auf und ab. Etwas zu nahe blieb er vor Frederica stehen und verschränkte die Arme vor der Brust. »Ich sollte jetzt zu Hause bei Inge sein und das Elend mit aufräumen.«

Frederica ließ sich durch seine offensichtliche Verletzung ihrer persönlichen Distanzzone nicht aus der Ruhe bringen. »Lassen Sie uns bitte noch den Rest des Tages analysieren. Philip Jensen hat gegen 17.10 Uhr Claires Büro betreten und ist 15 Minuten später wieder gegangen. Aber von wo ist er gekommen? Können wir seinen Weg zurückverfolgen?«

»Natürlich.« Martin setzte sich wieder und holte die Bilder auf die Monitore. »Sein Büro ist im ersten Stock. Dann hätte er von rechts, vom Fahrstuhl kommen müssen. Aber er ist von links gekommen, also vom Treppenhaus. Was ein Umweg ist.« Er sah Frederica an. »Ich finde keine Bilder von ihm, wie er hereinkommt. Also muss er durch den Nebeneingang gekommen sein.«

»Da ist er.« Frederica zeigte auf den IT-Mitarbeiter, wie er aus der Richtung des Seiteneinganges durch das Foyer auf den Fahrstuhl zugeht. »Aber er hat keine Tasche dabei.«

Martin ließ die Datei schnell weiterlaufen. »Das ist sicher nicht von Belang. Wollen wir uns den Rest ansehen?« Als Frederica nickte, konzentrierten sie sich wieder auf die Bilder. Aber auch im weiteren Verlauf konnten sie keine Erklärung für Claires späteren Zusammenbruch finden.

»Ist das Robert Bornheim?« Frederica sah auf die Uhr. »Kurz nach 19 Uhr, für einige Minuten, mit zwei Kaffee«, sagte sie eher zu sich selbst.

Dann war nur noch zu sehen, wie Claire kurze Zeit später mit ihrem Laptop ihr Büro verließ, wahrscheinlich auf ihrem Weg in den Konferenzraum im vierten Stock. Ihr

Gespräch mit dem Wachmann gegen 21 Uhr war das Letzte auf den Bändern. Damit war Jürgen Minskis Aussage bestätigt. Der Rest des Streams war leer.

*

»Was sagt die KTU? Haben wir irgendetwas, verdammt noch mal, womit wir arbeiten können?«

Frederica war unzufrieden nach Hause gefahren und am nächsten Morgen genauso unzufrieden wieder im Dezernat angekommen. Dieser Terborn gefiel ihr nicht, aber leider hatte sie nichts in der Hand, um eine Vernehmung zu rechtfertigen. Warum genau war ihr seine Nähe in dem kleinen Serverraum so unangenehm gewesen? Martin Terborn hatte ihr willig genug die Bänder gezeigt und sie war sich sicher, dass sie in ihrer zeitlichen Abfolge vollständig waren. Aber er hatte ihr definitiv etwas verheimlicht.

»Haben die Forensiker die Bänder aus der Bank auf Manipulationen untersucht?« Sie merkte selbst, dass ihr Ton zu scharf war. Alfred legte ihr sanft seine feuchte Schnauze in den Schoß. Dass sie einen weißen Rock aus Wildseide trug, war sowohl ihm als auch Frederica egal. Reflexartig kraulte sie die Dogge hinter den Ohren.

Tanja schien ihre Anspannung nicht zu bemerken. »Ja und nein. Ja, die Dateien aus den Kameras sind in Ordnung, und nein, es gibt keine verwertbaren Spuren an Natascha Grubers Leiche. Wie schon K. H. vermutete, war das keine Tat im Affekt. Jemand hat die Leiche gesäubert, die Finger- und Fußnägel geschnitten und sie wahrscheinlich auch im Schambereich rasiert. Wir haben zwar jede Menge Spuren, die auf ein Waldgebiet hinweisen, an Natascha sichergestellt, aber keine fremde DNA, Fasern oder Fingerabdrücke.« Tanja blätterte durch ein paar Schriftstücke. »Und der Wald kann überall sein.«

»Wahrscheinlich ein Schuppen oder ein Haus am Waldrand. Hat die Familie irgendwo Immobilien, die diesen Kriterien entsprechen?«

Tanja schüttelte den Kopf. »Ein Haus auf Sylt, zwei Villen in Othmarschen, das war's.«

»Haben sie eine Pacht?«

»Nein. Aber Karl Bornheim hat einen Waffenschein. Und ein paar Gewehre und eine Schrotflinte.«

»Das hilft uns momentan nicht weiter. Hast du eine Geldspur aufgreifen können? Irgendjemand ist für den Mord an Natascha bezahlt worden. Haben wir etwas über ihre Vergangenheit erfahren?«

»Robert Bornheim hat sie als Innenarchitektin kennengelernt. Aus der Zeit vor ihrer Bekanntschaft haben wir nichts.«

Frederica stand auf und ging zum Fenster. »Ich kann mir denken, was der Wolf mir erzählen wird, aber das ist mir egal. Ich will Robert Bornheim. Schreib ihn zur Fahndung aus.«

»Das wird nicht nötig sein.« Sie sahen erstaunt zur Tür, die von einem massigen Körper ausgefüllt wurde. Christian drückte der strahlenden Tanja einen Kuss auf die Stirn, ignorierte Frederica und kniff Alfred in die Ohren, dass dieser leise aufseufzte.

»Musst du nicht zum Dienst?« Frederica lehnte sich mit verschränkten Armen gegen das Fensterbrett. Sie wusste nicht, ob sie sich freuen, sich beim Wolf bedanken oder Christian gegen die Brust hämmern sollte. Sie entschied sich dafür, dem Wolf auf jeden Fall nicht zu danken. »Hat der Wolf dich angerufen?«

Christian ignorierte sie weiter. »Robert Bornheim steht bereits auf unserer Liste. Es gibt da einige Parallelen zu Vorfällen, die wir beim KDD aufgenommen haben. Außerdem bin ich bereits ein paar Hinweisen aufgrund von Martins Zeugenaussage nachgegangen. Da dachten der Wolf und ich, es wäre sinnvoll, wenn wir unsere Ressourcen im Mordfall Bornheim bündeln würden.« Er grinste Tanja an. »Deshalb habt ihr mich ausgeliehen.«

Frederica versteckte sich hinter Tanjas Freudenrufen. »Für wie lange?«

»So lange, wie das hier dauert.«

»Bornheim ist also bereits ausgeschrieben?«

»Und Philip Jensen.«

Jetzt sah er zu Frederica hinüber. Sein Blick war freundlich, aber verhalten. Hatte er Angst vor ihrer Reaktion? Hatte der Wolf ihm nur das Nötigste erzählt? Seine Stimme blieb neutral. »Kommst du mit zu Claire Muller? Sie wird heute entlassen.«

So einfach war das also. »Ich kann nicht, ich habe einen Termin mit Karl Bornheim und seiner Frau.«

Christian ließ die Ohren der Dogge los und kam auf sie zu. »Komm schon, es lohnt sich.« Er griff sich in die Hosentasche und streckte ihr seine Hand entgegen, auf der Claires Schlüsselbund und ihr goldenes Handy lagen.

Ein Friedensangebot. Sollte sie es annehmen, würden sie nie wieder über das sprechen, was vor fünf Monaten geschehen war. Wollte sie das? War es überhaupt wichtig? Christian hatte sich verraten gefühlt, nicht sie. Wenn er jetzt freiwillig vor ihr stand und wieder mit ihr arbeiten wollte, war das nicht ihre Entscheidung. Sie ging auf ihn zu. »Wo ist die Castafiore?«

Christian schien sich nicht darüber zu wundern, dass sie Bescheid wusste. »In Sicherheit.«

Frederica blieb mitten im Raum stehen. »Du kannst Tanja mitnehmen.«

Sie konnte seine Enttäuschung spüren, als er sich wortlos zu Tanja umdrehte und Handy und Schlüsselbund wieder in der Hosentasche verschwinden ließ. »Wollen wir?«

Beide hatten nicht darauf geachtet, dass Tanja ein Gespräch entgegengenommen hatte. Jetzt legte sie auf und sah Christian verwundert an. »Bist du Hellseher? Das war Peter Neureuther, der Streifenpolizist. Er ist im UKE. Gerade hat jemand versucht, Claire zu töten. Er wartet auf euch.« Sie nickte Frederica zu. »Am besten fährst du mit, oder?«

KAPITEL 21

»Du nimmst dir jetzt ein paar Tage frei und fährst zu Andreas. Keine Widerrede!«

»Ich kann mir aber nicht freinehmen. Ich habe einen wichtigen Kunden, der in zwei Tagen seine neue Kampagne präsentiert haben will. Wie oft muss ich das eigentlich noch sagen!«

Martin räumte ein paar zerfledderte Paperbacks vom Sofa und setzte sich. »Inge, ich will, dass du in Sicherheit bist. Wer weiß, was als Nächstes passiert.« Er nahm eines der Bücher auf und blätterte darin herum, ohne sein Gehirn die Buchstaben zu Wörtern formen zu lassen. Er sah sie neugierig an. »Hast du denn gar keine Angst?«

Inge setzte sich zu ihm und nahm ihm das Buch aus der Hand. »Wegen Natascha? Was hab ich damit zu tun?« Viel zu rational für Martins Geschmack setzte sie nach: »Und selbst wenn, am Samstag in der Villa hätten sie mich nur mitzunehmen brauchen.«

Fassungslos holte er mit den Armen weit aus und zeigte auf die zerstörte Einrichtung. »Sieh dich doch mal um! Am Samstag warst du vielleicht noch nicht interessant für sie, aber was sie mit dir gemacht hätten, wenn du gestern hier gewesen wärst, werden wir glücklicherweise nie erfahren! Inge, sei vernünftig! Ich kann so nicht für deine Sicherheit garantieren!«

Sie nahm seine Hände, die sich zu Fäusten geballt hatten, und entwirrte die Finger. »Das musst du auch nicht. Ich kann sehr gut auf mich aufpassen. Ich mache mir mehr Sorgen um dich.« Sie atmete tief ein. »Solange ich nicht weiß, was damals wirklich passiert ist …«

Martin stand auf, trat gegen den Stapel Bücher, den sie bereits neben dem Sofa in einem ersten Versuch, das Zimmer aufzuräumen, aufgebaut hatten, und sah interessiert zu, wie er in sich zusammenbrach. »Nichts.« Was genau er damit meinte, ließ er offen.

Inges Mut fiel in sich zusammen und sie ließ es auf sich beruhen. »Ich muss los. Und das hier sind nur Gegenstände. Wir müssen umziehen, denn hierbleiben werde ich nicht. Was hast du jetzt vor?«

Als hätte er sie nicht gehört, trat er einem der heruntergefallenen Bücher hinterher. »Ich bin mir immer noch sicher, dass Robert mich auf eine Schnitzeljagd geschickt hat. Warum finde ich dann nur keine Hinweise mehr? Warum ruft er mich nicht auf seinem Handy an? Er wird doch sicherlich irgendwo ein Telefon finden.« Er drehte sich abrupt zu Inge um und trat dicht an sie heran. Sie erstaunte sein harter Blick, der durch sie hindurchzusehen schien. »Das war nicht schlau von dir, Roberts Nachrichten zu löschen. Ich bin mir immer noch nicht sicher, was ich davon halten soll.« Seine Stimme blieb, im Gegensatz zu seinen Augen, ruhig.

Inges Magen meldete sich mit einem Ruck. Sie wandte sich von ihm ab und ging schnell zur Tür. »Fahr in die Bank, rede mit dem Senior. Wolltest du ihm nicht sowieso Roberts Wagen vorbeibringen?«

Sein Blick entspannte sich etwas. »Der Maserati, natürlich. Wir gehen in ein Hotel. Darauf kann ich mich einlassen, wenn du schon nicht zu Andreas willst.«

Die Haustür hörte er bereits nicht mehr. Sein nächster Hinweis. Die schwarze Kunststoffbox hatte er im Büro gelassen. Wenn jemand mit Tim und Struppi geschmacklose Spiele trieb, dann holte er sich eben die Panzerknacker.

*

Die Fahrt vom Kommissariat in der Sedanstraße bis ins UKE dauerte nur ein paar Minuten, die zu Stau-Stunden werden konnten. Doch Frederica hatte sich unnötig Gedanken darüber gemacht, wie sie die unangenehme Stille, die mit Sicherheit aufkommen würde, überbrücken sollte. Als sie eingestiegen waren, hatte Christian sich mit einem Ruck über Frederica gebeugt und das Handschuhfach geöffnet. Ihr leichtes Zucken hatte er ignoriert und ihr eine Tüte

Colorado in den Schoß geworfen. Als er losfuhr, hatten beide bereits den Mund voll. Wollte sie es so einfach haben? Solange es sich so gut anfühlte, ja.

Claire Muller saß in ihrem Zimmer an einem kleinen Plastiktisch am Fenster. Sie hatte ihre Haare gewaschen, sich geschminkt und trug Straßenkleidung, was sie komischerweise nicht besser aussehen ließ als nach den Tagen im künstlichen Koma. Eher wie eine schlecht geschnitzte und bemalte Marionette, die in kein Programm passte. Ihre zu einem Pagenkopf geschnittene Frisur lag platt am Hinterkopf an und ihr Mund zeigte die letzten Reste eines signalroten Lippenstiftes, der sich in den Mundwinkeln verfangen hatte. Sie sah verheult aus und blickte ihnen teilnahmslos entgegen.

Die SpuSi, vertreten durch einen in Weiß gekleideten Jungen mit einem Hipsterbart, verpackte gerade ein Kopfkissen in Plastik. Signalrote Farbe war quer über eine Seite des Bezugs verteilt. Erleichtert stellte Frederica fest, dass das zweite Bett immer noch unbenutzt war und sie ein weiteres Opfer, das nur zur falschen Zeit am falschen Ort gewesen wäre, ausschließen konnten.

»Sie redet immer noch nicht mit der Polizei.« Peter Neureuther baute sich neben Claire auf. »Aber dafür haben wir den mutmaßlichen Täter.«

Frederica sah erst ihn, dann das verstockte Opfer neugierig an. »Und was sollen wir dann hier?«

»Herausfinden, was wirklich passiert ist. Vielleicht sagt sie dir, wer der Mann ist, der versucht hat, sie zu ersticken. Er ist jedenfalls genauso schweigsam wie sie.«

»Wo ist er?« Christian hatte dem Hipster den Plastikbeutel aus der Hand genommen und sah sich den Lippenstiftfleck an.

»Nebenan.«

Wortlos ging Frederica ins Nebenzimmer, betrachtete sich den Mann, der wie ein Häufchen Elend, von vier Streifenpolizisten flankiert, auf dem frisch bezogenen Krankenhausbett saß, und ging ebenso wortlos wieder zurück.

Selbst Claire Muller sah ihr gespannt entgegen.

Frederica setzte sich neben die verheulte Frau, zog wie beim letzten Mal einen Nougatriegel aus der Tasche und legte ihn auf den Tisch. Durch die Sommerhitze sah er leicht verschwommen aus, wie ein ausgeworfener Köder. »Claire, warum haben Sie Philip Jensen gebeten, einen Mordversuch vorzutäuschen?«

Die Bankerin nahm den Nougatriegel, packte die breiige Masse vorsichtig aus und ließ ihn langsam im Mund zergehen. Als sie fertig war, lehnte sie sich zurück und sah Frederica ausdruckslos an. Sie antwortete nicht auf Fredericas Frage, sondern wirkte, als hätte sie einen Text auswendig gelernt. »Dieser Mann ist hier reingekommen, hat sich das Kissen vom anderen Bett genommen und es mir aufs Gesicht gedrückt. Gesagt hat er nichts.« Sie sah zu Peter Neureuther hoch. »Sie sperren ihn doch ein?« Ihr Blick wanderte zu Frederica weiter. »Und ich beantrage Polizeischutz.«

»Wenn wir ihn einsperren, erübrigt sich der Polizeischutz«, warf Christian logisch ein. Er hatte sich, im Gegensatz zu Peter Neureuther und dem Hipster, die Frederica mit offenen Mündern anstarrten, nicht von der Frage aus der Ruhe bringen lassen. Jetzt gab er dem Hipster den Plastikbeutel zurück und trat zu den Frauen an den Tisch. Mit verschränkten Armen blieb er vor Claire Muller stehen. Während sein Holster ihr fast ins Gesicht sprang, griff er sich in die Taschen und legte ihr das goldene Smartphone und ihren Schlüsselbund auf den Tisch. Hastig griff sie nach dem Schlüsselbund.

»Vermissen Sie etwas?«

Die junge Frau ignorierte die Frage. Sie steckte den Schlüsselbund ein, ließ das Telefon aber auf dem Tisch liegen.

»Wie Sie bereits festgestellt haben dürften, hält sich meine Kollegin nicht mit Nebensächlichkeiten auf.« Frederica bemerkte einen Anflug von Stolz in seinen Augen, als er sie ansah. »Und auch wenn es Ihnen merkwürdig vorkommen mag, sind wir nicht so dumm, wie Sie es gerne hätten. Also, was hatten Sie und Ihr Lover vor?«

Das Häufchen Elend stieß einen empörten Seufzer aus. »Philip ist nicht mein Lover!« Sie fiel in sich zusammen, als hätte der kurze Ausbruch sie völlig entladen, und starrte auf das Linoleum.

Christian setzte sich auf das freie Bett. Der Hipster war gegangen. »Na, sehen Sie, so kommen wir doch weiter. Sie beide wollen Polizeischutz, aber aus Gründen, die Sie uns noch nennen werden, versuchen Sie es auf die spitzfindige Art.« Er sah sie streng an, wie Rieke, wenn sie ihr Zimmer nicht aufräumen wollte. »Was also ist hier wirklich los?«

»Wenn man feststellt, dass Menschen sich nicht berechnen lassen und die Welt bösartiger reagiert als jemals vorstellbar, dann kann das sehr verstörend sein.« Frederica sprach ruhig weiter. »Wenn alles, was man gelernt hat und woran man glaubt, plötzlich zu Staub zerfällt und man realisiert, dass man gar nicht so klug ist, wie jeder immer behauptet, kann das die Gedanken an Selbstmord beflügeln, scheinbar oder tatsächlich. Einfach deshalb, um die natürliche Ordnung der Dinge wiederherzustellen.« Sie sah die junge Frau nachdenklich an. »Hat es das, Claire?«

Als würde eine Last von ihr abfallen, ging Claire zum

Waschbecken und wusch sich die restliche Schminke aus dem Gesicht. Dann drehte sie sich um und sah Frederica eindringlich an. »Niemals.«

Christian wollte etwas sagen, aber Frederica hielt ihn mit einem Blick davon ab. Auf der Rasenfläche vor dem Fenster spielten ein paar Kinder Verstecken. Das kleinste, ein Mädchen, versuchte gar nicht erst, den Älteren davonzulaufen, sondern ließ sich auf der Stelle fallen und stellte sich tot. Die anderen sprangen kurz um sie herum und zerstreuten sich dann, ohne weiter auf sie zu achten. Sie öffnete die Augen, stellte sicher, dass die anderen Kinder weg waren, sprang auf und suchte sich ein Versteck.

»Ich glaube Ihnen. Sie haben nicht Angst davor, umgebracht zu werden. Wer sich eine Überdosis Insulin spritzt, damit die Entführer von einem ablassen, muss mehr fürchten als den Tod.«

Claire sah sie mit großen Augen an. »Woher wissen Sie …« Sie biss sich auf die Lippen.

»Ich weiß weniger, als Sie denken, sonst säßen wir nicht hier. Aber ich weiß, dass Sie eine kluge Frau sind, die sich zu helfen weiß, solange Sie sich auf theoretische Modelle stützen können. Eine Überdosis zu berechnen, die gerade nicht tödlich ist, aber Sie ausknockt, ist einfach für Sie. Dadurch weiß ich aber auch, dass Sie nicht ermordet, sondern entführt werden sollten, wahrscheinlich, weil Sie etwas wissen oder haben, was jemand anderes braucht. Aber ich weiß auch, dass Sie weiter als bis hierhin nicht kommen werden und jetzt unsere Hilfe brauchen. Warum nehmen Sie sie nicht an?«

»Wenn das alles wahr ist, können wir Sie nicht schützen«, warf Christian ein. »Da gibt es einen Kontakt über Martin Terborn, Ex-MAD, den wir nutzen sollten.«

Als er den Namen des Sicherheitchefs nannte, zogen

sich Claires Schultern zusammen und Frederica dachte an ihre Reaktion, als er in ihrem Zimmer gestanden hatte. »Ist Martin Terborn gefährlich?«

»Ja.« Danach sagte sie nichts mehr.

Sie verließen das Zimmer. Christian stellte sich Frederica in den Weg. »Martin als Staatsfeind Nummer eins? Wie kommst du darauf? Deine Intuition in Ehren, aber ...«

»Um deinen neuen besten Freund kümmern wir uns später«, unterbrach ihn Frederica. »Ich rufe Tanja an, damit sie Personenschutz für Claire beantragt. Und dann möchte ich wissen, was Philip Jensen uns zu sagen hat.«

»Woher wusstest du eigentlich, dass das da nebenan dieser Nerd ist?«

»Nur gehofft. Mehr Verdächtige würde dieser Fall nicht ertragen.«

Der Software-Spezialist saß, immer noch zusammengesunken und von den vier Polizisten flankiert, auf dem Krankenhausbett und sah sie stumm an. Auf Christians Anweisung hin verließen die Beamten das Zimmer.

Frederica setzte sich zu dem Jungen aufs Bett. »Sie wissen, dass Natascha Gruber ermordet wurde?«

Stummes Nicken, während sich seine Augen mit Wasser füllten.

»Wissen Sie auch, wer das war?«

Kopfschütteln.

»Können Sie uns irgendetwas dazu sagen?«

Energisches Kopfschütteln.

»Gut. Dann werden wir Sie etwas Einfaches fragen. Was haben Sie am Freitag in Claires Büro gemacht?«

Philip Jensen musste schlucken. »Woher wissen Sie ...« Er fuhr sich mit dem Handrücken über die Augen. »Die Videoaufzeichnung, natürlich.«

»Was wollten Sie von ihr?«

Schweigen.

»Warum haben Sie genau in die Kamera geschaut? Sollte das ein Hinweis sein?«

Schulterzucken.

»Wo ist Claires Notebook?«

Erneutes Schulterzucken.

Christian drückte ihr sein Handy in die Hand. Martin Terborn hatte eine Nachricht geschickt. Frederica irritierte der abgehackte Stil, der sie an ein Telegramm erinnerte, dass sie mal in den alten Unterlagen ihrer Großmutter gefunden hatte. *Philip wieder da. War bei einem Freund. Kein Notebook. Besucht Claire und kommt dann in die Bank. Treffen 17 Uhr.*

Frederica gab ihm das Telefon zurück und hielt ihm ihre Handfläche hin. Christian legte die Castafiore hinein.

Philip Jensen zog sich im Schneidersitz an das Kopfende des Bettes zurück und fixierte die Sängerin wie eine tote Kakerlake.

»Ich wollte ihr doch nur helfen!« Er starrte weiter auf den USB-Stick. »Und mir etwas dazuverdienen«, setzte er kleinlaut nach.

»Das ist ja wohl gehörig in die Hose gegangen«, sinnierte Christian vom Fußende aus. »Was für ein Datensalat ist eigentlich auf dem Stick?«

»Ein Experiment. Und mehr sage ich dazu nicht!« Er verschränkte die Arme vor dem Oberkörper.

»Zurück zu der einfachen Frage. Was wollten Sie Freitag von Claire?« Frederica versuchte, sich daran zu erinnern, wie sie vor 20 Jahren ihren kleinen Bruder vom Baum gelockt hatte. »Und, bevor Sie sich weiter in das Bett verkriechen, sollten Sie überlegen, wie wir Ihnen am besten da wieder heraushelfen. So was können wir nämlich ziemlich gut.«

Philip sah sie zweifelnd an. In diesem Moment sah er aus wie zwölf, nicht wie Anfang 20. Falls er nicht immer aussah wie zwölf ... Frederica widerstand der Versuchung, ihm über den Kopf zu streicheln. Aber auch bei Claire Muller, von der sie wusste, dass sie fast 30 war, hatte sie das Gefühl gehabt, mit einem Teenager zu sprechen. Kinder, die mit dem Teufel spielten und sich dann wunderten, wenn er zulangte.

»Hätten Sie etwas zu essen? Ich glaube, ich bin unterzuckert.«

Christian rollte mit den Augen. Er schien immun gegenüber der verletzlichen Ausstrahlung des kindlich wirkenden Mannes zu sein, vielleicht, weil er drei davon hatte. »Du kannst dir gleich was aus dem Automaten ziehen. Und jetzt sag schon, wir haben nicht ewig Zeit!«

Philip gehorchte. »Claire wollte noch an einem Template arbeiten, deswegen hatte ich von Pia einen Stick geholt und ihn Claire ins Büro gebracht.«

»Wer ist Pia?«

»Das ist Claires Mitbewohnerin. Die beiden haben zusammen studiert.« Seine Stimme nahm einen bewundernden Ton an. »Überflieger unter sich. Keine Ahnung, wer von beiden die Schlauere ist.« »Jedenfalls hilft sie Claire schon mal bei ein paar Programmierungen. Pia hat mich angerufen und wir haben uns um 15 Uhr verabredet. Sie hat mir eine Tasche gegeben, mit der bin ich zu Claire und habe sie ihr übergeben.«

Frederica erinnerte sich, auf dem Überwachungsvideo die Tasche gesehen zu haben. Doch wo war sie jetzt? »Und darin war die Castafiore?«

Philip nickte. »Und ein paar Ausdrucke, daher die Tasche. Sie wollte dann am Freitagabend in den Konfi und das Programm testen.« Er sah sie ängstlich an. »Da war ich aber schon längst zu Hause. Mit dem Mordversuch an Claire habe ich nichts zu tun!«

Frederica legte Christian eine Hand auf den Arm. »Philip, warum haben Sie vorhin Claire das Kissen aufs Gesicht gedrückt?«

Er fing wieder an zu weinen. »Ich wollte mir nur etwas dazuverdienen, ehrlich! Aber dann hat Claire vom Überfall erzählt und dann das mit dem Notebook und von ihrer Angst davor, dass es noch mal passiert, und dann hat sie gesagt, das muss sein, damit sie hier lebend rauskommt!«

Frederica wusste, dass sie Christian nicht mehr lange zurückhalten konnte. »Sie haben vorhin ein Experiment erwähnt. Was für eines ist das genau?«

Er hörte auf zu kauen und gab Christian die Tüte zurück. »Ich weiß es nicht. Von den Sticks gibt es mehrere, wie viele es sind, weiß ich auch nicht. Claire hat da mit ein paar anderen zusammen an einer neuen Kryptowährung gedreht und Claire und Pia haben dann immer diese Sticks benutzt. Alle sehen aus wie Charaktere aus ›Tim und Struppi‹.«

»Haben sie sie untereinander getauscht?«

»Ich denke, ja. Als Sicherungskopie wahrscheinlich.«

»Das ergibt doch keinen Sinn? Warum sollten sie ihre Sicherungskopien tauschen?«

Philip zuckte mit den Achseln. »Ich habe sie nie gefragt.«

»Vielleicht waren es jeweils Programmteile. Das würde bedeuten, dass niemand, der an diesem Projekt arbeitet, das vollständige Projekt hat.«

»Kann schon sein. Ich habe nur bei der Virtualisierung geholfen beziehungsweise dafür gesorgt, dass sie ihre Testläufe machen können, ohne dass es jemand in der Bank mitbekommt.«

Christian wurde ungeduldig. »Und das heißt was genau?«

Philip sah die beiden an, als müsste er ihnen die Grundrechenarten beibringen. »Ich habe eine virtuelle Server-Farm auf dem Backend generiert.«

Frederica seufzte. Sie machte sich eine mentale Notiz, Tanja auf diesen Nerd anzusetzen.

»Und diese Arbeiten hat Ihnen Claire übertragen?«

Philip sah sie verwirrt an. »Nein. Das war der Junior, Robert Bornheim.«

KAPITEL 22

»Holla, das ist echte Rocket-Science!« Tanja saß vor ihrem Monitor und kratzte sich unter dem Pony ihrer blonden Langhaarperücke die Stirn. Philip, den sie zwar nicht fest-, aber mitgenommen hatten, beobachtete fasziniert, wie sich ihr Skalp hin- und herbewegte.

»Kannst du was damit anfangen?« Frederica sah auf die Uhr. »Wir müssen in die Speicherstadt, es ist bald fünf.«

»Wie man's nimmt. Ich habe keine Idee, was da programmiert wurde. Wie gesagt, das sieht mir nach ganz hoher Schule aus.«

Frederica drehte sich zu dem Jungen um. »Philip, sehen Sie sich das mal an. Könnte Claire so etwas programmieren?«

Philip löste sich von der Walkürenmähne und sah mit Tanja in den Monitor. »Definitiv nicht. Hier kennt sich jemand auf den untersten Layern aus. Da muss noch jemand anders mitarbeiten.«

»Das sieht auch noch nicht fertig aus«, warf Tanja ein, »der Code ist noch nicht kompiliert. Und er bezieht sich auf die Kernel von Betriebssystemen. Es setzt an der untersten Ebene an und greift mehr oder weniger direkt auf den Prozessor zu. Das ist mehr als komplizierte Programmierarbeit, das ist Kunst.«

Christian rollte mit den Augen. »Wir haben es verstanden, total kompliziert. Aber du kannst nicht sagen, wozu das dienen könnte?«

»Nein, leider nicht. Aber es ist universell gebaut, es ist also etwas, was man am Ende theoretisch auf jedem Device nutzen kann.«

»Dann will ich euch mal aufklären.« Christian stand von seinem Platz auf und stellte sich zu den beiden an den Monitor. »Das ist ein Tool, um den Blockchain nachprüfbar zu machen, ein Bitcoin 2.0, wenn man so will. Niemand kann dann mehr unerkannt virtuelle Währungen verschieben und bunkern.«

»Und du grinst nicht mal dabei, Respekt!«, merkte Frederica an. »Woher weißt du das?«

»Martin und ich haben einen Wirtschaftsprofessor getroffen. Martin hatte den Kontakt in Robert Bornheims Unter-

lagen gefunden. Dieser Theodor von Metzingen hat uns eine
Stunde lang mit virtuellen Währungen gelangweilt. Allerdings hatte er auch so einen USB-Stick als Anhänger an seinem Schlüsselbund.«

»Lass mich raten – Professor Bienlein?« Tanja hatte ihre
Perücke abgenommen und kratzte sich jetzt am Hinterkopf.

»Wenn so ein hässlicher Kauz mit Spitzbart, Nickelbrille
und grünem Mantel gemeint ist – dann ja.« Er sah sich
beleidigt um. »Kennt hier eigentlich jeder diesen blöden
Comic außer mir?«

Ohne die Frage zu beantworten, sahen die Frauen Philip erwartungsvoll an. Doch der Nerd schüttelte nur den
Kopf. »Der sagt mir nichts. Also, dieser von Metzingen,
meine ich. Den Stick habe ich schon mal bei Claire gesehen. Ich finde es ganz cool mit den Figuren aus ›Tim und
Struppi‹. Claire hat mir erzählt, dass die Sticks extra angefer-
tigt worden sind.« Er sah Christian vorwurfsvoll an. »Das,
was Professor Bienlein anhat, ist ein Regenmantel.« Als er
merkte, dass das niemanden interessierte, setzte er sich hin
und fuhr sich durch die Haare. »Hören Sie, ich weiß doch
nichts. Ja, ich gebe zu, dass ich Claire auf die Pelle gerückt
bin und sie mir Geld gegeben hat …«

»… Das nennen wir Erpressung«, warf Christian ein,
was ihm einen vorwurfsvollen Blick von Tanja einbrachte.

»Meinetwegen, aber egal, wieso verhören Sie nicht
Claire? Oder eben diesen Professor? Oder den Senior?«
Bei der Erwähnung des älteren Bornheim bemerkte Frede-
rica einen leichten Schatten um Philips Mundwinkel.

»Claire ist momentan völlig verängstigt und nicht vernehmungsfähig. Um sie werden wir uns später kümmern.«
Frederica sah wieder auf die Uhr. »Hier kommen wir nicht
weiter. Tanja, hol dir die Konten der Bornheims. Und ver-

einbare einen neuen Termin mit Karl Bornheim und seiner Frau. Oder nein, ruf seine Sekretärin an, wir kommen
gleich mit Martin Terborn vorbei. Wie heißt diese Pia mit
Nachnamen?«

Die Frage hatte sie wieder an den Jungen gestellt. Philip
zuckte mit den Schultern. »Keine Ahnung, Mann, ich hab
die nur zweimal gesehen! Wie oft soll ich denn noch sagen,
dass ich nichts weiß!«

»Und warum sind Sie dann abgehauen?«, fragte Christian.

»Weil, wer immer hier die Fäden zieht, ja vielleicht nicht
weiß, dass ich nichts weiß«, antwortete Philip völlig logisch,
»und versuchen würde, genau das herauszufinden.« Er sah
beunruhigt zur Tür. »Und dagegen hätte ich was.«

Christian machte einen Schritt auf ihn zu. Doch was
immer er vorgehabt hatte, wurde durch das Klingeln seines
Handys unterbrochen. Er ging ran und verließ das Büro.

Tanja hatte sich ihre Perücke wieder aufgesetzt. »Vielleicht brauchen wir Claire Mullers Notebook, um mit dem
Stick etwas anfangen zu können?«

Frederica fragte sich, wie sie mit dem Haarteil wohl
außerhalb des klimatisierten Büros in der Mittagshitze
zurechtkam. »Gute Idee. Wer hat es Ihnen abgenommen?«

»Der Senior«, kam es kleinlaut von Philip.

»Aber Sie haben es noch entsperren können?«

»Ja, schon. Aber ich hatte mich nur flüchtig darauf umgesehen. Jemand hat sich Daten herunterkopiert und dann
den Zugang gesperrt. Wobei …«

»Wobei was?«

»Wer auch immer bei Claire im Konfi war und ihre Daten
geklaut hat, war kein Coder. Der hätte niemals vergessen,
die Backdoor zu löschen, durch die ich wieder reingekommen bin.«

»Wir reden also von jemandem, der hauptberuflich etwas anderes macht?« Frederica sah wieder auf die Uhr. »Okay. Tanja, versuche bitte, mehr herauszufinden. Philip soll dir dabei helfen. Christian und ich müssen jetzt wirklich los.« Sie sah die beiden mit einer hochgezogenen Augenbraue an. »Ich frage auch nicht, warum das Notebook in der Bank ist, das klären wir mit dem Inhaber.«

*

Nicht umschauen, du machst dich nur verdächtig. Robert zwang sich, nicht wieder den Mann auf der anderen Straßenseite anzusehen. Er war sich sicher, dass der wie ein Tourist gekleidete Mann ihn gemustert hatte, bevor er sich schnell am Brückengeländer hinuntergebeugt und in den Fleet gestarrt hatte. Robert konzentrierte sich auf das Namensschild und drückte wieder auf die Klingel.

Er zog unwillkürlich die Schultern zusammen, als wäre ihm kalt. Die Sonne brannte auf seinen Nacken und seine Nerven konnten nicht entscheiden, ob sie Feuer oder Eis schreien sollten. Wie unter Zwang, sah er sich wieder um. Der Mann war, jetzt telefonierend, weitergegangen, dafür kam eine Mutter mit Kinderwagen vorbei, die ihn neugierig anstarrte. Er lächelte sie an und drehte sich wieder zur Tür. Trotz der unerträglichen Hitze trug er ein langärmeliges Hemd und lange Hosen, weil er hoffte, durch sein seriöses Aussehen so am wenigsten aufzufallen, besonders hier auf der Uhlenhorst.

Die Türautomatik gab ein röchelndes Summen von sich und Robert trat schnell in den kühlen Flur. Sofort öffnete er seinen obersten Hemdknopf und trocknete sich mit einem Taschentuch Hals und Nacken. Er half der Eingangstür dabei, wieder ins Schloss zu fallen, und spähte vorsichtig durch die breiten Glasintarsien nach draußen. Wenn er nicht alles falsch gemacht hatte, müsste die Fahndung nach ihm laufen. Mit einem im Zickzack laufenden Martin vorneweg. Sein Mund verzog sich zu einer Grimasse.

»Haben Sie Neuigkeiten?« Der alte Mann hatte seinen Kopf durch die halb geöffnete Wohnungstür gesteckt und sah ihn ängstlich die Treppen hinaufkommen. Robert musterte ihn missbilligend. Seine anfängliche Bewunderung für die erworbene Expertise des Wissenschaftlers war viel zu schnell in Geringschätzung seiner charakterlichen Eigenschaften umgeschlagen. Der Anblick dieses dämlichen Hundes, der sabbernd am unteren Ende der Tür und ebenso anbiedernd wie sein Herrchen wartete, tat sein Übriges, um Roberts Entschluss zu kräftigen. Grußlos schob er Herr und Hund beiseite und betrat die Wohnung.

»Haben Sie Claire gefunden?«

Professor von Metzingen schien erleichtert, als hätte er eine Prüfung bestanden. »Pia bringt sie her.«

»Wann?« Robert ging zum Kühlschrank und nahm sich eine Flasche Wasser.

»Irgendwann heute.« Mit Nachdruck setzte er hinzu: »Machen Sie sich keine Sorgen, sie wird kooperieren.«

Robert trank die Flasche halb leer, bevor er antwortete. »Sorgen Sie nur dafür, dass sie ihren Stick dabeihat. Ihren Laptop brauchen wir nicht mehr. Die Daten, die ich am Freitag kopiert habe, sind vollständig.« Er warf grimmig einen Stick auf den Tisch. Als er Claire am Freitag ohnmächtig im Konferenzraum vorgefunden hatte, war er zu überrascht gewesen, um sich einen neuen Plan zu überlegen. Es hätte niemanden interessiert, wenn die Kameras ihn und Claire beim gemeinsamen Weggehen aufgezeichnet hätten, auch wenn sie sich vielleicht, aufgrund des Valiums, das er ihr hatte verabreichen wollen, etwas gegen ihn hätte lehnen müssen. Aber eine bewusstlose Frau konnte er sich nicht einfach über die Schulter wuchten. Er hatte improvisieren müssen und war auch noch gezwungen gewesen, seine Rückkehr in die Bank von dem Aufzeichnungsband zu löschen. Nichts war so gelaufen, wie er es sich so scharfsinnig überlegt hatte.

Dann hatte er nur weggewollt, weg von diesem Arschloch, der sich Vater nannte, weg von der ganzen Scheiße.

Von Metzingen griff in den Schrank und zog für den Hund eine Tüte Trockenfutter hervor. Langsam schüttete er die Körner in den Napf, als wollte er, dass durch die klackernden Geräusche seine Bemerkung ungehört blieb: »Sie haben uns alle in Gefahr gebracht.«

Robert trank die Flasche leer. »Wenn Sie sich mehr an meine Anweisungen gehalten hätten als an die meines Vaters, könnten Sie bereits jetzt ihren Lebensabend mehr als komfortabel in der Toskana verbringen.« Er warf die Flasche hinter dem Professor auf den Boden. »Sorgen Sie dafür, dass sie herkommt. Den Rest übernehme ich.«

Der Hund heulte auf, als von Metzingen einen Schritt zurückwich und ihm auf den Schwanz trat. »Können Sie mir garantieren, dass ihr nichts zustößt?«

Robert lachte auf. Der Mann verstand rein gar nichts. »Ist es für solche Befindlichkeiten nicht reichlich spät?« Er sah den Professor aufmerksam an. »Ich habe sowieso nicht verstanden, warum Sie sich darauf eingelassen haben.« Er deutete zu dem kleinen Holztisch. »Setzen Sie sich, wir haben noch zu arbeiten.«

»Nein.«

Robert lachte wieder. »Nanu, der Professor entwickelt so etwas wie Moral? Aber warum denn nur?« Er setzte sich und sah zu seinem unwilligen Gastgeber hoch. »Ich wollte nur den Bitcoin sicher aufsetzen. Aber Sie mussten mein Projekt boykottieren und haben für die Nigerianer einen Algorithmus entwickelt, mit dem Wallets offline gewaschen werden können.«

Von Metzingen sah aus dem Fenster. »Ein Modell in der Theorie zu entwickeln, ist etwas völlig anderes, als es praktisch umzusetzen und an Kriminelle zu verkaufen.« Er sah sich zu Robert um. Erstaunt stellte der fest, dass die Augen des alten Mannes feucht waren. »Ihre Freundin ist bereits tot. Haben *Sie* kein moralisches Empfinden?«

Robert zuckte zusammen. »Ich kaufe das, was im Angebot ist, und verkaufe es wieder, in der Regel an den Höchstbietenden. Wenn ich jedes Mal die Herkunft eines Finanzproduktes überprüfen würde, könnten wir die Bank schließen. Außerdem ist das auch gar nicht unsere Aufgabe. Setzen Sie sich also, wir haben noch einiges zu tun.«

Von Metzingen richtete sich auf. »Ich sagte doch bereits: nein. Die kriminellen Machenschaften Ihrer Familie finden hier und jetzt ihr Ende. Und jetzt gehen Sie, bitte!«

Robert sah ihn ungläubig an. »Jetzt, wo ich mitspielen will, machen Sie zu? Ich habe bereits unsere Kooperation zugesagt. Wenn wir nicht liefern, werden wir gejagt. Und zwar so weit und so lange und so brutal, bis man uns hat. Mein Bitcoin 2.0 soll sterben, damit Transaktionen weiter verschleiert werden können, was bei einer Weiterentwicklung des Blockchain nicht mehr möglich wäre. Zwei meiner Mitarbeiter sind bereits ermordet worden. Aber damit nicht genug. Sie haben denen eine verbesserte Software versprochen, mit der sie einfacher und schneller ihre Gelder waschen können. *Sie* bringen uns alle in Gefahr, nicht ich. Ich hätte nur mein Programm übergeben müssen und niemandem wäre etwas passiert. Aber durch Ihre Gier haben Sie und mein Vater Begehrlichkeiten geweckt, die wir nur erfüllen können, wenn wir am Ball bleiben. Ist Ihnen das überhaupt klar?«

Von Metzingen setzte sich. »Ich bin ein alter Mann, um mich ist es nicht schade. Aber Claire soll noch eine Chance haben. Sie wird nicht kommen, sondern zur Polizei gehen und eine Aussage machen. Die Polizei wird sie beschützen.«

Diesmal lachte Robert lauthals auf. »Sind Sie wirklich so naiv? Claire will nicht mehr mitspielen. Aber sie muss ihre Arbeit zu Ende bringen und mir den Stick mit ihren Programmteilen bringen, dafür werden Sie sorgen. Denn da sitzen irgendwo auf der Welt ein paar Leute mit einigen Hundert Wallets, prall gefüllt mit einer Kryptowährung, und Sie glauben, dass die deutsche Strafverfolgung irgendetwas gegen die ausrichten kann?« Er stand auf und kickte gegen den Hundenapf, der laut klagend seinen Inhalt über den Boden verschüttete. Der schwarze Spaniel bellte ihn mehr ängstlich als wütend an, was er ignorierte. »Oder gegen Nataschas Mörder?« Er schüttelte den Kopf. »Nein, das muss ich in die Hand nehmen. Und Sie werden mir dabei helfen, ob Sie wollen oder nicht.« Er stand auf, packte den Professor am Kragen und schleifte ihn ins Arbeitszimmer. Er stieß ihn in seinen Arbeitsstuhl und schlug ihm mit der Faust ins Gesicht. »Jetzt!«

*

Martin hatte die Box aus Roberts Wagen auf seinem Bürotisch abgesetzt. Die Panzerknacker entpuppten sich zwar nur als ein handelsübliches Brecheisen in Kombination mit einem Gummihammer, doch die Werkzeuge öffneten genauso mühelos die Kunststoffbox wie ihre menschlichen Gegenstücke. Warum die Box überhaupt mit einem Zahlenschloss gesichert war, konnte Martin sich nicht erklären. Es war ihm aber auch egal, denn endlich lag der nächste Hinweis vor ihm. Ein Telefon. Mit Prepaidkarte und ohne Sicherung. Er schaltete es ein und wartete ungeduldig darauf, dass es hochfuhr.

Da war sie, eine SMS: *Brauche deine Hilfe. Erwarte dich täglich um 13 Uhr beim alten Bunker an der Feldstraße. Antworte auf diese Nachricht, um zu bestätigen. Ich zähle auf dich. R.*

Er sah auf die Uhr. 12.30 Uhr. Wenn er sich beeilte, konnte er es schaffen. Der Termin um 17 Uhr mit Christian und Philip musste warten. Das hier war wichtiger. Wichtiger als alles, was ihm seit Lagos passiert war.

Er bestätigte den Termin, nahm seine Autoschlüssel und rannte aus dem Büro.

✳

Christian steckte sein Handy weg und sah nachdenklich in die Runde. »Das war dieser Kumpel von Martin.« Er sah Fredericas Blick und setzte nach: »Martin Terborn. Er hatte von Martin ein paar Telefonnummern zur Überprüfung erhalten, weil die nicht gelistet waren. Eine davon gehört diesem von Metzingen. Als er das Martin Terborn mitteilen wollte, hat er ihn nicht erreicht.« Er sah auf die Uhr. »Das ist jetzt ein paar Stunden her. Er muss kurz nach der SMS an mich sein Handy ausgeschaltet haben.«

»Welcher Kumpel?« Tanja pulte die Plastikschale von einer großen Fleischwurst, biss ein Stück ab und hielt sie Alfred hin.

»Dieser Ex-MAD, Andreas Wenninger. Meine Nummer rauszukriegen, war demnach kein Problem«, setzte Christian trocken nach. Er starrte irritiert auf sein Handy, als hätte es ihn auf Mandarin beleidigt. »Er erklärte mir, dass wir uns mit der sizilianischen Verteidigung vertraut machen sollen. Was die mit dem Ganzen zu tun haben soll, erschließt sich mir allerdings nicht.«

»Das ist eine Eröffnungsvariante aus dem Schach.«

»Danke, Tanja, das weiß ich auch. Er hat mich auf die aggressive Spieltechnik hingewiesen. Diese Leute können offensichtlich nicht einfach sagen, was sie meinen.«

»Wenn du beim Schach auf Gewinn spielen willst, musst du Vorteile sammeln. Immer einen Schritt voraus sein.«

»Wie im echten Leben also.« Christians sarkastischer Unterton war nicht zu überhören.

»Bei der sizilianischen Verteidigung geht es nicht darum, in einem Befreiungsschlag zu siegen, sondern den Gegner kontinuierlich vor sich her zu treiben«, erklärte Frederica. »Mit Schwarz nutzt man die halb offene C-Linie nach dem Bauerntausch, um Weiß auf dem Damenflügel unter Druck zu setzen und vom Königsflügel abzulenken. Durch die vielen möglichen Varianten entstehen Bauernstrukturen, die komplex sind und speziell für Weiß Gefahr ausstrahlen.« Als sie in verständnislose Gesichter blickte, setzte sie entschuldigend nach: »Genau das, was wir momentan nicht tun.« Sie stand auf und nahm ihre Tasche. »Hat irgendjemand zwischenzeitlich den Bornheim junior gefunden? Nein? Dann werden wir jetzt beim Senior auf die Jagd gehen!«

KAPITEL 23

»Ey, du nervst! Wie oft soll ich mich denn noch entschuldigen?«

»So oft, bis du endlich stehen bleibst und mich dabei anguckst!« Kevin rollte mit den Augen die Gründerzeitvillen hoch, peinlich darauf bedacht, dass seine Freundin das nicht mitbekam. Als er seine stumme Revolte beendet hatte, blieb er brav stehen und drehte sich zu Lara um. »Sorry. Zufrieden?«

Keuchend schloss Lara auf und wischte sich mit dem Handrücken über die Stirn. Die Sonne stand senkrecht über der Stadt und brannte Löcher in den Asphalt. »Ist ja toll, dass deine Eltern mich zu dem Städtetrip nach Hamburg eingeladen haben. Aber wenn ich mir schon einen Dom ansehen soll, dann erwarte ich auch eine Kirche und nicht ein abgewracktes Hippieviertel, verdammt noch mal!«

Kevin biss ein Stück vom Lebkuchenherz ab, das er sich um den Hals gehängt hatte, und besah sich dann das Ausmaß des Schadens. Von der Aufschrift »Ich liebe Dich« war nur noch das »Dich« vorhanden. Er biss enthusiastisch den zweiten Höcker ab. »Es tut mir wirklich leid. Ich hätte mir auch gerne eine Kirche angeguckt«, log er sie fröhlich an, »aber kann ja keiner ahnen, dass die hier damit eine Kirmes meinen.«

Lara trank gierig aus ihrer Wasserflasche, die sie an einem Bauchgürtel vor sich hertrug. Sie faltete sorgsam ein Papiertaschentuch auseinander, strich sich damit über die Stirn und sah sich verhalten um. »Ich hoffe nur, dass wir hier nicht überfallen werden. Ganz schön abgewrackt«, wiederholte sie ihre Eindrücke, als würde sie hoffen, dass sich die heruntergekommenen Fassaden vor ihren Augen in restaurierte Baudenkmäler verwandeln würden.

Tatsächlich konnte das Karoviertel mit seinem bunten Mix aus Künstlern und Alteingesessenen bislang allen Gentrifizierungsmaßnahmen erfolgreich widerstehen und hat sich dadurch mitten in der Großstadt eine anarchische Parzelle bewahrt. Für Touristen jedoch, die sich vom nahe gelegenen Heiligengeistfeld, auf dem dreimal jährlich der Dom residiert, in die Marktstraße verirrten, konnte der Kontrast kaum traumatischer sein.

Sie zeigte auf ein riesiges, graues Ungetüm, das wie ein Urzeitmonster über dem Viertel lauerte. »Und was, bitte schön, soll das sein?«

Kevin starrte auf sein Handy. »Das ist ein Flakbunker aus dem Zweiten Weltkrieg. Sprengen geht nicht, also haben sie ihn stehen lassen. Da sind jetzt Clubs drin und irgendwelche Marketingagenturen.«

Er starrte wieder auf sein Handy und versuchte, ihr Hotel zu orten, das am Hauptbahnhof lag und damit zu weit weg für zwei untrainierte Misslaunige aus Moers. »Scheiße, ist das heiß!« Er zeigte mit dem Telefon grob in Richtung Elbe. »Lass uns da runter, hier muss irgendwo eine U-Bahn sein.«

»Bist du sicher?« Lara suchte vergeblich in ihrem Beutel nach etwas, was ihren Blutzuckerspiegel wieder normalisieren würde. Jetzt tat es ihr leid, dass sie auf dieser Kirmes jegliche Nahrungsaufnahme verweigert hatte. Hier, wo es aussah wie nach einem Krieg, würde sie sicherlich nichts essen, was nicht vorher eingeschweißt gewesen war. Sie gab die Suche auf und ließ sich auf eine Bank neben einem verwaisten Spielplatz fallen. Warum hasste sie auch Lebkuchen! »Ich kann nicht mehr.« Sie zeigte auf die andere Straßenseite. »Da ist ein Kiosk, holst du mir eine Cola?«

Endlich mit einem klaren Auftrag ausgestattet, trottete Kevin sofort los. Er musste sich durch etliche Autos durchschlängeln, die aufgrund des Platzmangels in der engen Straße beinahe übereinander geparkt waren. An einem nagelneuen 5er BMW Touring, der zu eng zum Vordermann stand, stieß er sich das Knie. Fluchend trat er gegen den Vorderreifen.

Beiden war der in dunklem T-Shirt und Jeans gekleidete Mann nicht aufgefallen, der ihre lautstarke Wanderung die Straße hinunter genau verfolgt hatte. Und der nun, genau in dem Moment, in dem Kevin die Straße überquerte, einen Molotow-Cocktail durch das geöffnete Seitenfenster in den BMW warf und sich gemächlich entfernte.

Später versicherte Kevin der Polizei, dass er gar nichts gehört habe. Erst als er mit der Cola den Kiosk wieder verließ, hatte er die dicken, aus dem Inneren des Wagens quellenden Rauchschwaden bemerkt.

»Und Ihr habt wirklich niemanden gesehen?«, fragte Amir die beiden Teenager. Christians Kollege vom KDD blickte in Richtung Feldstraße. Seine Fragen wurden eindringlicher, als die Zentrale zurückmeldete, auf wen der Wagen zugelassen war. Doch die beiden sahen ihn nur weiter verständnislos an.

*

»Der Wolf weiß gar nicht, dass du hier bist, oder?« Frederica starrte aus dem Fenster ihres Dienstwagens und überließ alles Weitere dem Schicksal.

Christian setzte den Blinker und bog auf die Brooksbrücke ein, die sie in die Speicherstadt zur Bank führen würde. »Erzähl mir von Natascha Gruber.«

Frederica zog an ihrem Gurt, der ihr unangenehm in die Brust schnitt. Gut, dann also nicht. »Die Frau ist ein Phantom. Sie tauchte erstmals vor gut zwei Jahren in London auf, nannte sich Innenarchitektin und dekorierte die Stadtvillen der Neureichen. Dann kam eine Wirbelwindromanze mit einem Bankier und die Übersiedlung nach Hamburg. K. H. hat keine verwertbaren Spuren an ihrer Leiche gefunden und ihre Fingerabdrücke sind auch nicht registriert.« Sie versuchte, den störrischen Gurt neu einzustellen. »Ich weiß noch nicht einmal, wo ich anfangen soll.«

Christian antwortete nicht sofort. »Wo *wir* anfangen sollen. Du tippst auf einen Auftragsmord?«

Frederica zog wieder an dem Gurt. Er war für ihre Größe zu hoch eingestellt, aber sie korrigierte den Sitz nicht. »Solange wir nichts in den Konten der Bornheims finden, wird es schwierig.«

»Falls es nicht sowieso etwas aus ihrer Vergangenheit ist und die Bornheims und ihre Geschäftspartner damit nichts zu tun haben.«

»Nein, ich bleibe dabei, aufgrund ihrer Zurschaustellung in der Bank war das eine Nachricht an ihren Freund.«

»Oder an den alten Bornheim.« Christian parkte den Wagen und sah Frederica auffordernd an. Er gab sich einen Ruck. »Es ist nicht deine Schuld, was damals mit mir passiert ist.«

»Natürlich nicht.« Frederica erschrak, wie schnell sie eine abweisende Bemerkung fallen lassen konnte. Für Christian bedeutete dieses Zugeständnis einen großen Schritt. Doch für sie war es der Falsche. Wenn er die Episode dadurch verarbeitete, indem er sie von jeder Schuld freisprach, dann sollte es so sein. Aber sie brauchte seine Absolution nicht. Und ihre Freundschaft war ihr zu wichtig für ein Lippenbekenntnis. »Du brauchst nicht beleidigt zu gucken. Ich habe das getan, was ich für richtig hielt, um den Fall zum Abschluss zu bringen. Und mir war klar, dass ich dabei gegen Regeln verstoßen würde. Deswegen habe ich dich nicht eingeweiht.«

Christian schnallte sich ab und legte die Hände in den Schoß. Sie war sich nicht sicher, ob er mit den Tränen kämpfte. »Ich verstehe dich echt nicht. Du hast uns alle damit in Gefahr gebracht, nicht nur dich.«

Sie bereute ihre Ehrlichkeit sofort. Was war ihr eigentlich an ihm wichtig? Genau die Eigenschaft, die sie nicht besaß. Vertrauen. »Das wollte ich nicht.« Sie redete schnell weiter, damit er sie nicht unterbrechen konnte. »Ich wollte dich beschützen.«

Christian prustete los. »Der war gut. Ich war dein Vorgesetzter, das hast du wohl vergessen?«

Warum fühlte sie sich so allein? »Was hat das eine mit dem anderen zu tun?«

»Alles. Du kannst nicht tun und lassen, was du willst, ohne dass es auf das Team zurückfällt.«

»Natürlich kann ich das. Und euch ist ja schließlich nichts passiert. *Ich* wurde suspendiert, nicht du.«

»Und das war verdammt noch mal richtig so.« Christian massierte sein Knie. »Ich geb's auf. Gehen wir jetzt rein?«

KAPITEL 24

Karl Bornheim sah nicht auf, als sie von einer sauertöpfischen Sekretärin in sein Büro geführt wurden. Stattdessen unterschrieb er eine nicht enden wollende Flut an Dokumenten, die er jeweils vorab akribisch prüfte. Als sich Christian setzen wollte, hielt ihn Frederica mit einer Armbewegung zurück. »Herr Bornheim, wir brauchen noch einmal Ihre Hilfe.« Christians erstaunten Blick ignorierte sie. »Wir müssen dringend mit Ihrem Sohn sprechen. Wann können wir mit ihm rechnen?«

Der Bankier sah immer noch nicht auf. Sie spürte, wie Christian unruhig wurde. Er sagte jedoch nichts.

»Wenigstens haben Sie diesmal einen Kollegen mitgebracht.« Mit einem Ruck machte er die Dokumentenmappe zu und gab sie seiner Sekretärin zurück, die unbeweglich neben seinem Schreibtisch gewartet hatte. Ohne den Besuch eines weiteren Blickes zu würdigen, verließ sie das Büro.

Er sah ihr direkt in die Augen. »Leider kann ich Ihnen nicht weiterhelfen.«

»Dann werden wir Robert Bornheim zur Fahndung ausschreiben.« Frederica setzte sich und Christian tat es ihr nach. Dass die Fahndung bereits lief, verschwieg sie. Noch war sie nicht öffentlich.

Der Bankier faltete die Hände auf dem Schreibtisch. »Ich habe Ihnen bereits erklärt, dass Robert nichts mit dem Tod seiner Freundin zu tun hat. Wenn Sie unbedingt Ihre Nase in fremde Angelegenheiten stecken müssen, dann seien Sie mein Gast, meinen Sohn werde ich aber nicht wie einen gewöhnlichen Kriminellen jagen lassen.«

»Und wie wollen Sie das verhindern?« Christian sah auf sein Handy. »Sagen Sie uns doch einfach, wo er ist!«

»Auf einer wichtigen Geschäftsreise, das sagte ich bereits. Und nun entschuldigen Sie mich, ich muss Henning Marquardt anrufen und dann meine Anwälte.«

Frederica lächelte ihn an. »Vielleicht fangen wir damit an, dass Sie uns erzählen, wer Natascha Gruber wirklich war.«

Die gefalteten Hände verschwanden unter dem Tisch. Seine buschigen Augenbrauen zogen sich reflexartig zusammen. »Wer sie wirklich war? Die Lebenspartnerin meines Sohnes und, wenn es nach ihm gegangen wäre, die Mutter meiner zukünftigen Enkelkinder. Mehr musste ich nicht wissen und mehr geht Sie nichts an.«

Christian steckte sein Handy ein und sprang auf den Zug auf. »Ach, kommen Sie. Sie wollen uns doch nicht erzählen, dass Sie sie nicht haben überprüfen lassen? Leute wie Sie lassen sich doch nicht mit irgendjemandem ein.«

Frederica musste grinsen. »Natürlich hat er sie überprüfen lassen. Und genauso wenig gefunden wie wir.« Sie lehnte sich zurück und schlug die Beine übereinander. »Die Frage ist nur, warum Sie die Verlobung geduldet haben.«

Der Bankier tat nicht so, als hätte er sie nicht verstanden. Ein leichtes Zucken umspielte seine Mundwinkel. »Manchmal siegt einfach die Liebe. Das sollten Sie auch einmal versuchen.«

*

»Manchmal siegt einfach die Liebe«, äffte Christian den Bankier nach, als sie wieder im Auto saßen. »Wenigstens hat er uns den Laptop ausgehändigt, warum auch immer.«

»Weil er sich selbstverständlich als kooperativer Bürger präsentieren will und weil er vorher überprüft hat, dass wir dort nichts Interessantes finden werden. Falls er uns nicht einen komplett anderen gegeben hat. Philip soll ihn sich am besten mal ansehen.«

Christian schielte zu Frederica rüber, die sich aus der Colorado-Tüte bediente. »Und woher hast du das mit der Verlobung?«

Sie zuckte mit den Schultern. »Nur geraten. Er sprach von Enkeln, die funktionieren bei solchen Leuten nicht ohne Trauschein.«

»Du kennst die aber nicht, oder?«

Als sie seinen Blick auf sich spürte, sah sie auf. »Kennen? Du meinst gesellschaftlich?« Sie kaute auf einem roten Teil mit Noppen. Warum konnte sie sich nicht merken, wie die Dinger hießen? »Nein, ich bin denen noch nie begegnet. Müssen Neureiche sein.« Seine schockierte Miene brachte sie zum Lachen. »Ich war auf einem Internat und da waren keine Bornheims. Und der Marquardt wird einen Teufel tun, sich politisch ins Abseits zu schießen, indem er einen Hauptverdächtigen in einem brutalen Mordfall nicht suchen lässt.« Nachdenklich nahm sie sich einen von den viereckigen, dicken Teilen mit Schokoladengeschmack. »Aber ich würde gerne Mäuschen spielen, wenn er das dem Senior erklärt.« Sie wühlte erneut in der Tüte, aber sie hatte genug. »Warum versuchst du mich eigentlich mit der Tüte ruhigzustellen? Wollten wir nicht noch zu deinem neuen besten Freund?«

Christian nahm die Tüte und stopfte sich wahllos eine Handvoll bunter Teile in den Mund. »Weil er nicht da ist.

Ich habe eine SMS von Amir bekommen, als wir gerade bei dem Senior waren. Er hat Martins BMW im Karoviertel sichergestellt, halb ausgebrannt. Im Kofferraum hat er eine Decke, Frauensandalen und Blutspuren gefunden. Die KTU ist schon dabei, alles auszuwerten.« Er sah sie nicht an. »Und Martin Terborn ist verschwunden.«

KAPITEL 25

Es war zu einfach gewesen. Viel zu einfach. Langsam ging Robert den »Neuer Pferdemarkt« in Richtung Max-Brauer-Allee entlang. Im Schulterblatt trank er bei einem der gentrifizierten Portugiesen einen Espresso und setzte sich dann in seinen Wagen, den er unauffällig an der nächsten Straßenecke abgestellt hatte. Zufrieden sah er in den Rückspiegel. Niemand war ihm gefolgt. Sie waren so ahnungslos.

Martin hatte trotz der Hitze bereitwillig den Kaffeebecher angenommen und genug davon getrunken, dass das GHB seine Wirkung entfalten konnte. Er würde sich später an nichts mehr erinnern. Leise seufzte er auf. Er hatte dem bereits schwankenden Martin die Krawatte abgenommen, den Hemdkragen gelockert und ihm eine Schirmmütze aufgesetzt, damit ihm niemand ins Gesicht sehen konnte. Dann hatte er ihn untergehakt und war mit ihm Richtung Medienbunker getorkelt.

Wenn doch alles so einfach wäre. Er klappte die Blende mit dem eingebauten Spiegel wieder nach oben und startete den Mietwagen, den er sich unter falschem Namen bei einem Carsharing-Anbieter angemietet hatte. Martin würde das Abenteuer nicht überleben. Aber noch hatte er eine Aufgabe für ihn.

Als Nächstes musste er sich um Claire und ihre Freundin kümmern. Es würde bald so weit sein und sie würden ihm gebracht werden. Plötzlich verfinsterte sich seine Miene. Warum der Stick nicht mehr an Claires Schlüsselbund gehangen hatte, konnte er sich nicht erklären. Nachdem Martin, wie von Robert geplant, brav seine DNA in Claires Wohnung verteilt hatte, hätte ihm die Castafiore abgenommen werden sollen. Sein Kontakt war jedoch unverrichteter Dinge wiederaufgetaucht.

Was soll's. In der Bank lag ihr Laptop, mit dem er alle Informationen zusammenfügen konnte, und gleich würde er auch Claire haben, die das bewerkstelligen würde. Alles, was passiert sein würde, war, dass er ein paar Tage verloren hatte.

Plötzlich durchzuckten ihn 1.000 Volt. Natascha. Wie hatte er das vergessen können? Das hätte nicht sein müssen. Aber dafür würde jemand noch bezahlen.

*

Claire strich sich hastig den ewig fettenden Pony aus der Stirn und sah sich um. Der McDonalds im Hauptbahnhof war wie immer gut besucht und sie hatte Angst, Pia nicht rechtzeitig zu finden. Nervös glitten ihre Augen die Sitzreihen entlang, bis ihr schwindelig wurde. Alle Tische waren belegt. Es waren zu viele Menschen, um sie einschätzen zu können. Sie zog ihr Prepaid-Handy aus der Hosentasche und schrieb eine SMS an ihre Freundin. Sie besann sich aber eines Besseren und schickte sie nicht ab.

»He! Kannst du nicht aufpassen?« Sie war mitten im Gang stehen geblieben, was hinter ihr ein Teenie mit Akne nicht schnell genug mitbekommen hatte und haarscharf an einer Kollision vorbeigeschrammt war. Er bedachte sie mit einem wütenden Blick und schlängelte sich an ihr vorbei. Sie beobachtete, wie er sich an einen Tisch mit weiteren Teenies mit Akne setzte. Er schien sich nicht mehr um sie zu kümmern und sie ging weiter durch die Filiale. Immer in Bewegung bleiben und immer unter vielen Menschen sein, hatte Philip ihr geraten. Weiß Gott, aus welchem Ballerspiel er die Weisheit hatte – aber sie konnte die Logik dahinter nicht abstreiten. Eigentlich hatte sie auch gewusst, dass ihr Plan im Krankenhaus nicht aufgehen würde. Aber sie hatte keine bessere Idee gehabt. Sie zog wieder an ihrem Pony, der ihr immer wieder über die Augen fiel. In was für einen Albtraum war sie da nur hineingeraten!

»Lass uns schnell verschwinden, der Typ da in der Ecke starrt dich an!«

»Pia! Endlich!« Claire hatte sich ruckartig umgedreht und fiel ihrer Freundin in die Arme. »Gott sei Dank ist dir nichts passiert! Geht es dir auch gut? Ich habe mir solche Sorgen gemacht!« Ihre leise Stimme betonte den luxemburgischen Akzent. Ohne eine Antwort abzuwarten, sah sie sich schnell um. »Wer beobachtet mich?«

»Niemand. Sorry, war nur ein Scherz. Und als du nicht nach Hause gekommen bist, habe ich ein paar Sachen gepackt und bin bei einem Freund untergetaucht, so wie du es wolltest.« Pia lächelte sie an. »Wobei ich immer noch nicht weiß, ob du nicht etwas überreagierst.«

Claire ließ sich auf den nächsten Stuhl fallen, der gerade frei geworden war, und schüttelte den Kopf. »Ich habe dir da was nicht gesagt.« Sie musste tief durchatmen, um das Unfassbare in Worte fassen zu können. »Urs ist ermordet worden.«

Pia sah gleichmütig auf die Speisekarte hinter dem Tresen, als würde sie ein neues Gericht suchen. »Welcher Urs?«

Manchmal könnte sie die Frau an die Wand klatschen. »Pia, das ist kein Spaß. Urs ist tot und Maggie kann ich seit Wochen nicht erreichen. Und jetzt ist auch noch …«, sie merkte, wie sie immer lauter wurde, und sah sich schnell um, »… Roberts Freundin umgebracht worden!«

Pias Blick richtete sich auf Claire. »In echt jetzt?« Sie schien kurz nachzudenken. »Moment mal, da war doch was in den Nachrichten. Irgendein Perverser hat eine Frau in der Speicherstadt aufgeschlitzt.« Sie sah ihre Freundin interessiert an. »Das war seine Freundin?«

Claire sah sich wieder um. »Bist du verfolgt worden?«

»Jetzt mach mal halblang. Warum sollte mich jemand verfolgen?« Sie zählte grinsend Geld ab. »Wäre aber mal was anderes.«

»Du willst doch jetzt nichts essen, oder?« Claires Stimme schraubte sich eine Oktave höher. »Wir müssen hier weg!« Als sie sah, wie Pia unbeirrt den Schalter ansteuerte, stand sie auf und rannte ihr hinterher. Sie zog sie am Arm und drehte sie zu sich herum. Sie zischte sie an: »Wir. Müssen. Los. Jetzt.«

Pia sah sie aus großen Augen an. »Du meinst das wirklich ernst, oder?« Sie steckte das Geld weg und nahm ihre Hand. »Ich hab genug von diesen Spielchen. Komm mit.«

Sofort ließ Claire ihre Hand los und trat einen Schritt zurück. »Wohin willst du?«

»Zu Theo.« Als sie Claires ängstlichen Blick sah, nahm sie wieder ihre Hand und zog sie sanft zum Ausgang. »Er macht sich Sorgen um dich. Wie wir alle.«

Claire schloss die Augen. Sofort umschloss sie eine bleierne Müdigkeit, die sie nicht abkratzen konnte. Wie eine Maske umschloss sie Mund und Nase und nahm ihr die Luft zum Denken. »Er arbeitet doch jetzt mit denen zusammen.«

Pia nahm Claires Gesicht in beide Hände und sah ihr wieder tief in die Augen. »Vielleicht hättest du nach deinem Zusammenbruch länger im Krankenhaus bleiben sollen. Du bist überarbeitet. Theo findet das auch.«

»Ich brauche keine Hilfe, ich will einfach nur mein Leben zurück!« Diesmal hatte Claire nicht auf ihre Umgebung geachtet und die Worte fast gebrüllt. Sie kümmerte sich nicht um die dutzenden Augenpaare, die sich augenblicklich auf sie richteten. Sie senkte ihre Stimme jedoch sofort wieder. »Ich will nicht, dass ihm auch noch was passiert.«

Pia lachte laut auf. »Wie melodramatisch. Komm jetzt endlich, er wartet auf uns.«

Claire ließ sich zur Galerie führen und sah durch die Treppe ins Erdgeschoss. Die Markthalle war trotz der Abendstunde prall gefüllt mit herumeilenden Menschen in verschiedenen Stadien der Hetze. Sehnsüchtig sah sie zu den Bahngleisen. Um 19.45 Uhr würde ein Zug nach Luxemburg abfahren. Sie könnte ein Ticket kaufen, sich in den Zug setzen und warten, dass der Schmerz aufhörte. Falls ihre Schuldgefühle sich jemals an zeitliche Abläufe halten würden. Um sich zu beruhigen, zählte sie die Streben zwischen den Geländerbrücken. Es half nicht. Wie konnte sie nur so dumm gewesen sein.

*

Es war bereits dunkel, als die Meisen aus der Jenischstraße das Auftauchen von drei schwarz gekleideten Gestalten kommentierten, die sich elegant durch ihr Balzrevier bewegten. Bis auf ein leises Knacken beim Überqueren der Straße gaben sie keinen Laut von sich. Die Bewohner der Villengegend in Klein Flottbek blieben ahnungslos, als die Gruppe sich weiter an einem Gartenstück vorbei auf das nächstliegende Grundstück zubewegte. Hier rannten sie an der Villa entlang bis zum hinteren Teil des Gartens und verschwanden um die Ecke in der Dunkelheit. Wären die Meisen zu der großen Kastanie im Garten mitgeflogen, hätten sie beobachten können, wie einer der drei ein Brecheisen aus seinem Rucksack holte und ebenso leise, wie sie sich fortbewegt hatten, die Terrassentür aufstemmte. Die Villa blieb stumm, als sie nacheinander ins Innere drängten.

Karl Bornheim verschränkte die Arme vor der Brust und sah aus dem Fenster seines Arbeitszimmers in den Garten. Als seine Kaminuhr Mitternacht schlug, schreckte er auf und sah zur Tür. Lautlos öffnete sie sich und seine Hauswirtschafterin trat ein. »Kann ich noch etwas für Sie tun?«

Er sah wieder in den dunklen Garten. Die riesige Kastanie neben dem Eingang zur Terrasse winkte ihm stumm zu. »Danke, Frau Graf, Sie können nach Hause gehen. Und bitte löschen Sie das Licht.«

Sie schien die Bitte nicht ungewöhnlich zu finden. »Wissen Sie schon, wann Ihre Frau zurückkommen wird?«

Er zuckte zusammen. »Sie wird noch ein paar Wochen bleiben, Australien ist ja nicht um die Ecke.«

»Natürlich. Grüßen Sie sie und Ihre Tochter von mir. Sie muss uns unbedingt auch einmal mit den Enkeln besuchen.«

Zumindest hatte er noch eine Tochter. Er hatte weiß Gott

nicht alles im Leben richtig gemacht, aber seinen Kindern Loyalität und Disziplin beigebracht, das hatte er. Loyalität zur Bank und Disziplin im Leben, damit war er immer gut gefahren und damit sollte auch die nächste Generation sein Erbe fortführen. Doch Robert war immer hinter seinen Erwartungen zurückgeblieben. Bis er diese Mathematikerin in London aufgetrieben hatte. Er setzte sich in seinen Arbeitssessel und schnitt sich eine Zigarre an. Alles war auf einem guten Weg gewesen. Als er von Roberts kleinem Projekt erfahren hatte, war ihm sofort klar gewesen, welches Potenzial dort brachlag. Leider hatte er es nicht verhindern können, dass er die Interessenten aus Nigeria vor den Kopf stoßen musste, was er glücklicherweise noch hatte zurechtbiegen können. Sie hatten sogar die Entwicklungskosten übernehmen wollen. Er kniff sich mit Daumen und Zeigefinger in den Nasenrücken. Nur was war dann passiert? Was hatte der dumme Junge angestellt? Er zündete sich mit einem Streichholz die Zigarre an, legte sich seine Schrotflinte bequem über den Schoß und lehnte sich zurück.

Er musste nicht lange warten. Sein Gehör war noch ausgezeichnet und es fiel ihm leicht, sie über die Haupttreppe kommen zu hören. Kurz darauf öffnete sich leise die Tür. Noch bevor alle im Raum waren, nahm er die Fernbedienung für die Deckenbeleuchtung und drückte den Knopf. Er sah in drei blinzelnde Gesichter, die reflexartig die Hände vor die Augen hoben. Keine davon hielt eine Waffe.

Der Bankier hatte nicht bemerkt, dass er die Luft angehalten hatte. Jetzt legte er die Flinte an und atmete stoßweise aus. »Guten Abend, meine Herren. Kann ich Ihnen behilflich sein?«

Die drei Einbrecher blieben wie angewurzelt vor dem Arbeitstisch stehen. Die über Jahrzehnte geschulte Stimme eines Patriarchen verfehlte auch bei den Männern ihre Wirkung nicht. Sie sahen sich an, als würde jeder von dem anderen eine Ansage erwarten, was als Nächstes zu tun sei. Da sie Skimasken trugen, gab die Vorstellung ein komisches Bild ab.

Karl Bornheim musste schmunzeln. »Keine Sorge, ich laufe Ihnen schon nicht weg. Aber genauso wenig lasse ich mich bevormunden. Was also soll das Ganze hier?«

Als hätten sie per Telepathie einen Rädelsführer ernannt, trat einer einen Schritt nach vorne. »Sie wussten, dass wir kommen.« Er formulierte die Frage als eine Feststellung und sah den Bankier durchdringend an.

Karl Bornheim hielt die Stellung. »Wir werden nächste Woche liefern, wie verabredet.«

Der Rädelsführer schien ihn abzuschätzen. »Sie können nur zwei von uns erschießen.«

»Das ist Schrot. Der Dritte bekommt also auch was ab. Aber er könnte überleben. Nur wissen Sie nicht, wen ich mir aussuchen werde.«

Der Rädelsführer schien seine Optionen durchzuspielen. Er sah die anderen beiden nicht an. »Nächste Woche?«

»Nächste Woche.« Seine Nerven waren zum Zerreißen gespannt. Wegen der Maskierung konnte er sein Gegenüber nicht einschätzen. Er hielt die Schrotflinte weiter im Anschlag und konzentrierte sich auf die Augen. Die entspannten sich.

Genauso lautlos, wie sie gekommen waren, verschwanden die drei wieder.

Karl Bornheim bewegte vorsichtig seinen steifen Körper, bis er wieder aufstehen konnte. Gierig zog er an der Zigarre. *Robert, wo bist du, verdammt noch mal? Als Kind warst du nicht abenteuerlustig. Hat dich der Terborn dazu angestiftet? War das der Grund, warum ich ihn einstellen musste?*

Er schloss die Schrotflinte weg und griff zum Telefon.

*

Martins Verstand war noch ausgeschaltet, als sein Instinkt die Führung übernahm und ihn von der erhöhten Position, in der er sich befand, auf den Boden in Deckung rollen ließ. Sofort zog er die Beine an und hob seine Arme schützend über den Kopf. Der Schmerz hinter seiner Stirn war überwältigend. Er riss die Augen auf. Tiefe Dunkelheit umfing ihn. Aber er war in einem Raum und er war allein. Bei dem Versuch, seinen Kiefer zu lockern, riss er sich seine eingetrockneten Lippen auf. Wenigstens klärte der sofort einsetzende, mikrofeine Schmerz seinen Verstand. Er setzte sich auf, ignorierte den Würgereflex und tastete sich ab. Er war nicht im Einsatz, so viel realisierte er, aber was genau passiert war, konnte er sich nicht erklären. Als er sich davon überzeugt hatte, dass er unverletzt war, konzentrierte er sich wieder auf seine Umgebung. Doch bis auf das leise Surren einer Klimaanlage blieb es totenstill. Vorsichtig tastete er den Gegenstand ab, hinter dem er Schutz gesucht hatte. Es war ein Bett, mit einem Nachttisch. Auf dem Nachttisch stieß er auf eine kleine Plastikflasche. Ohne darüber nachzudenken, probierte er durstig den Inhalt. Das Wasser schmeckte kühl und sein Kopf beruhigte sich sofort.

»Hast du Hunger?«

Die Stimme schnitt durch die Dunkelheit wie ein Messer durch rohes Fleisch. Martin zuckte zusammen. Jetzt erinnerte er sich an Robert und den Kaffee. Er atmete tief durch und versuchte, seine Stimme neutral zu halten. »Ich dachte, ich wäre allein. Was ist passiert? Hatte ich einen Unfall?«

Martin konnte einen leichten Schatten ausmachen, ein verwaschenes Grau im Schwarz des tiefen Raumes.

»Noch nicht.« Roberts Stimme hatte eine neue Klangfarbe angenommen, etwas rau und erwartungsvoll, wie bei jemandem, der vor einer großen Entscheidung stand. »Aber das ist erst mal nicht wichtig. Du musst etwas für mich erledigen.«

Martin leerte die Flasche in einem Zug und stellte sie auf den Tisch zurück. Wenn sein Instinkt Robert nicht registriert hatte, brauchte dieser offensichtlich noch etwas Zeit. »Warum sitzen wir im Dunkeln?«

Die Antwort kam prompt, als hätte Robert die Frage erwartet. »Das ist sicherer für mich. Auch unbewaffnet bist du gefährlich.«

Martin schüttelte ungläubig den Kopf, ohne darüber nachzudenken, dass Robert ihn nicht sehen konnte. Dieses Spiel gefiel ihm ganz und gar nicht und er war noch nicht bereit mitzuspielen. »Danke für das Kompliment. Auch wenn ich nicht weiß, warum du Angst vor mir haben solltest.«

»Vielleicht hast du recht. Mein Vater hat gleich gesagt, dass du nicht der Hellste bist. Aber er weiß ja auch nicht, warum er dich auf meinen Wunsch hin angestellt hat.« Robert schwieg für einen Moment, als würde er überlegen, was er lieber für sich behalten sollte. »Du schuldest mir ein Leben. Und das wirst du mit deinem bezahlen.«

Martin setzte sich langsam aufs Bett und versuchte, Roberts Position zu lokalisieren. Für ihn machte das, was Robert sagte, keinen Sinn und sein Verstand weigerte sich, die Situation ernst zu nehmen. »Es tut mir leid, was mit Natascha passiert ist …«

Die Heftigkeit von Roberts Reaktion schwirrte wie ein Geschoss durch die Dunkelheit und traf Martin an der Schläfe. Sofort musste er wieder würgen. »ES TUT DIR LEID? Verstehe ich das richtig? Es tut dir leid? So, als wäre es ein Unglücksfall? Natascha ist nicht von der Leiter gefallen. Sie ist entführt, gefoltert, vergewaltigt und ermordet worden! Und alles nur, weil *du* deinen Job nicht gemacht hast! Also erzähle mir nicht, dass es dir leidtut!«

Martin schüttelte wieder den Kopf, diesmal, um den Schmerz loszuwerden. Er unterdrückte seine eigenen Schuldgefühle, um dem rohen Hass seines Freundes nicht noch weiteren Zündstoff zu bieten. Aber er hatte genug gehört. »Hast du mich betäubt und eingesperrt? Ich kann mich an nichts erinnern.«

Robert ließ sich nicht ablenken, aber seine Stimme beruhigte sich. »Auch das ist nicht wichtig.« Der graue Schatten oszillierte leicht, als Robert sein Gewicht verlagerte. »Und jetzt hörst du mir genau zu.« Seine Stimme nahm wieder den rauen Ton an. »Ich weiß, wer Natascha ermordet hat. Aber ich weiß nicht, wo sich ihr Mörder aufhält. Er ist allerdings noch irgendwo in der Stadt. Du wirst ihn für mich finden und töten. Und zwar auf genau dieselbe Art und Weise, wie er Natascha umgebracht hat!«

Martin versuchte nicht mehr, die absurde Situation, in der er sich befand, zu verstehen. »Ich muss Inge anrufen. Sie wird sich Sorgen machen.«

Aber auch jetzt ließ sich Robert nicht beirren. »Sie weiß, dass wir zusammen sind und du momentan nicht erreichbar bist.« Er schnaufte leise. »Sie war nicht begeistert, aber ich konnte sie beruhigen.« Er schnaufte noch einmal und Martin registrierte alarmiert, dass es ein Lachen war. »Fürs Erste.«

Die Schmerzen wurden wieder zu Dampframmen, die gegen seine Schläfen hämmerten. »Robert, egal, was es ist, wir können über alles reden. Das mit Natascha ...« Ein polterndes Geräusch ließ ihn zusammenzucken.

Robert schien etwas umgestoßen zu haben. »*Wir* können gar nichts! Jetzt ist Schluss! Hat er denn wirklich geglaubt, ich gebe mich mit so etwas Banalem wie einem aufgemotzten Bitcoin zufrieden? Er und seine südamerikanischen Möchtegernkriminellen mit ihren paar Millionen sollen Erste Liga sein?« Roberts hektische Schritte knallten dumpf über den Estrich. »Wieso konnte der Alte nicht seinen Stuhl räumen, dann wäre das alles nicht passiert!« Die Schritte verhallten abrupt vor dem Bett. »Er hat ihre Brustwarzen abgeschnitten und mitgenommen.«

Martins Nacken verspannte sich zu einem Betonklotz. Die Narbe auf seiner rechten Brustseite, knapp über dem Herzen, die das Messer in Lagos hinterlassen hatte, reproduzierte den Schmerz so zuverlässig wie damals als Wunde. Seine Hände suchten etwas, was sie zerstören konnten. Als sie nichts fanden, kneteten sie die Luft in einem rhythmischen Auf und Ab, im Takt mit seinem austreibenden Puls.

Ihr Name war Fayola gewesen, die Glückliche und Ehrhafte, wie sie ihm, mit einem Lächeln aus ihren dunklen, blitzenden Augen, erklärt hatte. Er war sofort verliebt gewesen und verglich sie mit Iman, der Ehefrau von David Bowie. Dass Iman Somalierin war, was sie ihm prustend erklärt hatte, war ihm egal gewesen.

Fayola war Mitarbeiterin des Außenministeriums gewesen und ihnen als Tour Guide zugeteilt worden. Mitarbeiter der Bundeszentrale für politische Bildung hatten ihn als Personenschützer angeheuert, um die Regierungswahlen in Nigeria zu beobachten. Martin hatte sich insgeheim über das übertriebene Sicherheitsbedürfnis der Politikwissenschaftler lustig gemacht. Nigeria galt als sicher.

Wie sollte er sich getäuscht haben.

Er öffnete schnell die Augen, doch in der tiefen Dunkelheit schossen ihm die Bilder, die er seit drei Jahren verdrängt hatte, schonungslos ins Bewusstsein. Er hatte Mühe, die Wörter zu formen. »Das ist Zufall. Perverse gibt es überall.«

Sie waren auf dem Weg ins Hotel gewesen, als sie von einer Gruppe Männer umstellt worden waren. Es war bereits nach Mitternacht gewesen und die Straßen leer. Seine Versuche, den offensichtlichen Raubüberfall ohne Blutvergießen zu beenden, scheiterten an einem seiner Auftraggeber, der sich weigerte, seinen Ehering abzunehmen. Er schloss die Augen wieder. Er hatte sie nicht beschützen können. Fayola am allerwenigsten.

»Er hat sie außerdem mit einer Glasflasche vergewaltigt.«

In einer einzigen fließenden Bewegung sprang Martin auf und rannte nach links, wo er das Fenster vermutete. Er hatte Glück und ertastete eine schwere Gardine, die er mit einem Ruck zur Seite zog. Es war Nacht, doch die Laternen der Großstadt gaben genug Licht ab, um den Raum aufzuhellen.

Robert stand ein paar Meter entfernt in der Mitte des Raumes an einem Tisch und sah ihn unverwandt an. Der Stuhl lag umgestürzt neben ihm. Martin sah wieder aus dem Fenster. »Dein Loft?«

»Nennen wir es eine Rückzugsmöglichkeit, die mir der Betreiber des Medienbunkers vor einigen Jahren angeboten hat. Niemand weiß, dass es mir gehört.« Er wartete steif auf Martins Reaktion und musterte ihn scharf.

Martins Instinkt sagte ihm, dass Robert die Wahrheit erzählte. Doch alles Rationale in ihm schrie nach einem perversen Zufall. Die Menschen waren überall gleich und somit waren auch ihre Foltermethoden nicht regional unterschiedlich. Der Grad der Perversion wurde nur durch das Vorstellungsvermögen begrenzt, nicht durch die Herkunft des Täters. Er zog den Vorhang wieder zu. Warum hoffte er plötzlich auf den Zufall, an den er doch so wenig glaubte? Er drehte sich wieder um. Diese Frage würde er jetzt nicht beantworten können. Aber er stellte erleichtert fest, dass Roberts Handlungen langsam Sinn machten.

Er vermied jede hektische Bewegung und setzte sich wieder aufs Bett. Nachdenklich musterte er den Mann, den er nicht mehr kannte. »Ich hätte dir die Geschichte niemals erzählen dürfen. Aber es ist absolut unmöglich, dass es derselbe Täter ist.«

»Und das weißt du so genau, weil?« Robert sah ihn spöttisch an. »Korrigiere mich, wenn ich etwas missverstanden habe, aber lagst du nicht wehrlos am Boden, während diese Tiere das arme Mädchen neben dir vergewaltigten? Und wie Fayola immer und immer wieder hochgezogen und weitergereicht wurde, bis sie durch einen Faustschlag wieder auf dem Boden lag und zu Tode geprügelt wurde?« Robert stand auf und trat nahe an Martin heran. Er schien Spaß daran zu haben, diese scheußlichen Bilder zum Leben zu erwecken, und hatte offensichtlich vergessen, dass er auf Abstand bleiben wollte.

»Und war da nicht einer dabei, der besonders – ich nenne es mal – speziell vorgegangen ist? Und dessen Gesicht du niemals vergessen wirst?«

»Und du denkst, dass der Nataschas Mörder ist?«

»Genau so. Ja, das weiß ich.«

Martin wich Roberts Blick aus. »Ich will genauso wie du, dass Nataschas Mörder gefasst wird. Aber ich werde nicht deinen Rächer spielen. Weißt du überhaupt, wie viel Vorbereitung für eine Personensuche nötig wäre?«

Robert verschränkte die Arme vor der Brust, als müsste er über die Frage nachdenken. Dann drehte er sich abrupt um, hob den Stuhl auf und setzte sich wieder an den Tisch. Er zog einen Schlüsselbund aus der Hosentasche und warf ihn Martin zu. »Im Kühlschrank und im Bad findest du alles, was du für eine Woche brauchst.« Aus der anderen Hosentasche zog er ein Bündel Geldscheine und legte sie auf den Tisch. »Hier sind 50.000 Euro. Und ein Stick mit allen Informationen, die ich über ihn habe. Dieser Nigerianer erledigt für die Geschäftspartner meines Vaters die Drecksarbeit.«

Martin kam langsam zum Tisch und nahm sich den Stick. Es war kein Charakter aus »Tim und Struppi«, sondern einfach nur ein kleiner USB-Stick, den er in sein Handy laden konnte. Er griff in seine Hosentasche. »Du hast es mir nicht weggenommen?«

»Du bist nicht mein Gefangener und du wirst es brauchen. Allerdings solltest du dich nicht zu Hause, in der Bank oder bei deinem neuen Freund, dem Polizisten, melden. Das könnte unangenehme Folgen für dich haben.«

Martin setzte sich an den Tisch. »Robert, sag mir, was los ist. Ich kann dir helfen! Zusammen können wir ...«

Robert seufzte, als er Martin mit dem Handrücken quer über den Mund schlug. »Hörst du mir denn gar nicht zu?« Er lehnte sich kopfschüttelnd zurück. »Du stellst die falschen Fragen. Aber was jammere ich, für deine Intelligenz habe ich dich nicht ausgesucht.«

Martin sah ihn unverwandt an. »Wofür denn dann?«

»Wie hat dir denn bisher die Schnitzeljagd gefallen?« Roberts Gesicht nahm einen gefälligen Ausdruck an.

»Sie hat mich zu dir geführt. So dumm kann ich also nicht sein.«

»Doch wie geht es jetzt weiter, fragst du dich sicherlich? Auch das weißt du bereits. Du bringst mir Nataschas Mörder.« Roberts Blick fixierte einen Punkt hinter Martin. »Und dann sehen wir weiter.« Er grinste ihn plötzlich an. »Du wirst dir jedoch einen neuen Wagen besorgen müssen. Deinen alten hat die Polizei.« Er sah auf die Uhr. »Ich habe darauf geachtet, dass das Feuer nicht den Kofferraum erreicht. Jetzt wird es nicht mehr lange dauern, bis sie die Spuren, die ich dort zurückgelassen habe, Natascha zuordnen können und sie die Fahndung nach dir einleiten.«

*

Claire hatte darauf bestanden, bis zum Anbruch der Dunkelheit im Hauptbahnhof zu bleiben. Pia hatte nur mit den Achseln gezuckt und ihr ihren Willen gelassen. Aber als sie in dem kleinen Bahnhof zum dritten Mal in derselben Drogerie landeten, zog sie ihre Freundin zum südlichen Ausgang. »Komm jetzt. Wenn du in Gefahr bist, dann sollten wir uns langsam beeilen.« Pia glaubte immer noch nicht an die große Bitcoin-Verschwörung, aber sie hatte auch keine Lust mehr, auf den Beinen zu sein. Außerdem wurde Theo unruhig. Er hatte sie schon zweimal angesimst. *Wo bleibt Ihr? Wir müssen reden.*

Ihre Ansage zeigte Wirkung. Claire, die immer apathischer in die Schaufenster gesehen hatte, wurde wieder munter und nickte Pia zu. »Wir nehmen ein Taxi.«

Die Altbauwohnung des emeritierten Wirtschaftswissenschaftlers lag nur wenige Kilometer entfernt in einem altehrwürdigen Stadtteil Hamburgs, auf der Uhlenhorst. Während Pia zahlte, rutschte Claire sofort wieder unruhig auf ihrem Sitz nach vorne, als sie die Haustür offen stehen sah. Trotz der nächtlichen Stunde schien ein Mieter im Haus auszuziehen. Auf dem Bürgersteig standen Kleinmöbel vor einem halb vollen Sprinter und warteten darauf, von einem Mann mittleren Alters verladen zu werden.

Pia stieg aus und sah sich nach Claire um. Als diese nicht reagierte, betrat sie kopfschüttelnd das Haus. Claire konnte sehen, wie Pia die steile Altbautreppe nach oben stieg und dabei immer zwei Stufen auf einmal nahm.

»Ihre Freundin hat bereits die gesamte Fahrt bezahlt.« Der Taxifahrer hatte sich zu ihr umgedreht und sah sie freundlich an. Sie sank in den Sitz zurück. Was wollten die nur alle von ihr? Und was sollte sie hier, bei Theo? Er konnte ihr ebenso wenig helfen wie der Rest der Welt. Sie schloss die Augen und hoffte, dass der Fahrer ihre Tränen nicht bemerken würde. Alle, die sie in diese Sache mit reingezogen hatte, waren in Lebensgefahr – oder bereits tot. Sie öffnete wieder die Augen und wischte sich verschämt mit den Fingern durch die Augenwinkel. Es half alles nichts, sie musste da allein durch. Nur sie hatte den Schlüssel.

Claire bemerkte, wie der Mann einen Beistelltisch in den Sprinter warf und entlang der Fassade nach oben sah. In der Dachgeschosswohnung des Professors brannte Licht. Der Mann nahm sich den Sockel einer Tischlampe aus gedrechseltem Holz und verschwand im Haus. Auch er nahm mehrere Stufen auf einmal.

»Wollen Sie nicht aussteigen?«

Claire sank wieder so weit in den Sitz zurück wie möglich. »Kann ich noch einen Moment sitzen bleiben? Mir ist schwindelig.«

»Sie haben doch nicht getrunken, oder?« Die Stimme des Taxifahrers klang beunruhigt.

Claire schüttelte den Kopf. Plötzlich hörten sie ein lautes Fiepen. Ein schwarzer Spaniel rannte mit eingezogenem Schwanz aus dem Haus und kroch unter ein geparktes Auto.

»Zur nächsten Polizeistation, schnell«, war das Letzte, was sie sagen konnte, bevor das Rauschen in ihren Ohren ihr Bewusstsein überlagerte.

*

»Wie viele Zimmer hat diese Wohnung eigentlich?« Christian ließ sich in einen Sessel fallen, den die Spurensicherung glücklicherweise bereits freigegeben hatte, und massierte sich sein Knie. Frederica ging ins Bad, kam mit einer Packung Schmerztabletten wieder und warf sie Christian in den Schoß. »Es ist schon fünf. K. H. hat in ungefähr drei Stunden erste Ergebnisse für uns. Schaffst du es bis dahin?«

Christian sah sie beleidigt an. »Kein Problem. Aber was soll er uns schon sagen, was wir nicht wissen? Ich erkenne einen eingeschlagenen Schädel, wenn ich ihn sehe.« Er zerkaute zwei Tabletten und schluckte sie ohne Flüssigkeit hinunter. »Zum Glück war diese Pia so geistesgegenwärtig, dem Mörder zu entkommen und den Nachbarn zu alarmieren. Wir sollten nach ihrer Aussage eine Phantomzeichnung anfertigen lassen.«

»Mittelgroß, blond, normales Gesicht und keine besonderen Merkmale wird uns nicht weit bringen.« Er streckte sein Bein aus und zog eine Grimasse.

»Komm, ich bring dich nach Hause. Du hast recht, viel wird uns K. H. nicht erzählen können. Ich werde in die

Rechtsmedizin fahren und dich dann später wieder abholen. Okay?«

»Nein. Ich werde mich hier noch ein wenig umsehen. Vielleicht finden wir noch etwas.«

Christian stand auf und ging, betont lässig, ins Arbeitszimmer des Professors. Frederica folgte ihm. Hier dominierte ein riesiger alter Eichentisch, auf dem sich Bücher und Zeitschriften bis in fallsüchtige Höhen stapelten. Die Einbauregale links und rechts an den Längsseiten der hohen Wände bogen sich unter der Last der Tonnen gedruckten Materials. Alles war eingestaubt und in die Jahre gekommen. Nur das geölte Stäbchenparkett schimmerte edel im Licht der aufgestellten Scheinwerfer. Direkt vor dem Tisch war das Holz von der Größe eines menschlichen Schädels hellrot eingefärbt. Eigentlich müsste das Stück herausgesägt und mit dem Professor beerdigt werden, dachte Frederica. Gereinigt bekäme man es ohnehin nicht mehr. Christian stieg über von Metzingens Blut und setzte sich breitbeinig an den Tisch. »Der Professor war noch warm. Der Mörder hatte also nicht viel Zeit, sich umzusehen.«

Frederica blieb zweifelnd im Türrahmen stehen. »Das sieht hier aus wie bei meinem Doktorvater. Und wie auch er scheint von Metzingen nie etwas weggeworfen zu haben. Selbst wenn wir wüssten, wonach wir suchen, würden wir hier nichts finden. An seinem Schlüsselbund war jedenfalls kein Professor Bienlein.« Sie drehte sich zur Tür.

»Wo gehst du hin?« Christian schloss die Schublade wieder, die er gerade aufgezogen hatte.

Frederica drehte sich zu ihm um. »Antworten holen.«

Claire und Pia saßen derweil in der kleinen Dachgeschossküche des Professors an einem winzigen Holztisch. Trotz der warmen Temperaturen waren sie dicht aneinandergekauert und teilten sich eine schwarze Wolldecke und eine Kanne Pfefferminztee. Als Frederica die Küche betrat, wurde sie stumm gemustert. Die Wolldecke bewegte sich und der schwarze Spaniel streckte seinen Kopf hervor. Instinktiv legten beide Mädchen einen Arm um das traumatisierte Tier.

»Wie heißt er?« Frederica nahm sich eine frische Tasse und schenkte sich ein.

»Oikos. Griechisch für ›Haushalt‹, womit man damals die Ökonomie meinte.« Pia hatte als Erste ihre Stimme wiedergefunden. Mit kurzen, heftigen Bewegungen streichelte sie dem Spaniel über den Kopf, der das ruppige Ziehen, ganz untypisch für seine Rasse, klaglos über sich ergehen ließ. »Ich hatte gedacht, Claire übertreibt. Aber dann stand die Tür offen und als ich ins Arbeitszimmer kam ...« Leise fing sie an zu weinen.

»Wo waren Sie zu dem Zeitpunkt?«, fragte Frederica die Mathematikerin.

Claire wischte sich mit dem Handrücken über die Nase. »Noch im Taxi. Ich habe ihn gesehen, wie er ins Haus ging. Das Taxi hat mich zur Polizei gefahren. Ich bin dann mit den Polizisten zurückgekommen. Erst wollten sie mir nicht glauben, aber als Pias Anruf kam, ging es ganz schnell.«

»Pia, Sie haben ihn in der Wohnung überrascht?« Christian war Frederica in die Küche gefolgt. Er schnupperte an der Kanne, rümpfte die Nase und holte sich eine Flasche Wasser aus dem Kühlschrank.

Pia sah ihn irritiert an. »Dürfen Sie das?«

Christian besah sich die Flasche. »Wasser trinken?« Er setzte an und leerte sie zur Hälfte, ohne abzusetzen. »War in der Wohnung ein fremder Mann, als Sie sie betreten haben?«

Pia schüttelte den Kopf.

»Wann also haben Sie ihn dann gesehen? Oder haben unsere Kollegen Sie falsch verstanden?«

»Nein, es stimmt schon. Ich bin nur etwas durcheinander. Ich habe ihn ein paar Minuten, nachdem ich den Professor gefunden habe, in der Wohnung gesehen. Ich hatte nicht viel mehr getan, als durch die Wohnung zu gehen und nach Theo zu suchen, es kann also wirklich nicht lange gewesen sein.« Der Spaniel schüttelte ihre Hand ab und begann, sie abzulecken. »Dann hörte ich Schritte. Ich dachte natürlich, das wäre Claire, und wollte ihr entgegengehen, aber dann sah ich durch den Spalt in der Zimmertür, dass das ein Mann mit einer Art Stock in der Hand war, den er über den Kopf hielt, als wollte er damit zuschlagen. Ich glaube, ich hatte noch nie so viel Angst.« Sie sah entschuldigend zu Claire.

»Was ist dann passiert?«

»Ich bin durch die andere Tür raus und habe mich nach draußen geschlichen.«

»Würden Sie den Mann wiedererkennen?« Christian richtete die Frage an beide Frauen.

Pia nickte wieder. »Ich denke schon.«

Claires Nicken war zögerlicher. »Ich glaube, ich war zu weit weg.«

»Wann war das genau zeitlich?« Christian schrieb sich Notizen in sein Handy. Er hatte das Gespräch an sich gezogen und Frederica ließ ihn gewähren.

Pia sah zu Claire, die während der Unterhaltung nirgendwo hingesehen hatte, und stieß sie an. »Du bist doch zur Polizei, wann war das denn?«

»So gegen 22.30 Uhr, es war schon Dunkel.«

»Gut. Und von wann war die letzte SMS von Theo von Metzingen an Sie?«

Pia sah auf ihr Handy. »20.10 Uhr.«

Frederica trank einen Schluck Tee. »Die SpuSi hat von Metzingens Handy nicht gefunden.«

Pia sah sie verwirrt an. »Denken Sie an einen Einbruch mit Raub?«

»Momentan denken wir an alles Mögliche.« Christian sah Frederica an. »Zum Beispiel, dass der Mörder die SMS geschrieben und das Handy mitgenommen hat.«

Frederica streichelte Oikos. »Mag sein, aber ich glaube nicht, dass uns jetzt der Mörder interessiert.« Sie ging raus und kam mit einem Stuhl aus dem Esszimmer zurück. Sie quetschte ihn an den winzigen Tisch und setzte sich neben die Freundinnen. Christian wich zur Wand aus und lehnte sich gegen das Fensterbrett. Die Sonne war gerade aufgegangen und schickte ein paar wärmende Strahlen an seinem Kopf vorbei in die Küche. Fast so, als wäre alles in Ordnung. Frederica nickte zufrieden. »Claire, was ist auf den USB-Sticks?«

Claire wärmte sich an ihrem Becher Tee die Hände. Jetzt setzte sie ihn ab, atmete tief durch und sah Pia an, die ihr aufmunternd zunickte. Dann sah sie Frederica fest in die Augen. »Ein Programm, um Wallets zu waschen.« Ihr Blick wurde unscharf. »Und jetzt bringt er uns alle um.« Der Satz blieb unter der Zimmerdecke hängen wie ranziges Bratfett. Falls ihr bewusst war, dass ihr keiner folgen konnte, schien es ihr egal zu sein.

Christian verlagerte sein Gewicht auf das gesunde Knie. »Ihr habt euch also mit einer Bank zusammengetan, um virtuelle Geldwäsche zu betreiben? Wollt das Programm dann über die Datenträger an irgendwelche Kriminelle vertreiben und wundert euch, dass mit solchen Leuten nicht zu spaßen ist?« Ihm war bewusst, dass er sich in Rage redete, konnte aber nichts dagegen tun. »Und selbst als die erste Tote auftauchte, habt ihr nicht den Mund aufgemacht? Und sagt mir jetzt nicht, dass ihr nichts von dem Mord an Natascha Gruber wusstet. Das ging durch alle Gazetten!« Er baute sich vor den Frauen auf, die unter der Decke verschwinden wollten. Oikos winselte. »Ich fasse es nicht. Eine Frau wurde brutal ermordet. Und jetzt euer Professor. Sie sind tot, versteht ihr das? Aber dämliche Comicfiguren anfertigen lassen, das geht. Ist das Ganze etwa ein Spiel für euch?« Den letzten Satz hatte er fast geschrien.

Frederica ignorierte Christians Ausbruch und nahm Claires Hand. »Es war ursprünglich anders geplant, oder? Vielleicht eine Wirtschaftssimulation, eine akademische Übung?«

Claire hatte leise angefangen zu weinen und wischte sich mit dem Handrücken über die Nase. »*Der* erste Tote. Nicht *die*. Urs Wendeler, ein ehemaliger Studienkollege von mir, ist vor einem Monat in Zürich von einem Auto überfahren worden. Die Polizei behauptet, es sei Fahrerflucht gewesen, aber das glaube ich nicht. Er ist wegen des Programms ermordet worden.« Sie schnäuzte in Christians Taschentuch, das er ihr stumm hinhielt. Ihr Gesicht verfinsterte sich. »Es war dieser Martin Terborn.«

Frederica merkte, wie Christians Rücken sich versteifte. Bevor er etwas sagen konnte, nahm sie auch Claires andere Hand und sah ihr direkt in die Augen. »Jetzt hören Sie mir genau zu. Wir müssen so schnell wie möglich herausfinden, wer diese Morde in Auftrag gibt und was Martin Terborn und die Familie Bornheim damit zu tun haben. Und je eher Sie uns alles erzählen, was Sie wissen, umso schneller können wir diese Leute stoppen.« Sie ließ Claires Hände los und lehnte sich an den Stuhlrücken. »Was macht die Datenträger einzigartig? Kann man das Programm nicht unendliche Male vervielfältigen?«

Claire sah Pia an, die ihr wieder stumm zunickte. Sie nahm die Decke von den Schultern und setzte sich auf. »Vor fast zwei Jahren traf ich in London auf Robert Bornheim. Ich gab an der London School of Economics Seminare zur Spieltheorie und arbeitete nebenher an meiner Version eines echten Bitcoins. Was momentan auf dem Markt ist, ist nämlich immer noch nur eine Beta-Version.«

»Das habe ich gestern schon mal gehört«, warf Christian ein. »Wieso kommt so was dann eigentlich auf den Markt?«

»Das ist es ja gar nicht. Irgendwann sind Spekulanten auf das Spiel aufmerksam geworden und haben es instrumentalisiert. Sie handeln darüber, mit zeitweilig horrenden Renditen.«

»Mit einem Spiel?«, fragte Christian ungläubig.

Claire nahm ihren Teebecher wieder auf. »Der Bitcoin wurde vor zehn Jahren als ein Spiel erfunden. Ein unbekannter Programmierer hatte einfach nur eine Rechenaufgabe ins Netz gestellt und demjenigen, der sie löst, ein paar Bitcoins versprochen. Als sie gelöst war, wurde eine neue Rechenaufgabe auf die vorherige aufgesetzt und das Spiel ging weiter. Bis heute.« Sie trank einen Schluck Tee. »Die Kette an Rechenaufgaben wird dadurch immer länger und die Anzahl der Bitcoins immer größer. Daher ist es auch irreführend, vom Schürfen zu reden, denn die Bitcoins werden rund um die Uhr hergestellt und dann als Preisgeld ausgelobt. Seitdem sich die Wirtschaft aber intensiver mit Kryptowährungen beschäftigt, habe ich es mir zur Aufgabe gemacht, das Programm zu optimieren. In seinem momentanen anarchischen Zustand würde es nicht stabil laufen und braucht viel zu viel Energie. Außerdem dauert es einige Tage, bis Zahlungen verifiziert werden können. Den Kaffee an der Ecke kann man damit definitiv nicht zahlen. Als ich Robert mit seinem Know-how im Bankengeschäft kennenlernte, hatte ich endlich auch einen praktischen Zugang zum System. Er hat dann Geldgeber organisiert und ich konnte mich endlich hauptberuflich damit beschäftigen. Irgendwann brauchte ich Hilfe und so kamen Urs, Pia und mein ehemaliger Doktorvater Theo dazu.« Sie starrte an die Wand und nahm sich wieder die Wolldecke. Der Spaniel war auf ihrem Schoß eingeschlafen. Geistesabwesend kraulte sie seinen Kopf.

»Und was ist dann passiert?«, fragte Frederica leise.

Claire fokussierte sie wieder. »Dann passierte Martin Terborn. Vor ungefähr einem Jahr kam er zur Bank, als Sicherheitschef.« Claire betonte das letzte Wort, als wäre es ein Witz. »Und kaum war er da, sollte ich plötzlich das Programm modifizieren.« Sie sah Christian an. »Ich glaube nicht, dass es Sinn macht, wenn ich ins Detail gehe?« Als er abwehrend die Hände hob, fuhr sie fort. »Ich verstand nicht, wozu das gut sein sollte, aber dann insistierte Robert, dass die Geldgeber darauf bestünden.«

»Und was hat Martin jetzt damit zu tun?« Christians Stimme klang angespannt.

Claire sah ihn an. »Erst dachte ich, er wollte was von mir. Aber da war mehr als die Frage nach einem Date. Er sah mich immer so durchdringend an, wenn wir uns trafen. Als würde gerade ein Film in seinem Kopf ablaufen und der hatte kein Happy End.«

»Hat er Sie bedroht?«

»Nicht direkt. Aber Robert hat auch Angst vor ihm. Und er ist auch verschwunden oder vielleicht …«

»Und warum die Comic-Sticks?«

»Weil es ein Spiel war, verdammt noch mal!« Der Spaniel kläffte auf. »Bis wir feststellten, dass wir etwas bauen sollten, womit Mädchenhändler oder sonst wer ihr dreckiges Geld waschen können. Unsere Idee war das nämlich nicht gewesen! Aber es zu löschen, haben wir uns nicht getraut. Da haben wir beschlossen, das Programm zu teilen. Es läuft nur, wenn alle Sticks verwendet werden, und nur auf meinem Laptop!«

Frederica und Christian sahen sich entsetzt an. Die Auftraggeber brauchten also alle Sticks. Und Tanja hatte die Castafiore mit nach Hause genommen, um ungestört weiterarbeiten zu können. Sofort rief Christian sie an. Doch sie antwortete nicht.

*

Christian versuchte gar nicht erst, im Gewühl der Hallerstraße einen Parkplatz zu finden, sondern parkte gleich in zweiter Reihe neben den vier Streifenwagen, die sich quer zur Straße gestellt hatten. Alle Fahrzeuge waren leer, nur ihre eingeschalteten Blaulichter verfingen sich wie Wegweiser im Laub der Kastanien. Es war mittlerweile vollständig hell geworden und die zwölf Grindelhochhäuser, für die einst die britischen Besatzungsmächte Fundamente gegossen und dann vergessen hatten, bauten sich grußlos vor ihnen auf. Schnell hasteten Frederica und Christian zu dem Gebäude, in dem Tanja wohnte und in dem sie vor einem halben Jahr den Mord untersucht hatten, der sie beide an die Grenzen ihrer Belastbarkeit gebracht hatte.

Frederica starrte auf das Vestibül, dessen Scheiben immer noch verdreckt waren und sie deutlich an ihren ersten Besuch erinnerten. Die lauwarme Luft, die ihr trotz der morgendlichen Stunde entgegenschlug, legte sich unangenehm auf ihr Gesicht. Sie versuchte, sich daran zu erinnern, was ihr Leben vor dem Überfall auf Christian ausgemacht hatte. Und bevor ihr Ex Matthias von den Toten wiederauferstanden war. Was hatte sich seitdem verändert? Hatte sich überhaupt etwas geändert? Christian war immer noch wütend auf sie, das war nachvollziehbar. Aber hatte sich dadurch die Dynamik ihrer Beziehung verschoben? Ihre eigene Entführung belastete sie nicht. Das Risiko hatte sie einkalkuliert und sie dachte nur in einer abstrakten Empfindung an die Stunden zurück, in denen der Apotheker sie in seiner Gewalt gehabt hatte. Doch wie dachte Christian darüber? Sie löste ihren Blick vom Glas und konzentrierte sich auf seinen Rücken. Eine Sache war jedoch unbestritten. Ohne ihn wäre sie nicht fähig gewesen, ihren Plan in die Tat umzusetzen.

»Ich will nicht, dass du weggehst.« Frederica konnte trotz Christians kaputten Knies kaum mit ihm mithalten und hatte, wegen ihrer Kurzatmigkeit, die Bitte als Forderung formuliert.

»Müssen wir das jetzt klären?« Christian sah sich weder um, noch verringerte er sein Tempo.

Seine Stimme hatte gleichgültig geklungen, doch Frederica zwang sich weiterzureden. »Du sollst nicht wegen mir etwas tun, was du nicht willst.«

»Ich mache dauernd Dinge, die ich nicht will, wegen dir.« Abrupt blieb er stehen und drehte sich um. Erleichtert stellte Frederica fest, dass er grinste. »Außerdem würde mir Annabelle die Hölle heiß machen, wenn ich nicht weiter auf dich aufpasste.« Er drehte sich wieder um und betrat das Vestibül.

Fredericas Schultern entkrampften sich. Die Anspannung, unter der sie die letzten Monate gelebt hatte, schien sich in Luft aufzulösen. Einfach so. Verwundert blieb sie stehen und sah sich um, als wäre sie noch nie hier gewesen. Manchmal ging das Leben doch nicht einfach so weiter. Manchmal musste man ihm einen Stoß versetzen.

Peter Neureuther begrüßte sie vor Tanjas Wohnungstür. »Dieser Philip Jensen ist auch da. Offensichtlich haben beide die Nacht durchgearbeitet.« Er rollte bewusst theatralisch mit den Augen. »Betonung auf Arbeit.«

»Das tut mir leid«, grunzte Christian zurück.

Tanjas Stimme erreichte sie. »Er ist viel zu jung für mich, danke für euer Interesse. Und jetzt kommt rein, damit ich euch wieder rauswerfen kann!«

Im Wohnzimmer trafen sie auf die Besatzung der Streifenwagen und auf einen hochroten Philip. Frederica nickte ihm zu und ging dann Tanjas Stimme nach. Ihre Kollegin war in der Küche und kochte Tee.

»Hier ist niemand aufgetaucht?« Sie blieb im Türrahmen stehen und streichelte Alfred, der ihr zur Begrüßung seine kalte Schnauze in die Hand schob. Die Dogge ließ die kleine Küche, mit Tanja in ihr, zart wirken.

»Nein, uns hat niemand belästigt. Greifst du mal bitte in den Schrank? Da sind Kekse.«

Frederica öffnete den Schrank und zog eine Packung Spritzgebäck heraus. Sie sah sich unauffällig um. »Wieso sind wir eigentlich noch nie hier gewesen?«

»Weil ich euch nicht eingeladen habe.« Die Antwort hatte keine aggressive Note, nur etwas Wehmut schien in ihrer Stimme mitzuschwingen.

Frederica wechselte das Thema. »Habt ihr noch etwas herausgefunden?«

Tanja nickte. Sie schien den atmosphärischen Wechsel nicht bemerkt zu haben. »Oh ja. Wer immer sich das hier ausgedacht hat, ist mehr als ambitioniert. Der beherrscht seine Rocket Science oder kennt zumindest Leute, die das tun.«

»So Leute wie Claire?« Sie waren ins Wohnzimmer zurückgekehrt. Peter Neureuther und sein Kollege zogen sich dezent in die Küche zurück, in der Tanja den Tee für sie hingestellt hatte. Die Besatzungen der anderen Wagen waren gegangen. Philip saß an Tanjas Workstation und seine Gesichtsfarbe hatte sich normalisiert. Christian saß auf dem Sofa.

Tanja stellte sich in ihrem Rollstuhl neben Philip an den Rechner. »Vorführen, was wir herausbekommen haben, können wir nicht, da uns noch Teile des Programms fehlen, aber wir sind uns jetzt ziemlich sicher, dass hier jemand einen Algorithmus entwickelt hat, um virtuelle Geldwäsche zu betreiben.«

»Moment mal«, wehrte Christian ab, »wir sind keine Programmierer. Kannst du bitte von vorne anfangen, damit wir langsam mal verstehen, worum es hier überhaupt geht? Und beeile dich gerne. Wir haben bereits zwei Tote und keine heiße Spur.«

Tanja trank einen Schluck Tee. »Stellt euch vor, ihr seid eine Bank und ihr habt einen Kunden, der Wallets besitzt, also Portemonnaies, gefüllt mit Kryptowährung. Die will er jetzt zu Geld machen. Aber natürlich kann er diese einzelnen Wallets nicht durch eine Börse schicken, das würde den Kurs in kurzer Zeit ruinieren. Deswegen sucht er einen Käufer, der ihm dieses Paket offline abnimmt.«

»Aber wieso hat man überhaupt Wallets, wenn man sie monetarisieren will?«, warf Christian ein. »Ich stelle eine Gegenfrage: Warum veräußert derjenige die Wallets nicht einfach nacheinander? Dazu kann man auch technischer Laie sein.«

»Weil die Wallets aus einer unseriösen Quelle kommen«, meldete sich Philip zu Wort. »Und bevor Sie fragen – Bitcoins sind nicht anonym.«

Tanja nickte. »Sagen wir mal so – sie sind natürlich anonym, aber die Blockchain merkt sich alles und damit hört die echte Anonymität auf. Wenn ihr zum Beispiel auf dem Kiez ein Gramm Koks kauft und den Dealer mit Zweieuromünzen bezahlt, ist dieser Geldweg faktisch nicht nachvollziehbar. Selbst wenn die Polizei die Münzen sicherstellt, kann man sie im Prinzip nicht mehr zu euch zurückverfolgen. In der Welt der Kryptowährungen wird aber jede, und zwar wirklich jede, Transaktion bis zu ihrem Auslöser nachvollziehbar. Das bedeutet, wenn man eine Transaktion bei einem Verdächtigen findet, kann man den Weg dieser Überweisung bis zu ihrem Urheber, also euch, zurückverfolgen.«

»Und jetzt hat jemand ein Programm geschrieben, mit dem in einem virtuellen Währungssystem Geld gewaschen werden kann?«

»Nein.« Tanja und Philip hatten gleichzeitig geantwortet und grinsten sich jetzt an.

Von wegen zu jung … Frederica nahm eine Tüte Gummibärchen aus ihrer Handtasche und reichte sie herum. »Man kann also die Wallets nicht neutralisieren und man kann die Bitcoins auch nicht in andere Wallets umschichten, ohne dass sie jederzeit zurückverfolgt werden können?«

Philip setzte sich zu ihnen an den Couchtisch. »Genau. Aber was nützt mir der Absender, wenn ich ihn nicht kenne? Denn Sie gehen ja nicht, wie sonst, zu einer Bank und eröffnen ein Konto, sondern Sie laden sich lediglich ein Programm auf Ihren Rechner und richten eine Wallet ein. Und das können Sie mit irgendwelchen Daten machen, denn Sie brauchen keinen Beweis für Ihre Identität vorzulegen.

Lediglich Ihre IP-Adresse ist in der Wallet hinterlegt. Wenn Sie nun also in Bari in einem Internetcafé sitzen und sich dort eine Wallet mit einer neuen E-Mail-Adresse einrichten, endet die Spur zu dieser Wallet an einem Bistrotisch in Apulien.«

Christian nahm Frederica die Tüte weg und warf sie auf den Tisch. »Also jetzt doch? Dann wäre es doch wirklich am einfachsten, wenn man eine neue, saubere Wallet aufmacht und die alten dahin überweist, oder?«

»Nicht in einer digitalisierten Welt.« Tanja schenkte sich Tee nach. »Man hinterlässt überall seine Spuren, auch in der Welt der Kryptowährungen. Wenn du also nun diese Wallets auf ein neues Wallet überweist, kann man diese Transaktionen im ganzen Internet nachlesen. Nicht nur investigative Journalisten, sondern auch wir, die Behörden, beobachten diese Transaktionen auf einer regelmäßigen Basis. Und wenn nun mehrere Hundert Überweisungen auf einem nagelneuen Konto landen, gehen überall rote Fahnen hoch.«

»Ist das denn so viel an Volumen?«, fragte Frederica. »Das ist doch nur ein Spiel, wie uns Claire erklärt hat?«

»Da täuschen Sie sich aber gewaltig«, warf Philip ein. »Der Markt ist zwar noch überschaubar, aber es werden täglich mehr. Und denken Sie an das Hijacking von Computern, die Sie dann mit Bitcoins auslösen müssen. Oder ›echte‹ Entführungen, bei dem die Entführer das Lösegeld nicht abholen müssen, was ja bekanntlich der gefährlichste Teil der Operation für sie ist, um erwischt zu werden.«

Tanja nickte ihm zu. »Ich weiß nicht, was die Klienten der Bank an Werten haben, aber wenn es nur 500 Wallets mit 30.000 Bitcoins sind, reden wir hier von immerhin 200 Millionen Euro.«

Christian pfiff durch die Zähne. »Und dafür muss man noch nicht mal das Haus verlassen.«

»Aber dafür ist es ein gutes Stück schwerer.« Tanja streichelte Alfred über den Kopf. »In der guten alten Welt wird das dreckige Geld gewaschen und du bekommst saubere Scheine. Niemand kann nachverfolgen, woher du sie hast, das ist ja der Sinn der Sache. Willst du das in der digitalen Welt hinbekommen, musst du die digitalen Spuren verwischen, was momentan noch fast unmöglich ist.«

»Aber das geht in einer Blockchain doch nicht?« Frederica holte sich die Tüte Gummibärchen zurück, die Christian ihr mit einer schnellen Bewegung wieder abnahm und in den Papierkorb warf. Auf eine seltsame Weise fühlte sie sich durch diese Geste beschützt.

»Nein, aber du kannst ein solches Chaos verursachen, dass die Nachverfolgung der Transaktionen in einem völligen Durcheinander endet.«

»Auch für denjenigen, der genug Ressourcen hat, um es wieder zu entwirren?«

Philip nickte. »Es ist eigentlich sehr einfach. Stellen Sie sich vor, Ihr Kunde gibt Ihnen eine Aktenmappe mit 500 Umschlägen. In jedem dieser Umschläge liegen Bitcoins, die Sie ›anonymisieren‹ sollen. Also öffnen Sie die Umschläge und legen die Inhalte in einen neuen Umschlag. So kann keiner nachverfolgen, wo der Inhalt dieses Umschlages herstammt.« Er hob einen Zeigefinger. »Aber ein Problem gibt es dabei. Sie sitzen nicht allein in einem Zimmer, sondern befinden sich auf einem vollen Marktplatz und alle schauen Ihnen dabei zu. Also, selbst wenn Sie dann einen ›sauberen‹ Umschlag haben, weiß jeder, dass Sie auf dem Marktplatz unzählige Umschläge aufgerissen und in einen großen, anderen getan haben.« Er senkte seine Hand wieder.

Frederica lächelte ihn an. Er hatte trotz der hohen Temperaturen eine Wollmütze auf dem Kopf, mit der er verwachsen zu sein schien. Seine Augen strahlten vor Wissensdurst, dem er in den letzten Stunden neue Nahrung geben konnte. Er schien in seinem Vortrag aufzugehen, ohne sich darum zu kümmern, ob ihm jemand folgen konnte. Ja, die beiden würden gut zusammenpassen.

»Das ist somit keine Lösung. Aber was ist, wenn Sie dabei doch allein in Ihrem Büro sind und nicht alles in einen Umschlag legen, sondern sich 500 neue Umschläge holen und dann die Inhalte aus den alten Umschlägen völlig willkürlich auf die neuen Umschläge verteilen? Dann verschicken Sie diese Umschläge an alle möglichen Freunde und Bekannte auf der ganzen Welt mit der Bitte, den Inhalt des Umschlages in einen neuen Umschlag zu tun und diesen an eine neue Adresse zu schicken. Dann wird es schon extrem schwierig, den Weg aus den alten Umschlägen in einen neuen, großen Umschlag zu verfolgen.«

»Und wie sieht das jetzt praktisch aus?«, fragte Frederica. »Ich nehme mir eine Woche frei und richte 500 Wallets ein?«

»Nein, denn dann würden Sie ja diese Wallets alle zur selben Zeit mit derselben IP-Adresse erstellen. Sie müssen schon die Globalität der digitalen Welt nutzen und diese Wallets über den gesamten Planeten und mit einer gewissen Zeitdifferenz erstellen. Außerdem wäre es noch zu simpel, nur einmal den Umschlag zu verschicken. Das lässt sich noch relativ einfach nachvollziehen. Auch wenn der Ursprung vielleicht nicht wirklich herausgefunden werden kann, landet man auf dem Radar der Behörden.«

Christian setzte sich auf. »Wie einfach wäre es denn, ein Programm zu schreiben, das mir diese Arbeit abnimmt?«

Tanja nickte ihm zu. »Nicht so einfach, aber du hast es erfasst.« Sie grinste Philip an, der prompt wieder rot wurde. »Wir gehen davon aus, dass jemand genau das getan hat.«

Christian holte die Tüte Gummibärchen aus dem Müll und nahm sich welche. »Claire? Oder der Professor mit den Bornheims? Und dann hat derjenige sich mit den falschen Leuten eingelassen.«

»Oder umgekehrt.« Frederica schielte kurz auf die Tüte, besann sich aber eines Besseren und holte ihr Handy aus der Tasche. »Ich rufe Matthias an. Er soll Claire und Pia abholen und uns alles geben, was seine Abteilung über die Bank zusammengetragen hat.« Sie sah Christian entschuldigend an. »Er hatte mich bereits gewarnt, aber da warst du …«

Christian hob abwehrend die Hände. »Ich bin nicht mehr dein Boss. Außerdem ist es Zeit für K. H.« Seine Miene verfinsterte sich. »Ich will wissen, inwiefern Martin involviert ist.«

KAPITEL 26

»Sieht so aus, als wäre Martin Terborn unser Mann.« Tanja beugte sich über die Laborergebnisse, die Frederica und

Christian aus der Rechtsmedizin mitgebracht hatten. »Die Haare aus der Wolldecke, die Spuren auf den Sandalen und die gefundenen Blutspuren passen alle zu Natascha Gruber.« Tanja sah auf. »Als Psychopath kann ich ihn mir aber nicht vorstellen.«

»Wenn man aggressive Psychopathen an der Nasenspitze erkennen könnte, hätten wir nur noch halb so viel zu tun«, murmelte Frederica. »Und nicht jeder von ihnen kommt aus einem gestörten Elternhaus, und nicht jeder Psychopath, der aus einem gestörten Elternhaus kommt, wird zwangsläufig zu einem Mörder.« Sie sah auf. »Er war Soldat. Vielleicht leidet er unter einem posttraumatischen Stresssyndrom.«

»Was nicht auf Soldaten beschränkt ist.«

»Richtig. Aber, mit aggressiven Tendenzen, vornehmlich bei Menschen mit einem beruflichen Bezug zu Gewalt zu finden.« Sie sah zu Christian. »Eines ist jedenfalls sicher. Wir müssen ihn so schnell wie möglich finden.«

Christian setzte sich in seinen Bürostuhl. »Martin ist zu einer solchen Tat nicht fähig. Und wenn er Informationen hätte, die für uns wichtig wären, hatte er sie mir schon längst gegeben.« Er ignorierte die zweifelnden Blicke seiner Kolleginnen. »Wir sollten uns weiter auf Robert Bornheim konzentrieren. Er ist der Schlüssel, da bin ich mir ziemlich sicher. Schon deshalb, weil er nicht hier ist.« Er drehte sich zu Tanja. »Gibt es schon etwas Neues?«

Tanja schüttelte den Kopf. »Weder ist er ins Land ausnoch wieder eingereist, auch seine Kreditkarten sind nicht benutzt worden.« Sie runzelte die Stirn. »Er ist wie vom Erdboden verschluckt. Vielleicht tot?«

Niemand bemerkte den dunkelhaarigen, gut aussehenden Mittdreißiger, der soeben das Büro betrat. »Guten Morgen, die Herrschaften. Ich habe gehört, dass Sie mich suchen?«

Christian drehte sich schnell um. Ihm war die leichte Ironie in der Stimme des Mannes nicht entgangen. Er strahlte eine unerschütterliche Selbstsicherheit aus, wie sie nur Kinder reicher Eltern mitbrachten. Und die er nur zu gut kannte. »Das wir aber auch Zeit, Herr Bornheim. Bitte setzen Sie sich.«

*

Martin betrat das »Silbersack«, wo er mit Matthias Carstensen verabredet war. Die beiden waren Jugendfreunde. Obwohl sie sich seit Jahren nicht gesprochen hatten, hatte Martin ihn angerufen und ihn bei der Suche nach dem Nigerianer um Hilfe gebeten. Er war zwar etwas überrascht, aber vor allen Dingen dankbar gewesen, als Matthias sofort seine Hilfe zugesagt hatte. Dass sein Jugendfreund bereits im Umfeld der Bank ermittelte, wusste er nicht.

Martin setzte sich in eine der klebrigen Ecken und bedauerte zutiefst, mit dem Rauchen aufgehört zu haben, als die menschlichen Ausdünstungen der letzten Nacht auf seine Nase trafen. Während er darauf wartete, dass diese den Ausgang fanden, musterte er den geschäftigen Kellner, dessen zerknittertes Gesicht mit dem Mobiliar zu verschmelzen schien. Bei Tageslicht würde er ihn wahrscheinlich nicht wiedererkennen. Er kam auf ihn zu und fragte nach seiner Bestellung. Um nicht mehr als nötig aufzufallen, entschied er sich für eine Flasche Pils. Der Kellner verschwand im Dunkeln.

»Geiler Laden, oder?«

»Keine Ahnung, ich stehe nicht so auf den Kiez«, entgegnete Martin trocken. »Siehst übrigens gut aus.«

Matthias war hinter ihm aufgetaucht und grinste ihn an. »Warte bis Mitternacht, dann verwandelt sich das hier in eine Kutsche und ich mich in eine Prinzessin. Du übrigens nicht so.«

Martin seufzte. »Wird ja auch langsam alles etwas kompliziert, das macht alt. Außerdem werde ich definitiv nicht noch sechs Stunden hierbleiben.«

Matthias winkte dem Kellner und bestellte sich dasselbe. »Das musst du auch nicht. Du hast mir gesagt, dass deine Zielperson sich um diese Zeit im Bereich Lincolnstraße / Talstraße herumtreibt. Wir werden uns jetzt also leicht einen antrinken, um mit der nötigen Geschmeidigkeit unsere Runden drehen zu können, und sehen mal, wen wir so finden.« Er lehnte sich zurück und grinste Martin wieder an. »Es ist wirklich schön, dich wiederzusehen. Ich bin froh, dass du mich angerufen hast.«

Martin nickte. »Ich habe Robert Bornheim wohl etwas unterschätzt. Ich glaube zwar nicht, dass deine Kollegen mich ernsthaft des Mordes an seiner Freundin verdächtigen werden, aber ich würde auf jeden Fall zu viel Zeit verlieren, euch das zu beweisen.« Er schob angewidert das Glas beiseite, das der Kellner überraschenderweise neben dem Pils abgestellt hatte, und trank direkt aus der Flasche. »Und bilde dir mal nichts ein. Die Gelegenheit ist einfach zu günstig.« Er setzte die Flasche etwas zu heftig ab. »Wenn er es denn ist.«

Matthias zündete sich eine Zigarette an. »Dir ist klar, dass Robert Bornheim das Ganze nur erfunden haben könnte, um dich da mitreinzuziehen?«

Martins Augen verengten sich. »Das ist mir egal. Ich muss es einfach herausfinden. Als ich auf der Straße lag und dabei zusehen musste, wie sie wie eine Flasche Bier herumgereicht wurde …« Er trank hastig aus und bestellte zwei Kurze. »Und wie sie mich dabei unentwegt angesehen hat.« Seine Stimme stockte und er rieb sich die Augen.

»Als ich meine Eltern und meine kleine Schwester bei einem Autounfall verloren habe, war ich zehn. Und ich wusste, dass das Leben nicht nur für sie, sondern auch für mich vorbei war. Was es bis heute in gewisser Weise immer noch ist.« Matthias warf seine Zigarette auf den Boden und trat sie aus. Er sah Martin nicht an. »Du hättest nichts tun können, genauso wenig wie ich.«

Martin sah ihn entgeistert an. »Ich hätte jede Menge tun können. Ich hätte Verstärkung mitnehmen müssen, zum einen. Ich hätte in einem Land, in dem offen Kinderprostitution betrieben wird und Frauen nur Ware sind, nicht sorglos in der Wahlnacht, in der alle angespannt sind, mit einer Einheimischen herumlaufen sollen. Und ich hätte meine Kunden besser sensibilisieren müssen.« Er trank den Kurzen und bestellte neues Bier. »Aber weißt du, was das Schlimmste ist? Ihr Blick hatte mich nicht um Hilfe gebeten.« Er sah Matthias direkt in die Augen. »Er hatte mich freigesprochen.«

Martins Rücken versteifte sich. Sein Blick ging an Matthias vorbei und fixierte in der dunklen Kneipe einen Punkt hinter ihm. Plötzlich packte er seinen Jugendfreund am Arm und stieß dabei die leere Flasche um, die polternd in die Ecke rollte. Martin wurde lauter. »Er ist es wirklich.«

Matthias war Profi genug, um sich nicht umzudrehen. »Sieh mich an. Hat er dich erkannt?«

Martin schnaubte verächtlich. »Sicher nicht. Das wird für ihn nur ein Fick von vielen gewesen sein.« Aber er disziplinierte sich, wegzusehen und den dunkelhäutigen, groß gewachsenen Mann, der gerade die Kneipe betreten hatte und sie nicht beachtete, nur aus den Augenwinkeln zu mustern. »Er spricht mit dem Barmann.« Martin lachte über einen Witz, den Matthias nicht gemacht hatte, und sah wieder zum Tresen. »Er geht wieder raus, biegt nach links ab.« Langsam standen beide auf, als hätten sie heute nichts mehr vor, bezahlten die Rechnung und nahmen die Verfolgung auf.

An einem Mittwochabend waren kaum Touristen unterwegs und sie konnten ihr Zielobjekt bequem im Auge behalten. Der Nigerianer trug ein weißes, langärmeliges Hemd, das frisch gewaschen und gebügelt aussah, und kakifarbene Cargoshorts. Die Seitentaschen waren stark ausgebeult. Den Informationen auf dem Stick nach, den Martin von Robert bekommen hatte, dealte er an der Hafenstraße mit Crystal Meth.

»Er hat gar keine Tasche dabei.«

Martin nickte. »Die Selbstverständlichkeit, mit der er seine Ware in den Hosentaschen transportiert, macht mich krank.«

»Eine Überprüfung scheint er jedenfalls nicht zu fürchten, trotz seiner Hautfarbe.«

»Vielleicht weiß er auch nur zu gut, dass er mit einer Tasche, die er schnell entsorgen könnte, nur noch mehr auffallen würde.« Martin runzelte die Stirn. »Ein arrogantes Arschloch ist er also auch noch.«

Matthias musste grinsen. »Gewaltbereit, geschickt mit dem Messer und von sich überzeugt. Darauf steh ich.«

Martin blieb stehen. »Hör mal, du musst das hier nicht tun. Das hier ist mein Albtraum.«

»Jetzt erzähl du keinen Scheiß. Du hast mich angefixt und jetzt spiele ich mit. Und außerdem ist es dann wohl besser, wenn wir zu zweit sind. Wir wollen ihn nicht kaputt machen, damit Shorty auch noch mit ihm spielen kann.« Er wurde ernst und sah Martin prüfend an. »Du übergibst ihn doch an Frederica, oder?«

Martin fixierte den Nigerianer, der gerade mit einer hageren Frau ein Geschäft abschloss. Ihre langen, strähnigen Haare hingen ihr halb vor dem Gesicht, aber Martin konnte den gierigen Blick erkennen, mit dem sie dem Dealer die Ware entriss und im nächsten Hauseingang verschwand. »Ein absolut unpassender Name für diese elegante Frau, aber deshalb hat sie dich wahrscheinlich auch verlassen.«

Matthias steckte sich eine Zigarette an. »Sie hat mich nicht verlassen. Ich wurde im Einsatz erschossen, falls du dich erinnerst.«

»Ich hatte damals andere Sorgen. Jedenfalls könnte ich Inge so etwas nie antun. Sie ist das Beste, was mir in meinem Leben passiert ist, davor und danach sowieso.«

»Weiß sie eigentlich davon?«

»Nein, und das soll auch so bleiben.«

Als es gegen 22 Uhr dämmerte, dealte der Nigerianer immer noch. Martin musste die Geschmeidigkeit des Mannes bewundern, mit der er unauffällig seine Runden über den Kiez drehte und dabei seine Cargotaschen leerte. Er hätte auch auf einem Botschaftsempfang gut ausgesehen, ohne weniger tödlich zu sein. Dabei war er nur ein Psychopath und ein brutaler Mörder. Martin trat an ein schmuddeliges Verkaufsfenster, bestellte zwei Pizzaecken und reichte wortlos eine an Matthias weiter. Er erinnerte sich an die maßlose Gewalt, die der Mann in Lagos an den Tag gelegt hatte, und seine eigene, absolute Hilflosigkeit. Dass solche Monster Menschen waren, verunsicherte ihn zutiefst.

Matthias griff ihn am Arm. »Da! Er hält ein Taxi an!«

Martin kaute zu Ende. »Hamburg ist voller Baustellen, er kann uns nicht wegfahren. Außerdem stehen hier jede Menge, wir nehmen das übernächste.« Als er vor dem Taxi stand, sah sich das Monster plötzlich um und Martin direkt in die Augen. Er lächelte.

Martin griff instinktiv in seine Hosentasche, in der sich das chloroformierte Tuch befand. *Er weiß, wer ich bin. Und er hat einen Plan.* Er warf das restliche Stück Pizza weg und zog Matthias am Arm. »Wir müssen verschwinden! Sofort!«

Matthias klappte sein angebissenes Stück zusammen und steckte es sich in den Mund. Er war kaum zu verstehen. »Was ist denn jetzt los? Ich dachte, wir holen uns den Kerl?«

Und dann passierte alles gleichzeitig.

Sie waren mittlerweile im Pinnasberg angekommen und vor einem kleinen Durchgang stehen geblieben, der die Anwohnerstraße mit der Langen Reihe verband. Matthias kämpfte mit dem viel zu großen Stück Pizza im Mund, als eine schwarze Limousine die schmale Straße heruntergerast kam. Die Limousine hielt neben dem Taxi und die hintere Tür wurde aufgestoßen. Der Blick des Nigerianers war immer noch auf Martin gerichtet. »See you soon«, rief er den Männern zu, als er sich in den Wagen warf, die Limousine mit quietschenden Reifen anfuhr und um die nächste Kurve verschwand. Martin versuchte noch, Matthias von dem unbeleuchteten Durchgang wegzuziehen, als sich aus diesem mit derselben Geschmeidigkeit des Monsters fünf Schatten lösten, die Freunde überwältigten und sie in einen weiteren Wagen stießen, der aus der anderen Richtung gekommen war, und mit ihnen davonfuhren.

Zu dem Zeitpunkt waren Martin und Matthias bereits bewusstlos.

KAPITEL 27

Frederica war die Erste, die sich wieder fing. »Wie ist China um diese Jahreszeit? Der Sommermonsun soll körperlich anstrengend sein.«

Robert Bornheim geriet nicht aus dem Takt. »Ich habe mich hauptsächlich in klimatisierten Räumen aufgehalten.« Er lächelte sie an. »Wollen Sie mir nicht Ihr Beileid aussprechen?«

Frederica blieb sitzen, als sie ihm die Hand gab. »Wir sind erschüttert. Sie haben Ihre Reiseunterlagen mitgebracht?«

»Sie müssen meine Kollegin entschuldigen«, sagte Christian, nicht weniger trocken, »wenn jemand seinen Geschäftsbeziehungen den Vorrang vor der Mitwirkung an der Aufklärung des Mordes an seiner Freundin einräumt, wird sie immer maulig.«

Robert Bornheims Miene blieb ausdruckslos. Nur ein leichtes Zucken um die Augen verriet seine Verärgerung. Frederica stellte erstaunt fest, dass er litt. »Warum sind Sie hergekommen, Herr Bornheim?«

Der Moment war verschwunden. Der Bankier setzte sich ungefragt auf einen Stuhl vor Fredericas Schreibtisch und musterte sie offen. »Was für eine merkwürdige Frage. Meine Freundin ist brutal ermordet worden und ich werde alles in meiner Macht Stehende tun, um Ihnen zu helfen, den Mörder zu finden.«

»Natürlich, aber warum gerade jetzt? Warum nicht gestern oder morgen? Und wie sind Sie eingereist, ohne dass

Sie ausgereist sind? Herr Bornheim, Sie haben das Land nie verlassen und ich möchte wissen, warum.«

Robert Bornheim senkte die Augen. »Sie haben recht. Mein Vater hat etwas sehr Dummes getan und mir ein Alibi verschafft, wo ich keines gebraucht hätte.« Er sah Frederica wieder an. »Ich habe mich versteckt. Jemand will mich umbringen, und als er mich nicht finden konnte, hat er ein Exempel an meiner Freundin statuiert.«

Christian stellte sich an Fredericas Schreibtisch und sah den Banker prüfend an. »Sie müssen entschuldigen, dass wir nicht sofort Personenschutz anfordern. Fangen wir mit einer schwierigen Frage an. Wer will Sie umbringen?«

Robert Bornheim sah erstaunt in die Runde, als wäre gerade diese Frage überflüssig. »Martin Terborn natürlich.«

Frederica und Christian sahen sich an. »Ihr Sicherheitschef?«, fragte Christian etwas hilflos.

Der Banker winkte ab, als wäre das Ganze plötzlich nur eine lästige Nebensächlichkeit. Die feine Ironie in seiner Stimme beunruhigte Frederica. »Natürlich im Auftrag eines Kunden, der mit einer Dienstleistung nicht zufrieden war.« Er wurde wieder sachlich. »Ich musste ihn, auf Druck dieses Kunden, vor einem Jahr einstellen. Er wollte sicherstellen, dass unser Arrangement eingehalten wird.«

Christians Miene erhellte sich. »Er ist also nicht Ihr Bodyguard, sondern Ihr Aufpasser.«

Der Banker hob abwehrend beide Hände. »Wenn Sie so wollen. Aber ich hatte nicht vor, den Deal platzen zu lassen, daher war mir das Arrangement egal.« Er sah an Frederica vorbei. »Ich tue, was immer den Kunden glücklich macht.«

»War Natascha auch als Aufpasserin vorgesehen?« Frederica hatte Robert Bornheim nicht aus den Augen gelassen und ihre Geduld wurde belohnt. Seine Hände verkrampften sich in seinem Schoß, während sein Oberkörper sich leicht nach vorne beugte. Er gab keine Antwort, aber das musste er auch nicht.

»Sie haben sie geliebt. Aber nicht genug, um sie zu retten. Und jetzt sollen alle um Sie herum dafür büßen, dass Sie keine Eier in der Hose haben.« Frederica lehnte sich zurück und verschränkte die Arme vor der Brust. Ihr weißes Leinenkleid raschelte leise, während sie ihn amüsiert musterte.

Doch so einfach ließ er sich nicht provozieren. »Martin Terborn ist heute Morgen nicht zur Arbeit erschienen. Vielleicht fragen Sie ihn mal.« Seine Augen weiteten sich in gespieltem Mitleid. »Ach ja, richtig, Sie wissen nicht, wo er ist. Im Auffinden von Personen sind Sie offensichtlich nicht besonders gut.«

»Wir können Sie auch vorläufig festnehmen, bis wir überprüft haben, wo Sie sich zum Zeitpunkt des Mordes an Natascha Gruber aufgehalten haben«, erwiderte Christian.

Der Banker seufzte auf. »Ich bin ohne meinen Anwalt zu Ihnen gekommen und bin absolut kooperationsbereit. Sie müssen mir nur die richtigen Fragen stellen.«

Fredericas Kleid raschelte wieder leise. »In diesem Fall gibt es kein Richtig und kein Falsch. Nur ein weiteres ›Warum‹.«

Er sah sie irritiert an. »Was für ein Art Ermittlung leiten Sie hier eigentlich?« Irritation wich einem Verdacht. »Sind Sie überhaupt Polizistin?«

»Leider ja«, warf Christian ein, »auch wenn mir das ebenfalls nicht lieb ist. Zurück zur Frage. Warum fühlen Sie sich jetzt sicher?«

Der Banker wurde laut. »Ich bin nur daran interessiert, den Mörder meiner Lebensgefährtin hinter Gitter bringen zu lassen. Also suchen Sie Martin Terborn, bevor ich das Leben für Sie ungemütlich mache!«

Christian schüttelte den Kopf. »Dann sollten Sie mehr für den Polizeiball spenden als Frau Moll senior, sonst wird das nichts.« Er sah Frederica an. »Ich weiß nicht, wie meine Kollegin das sieht, aber ich nehme Sie jetzt vorläufig fest. Pardon – in Schutzhaft.«

*

»Verdammt, ich kann Matthias nicht erreichen!« Frederica warf ihr Handy zurück auf den Tisch. »Er hätte Claire und Pia schon vor Stunden abholen sollen, aber sein Handy ist ausgeschaltet. Tanja, ruf doch bitte beim Dezernat für Wirtschaftsdelikte an und arrangiere für Claire Muller und Pia Reinfeld ihre Abholung und die Organisation einer sicheren Unterkunft. Und dann finde Martin Terborn.«

Christian drehte sich erstaunt zu ihr um. »Du glaubst diesem verwirrten Banker doch nicht, oder?«

»Erst einmal sollten wir Martin Terborn finden, bevor wir irgendetwas glauben. Aber entweder führt er Auftragsmorde durch, oder er ist in Gefahr. Und wir haben jetzt zwei Tote, die beide zu deinem Martin führen.«

Christian wandte sich wieder von ihr ab. »Er ist nicht *mein* Martin. Aber genauso wenig halte ich ihn für einen perversen Triebtäter.«

»Sei nicht naiv. Im Verstellen sind Psychopathen per se Experten. Auch wenn sie keinerlei Empathie aufbringen, können sie Emotionen perfekt nachspielen.« Sie sah Christian aufmerksam an, der sich vor seinen Monitor gesetzt hat. »Und sie sind gut darin, andere für ihre Zwecke einzuspannen.« Er ließ sich nicht anmerken, ob er ihr weiter zuhörte. »Weißt du, wie sie grundsätzlich wahrgenommen werden? Als intelligente und charmante Menschen, die sachlich wirken und Ruhe ausstrahlen. Sie wirken nie ängstlich oder emotional gestört und sind es auch nicht, weil sie keine emotionale Rückkopplung zulassen können.« Sie machte eine kleine Pause, bis sie sich sicher war, dass sie seine Aufmerksamkeit hatte. »Deshalb arbeiten sie oft in gefährlichen Berufen, wie Soldat, Bombenentschärfer oder Personenschützer.«

Tanja schob ihre Perücke zurecht. Heute hatte sie lange, orangefarbene Haare, die sie mit einer Klammer aus der Stirn trug. »Und wie passt Natascha Grubers Schändung dazu?«

Frederica nickte. »Eine Form der Psychopathie ist der sexuelle Sadismus. Der Psychopath erreicht höchste Lustgewinnung durch das Quälen anderer.«

Christian stand auf und ging zum Fenster. »Ich finde, du übertreibst maßlos. Natascha Gruber wurde bewusst zur Schau gestellt, das muss kein Perverser gewesen sein, nur jemand, der Aufträge ausführt.«

»Zumal bei Theodor von Metzingen keine weitere Gewalteinwirkung über den einfachen Tötungsakt hinaus festgestellt werden konnte«, wandte Tanja ein. »Wie übrigens auch bei Urs Wendeler in der Schweiz.« Tanjas Miene verdüsterte sich. »Ich habe übrigens Nachricht von Interpol. Maggie Smiles ist tot. Sie soll sich am 18. Mai in der Nähe von Oxford an einer Brücke erhängt haben.« Sie nickte Christian zu. »Es spricht also tatsächlich etwas dafür, dass ein Auftragsmörder hinter den Bornheims aufräumt.«

Christian setzte sich wieder an seinen Platz. »An einer völlig risikolosen Art der Geldwäsche ist sicherlich mehr als eine Partei interessiert. Vielleicht ist der Junior gierig geworden und hat sich verzockt. Und entweder sind die Geldgeber der Software extrem sauer, oder die neuen Kunden wollen nicht teilen.«

Frederica nickte. »Deshalb ist Robert Bornheim auch wiederaufgetaucht. Er behält das Programm als Pfand zurück, bis er einen geeigneten Sündenbock aufgebaut hat. Daher ist er momentan auch nicht in Gefahr.«

»Und Martin Terborn soll dieser Sündenbock sein.«

»Das wäre eine mögliche Theorie, aber Christian, er ist bereits seit über einem Jahr in der Firma. Das spricht eher für einen Aufpasser als für eine vom Junior eingefädelte Verschleierungstaktik.«

»Dann werde ich mir den Junior so lange vornehmen, bis er mir sagt, was es ist!«

Frederica sah auf die Uhr. »Er ist seit einer Stunde in Haft und wir haben nichts gegen ihn in der Hand. In ungefähr 90 Minuten wird ihn sein Anwalt rausgeholt haben. Du solltest dich also beeilen. Ich werde mich um Terborn kümmern.«

Christian verlor die Geduld. »Verdammt noch mal, kannst du mir einmal folgen? Wie kannst du da so ruhig sitzen, während der rechtschaffene Herr Privatbankier macht, was er will? Immer die Sachliche, Analytische, die sich so wenig mit den Wünschen und Gefühlen anderer Leute auseinandersetzt. Wenn ich mal deine Definition eines Psychopathen auf dich anwende, bist du nicht weit davon entfernt, einer zu sein!«

Alfred, der bis dahin friedlich in seinem Hundebett geschlafen hatte, stand bei Christians Ausbruch auf und sah Tanja fragend an. Die hatte aber keine Augen für ihren Behindertenhund. Erstaunt sah sie auf Frederica, die zusammenzuckte und an Christian vorbei aus dem Fenster sah.

Plötzlich war zu wenig Luft zum Atmen da. Niemand sagte etwas. Eine unangenehme Stille breitete sich aus, die weder Tanja noch Christian für ihre Kollegin beenden wollten.

Frederica griff zu ihrem Telefon und nahm ruhig ein Gespräch an, das sich durch Vibrationsalarm angekündigt hatte. »Da bist du ja ... Wie bitte? ... Und Sie sind? ... Danke.« Sie legte ihr Handy auf den Tisch und sah wieder ins Leere. »Sie haben Matthias' Handy auf der Reeperbahn in einer Seitenstraße gefunden. Von Matthias fehlt seit gestern Nacht jede Spur.«

KAPITEL 28

Matthias konnte seine Umgebung nur verschwommen wahrnehmen. Er hatte zwar keinen dicken Kopf, dafür aber ein schmerzendes Gesicht. Vorsichtig tastete er über seine geschwollenen Augenlider, dann über seinen Hinterkopf. Mühsam musterte er seine saubere Hand. Wenigstens blutete er nicht. Erleichtert atmete er die Luft aus, die er unwillkürlich in den Lungen behalten hatte und stand vom kalten Boden auf. Von der Wand vor ihm fiel ein dünner Lichtstrahl auf seinen Körper. Schnell trat er an die Jalousie und riss sie mit einem Ruck zur Seite. Das Fenster führte in einen schmalen Lichtschacht. Zu schmal für seinen Körper. Vom Erdgeschoss waberten Essensdämpfe und Geschirrgeklapper zu ihm hoch. Durch die Schalleffekte des engen Schachts konnte er die Schiffshörner auf der Elbe hören. Und die Geräusche des Großstadtverkehrs. Er drehte sich wieder um und prüfte die Tür. Natürlich verschlossen. Er sah sich um. Sein Blick klarte auf und er realisierte, dass er sich in einem Badezimmer befand. Jemand hatte ihn hier eingesperrt, irgendwo in Hamburg, in einer Wohnung im dritten oder vierten Stock. Er horchte an der Tür. Aus der Wohnung drang kein Laut. Er prüfte seine Hosentaschen. Wenigstens hatten sie ihm seine Zigaretten und das Feuerzeug gelassen. Er klappte den Klodeckel herunter, setzte sich, zündete eine Lucky Strike an und wartete.

Das konstante Scheppern von Geschirr und das rhythmische Öffnen und Schließen von Türen wurde abrupt von einer lauten Stimme überlagert. Er zündete sich eine neue Zigarette an und hörte angestrengt zu. Irgendwo im Haus schien jemand schlechte Laune zu haben. »Wo ist er?« Die gutturale Stimme sprach Englisch mit einem harten Akzent, den Matthias nicht zuordnen konnte. Er schien jedoch keinen europäischen Ursprung zu haben.

»Ich weiß es nicht.« Eine kultivierte Stimme antwortete in flüssigem Englisch mit einem deutschen Akzent. Matthias' Augen weiteten sich. Das war Martin. Die Stimme sprach weiter. »Ich weiß es wirklich nicht, sonst würde ich es sagen.«

»Natürlich.« Die andere Stimme klang jetzt gelangweilt. »So war es schließlich verabredet.«

Martins Stimme klang zurückhaltend. »Was habt ihr mit Natascha gemacht?«

Die fremde Stimme zögerte nur kurz. »Das war ein Missverständnis. Es wird nicht wieder vorkommen.«

»Nicht wieder vorkommen?« Martins Stimme wurde lauter. Matthias zog gierig an seiner Zigarette und trat schnell an den Lichtschacht. So klang niemand, der gerade entführt worden ist. »Soll das heißen, dass sie völlig umsonst gestorben ist?«

Die gutturale Stimme blieb gelassen. »Es ist so, wie es ist. In Zürich und Oxford waren wir zu spät, daher mussten wir improvisieren. Dabei passieren Fehler. Doch um sie ist es nicht schade, sie hat ihren Zweck erfüllt.«

»Ihren Zweck …? Was hat das zu bedeuten?«

»Dass wir bald am Ziel sind. Mit oder ohne deine Hilfe. Mit deiner Hilfe hast du dein Leben schneller zurück.«

Martin antwortete zögerlich. »Also gut. Ich weiß, wo Claire Muller jetzt ist.«

Die andere Stimme lachte auf. »Das wusstest du letzten Freitag auch.« Etwas klapperte, was Matthias nicht einordnen konnte. »Was war letzte Nacht? Warum bist du ihm mit diesem Polizisten gefolgt?«

Martins Stimme wurde wieder ruhig. »Ich wollte nur ein paar Informationen.«

Das Klappern hörte wieder auf. »Du wirst ihn nicht weiter beobachten. Und du wirst uns das Programm bringen. Dann lassen wir deine kleine Miss in Ruhe.« Matthias hörte einen dumpfen Knall. »Oder vielleicht auch nicht.«

Was hatte Martin vor? Spielte er ein doppeltes Spiel? Oder wusste er, dass dieser Mann nicht mehr an Claire herankam? Matthias öffnete das Fenster und versuchte, die Wohnung auszumachen, aus der die Stimmen der Männer gekommen waren. Doch es blieb stumm. Bis auf ein Geräusch, das er plötzlich hinter sich wahrnahm. Schnell drehte er sich zur

Badezimmertür. Jemand schloss die Wohnungstür auf. Eine neue Stimme rief in den Flur: »Ich gehe gleich noch mal los und hole die Kiste Bier. Ich muss jetzt Schluss machen, muss dringend pissen.« Der Mann rüttelte an der Badezimmertür. Matthias hörte ein »Hä?« und das Entsperren der Badezimmertür. Als die Tür aufging, riss er sie dem Mann aus der Hand, stieß sie so weit auf, wie er konnte und stürmte an dem verdutzen Mann vorbei. Schnell versuchte er, sich in der fremden Wohnung zu orientieren, und rannte nach links, von wo aus er die Stimme zuerst gehört hatte und wo er die Haustür vermutete. Er schickte ein »Danke« zum Himmel, als er sie dort vorfand und sie noch offen stand, rannte hindurch und sprang die Stufen im Treppenhaus, jeweils drei auf einmal nehmend, hinunter, zurück auf die Straße.

*

Als Frederica und Christian den Verhörraum betraten, richteten sich zwei Augenpaare wie selbstlenkende Raketen auf sie. Robert Bornheim und sein Anwalt zelebrierten ihre Entrüstung in Perfektion. Frederica verkniff sich ein Schmunzeln, setzte sich auf ihren Platz, den Männern gegenüber, die gefalteten Hände auf dem Tisch, und wartete. Christian setzte sich neben sie und breitete Unterlagen und Fotos aus. Er hatte die Männer lediglich mit einem Kopfnicken bedacht.

Es war totenstill. Robert Bornheim rutschte nach hinten und verschränkte die Arme vor dem Oberkörper. Frederica und Christian blickten sie unverwandt an. Schließlich hielt es der Anwalt nicht mehr aus. »Dr. Veldtrup, die Familie Bornheim wird von mir anwaltlich vertreten. Warum sitzen wir hier?«

Frederica zog eine Tüte Saftbären aus ihrer Hosentasche. Langsam zog sie die Seiten auseinander, um den Falz aufzureißen. Nach ein paar vergeblichen Versuchen reichte sie dem Anwalt die Tüte. Ohne darüber nachzudenken, nahm er sie, riss eine Ecke ab und gab sie an Frederica zurück.

Sie suchte sich ein paar Saftbären heraus und reichte die Tüte an den Anwalt zurück. »Ich mag die Orangefarbenen am liebsten, aber falls Sie lieber …?«

Der Anwalt schüttelte den Kopf und Robert Bornheim schlug mit der flachen Hand auf den Tisch. »Das ist doch nicht Ihr Ernst?« Er sah auf die Uhr. »Wann beenden Sie diese Posse? Ich habe Termine. Außerdem habe ich Ihnen bereits gesagt, wer es war. Martin Terborn ist an allem schuld.«

Christian schob dem Banker ein paar Aufnahmen über den Tisch. Sie zeigten die tote Natascha Gruber am Auffindeort in der Bank. Die Fotos waren explizit und der Banker wendete sofort die Augen ab. Christian sah den Anwalt an. »Dr. Moll und ich vertreten auch jemanden. Natascha Gruber und Theo von Metzingen. Ihr Mandant weigert sich, mit uns zu kooperieren. Daher ist er dringend tatverdächtig. Wir gehen davon aus, dass er an den Morden beteiligt ist.«

Bornheim zuckte zusammen, der Anwalt legte ihm seine Hand auf den Arm. »Mein Mandant hat mit den Morden nichts zu tun. Er hat einen Schock erlitten und befindet sich in tiefer Trauer. Wir dürfen um Nachsicht bitten.« Er wandte sich an Frederica, die immer noch ihre Lieblingssaftbären sortierte. »Außerdem fehlt jegliches Motiv.« Er sah auf die Fotos und wurde bleich. Schnell sah er wieder weg. »Wie abscheulich. Wie können Sie dem Lebensgefährten so etwas zumuten.«

»Nennen Sie uns jetzt sein Alibi oder sollen wir noch den Bericht des Pathologen dazulegen?« Christian hatte sich zurückgelehnt, sodass sich seine Pistole, die er im Halfter unter der Armbeuge trug, in den Raum schob.

Der Anwalt sah auf das Holster und hob eine Augenbraue. Er holte ein paar Seiten bedruckten Papiers aus seiner Aktentasche und legte sie über die Fotos. »Herr Bornheim hat im Hotel Lindtner in Hamburg-Harburg eingecheckt, von Samstagnacht bis heute. Hier haben Sie eine eidesstattliche Versicherung des Empfangsmitarbeiters, der den Aufenthalt und die Identität meines Mandanten bestätigt.«

Christian gab die Papiere ungeprüft an den Polizisten weiter, der an der Tür Posten bezogen hatte. »Gib die bitte an Tanja. Sie soll einen Haftbefehl für Robert Bornheim beantragen.«

Dr. Veldtrup zupfte an seiner Krawatte. Mit weniger Selbstbeherrschung hätte er den obersten Knopf seines Hemdes geöffnet, vermutete Frederica. Seelenruhig suchte sie sich weiter die orangefarbenen Saftbären aus der Tüte. Christian hatte auf diese Verhörsituation bestanden, während ihre Gedanken um Matthias' Verschwinden kreisten. Sie wusste, dass alle verfügbaren Kräfte nach ihm suchten, aber sie hatte Angst davor, was sie finden würden.

Christian sah die Männer herausfordernd an. »China liegt offensichtlich näher, als man denkt. Und das Alibi Ihres Mandanten ist ja wohl mehr als dürftig. Ein Hotelzimmer ist keine Gefängniszelle. Können Sie beweisen, wo Herr Bornheim zu den Todeszeitpunkten seiner Lebensgefährtin und des Professors von Metzingen gewesen ist? Nämlich in der Nacht von Sonntag auf Montag ab 22 Uhr und gestern zwischen 16 und 20 Uhr?«

Der Anwalt hob die Stimme. »Herr Bornheim hat recht, Sie scheinen unfähig zu sein. Haben Sie denn irgendwelche Beweise, die ihn mit den Morden in Verbindung bringen?«

»Also können Sie uns keine Alibis liefern. Ihre Anwesenheit hier ist also mehr als sinnlos.«

Frederica sah den Anwalt nachdenklich an. Sie stopfte die Tüte zurück in ihre Hosentasche. Die leichte Seidenhose beulte gefährlich weit aus und sie schob die Tüte tiefer hinein. Dann sah sie Robert Bornheim direkt in die Augen. »Wir konnten leider keine Informationen zu Natascha Gruber vor der Zeit mit Ihnen finden. Damit können Sie uns sicherlich aushelfen?«

Der Banker wirkte, als würde er in sich zusammenfallen. Er hatte sich von seinem Anwalt abgewandt und fixierte einen imaginären Punkt hinter Frederica. »Warum sollte ich? Was sie vor unserer gemeinsamen Zeit gemacht hat, ist unerheblich und ich habe sie nie danach gefragt.«

»Aber Ihre Familie hat sich das sicherlich gefragt. Der einzige Sohn soll doch standesgemäß heiraten.« Frederica steckte sich das letzte der Saftbärchen in den Mund, die sie vor sich aufgereiht hatte. »Hat Ihr Vater die Heirat verboten, aber Ihrer Verlobung aus anderen Gründen zugestimmt?«

Bornheim blieb stumm. Aber Dr. Veldtrup fand seine Stimme wieder. »Wenn Sie nichts als fehlende Alibis gegen meinen Mandanten vorbringen können, ist das Gespräch hiermit beendet.«

»Sie können gerne gehen.« Christian deutete Frederica an, ihm die Tüte zu geben. Er schob sich mehrere Saftbären in den Mund und sprach schmatzend weiter. »Die Fragen, die wir haben, richten sich an Herrn Bornheim.« Er sah den Banker an. »Was haben Sie gegen Terborn?«

Der Banker leuchtete auf, als hätte ihn jemand angeknipst. »Endlich stellt mal jemand die richtigen Fragen.« Er setzte sich auf. »Der Mann ist ein bezahlter Killer. Zwei Menschen sind ihm bereits zum Opfer gefallen, wie viele sollen es noch werden, bevor Sie endlich handeln! Haben Sie nicht in seinem Wagen Beweise gefunden, dass er Natascha getötet hat? Und hat er nicht versucht, die Beweise durch einen Brand zu vernichten?«

»Das ist ja interessant. Woher wissen Sie das?« Christian hörte auf zu kauen.

Der Anwalt lächelte süffisant. »Das hört sich doch nach einem Ermittlungsansatz an. Ich wende mich jetzt an Henning Marquardt und werde meinen Mandanten heute noch nach Hause bringen.«

»Ist Karl Bornheim schon da?« Frederica sprach mit dem Polizisten an der Tür, der wieder hereingekommen war. Er schüttelte den Kopf.

Die Atmosphäre in dem kleinen Verhörraum, die bis dahin nur kalt gewesen war, wurde eisig. »Was will mein Vater hier?« Der Anwalt legte dem Banker wieder beschwichtigend die Hand auf den Arm. Bornheim zog ihn weg und griff stattdessen nach Fredericas Handgelenk. »Nun reden Sie schon, was will er hier?«

Frederica ließ ihn gewähren und signalisierte Christian, nicht einzugreifen. »Was denken Sie denn, was er hier will?«

Robert Bornheims Blick nahm einen verkniffenen Ausdruck an. Dann weiteten sich seine Augen und er krümmte sich auf seinem Stuhl, als hätte er einen Schlag in die Magengrube erhalten. »Das war so nicht geplant!«

»Was war so nicht geplant? Der Mord an Ihrer Freundin, war das so nicht geplant?«

Der Banker schlang die Arme um den Oberkörper und wiegte sich vor und zurück. »Ich hatte es ihr versprochen. Direkt nach meinem Flug nach London wollten wir es tun.«

»Das ist genug!« Der Anwalt stand auf, nahm seine Aktentasche und sortierte die Papiere wieder ein. Die Fotos der toten Natascha Gruber drehte er um. »Herr Bornheim senior wird Ihrer Vorladung nicht Folge leisten. Und auch den Haftbefehl gegen Robert Bornheim werden Sie nicht bekommen. Peinlich genug, dass Sie es überhaupt versuchen.« Frederica sah ihn wieder amüsiert an. Ein guter Anwalt ist auch immer ein begnadeter Schauspieler. Doch in seiner gespielten Entrüstung konnte sie eine Prise Unsicherheit erkennen.

»Robert Bornheim ist nicht festgenommen. Wir stellen ihn vielmehr unter Polizeischutz.« Sie nickte dem Polizisten zu, der daraufhin verschwand. »Wir möchten Sie nur bitten, so lange zu warten, bis die erste Schicht eintrifft.« Sie lächelte den Banker an. »Dann haben Sie nichts mehr von Herrn Terborn zu befürchten.«

Der Banker hörte auf sich zu wiegen und sah sie durchdringend an. Seine Augen hatten sich zu Schlitzen verengt. »Mein Vater ist nicht böse auf mich?«

Der Anwalt zog ihn hoch. »Wir warten draußen.«

*

»Danke, dass du gekommen bist.« Inge kippte ihren Espresso herunter und sah angespannt auf ihr Handy. Sie hatte eine Stunde aus ihrem anstrengenden Werber-Leben herausgeschält, die sie eigentlich nicht hatte. Und sie wusste noch nicht einmal, ob sie das Richtige tat. Wieder einmal versuchte sie eine Inventur ihres Lebens mit Martin. Wie viel wusste sie eigentlich von ihm? Manchmal, wenn sie zusammen lachten, sah sie eine scharfe Zurückhaltung in seinen Augen. Er hielt sie auf Distanz, so viel war klar, aber warum, das konnte sie nicht herausfinden. Sie bestellte noch einen Espresso und sah ihr Gegenüber entschlossen an.

Andreas Wenninger hatte pünktlich das kleine Café betreten, sie in einer Ecke ausgemacht und sich lässig zu ihr gesetzt. Jetzt blickte er sich um, wie um ihr noch eine Minute zu geben. »Ich war schon lange nicht mehr im Kontorhausviertel. Wann ist der Spiegel-Verlag noch mal hier weggezogen? Hat der Straße nicht gutgetan.«

Inge entspannte sich etwas. »Ich bin froh, dass du da bist.«

Andreas bestellte sich einen schwarzen Kaffee. »Ich musste zwar lange nicht mehr so oft mein Haus verlassen wie in den letzten vier Tagen, aber mir scheint, dass wir hier an einer größeren Sache dran sind. Daher: kein Problem. Wann also hast du zuletzt mit Martin gesprochen?«

»Gestern Nachmittag. Er wollte Robert Bornheim treffen und meinte, es würde wahrscheinlich später werden. Meine Arbeitszeiten sind eh Wahnsinn, deshalb ist mir erst heute Morgen aufgefallen, dass er gar nicht ins Hotel gekommen ist.« Sie schloss die Augen und atmete tief durch. »Und dann das mit dem Einbruch. Andreas, was ist bloß los?«

Andreas nahm einen Schluck Kaffee und sah sie prüfend an. Mit einem Ruck setzte er die Tasse ab, als hätte er eine Entscheidung getroffen. »Inge, ich will dir nichts vormachen. Ich glaube, dass Martin in ernster Gefahr ist.« Schnell setzte er nach: »Aber er kann auf sich aufpassen.« Er nahm die Tasse wieder auf. »Was weißt du von seinem Vorleben?«

Inge setzte sich auf. »Er war beim Bund, bei so einem Sonderkommando. Danach war er Personenschützer und ist jetzt bei der Bank.« Als sie nicht weitersprach, sah Andreas sie erwartungsvoll an. Ihr Puls beschleunigte sich. »Du willst mir jetzt aber nicht erzählen, dass Martin mit Nachnamen Bond heißt, oder?«

Andreas trank seinen Kaffee aus. »Nein.« Er dachte kurz nach. »Zumindest nicht, dass ich wüsste. Die Abteilung jedoch, der er beim Bund angehört hatte, hat es in sich. Nur die Besten werden dort aufgenommen und müssen sich einem sehr harten Training unterziehen. Mental und physisch. Um ihn musst du dir also keine Sorgen machen.« Er runzelte die Stirn. »Aber die Bank, in der er arbeitet, ist nicht koscher. Die Details musst du nicht wissen. Nur so viel: Es wird gegen sie ermittelt. Und auch gegen Martin.«

Inge blieb ruhig. »Weißt du, wie lange schon?«

Andreas nickte anerkennend. »Martin sagte, er hätte sich in eine kluge Frau verliebt.«

Inge bestellte sich ihren dritten Espresso und ein Stück Schokoladentorte. »Dann hat er mit der Sache nichts zu tun und Robert Bornheim hat ihn zu einem ganz bestimmten Zweck eingestellt. Fragt sich nur, zu welchem. Willst du auch ein Stück?«

Andreas sah sie angewidert an. »Ich lehne dankend ab. Schokolade scheint bei Frauen ein Grundnahrungsmittel zu sein.«

»Das hängt mit unserem komplizierten Hormonhaushalt zusammen. Erst recht in Krisensituationen.« Sie sah ihn aufmunternd an. »Nun sag schon, was muss ich wissen?«

Andreas hob abwehrend die Hände. »Ich habe dir alles gesagt, was wichtig ist. Und ich erwähnte bereits, wer für Spezialeinheiten ausgesucht wird, verfügt über eine, ich nenne es mal, besondere Persönlichkeitsstruktur.«

Inge dachte nach. »Loyalität und Pflichtbewusstsein?«

»Härte und Empathielosigkeit.«

Inge schüttelte den Kopf. Doch sie zögerte mit der Antwort. Ihr Leben spielte sich hauptsächlich in Werbekampagnen ab. Kannte sie Martin nicht, weil sie keine enge Beziehung wollte? Der Gedanke war so fremd, dass sie ihn sofort beiseiteschob. Sie bestellte die Rechnung. »Dann ist ja gut, dass er da weg ist.« Sie sah wieder auf ihr Handy. »Eigentlich geht das nicht, aber ich werde mir freinehmen. Andreas, ich brauche deinen Rat, wie kann ich Martin jetzt helfen?«

Andreas sah sie aus einer Mischung von Neugier und Entsetzen an. »Ich bewundere deinen Einsatz. Nicht jede Frau hätte den Mumm. Aber ich muss dich dringend davor warnen, dich da einzumischen.«

Sie sah ihn amüsiert an. »Wir sind also doch bei Bond, nur in einem aus den Siebzigern.« Sie lehnte sich über den Cafétisch. »Ich bin drin, seitdem Robert mich angerufen hat und besonders betonte, dass es Martin gut geht.« Sie aß den Rest der Schokoladentorte auf. »Ich werde jetzt, verdammt noch mal, Martin suchen.« Sie sah Andreas an, als wäre ihr gerade etwas eingefallen. »Bin ich auch in Gefahr?«

»Sofern du dir diesen dummen Gedanken nicht gleich wieder aus dem Kopf schlägst, mit Sicherheit.« Er nahm ihr die Rechnung aus der Hand, winkte die Bedienung heran und bezahlte. »Was hast du überhaupt vor? Willst du ziellos durch die Stadt fahren und hoffen, dass er an einer Straßenecke auftaucht und dich wie ein Taxi anhält?«

»Vielleicht. Vielleicht gehe ich aber auch erst mal zu dieser Kommissarin, die bei unserem Einbruch aufgetaucht ist.«

»Martin weiß sich zu helfen. Ich habe bereits bei der Hamburger Polizei meine Fühler ausgestreckt. Diese Kommissarin Moll arbeitet an dem Mord an Natascha Gruber. Sie hat den Ruf, unorthodox zu sein. Das werte ich als Glücksgriff.« Dass bereits nach Martin gefahndet wurde, behielt er für sich. »Du solltest nicht allein in diesem Hotelzimmer bleiben. Kannst du irgendwo hingehen?«

»Ja, ich schlafe heute Nacht bei einer Freundin.« Sie sah ihn fragend an. »Vielleicht hast du recht und ich sollte mich da raushalten.«

Andreas nickte erleichtert. »Bleib dort so lange, wie sie dich haben will. Ich kümmere mich um Martin. Und ehe du es dich versiehst, ist er wieder bei dir. Okay?«

»Okay. Danke, Andreas. Ich halte mich bestimmt raus, versprochen.«

KAPITEL 29

»Du hast Bornheim senior eine Vorladung geschickt, ohne uns was zu sagen?« Tanja und Christian sahen sie empört an.

Frederica lachte. »Beruhigt euch, das war nur eine Nebelkerze. Wir werden ihn nicht verhören – noch nicht jedenfalls. Ich wollte nur sehen, wie Robert Bornheim reagiert.«

»Und? Wie hat er reagiert?« Tanja hob ihre Perücke an und kratzte sich mit einem Kugelschreiber oberhalb der Stirn.

Christian nickte. »Nicht wie jemand, der seine Freundin foltert, ermordet und ihre Leiche wie ein Ausstellungsstück inszeniert.« Er setzte sich. »Er scheint Angst vor seinem Vater zu haben.«

Frederica wühlte in ihrer Handtasche nach einem Hundekeks. »Und die Angst vor seinem Vater bestimmt sein

Handeln. An ihrem Tod war er beteiligt und deshalb war er untergetaucht, davon bin ich überzeugt, aber er hätte sie niemals in der Bank ausgestellt.« Sie gab Alfred ein Stück Hundekuchen, an dem ein Gummibärchen klebte. »Und dann haben wir den Professor. Er wurde erschlagen und liegen gelassen. Keine Folter, keine Zurschaustellung. Wahrscheinlich sind Natascha Gruber und Theodor von Metzingen von zwei unterschiedlichen Personen umgebracht worden.«

»Aber vielleicht sollte die Leiche des Professors noch inszeniert werden? Der Mörder ist doch gestört worden. Erst von Claire und Pia, dann von uns.« Tanja rückte ihre Perücke zurecht.

Frederica schüttelte den Kopf. »Die beiden sollten dort auftauchen. Der Mörder hatte auf sie gewartet. Der Autopsiebericht sagt, dass der Professor bereits einige Stunden tot war, er hätte also genug Zeit gehabt, um ihn auszustellen.«

Christian war noch bei Bornheim. »Hast du ihn deshalb unter Personenschutz stellen lassen? Nicht um ihn zu schützen, sondern um *vor ihm* zu schützen?«

Frederica nickte. »Er weiß, wer seine Freundin ermordet hat, denn die Warnung galt auch ihm, nicht nur seinem Vater. Und jetzt will er Rache. Deshalb belastet er Terborn.«

Christian stand auf und sah aus dem Fenster. »Ich verstehe trotzdem nicht, warum er uns Terborn so plump vor die Füße wirft. Glaubt er an das, was er behauptet?«

»Mittlerweile ja. Ob es tatsächlich der Wahrheit entspricht, bleibt abzuwarten. Tanja, was steht noch in dem Autopsiebericht von Theodor von Metzingen?«

»Nichts Auffälliges, er wurde mit einem stumpfen Gegenstand erschlagen, keine Fremd-DNA oder sonstige Spuren an der Leiche, Todeszeitpunkt gestern zwischen

16 und 20 Uhr.« Sie sah Frederica nachdenklich an. »Denkst du, dass derjenige, der von Metzingen ermordet hat, auch die Morde in Zürich und Oxford begangen hat?«

Frederica zog die Tüte Saftbären aus der Hosentasche und warf sie auf den Schreibtisch. »Derselbe Täter vielleicht, derselbe Auftraggeber definitiv. Wir sollten uns auf Nataschas Mörder konzentrieren und uns für die anderen mit Matthias' Abteilung synchronisieren.«

»Das halte ich für eine sehr gute Idee.« Matthias war unbemerkt eingetreten. Er setzte sich auf einen freien Stuhl und trank Fredericas Wasserflasche, die sie auf dem Tisch abgestellt hatte, in einem Zug leer.

»Ist hier heute Tag der offenen Tür?« Christian grinste ihn an. Dann bemerkte er Matthias' lädiertes Aussehen. »Hast wohl Spaß gehabt?«

Matthias winkte ab. »Mir geht es gut.« Er setzte sich neben Tanja und zeigte auf ihren Monitor. »Wir müssen Martin Terborn finden.«

Frederica versteckte ihre Erleichterung darüber, dass Matthias wohlbehalten wiederaufgetaucht war, hinter einer überflüssigen Frage. »Die Fahndung ist raus, aber warum suchst du ihn?«

»Fahndung?« Matthias sah auf. »Ist das nicht etwas übertrieben? Okay, er ist da offensichtlich in was reingeraten, aber trotzdem, ich kenne ihn von früher …« Er setzte sich auf. »Sagt mal, wieso freut sich eigentlich niemand, mich zu sehen? Ich war immerhin einen halben Tag verschwunden!«

»Das heißt bei dir ja nichts.« Doch Frederica konnte auch bei Christian Erleichterung sehen. »Wir suchen ihn in der Mordsache Natascha Gruber. Und du?«

»Ich hab ihm da bei einer Sache geholfen.« Schnell

erzählte er von der Observierung des Nigerianers, ihrer Entführung und seiner Flucht aus dem Badezimmer. »Ich bin dann noch eine Weile um die Häuser gelaufen, aber ich konnte Martin nirgendwo entdecken. Ich habe seine Stimme nur durch einen Lichtschacht gehört, der zu vier verschiedenen Häusern mit eigenen Eingängen gehört. Keine Chance also, den richtigen Hauseingang zu finden. Die Adresse, an der man mich in dieses Badezimmer gesperrt hat, habe ich schon weitergegeben, aber ich bin mir sicher, dass die Spur nirgendwohin führt. Das war nur irgendeine Wohnung. Wahrscheinlich hatte der Typ seine Wohnungstür längere Zeit offen stehen lassen, und weil ich überflüssig war, haben sie mich dort abgeladen. Sie hätten mich auch auf einer Parkbank aufwachen lassen können. Da hatte nur jemand einen perversen Sinn für Humor.« Er dachte kurz nach. »Und es waren Profis. Sie haben mich nicht einfach getötet, weil sie keinen Auftrag hatten, aber sie wussten auch, dass ich sie nicht würde verfolgen können.«

»Und was war jetzt mit Martin?« Christians Frage klang angespannt.

»Ich weiß es nicht«, sagte Matthias ehrlicherweise. »Ich weiß nur, dass die beiden nicht zum ersten Mal miteinander geredet haben.«

»Und du glaubst die Geschichte, die er dir erzählt hat? Dass er den Nigerianer von früher kennt und der Rest nur Zufall ist?« Frederica sah ihren Ex aufmerksam an.

Matthias nickte. »Seine Fragen nach Natascha klangen echt. Und, wie gesagt, wir kennen uns von früher. Er ist eine ehrliche Haut.«

»Nachdem, was er dir erzählt hat, muss in Lagos etwas passiert sein, das sein Weltbild auf den Kopf gestellt hat«, hakte Frederica nach. »Hast du ihn seitdem wiedergesehen oder war gestern das erste Mal?«

Matthias schüttelte den Kopf. »Nein, wir hatten uns aus den Augen verloren.« Er machte eine abwehrende Handbewegung. »Er war wie immer. Du interpretierst zu viel in die Sache hinein.«

Christian schien mit der Aussage zufrieden. »Dann nehmen wir uns jetzt den Senior vor.«

»Das halte ich für keine gute Idee«, sagte Frederica. »Er hat schon einmal versucht, seinem Sohn ein falsches Alibi zu geben, und solange wir nicht wissen, wer von den beiden für die Morde an den drei Wissenschaftlern verantwortlich ist, sollten wir uns zurückhalten.«

Christian stand auf. »Bei vier Morden kann ich mich nicht zurückhalten. Und du doch sonst auch nicht? Was ist los? Willst du vielleicht deiner Frau Mutter peinliche Gesprächspausen auf der nächsten Gala ersparen?«

Matthias hob beschwichtigend die Hände. »Immer ruhig mit den wilden Pferden. Hier muss ich Shorty ausnahmsweise mal recht geben. Wir ermitteln nicht erst seit gestern und sind noch längst nicht so weit, um mit unseren Ergebnissen zur Staatsanwaltschaft zu gehen. So einfach ist das alles nicht. Außerdem willst du doch nicht unsere Ermittlungen gefährden?«

Christian setzte sich wieder und rieb sein Knie. »Aber wo machen wir dann weiter? Unsere Forensiker an die Konten der Bank zu setzen, kostet zu viel Zeit, falls wir überhaupt einen Durchsuchungsbeschluss bekommen.« Ihm kam eine Idee. »Haben wir denn jetzt alle Sticks identifiziert? Vielleicht fehlt uns noch einer?«

Frederica schüttelte den Kopf. »Claire Muller weiß nichts über die Anzahl der USB-Sticks. Sie, Urs Widmer, Maggie

Smiles, Robert Bornheim, Theodor von Metzingen, ihre Freundin Pia. Wenn jeder einen hatte, fehlen uns drei. Aber es können natürlich noch mehr sein.«

»Was heißt, dass noch mehr Menschen in Gefahr sind.« Christian nahm seine Autoschlüssel. »Wir sollten Claire noch mal befragen. Kommst du?«

Tanja hob den Kopf. »Ihr glaubt nicht, was mir gerade die KTU gemailt hat. An Natascha Grubers Sandalen wurde ein Fingerabdruck sichergestellt. Er gehört einem Kio Akintola, 35. Er ist ein Asylant aus Nigeria.«

Christian sah die anderen erwartungsvoll an. »Großartig, endlich eine heiße Spur.« Dann verdunkelte sich sein Blick und er musterte Matthias. »Das ist doch wohl nicht der, den ihr observiert habt? Was hast du uns noch nicht erzählt?«

Matthias suchte nach einer neuen Flasche Wasser. »Keine Ahnung, Mann, wie der heißt. Aber ein Zufall wird das wohl kaum sein, da gebe ich dir recht.«

Tanja sah wieder auf ihren Monitor. »Einen Kio Akintola haben wir vor sechs Monaten wegen einer Verurteilung wegen Drogenhandels abgeschoben.« Sie sah auf. »Das ist er!« Sie sah Matthias fragend an. »Aber wie hat er das gemacht? Vorne in den Flieger rein und hinten wieder raus?«

»Hat jedenfalls nicht geklappt«, meinte Matthias trocken. »Wo war er gemeldet?«

»In der Flüchtlingsunterkunft in der Schanze, Altonaer Straße.«

»Dann mal los.« Christian war bereits an der Tür.

*

»Deine Mutter hat sich Sorgen gemacht.«

Robert senkte den Kopf. Die frostige Stimme seines Vaters klang durch den Eingangsbereich der Villa wie das Summen aus einem voll besetzten Hornissennest. »Es tut mir leid.«

Karl Bornheim nickte dem Anwalt zu, der diskret im Wohnzimmer verschwand. »Sie hat tagelang auf deinen Anruf gewartet.«

Robert Bornheim hielt sein Handy hoch. »Dann werde ich das jetzt nachholen.«

»Später.« Er signalisierte seinem Sohn, ihm in sein Arbeitszimmer zu folgen. Schweigend gingen sie in den ersten Stock. An der Tür drehte Karl Bornheim sich abrupt um. Seine Stimme klang weniger frostig, sie hatte einen beunruhigten Tonfall angenommen. »Ich hatte letzte Nacht Besuch.«

»Offensichtlich ist dir nichts passiert.«

Sein Vater musste lächeln. Er hatte seinem Sohn beigebracht, keine dummen Fragen zu stellen. »Selbstverständlich nicht.« Er war an der Sitzecke vorbeigegangen und setzte sich an seinen Schreibtisch. Notgedrungen musste sein Sohn auf dem Besucherstuhl davor Platz nehmen. Karl Bornheims Stimme wurde wieder eisig. »Du hättest meinem Rat folgen und deinen Jagdschein machen sollen. Dann müsste ich nicht alles allein erledigen.«

Robert Bornheim fühlte, wie sich seine Nackenmuskeln versteiften, wie immer, wenn er mit seinem Vater sprach. »Ich weiß nicht, was du hinter meinem Rücken mit meiner Arbeit vorhast. Und ich bin alt genug, um mich um meine Angelegenheiten zu kümmern. Einen Jagdschein brauche ich dazu nicht.«

Karl Bornheim sah durch seinen Sohn hindurch. »Wenn du willst, dass etwas gründlich getan wird, musst du es selber tun.« Seine stahlgrauen Augen fixierten ihn. »Wir arbeiten in einem Geschäft, das absolute Diskretion erfordert. Das muss ich dir nicht erst erklären.«

Robert Bornheim nahm den Briefbeschwerer aus Glas vom Tisch und wog ihn in seinen Händen. »Meine Geschäftspartner aus Nigeria werden …«

»*Deine* Geschäftspartner aus Nigeria werden uns alle umbringen, wenn sie nicht das bekommen, was du ihnen versprochen hast.« Sein Vater lehnte sich zurück und runzelte die Stirn. Seine buschigen Augenbrauen zogen sich zusammen und verharrten in einer Position, die Robert an einen Tanz giftiger Tausendfüßler erinnerte.

Robert beließ den Briefbeschwerer in der rechten Hand. »Spätestens als du mein Geschäftsmodell eines verbesserten Bitcoin-Algorithmus an *deine* Geschäftspartner verhökern wolltest, musste ich handeln. Ich konnte dich nicht schon wieder …« Er biss sich auf die Zunge und starrte hinter seinem Vater an die Bücherwand. Du Idiot, wieder einmal hast du dich in die Ecke manövrieren lassen. Warum war er überhaupt hergekommen? Der große Karl Bornheim würde ihm sowieso nicht zuhören. Wie auch, so, wie er argumentierte. Er sah sich um und zog die Schultern zusammen. In diesem Zimmer würde er immer Kind bleiben.

Die Tausendfüßler tanzten weiter. »Warum gerade ich mit dem dümmsten Sohn aller Zeiten gestraft werden musste, entzieht sich meiner Kenntnis. Meine Geldgeber haben dein Projekt erst ermöglicht und selbstverständlich erwarten sie auch ein Return of Investment.«

»Sie fordern das Löschen des Programms«, erwiderte Robert bitter. Er musste so schnell wie möglich aus diesem Zimmer, sonst würde er noch in Tränen ausbrechen. »Der Bitcoin 2.0 hätte ihre Investments im Wert halbiert, wenn nicht sogar den gesamten Kryptowährungsmarkt zusammenbrechen lassen, da sie ihre schmutzigen Gelder nicht ohne Weiteres hätten transferieren können. Da ist es doch viel billiger, allen, die auch nur versuchen, an einer offiziellen Erweiterung zu arbeiten, mit Geld das Maul zu stopfen.«

Der Tanz hörte abrupt auf. »Und warum nicht? Leicht verdientes Geld, dankbarer Kunde.« Er stützte die Arme auf und legte seine Finger zu einem Dreieck zusammen. »Aber noch ist es nicht zu spät. Wenn du mir versprichst, ab sofort deine Finger davon zu lassen, kann ich uns da noch rausholen. Die Behörden sind bereits auf uns aufmerksam geworden, dadurch kann ich das Unangenehme mit dem Nützlichen verbinden.« Die Tausendfüßler bebten im Takt, als er über sein Wortspiel lachte. »Komm, Robert, Schwamm drüber, wir kehren zu deiner ursprünglichen Idee zurück, entwickeln einen sicheren Blockchain und machen damit Millionen. Das ist doch das, was du wolltest?«

»Und Natascha?« Robert umschloss den Briefbeschwerer wieder mit beiden Händen und beugte den Kopf. »Du hast sie mit keinem Wort erwähnt.«

»Sie war nur eine kleine, dumme Hure, die sich viel zu billig verkauft hat. Ein Karl Bornheim lässt sich nicht bespitzeln.« Er grinste. »Aber gut im Bett war sie.«

Roberts Finger krallten sich um den schweren Gegenstand. »Du hast sie umgebracht.« Er erkannte seine eigene Stimme kaum wieder, viel zu hell und kratzig hatte er die Frage als Feststellung formuliert. War es das, was sie ihm hatte sagen wollen? Damals in der Küche, an jenem Samstagmorgen, der erst vor ein paar Tagen gewesen war? Er warf den Briefbeschwerer auf den Tisch. Mit einem lauten Poltern rollte er Karl Bornheim in den Schoß, der noch nicht einmal zuckte.

»Mach dir keine Sorgen, ich habe mich um alles gekümmert.« Er sah seinen Sohn aufmerksam an. »Ich habe es ja verstanden. Wirklich, du musst dir nichts vorwerfen. Ich werde dafür sorgen, dass du aus allem rausgehalten wirst.«

»Du widerlicher Egoist! Tu das nie wieder!« Robert sprang auf. »Hörst du? Du wirst mich ab sofort in Ruhe lassen. Ich will nichts mehr mit dir und deinen sogenannten Geschäftspartnern zu tun haben! Natascha ist tot. Ich habe sie geliebt!«

Sein Vater neigte den Kopf, als wäre ein billiges Spielzeug kaputtgegangen. »Armer Junge. Vielleicht hätte ich dich für dein erstes Mal in ein Bordell bringen sollen. Aber deine Mutter hatte es mir verboten. Das wäre nicht mehr zeitgemäß, hatte sie gesagt. Doch manche Dinge ändern sich einfach nie.«

Robert Bornheim sprang auf und rannte die Treppe hinunter, ohne auf die Stufen zu achten.

*

Martin sah auf das Asylantenheim. Da war er also. Kio Akintola, »der Starke«. Er war also auch vom Stamm der Yoruba, wie Fayola. Martin riss die dreieckige Blisterverpackung auf und befreite das gummiartige Sandwich mit Salat und Käse, das bereits viel zu lange auf seinen Einsatz gewartet hatte. Ohne es weiter zu beachten, klappte er eines der beiden Dreiecke zusammen und stopfte es sich in den Mund. Zum Glück hatte sein alter Kumpel bei der Polizei den Fahndungsaufruf nach ihm noch nicht entdeckt und ihm die letzte Adresse dieses Vergewaltigers und Mörders durchgegeben. Er würgte die klebrige Masse mit einer Cola herunter und attackierte die zweite Hälfte.

Die Anfrage bei seinem Kumpel war ein Volltreffer gewesen, wenn er auch nicht damit gerechnet hatte. Dass der Nigerianer überhaupt gelistet war, grenzte bereits an ein Wunder. Aber wie war er überhaupt ins Land gekommen? Die logischste Erklärung wäre als Asylant, um dann, wie so viele Nigerianer, als Tellerwäscher illegal von italienischen Restaurants verschluckt zu werden. Er löste die letzten breiigen Reste vom Gaumen und trank die Cola aus. Oder sie drehten als Dealer in der Schanze ihre Runden. Ein Asylant durfte keiner Tätigkeit nachgehen, er war automatisch zur Nutzlosigkeit verdammt. Und was das mit stolzen jungen Männern machte, sah man auch in Deutschland zur Genüge. Er schaute wieder zu dem groß gewachsenen Mann, wie er das Asylantenheim verließ. Kio Akintola. Vergewaltiger, Auftragsmörder. Er hatte wirklich die Frechheit besessen, hier wiederaufzutauchen. Martin schüttelte den Kopf. Er warf die Coladose in den Müll und nahm die Verfolgung auf.

*

»Meinst du, der wird so dumm sein, dort wiederaufzutauchen?« Frederica hatte sich gerade noch anschnallen können, als Christian den Motor hochjagte und aus der Sedanstraße in Richtung Altonaer Straße abbog, die nur ein paar Autominuten entfernt lag.

»Das werden wir gleich feststellen. Hast du das Foto?«

Frederica hielt ihr Handy hoch. Es zeigte das Gesicht eines unscheinbaren, sehr dunkelhäutigen Mannes, dessen Alter schwer zu schätzen war. »Er hat keine auffälligen Merkmale. Kein mitteleuropäischer Zeuge würde ihn bei einer Gegenüberstellung wiedererkennen.« Frederica zog an dem Gurt, der, wie immer, viel zu hoch lag und ihr in den Hals schnitt. »Der perfekte Auftragsmörder.«

Christian sagte nichts. Konzentriert navigierte er sie durch den dichten Abendverkehr, der durch die vielen und unkoordinierten Baustellen schon lange zum Albtraum geworden war. »Ich habe die Zentrale informiert. Die Fahndung nach Martin Terborn wird um das Asylantenheim herum verstärkt durchgeführt. Wenn er dort auftaucht, wissen wir wenigstens Bescheid.« Er atmete kurz durch und redete abrupt weiter. »Wenn das hier vorbei ist, werde ich zurück zum KDD gehen.«

Frederica schaute aus dem Fenster. Da war er wieder. Der Schlag in die Magengrube. »Natürlich.« Sie fühlte, wie er sie beobachtete. Schweigend hielt sie ihren Blick weiter aus dem Fenster gerichtet. Als er sie eine Psychopathin genannt hatte, konnte er nicht wissen, wie oft sie selbst schon darüber nachgedacht hatte. Als Psychoanalytikerin, die mehrere Selbstanalysen durchgeführt hatte, war sie sich selbst eine Antwort schuldig geblieben. Ein Psychopath war gut darin, Gefühle zu imitieren, Empathie vorzutäuschen. Vielleicht hatte sie der Selbstmord ihres Vaters zu einer Meisterin werden lassen – auch sich selbst gegenüber. Es war ihr egal, was Christian als Nächstes tat. Und es war ihr nicht egal. Dieser Widerspruch hatte sie beinahe ihren Job als Polizistin gekostet. War ihr das egal gewesen? Wieder ja und nein.

Sein stechender Blick erinnerte sie daran, dass er immer noch auf eine Antwort wartete. »Ich meine, wenn du das für das Beste hältst …«

Sein Geduldsfaden riss. »Ich will wissen, was *du* für das Beste hältst, verdammt noch mal! Willst du mit mir zusammenarbeiten? Was willst du?« Er hupte einen Pinneberger an, der, ohne zu blinken, am Straßenrand hielt. »Liegt dir etwas an unserer Zusammenarbeit? Frederica, ich weiß ja nicht einmal, ob ich mich auf dich verlassen kann!«

Sie waren angekommen. Sie sah ihn immer noch nicht an, als sie ihren Gurt löste und ausstieg. »Bleib. Bitte.« Sie hatte so leise gesprochen, dass sie nicht wusste, ob er sie gehört hatte. Jedenfalls schüttelte er nur den Kopf, stieg aus und betrat das Asylantenheim, ohne sich weiter um sie zu kümmern. Sie wiederholte ihre Bitte nicht.

KAPITEL 30

»Warum ist die Akte meines Vaters gesperrt?«

Nachdem niemand im Asylantenheim etwas über den Nigerianer hatte sagen können oder wollen und die Kollegen auch Martin Terborn nicht dort gesichtet hatten, waren Frederica und Christian frustriert ins Dezernat zurückgefahren. Dort hatte eine nervöse Tanja auf sie gewartet. Sie hatte Frederica zu ihrem Monitor gewunken und ihr den Sperrvermerk gezeigt.

Jetzt saß sie bei ihrem Chef auf der Kante des Besucherstuhls und funkelte ihn an.

Thomas Wolf tauschte in aller Seelenruhe die Patrone seiner E-Zigarette aus und zog gierig an der Spitze. Sofort erfüllte ein süßlicher Vanillegeruch das Büro. »Der Fall, an dem er bis zu seinem Tod gearbeitet hatte, unterliegt der Geheimhaltung. Und das noch für die nächsten 20 Jahre.« Er sah sie bedauernd an. »Es tut mir leid.«

»Gar nichts tut Ihnen leid! Warum ist die Akte überhaupt 40 Jahre gesperrt?«

»Wenn ich Ihnen das sagen würde, wäre es ja nicht mehr geheim.«

Hatte er dieses billige Filmklischee jetzt tatsächlich zitiert? Fredericas Puls raste. Sie konnte ihren Vorgesetzten kaum ansehen. Gerade noch rechtzeitig fing sie sich ab und bewahrte sich vor einer Kurzschlussreaktion. »Ich verstehe nicht, warum der Fall und sein Tod gemeinsam als Verschlusssache geführt werden. Das heißt doch, dass sie zusammenhängen. Also war es doch Mord.« Ihre Stimme wurde leiser. »Er hätte mich nie im Stich gelassen und ich werde es beweisen!«

Der Vanilleduft wurde intensiver. »Benutzen Sie Ihren Verstand. Es kann genauso gut ein Suizid gewesen sein. Seine irregulären Ermittlungsmethoden hat er offensichtlich an Sie weitergegeben. Wer weiß, vielleicht ist er übers Ziel hinausgeschossen und hat keinen Ausweg mehr gesehen.«

»Kennen Sie den Grund?«

Er zögerte zu lange mit der Antwort. Fredericas Augen weiteten sich. »Noch nicht einmal Sie haben Akteneinsicht? Das ist ja köstlich!«

Maureen Thalbach legte ihr warnend die Hand auf die Schulter. Die Assistentin hatte leise das Büro betreten und sich hinter Frederica gestellt. Sie sah ihren Chef achselzuckend an.

Thomas Wolf sah auf die Uhr. »Frau Dr. Moll, ich möchte jetzt gerne zu meiner Telefonkonferenz zurückkehren, aus der Sie mich so überwältigend herausgeholt haben.« Er sah sie freundlicher an, als sein Ton verraten wollte. »Und ich lege Ihnen nahe, endlich den Mörder von Natascha Gruber ausfindig zu machen. Ich treffe mich morgen mit Karl Bornheim zum Mittagessen und da hätte ich gerne Ergebnisse.« Er sah seine Assistentin an. »Maureen, tragen Sie einen Termin für Frau Dr. Moll und Herrn Lauterbach bei mir für 11 Uhr morgen früh ein. Danke.« Thomas Wolf deutete Frederica mit einer Handbewegung an zu gehen.

Als Frederica das Büro verlassen hatte, wandte er sich an seine Sekretärin. »Maureen, haben Sie mir Nachschub besorgt?«

»Hier, bitte. Ich hatte nicht gewusst, dass Pepe seine Sorten in vier verschiedenen Grüntönen anbietet. Sind das die richtigen?«

Der Dezernatsleiter musterte die falsche Schachtel. »Ja, vielen Dank. Sie können gehen.«

Maureen schloss die Tür etwas lauter, als sie es sonst getan hätte, was ihr Chef jedoch nicht bemerkte.

Er atmete tief durch. Seine Assistentin hatte die leichteste Stärke gebracht. Was sollte es. Musste er eben improvisieren. Er nahm zwei heraus, zündete sie an, steckte sich beide in den Mund und sog gierig den Rauch ein.

Nach ein paar Zügen konnte er wieder klar denken. Bald würde dieser dämliche Banker bei ihm auftauchen und Zeter und Mordio schreien. Wie ihm davor graute. Konnte diese Frau nicht einmal das tun, was man ihr sagte? Hatte er nicht deutlich gemacht, dass er Ergebnisse erwartete? Und nicht weitere Rätsel? So blieb ihm nichts anderes übrig, als ihrer Bitte zu folgen und den Mann zum Polizistenball einzuladen. Dabei hoffte er, dass Karl Bornheim sich bis zum Ball morgen Abend kooperativ verhielt und Frau Dr. Moll endlich liefern würde.

Er drückte die beiden Zigaretten aus und zündete sich sofort eine neue an. Wäre Marquardt nicht Präses geworden, hätte er ihm nicht Molls Tochter unterschieben können und sein Leben würde deutlich einfacher verlaufen. Er seufzte. Wenigstens an die Akte würde sie niemals rankommen. Dafür würde er sorgen.

*

Amir Aydin ließ vor Schreck seinen heißen Kaffee fallen und startete den Wagen. »Scheiße, sorry, ich gebe den nächsten aus. Wo will der denn so schnell hin? Der rennt ja wie eine gesengte Sau!« Christians Kollege vom Kriminaldauerdienst war zu Robert Bornheims Polizeischutz abgestellt worden und beobachtete nun die Villa.

Sein Ersatzkollege Holger Fassbender wischte sich seine kaffeenassen Hände an den Hosenbeinen ab. »Was weiß denn ich. Ich werde aus diesen Typen sowieso nicht schlau. Der hier zum Beispiel sieht überhaupt nicht aus wie jemand, der kaltblütig Menschen tötet. Ich dachte immer, Banker lösen ihre Probleme, indem sie ihre Anwälte anrufen und ihre Feinde wirtschaftlich ruinieren.« Er nahm sein Handy und wählte die Nummer der Zentrale. »Ja, hier Holger Fassbender, Wagen 431. Zielobjekt verlässt Villa und fährt Elbchaussee Richtung Altona. Wir melden uns wieder in 30 Minuten.«

»Hat dem niemand erklärt, was Polizeischutz bedeutet?« Amir sah auf seinen gleichmütig dreinblickenden Kollegen und wünschte sich Christian zurück. »Der fährt ja mindestens 100. Und das auf dieser eingeschränkten Spur, wo nur 50 erlaubt sind.«

»Du hast recht, da stimmt was nicht. Soll ich Verstärkung rufen?«

»Lass mal, das kriegen wir auch allein hin. Aber wir sollten Christian Bescheid geben, sobald wir wissen, wo er hinwill.«

»Pass auf, er biegt in die Max-Brauer-Allee ab!«

»Ja, schon gut, mach dir mal nicht ins Hemd. Ist kaum noch Feierabendverkehr.«

»Hier ist immer Feierabendverkehr.« Holger Fassbender hatte es mittlerweile geschafft, sich anzuschnallen, und krampfte reflexartig seine Finger in die Oberschenkel.

Amir beäugte seinen Kollegen misstrauisch. »Hast du immer noch kein Fahrsicherheitstraining absolviert? Mann, ich hab noch nie so einen ängstlichen Beifahrer gesehen!«

»Wer braucht heutzutage denn noch ein Auto.« Triumphierend zeigte er auf Bornheims roten Sportwagen, der drei Autos vor ihnen an der Ampel wartete. »Wie du siehst, kommt er auch nicht voran.«

»Zumindest scheint er sich etwas beruhigt zu haben. Er biegt wieder ab. Und parkt. Scheiße, er hat einen Parkplatz.«

»Bleib einfach hinter ihm stehen.« Holger sah nach oben. »Was will er in der Altonaer Straße?«

»Was weiß ich. Hey, scheiß Kurierfahrer, fahr aus dem Weg! Los, steig aus und halte ihn auf.«

Holger sprang aus dem Wagen und rannte um den Transporter herum. Sofort kam er wieder zurück. »Bornheim fährt weiter!«

Amir schaltete in den Rückwärtsgang und schaffte es gerade noch rechtzeitig, vor einer Frau mit Kinderwagen zu stoppen, die hinter ihm die Straße betrat. Als das Hindernis aus dem Weg war, setzte Amir zurück und wieder vor. Als sie aus dem Sichtfeld des Kurierfahrers heraus waren, war der rote Sportwagen nicht mehr zu sehen.

*

Ich werde es dir schon zeigen. Nie wieder wirst du mir Vorschriften machen. Warum stirbst du nicht einfach, alter Mann! Stirb und lass mich auf alle Zeit in Ruhe. Was für ein schönes Gefühl das sein muss – Freiheit. Frei von dir. Gut, die drei waren Idioten. Aber Martin wird das erledigen. Was hast du gesagt? Du wäschst deine dreckige Wäsche allein? Das ich nicht lache. Alter Bastard. Stirb – doch – endlich!

*

Es dämmerte bereits, als sie zum Schanzenpark gerufen wurden. Peter Neureuther erwartete sie hinter dem alten Wasserturm, in dem sich seit einigen Jahren das Hotel Mövenpick befand. Frederica gab ihm die Hand. »Hast du eigentlich immer Dienst?«

Peter lachte. »Jedenfalls immer dann, wenn du auch Dienst hast.« Dann wurde er ernst. »Wir dachten zuerst an einen Streit unter Dealern, der außerplanmäßig beendet wurde. Aber dann sind uns zwei Dinge aufgefallen.« Sie gingen zu einem Busch, vor dem die Leiche eines Mannes lag.

Frederica zeigte auf die Schleifspuren im Gras und die hochgeschobenen Beine der Jeans. Die Spuren zeigten, dass der Körper an den Füßen aus dem Dickicht herausgezogen worden war. »Wart ihr das?«

Peter nickte. »Ein Passant hat die Schuhsohlen gesehen und uns angerufen.« Der Polizist verzog das Gesicht. »Da es aber nur – ich zitiere – ein ›dämlicher Migrant‹ war, hat er ihn nicht angefasst. Nur gut, dass das Opfer bereits tot gewesen ist, sonst würde ich diesen Arsch wegen unterlassener Hilfeleistung anzeigen.«

Frederica hatte sich zwischenzeitlich Handschuhe angezogen und ließ ihre Finger um den Nacken des Toten wandern. »Genickbruch. Habt ihr seine Taschen durchsucht?«

Peter nickte. »Alle leer. Wir durchkämmen gerade die Gegend, bislang nichts.«

Der Tote war mit einem Hoodie, einem weißen T-Shirt, Jeans und schwarzen Sneakers bekleidet. Christian trat zu Frederica, kniete sich hin und tastete den Körper des Mannes ab. »Bis auf den Genickbruch scheint es keine Fremdeinwirkung gegeben zu haben.« Er musterte das Gesicht des Toten. »Er ist es, oder?« Frederica sah ihn nur stumm an. Er kam hoch und drehte sich um. »Verdammt, Martin, du Vollidiot. Melde dich endlich!«

Die Scheinwerfer des Dienstwagens durchschnitten die maroden Gebäude der Sedanstraße wie tanzende Laserstrahlen. Müde betraten Frederica und Christian ihr Büro im dritten Stock. Tanja hatte mit Alfred auf sie gewartet. »Und? Ist er es?«

Frederica warf ihren Wildlederbeutel auf den Schreibtisch. »Wer will einen Gin Tonic?«

Christian verzog das Gesicht. »Bitte nicht dieses Schickimicki-Gesöff. Ein paar Flaschen Pils reichen mir völlig.«

Frederica rief die Taxizentrale an und bestellte über einen Fahrer eine Flasche Tanqueray, Tonic Water und Flens. »Wir haben morgen früh um 11 Uhr einen Termin beim Wolf. Und er will, dass wir den Fall so schnell wie möglich abschließen.«

»Hättest du mit dieser Mitteilung nicht warten können, bis mein Bier da ist?«

»Christian, wann begreifst du endlich, dass Martin Terborn unser Täter ist? Wie lange willst du ihn noch decken?«

»Ich decke hier niemanden! Was denkst du eigentlich von mir? Ich glaube nur immer noch nicht, dass er der Mörder ist, verdammt noch mal! Und wenn er sich endlich melden würde, könnte ich das auch beweisen.«

»Und wie willst du das machen? Indem du ihm alles glaubst, was er dir sagt? Er hat die Ausbildung, er hat den Background und er ist Robert Bornheim treu ergeben!«

Christian sah sie triumphierend an. »Und was ist mit dem Motiv? Wenn er ein Auftragsmörder ist, warum hat er Natascha Gruber dann so zugerichtet?«

»Ich habe dir doch schon gesagt, dass ich nicht glaube, dass alle von ein und demselben Täter ermordet worden sind. Und wenn es wahr ist, dass Robert Bornheim seine Freundin geliebt hat, dann hat dein Martin vielleicht gerade eben Nataschas Mörder hingerichtet.«

Christian drehte sich weg. »Oder es war Robert Bornheim.«

Die drei sahen sich an. Amir hatte ihnen zähneknirschend gemeldet, dass sie Robert Bornheim verloren hatten.

»Dann ist ja gut, dass gleich Alkohol kommt.« Tanja nahm ihre Perücke ab und fuhr sich durchs Haar. Ihre natürliche Afro-Krause glänzte im blauen Monitorlicht wie Stahlwolle. »Aber der macht sich doch nicht die Hände schmutzig.« Sie tippte sich mit einem Kuli gegen die Zähne. »Die Geldspur. Aber nicht die zum Auftragsmörder, die ist zu dünn. Was wissen wir über die Geldgeber für das Kryptowährungsprogramm?«

Christian kratzte sich am Ohr. »Geldgeber? Setzt man da nicht einfach ein paar Leute dran? Deren Jahresgehalt und ein paar Rechner wird eine Bank ja wohl noch stemmen können.«

Tanja schüttelte den Kopf. »Ich meine die Investoren, die dann den neuen Bitcoin befüllen. Wenn das Programm einsatzbereit ist, müssen die doch aktiv geworden sein. Hatte Robert Bornheim nicht einen Termin in London?«

»Ja, zusammen mit Claire Muller. Und den hat irgendjemand vereitelt, indem er Claire in ihrer Angst dazu getrieben hat, sich mit Insulin fast umzubringen.«

»Aber es musste jemand sein, der sich in der Bank auskennt, die Kameras umgehen konnte und, ohne Spuren zu hinterlassen, mit zumindest Teilen des Programms das Gebäude wieder verlassen hat.« Der Taxifahrer hatte die Getränke gebracht und Christian ploppte mit beiden Daumen den Bügelverschluss des Flensburgers auf.

Frederica hatte dem Taxifahrer einen Zehner extra gegeben, weil er an das Eis für den Gin Tonic gedacht hatte. »Und der nicht nur den Termin vereiteln, sondern vor allen Dingen Claire mitnehmen wollte. Hier spricht alles gegen Martin Terborn, zumal sie Angst vor ihm hat.«

»Es kann genauso gut Robert Bornheim gewesen sein. Als Drahtzieher hinter dem Geldwäsche-Upgrade hat er sie garantiert unter Druck gesetzt. Dass sie sich aus dem Verkehr zieht, war ja nicht geplant.«

Frederica nahm einen großen Schluck aus ihrem Kaffeebecher, in dem sie den Gin Tonic angerührt hatte, und ließ das Eis klimpern. »Wer immer die drei USB-Sticks entwendet und dafür die Wissenschaftler umgebracht hat, hat nicht den Mord an Natascha Gruber begangen, da bin ich mir nach wie vor sicher. Das zeigt schon der Umstand, dass die alte Dame in Zürich noch lebt. Sie hatte einen der Sticks und anstatt sie zu töten, um an den Stick zu kommen, hat der Dieb gewartet, bis sie die Wohnung verlassen hatte, um sich ihn zu holen. Aber das bedeutet nicht zwangsläufig, dass sie unterschiedliche Auftraggeber hatten.«

»Die einen Morde waren geschäftlich, der an Natascha Gruber persönlich.« Tanja rührte ihren Kaffeebecher-Drink mit dem Zeigefinger um. »Dann verstehe ich aber nicht, wie die Fingerabdrücke des Asylbewerbers an ihre Sandalen gekommen sind.«

»Mag sein, dass er bereits in Nigeria gemordet und hier sein Geschäftsfeld um Drogendeals erweitert hat«, sagte Frederica. »Aber dazu muss er erst einmal die Kontakte herstellen. Ich sehe nicht, wie er in den Dunstkreis einer Privatbank geraten konnte. Oder deren Geschäftspartner und Kunden.«

»Vielleicht hat ihn jemand aus Afrika mitgebracht? Als Leibwächter oder so.« Tanja hatte ihren Becher geleert und mixte sich einen neuen Drink.

»Dann würde er sicherlich nicht als Asylant sein Dasein fristen und auch noch Gefahr laufen, wieder abgeschoben zu werden.« Christian nahm sich ein zweites Bier. »Aber dieser Genickbruch hat etwas verdammt Professionelles an sich.«

»Das hat Martin Terborn auch.« Frederica sah Christian nicht an. »Aber ich muss zugeben, ich weiß nicht, warum er das hätte tun sollen.«

Tanja setzte sich auf. »Eigentlich wissen wir gar nichts. Die Berichte der Schweizer und Engländer sind mehr als dürftig. Wir haben nur Claires und Pias Aussage, dass sie an etwas Illegalem gearbeitet haben. Beweise dafür haben wir aber auch nicht, da das Programm noch nicht eingesetzt worden ist. Eigentlich können wir nur hoffen, dass es nicht noch mehr Leichen gibt.«

Christian streckte sein kaputtes Knie. »Ich muss nach Hause und mein Bein hochlegen.«

»Moment.« Frederica nahm ihr Handy hoch. »Matthias, wirklich? Wir kommen.« Sie sah auf. »Amir hat Robert Bornheim wiedergefunden. In der Rechtsmedizin.«

✳

»Da bist du ja!« Inge war außer dieser überflüssigen Bemerkung nichts eingefallen, als sie Martin endlich um die Straßenecke hatte biegen sehen. Er lächelte sie an und nahm sie wortlos in den Arm. Inge versuchte, ruhig zu bleiben. Sie wusste, dass sie mit Vorhaltungen bei ihm nichts erreichen würde. »Danke für deine Nachricht. Geht es dir gut?«

Er sah sich um und lächelte sie wieder an. »Sorry, dass ich dich mit dem Chaos zu Hause allein lassen muss.«

Er würde also nicht bleiben. Umso besser. »Kein Problem, ich warte mit dem Aufräumen auf dich.«

Martin küsste sie noch einmal. »Ich kann nicht lange bleiben.« Er sah sich wieder um. »Die Polizei fahndet nach mir.«

Er ist so ruhig, wie er das sagt. Als wäre es nicht das erste Mal, dass er in ernsten Schwierigkeiten steckt. Oder als wenn er genau wüsste, was er getan hat … Schnell verbannte sie diesen Gedanken wieder und konzentrierte sich auf den Menschen, der vor ihr stand. »Ich weiß, Andreas hat es mir gesagt. Wegen des Mordes an Natascha.« Was ihr Kopf wollte, war ihr egal. Sie grinste ihn an. »Willst du Sex?«

»Ach, du bist eine dieser Knast-Groupies? Hätte ich mir ja denken können. Hast du noch den Kontakt zu der Firma, die die USB-Sticks hergestellt hat? Wir könnten jetzt gut einen als Bluff gebrauchen.«

Inge nickte. »Was hältst du von Nestor?«

Martin sah sie ratlos an. »Ist das auch eine Figur aus ›Tim und Struppi‹?«

»Nestor war Kapitän Haddocks erster Butler. Was selbst viele Fans nicht wissen. Prädestiniert für die Speicherung des Quellcodes.« Sie grinste ihn an. »Ich habe ihn bereits unter dem Vorwand, ihn als Prototypen für einen neuen Merchandise-Auftrag zu benötigen, bei der Firma bestellt. Morgen hast du ihn.«

Martin grinste breit zurück. »Immer einen Schritt voraus. Und um deine Frage zu beantworten – ja!«

KAPITEL 31

Robert Bornheim saß neben seiner Freundin und hielt ihre Hand. Er schluchzte unkontrolliert auf das Leichentuch, das er ihr vom Gesicht gezogen hatte, und wiegte sich wie im Verhörraum hin und her.

»Wenigstens ohne diesen Volltrottel von Anwalt«, flüsterte Christian Frederica zu. Da sie nicht mehr ganz nüchtern waren, hatten sie sich ein Taxi bestellt und waren in die Rechtsmedizin gerast.

»Und er wollte einfach nur zu seiner Freundin?«, fragte Frederica den Rechtsmediziner.

K. H. nickte. »Wie Sie wissen, haben Angehörige hier nichts zu suchen. Aber als er dann plötzlich vor der Tür stand, bekam ich Mitleid.« Er sah sie an, als hätte er einen Rechtsbruch begangen. Aber vielleicht wunderte er sich auch nur über ihre glasigen Augen.

Christian musterte ihn misstrauisch. »Und da haben Sie ihn einfach durchgelassen?«

Dr. Hausschildt zuckte mit den Schultern. »Er hat höflich gefragt.«

Frederica war um die Bahre herumgegangen und setzte sich neben Robert Bornheim. Nataschas Gesicht sah sie freundlich an und sie lächelte zurück. »Erzählen Sie mir von Natascha. Welche Blumen liebte sie? Hatte sie Humor?« Ihre Stimme war noch dunkler als sonst. Wie weiches Karamell, dachte Christian.

Ohne ihn zu berühren, sprach sie weiter, langsam und ohne ihre Stimme zu heben. »Was würde sie wohl sagen, wenn sie Sie jetzt so sehen könnte? Sicherlich wäre sie nicht böse auf Sie. Ich denke, Sie würde Ihnen verzeihen. Ihr sollte doch nichts zustoßen, das hatten Sie sich ausbedungen, nicht wahr?«

Der Banker sah nicht auf, aber er hatte aufgehört, sich zu wiegen. »Er hatte es mir versprochen.«

»Ihr Vater? Was sollten Sie dafür tun?«

Er schüttelte heftig den Kopf. »So war das nicht. Er hätte sich nur raushalten sollen. Dann wäre mein Plan aufgegangen.« Er schloss die Augen und wiegte sich wieder. Nataschas Hand hielt er weiter fest umschlossen.

»Warum haben Sie Natascha nicht mitgenommen?«

Sofort hörte er auf. Seine Hand umklammerte das tote Fleisch immer fester, bis seine Knöchel dieselbe Farbe wie die der Leiche annahmen. »Sie wollte nicht. Sie meinte, es wäre besser, wenn sie dabliebe, sie würden ihr nichts tun ...« Seine Stimme brach. »Ich bin gegangen, ohne ihr was zu sagen, und habe mich in dem Hotel versteckt. Damit er mich nicht dazu zwingen kann ...«

Plötzlich breitete sich in dem Sezierraum ein Geruch nach billigem Alkohol und ungewaschener Kleidung aus. Frederica stand auf, nahm ein sauberes Becherglas aus dem Schrank, füllte es mit Leitungswasser und drückte es dem Banker in die Hand. Dieser trank gierig und stellte das leere Glas auf dem Tisch ab. »Nächsten Monat wollten wir heiraten.«

»Sie muss Sie sehr geliebt haben.« Als der Banker nicht reagierte, hob sie ihre Stimme etwas an. »Aber sie gehörte Ihren Geschäftspartnern. Sie sollte regelmäßig über den Stand der Entwicklungen Bericht erstatten, nicht wahr?«

Robert Bornheim ließ die Leiche seiner Freundin los, füllte den Becher nach und trank ihn in einem Zug aus. Dabei schwankte er leicht. »Das war nur zu Anfang. Außerdem wollte ich ja liefern, was sie hätte weitertragen können, wäre also in deren Sinne gewesen.«

Christian lehnte sich vor. »Was denn genau liefern?«

Doch so betrunken war Robert Bornheim nicht. Er sah hoch und schüttelte den Kopf. »Das ist jetzt uninteressant. Die haben jetzt, was sie wollen, und werden Ihnen nicht in die Hände laufen.« Er sah Frederica direkt in die Augen. »Mich interessiert nur noch der Mörder meiner Frau.«

»Sie meinen, Ihrer Freundin.«

Bornheim ließ sich nicht provozieren. »Nur im rechtlichen Sinn. Warum auch immer Sie das interessiert.« Er sah in Nataschas Gesicht. »Sie hatte es nicht leicht gehabt im Leben und war trotzdem ein liebevoller Mensch.« Seine Stimme brach. »Dass sie auch noch im Tod gequält werden musste, ist einfach nicht fair.«

Frederica stand auf und zeigte ihm ein Foto auf ihrem Handy. »Wir haben heute Nacht einen toten Schwarzafrikaner im Schanzenpark gefunden. Sie wissen nicht zufällig etwas darüber?«

Bornheim sah sich das Bild interessiert an, aber seine Mimik veränderte sich nicht. Frederica seufzte. Entweder war er ein guter Schauspieler, oder er kannte den Mann wirklich nicht. Aber vielleicht war er auch nur zu sehr damit beschäftigt, sich selbst zu bemitleiden.

»Sein Name ist Kio Akintola, ein zwar abgeschobener, aber irgendwie wieder zurückgekehrter Nigerianer.«

Sie las eine SMS von Tanja. »Er hat sich mit einem falschen Studienausweis in Deutschland aufgehalten.« Sie ließ den Mann nicht aus den Augen und wurde belohnt. Seine Augen weiteten sich und er nickte leicht.

Dann schüttelte er den Kopf. »Nein, tut mir leid. Und jetzt entschuldigen Sie mich bitte, ich habe eine Beerdigung zu organisieren.«

*

»Und jetzt?« Christian kratzte sich am Kopf, während K. H. sich unter dem »Rauchen verboten«-Schild eine Marlboro Lights anzündete.

»Amir ist wieder an ihm dran?«

»Hat ihn draußen abgefangen.«

»Spielen Sie Schach, Herr Dr. Hausschildt?« Als dieser verwirrt verneinte, fuhr Frederica fort: »In der sizilianischen

Verteidigung zielt man auf eine Bauernmehrheit ab. Aber man muss schnell sein, wenn sie funktionieren soll. Und vor allen Dingen muss man sich für eine der vielen möglichen Varianten dieser Eröffnung entscheiden und diese konsequent verfolgen, damit man nicht im Labyrinth der möglichen Stellungen schon im Mittelspiel verloren geht.« Sie nahm ihre Tasche und ging zur Tür. »Hoffentlich haben wir nicht schon zu lange gewartet.«

»Was hast du vor?« Christian rannte ihr nach. Plötzlich blieb er stehen und rieb sich mit schmerzverzerrtem Gesicht das Knie.

»Geh nach Hause, wir sehen uns morgen zum Termin beim Wolf.«

Christian hielt sie am Arm auf. »Den Blick kenne ich. Und da ich nur noch ein funktionierendes Bein habe, will ich verdammt noch mal wissen, worauf ich mich diesmal einlasse. Also, raus mit der Sprache!«

Frederica sah ihn lange an. Er hatte eine Antwort verdient, wenn auch nicht die, die sie zu geben bereit war. »Das letzte Mal, als ich einem Mann vertraut habe, ist er gestorben, ohne mir etwas davon zu sagen.«

Christian seufzte. »Matthias ist ein Arsch, keine Frage. Aber hier geht es nicht um die ewige Liebe, sondern um eine Mordermittlung.« Er griff sie fester am Arm. »Um Teamarbeit. Du weißt schon. Du bist der Quarterback und ich der Offensive Lineman.«

Sie sah ihn überrascht an. Soweit sie wusste, hatte er keine Ahnung von Football. Der Vergleich war gar nicht so verkehrt, aber sie ärgerte sich darüber, dass er ihm nicht selbst eingefallen war. Und sie daher nicht betraf. »Ach, daher weht der Terborn-Wind. Hat er dir den Floh ins Ohr gesetzt? Du als sein Beschützer?«

Christian krümmte sich leicht nach vorne. »Vielleicht. Aber deshalb ist es nicht weniger wahr. Was ist denn so verkehrt daran, klare Ansagen zu machen?«

Sie musste lächeln. Was wollte sie eigentlich? Jemanden, auf den sie sich blind verlassen konnte. Aber das konnte nur jemand sein, der seine eigenen Regeln machte. »Eigentlich gar nichts. Aber jemandem zu vertrauen heißt auch, Verantwortung abzugeben. Und zuzulassen, dass die Dinge anders erledigt werden, als man es gerne hätte. Oder wie es der Plan nun mal vorsieht.«

»Willst du jetzt behaupten, ich könnte keinen Einsatzplan befolgen?«

»Selbstverständlich kannst du das. Wir haben nur keinen.«

Christian ließ sie los. »Du bist unbelehrbar. Und überheblich. Je eher ich wieder beim KDD bin, umso besser. Was sagen wir also morgen dem Wolf?«

Sie schaffte es, die aufkeimende Verlustangst wegzuatmen. »Dass er einen Sonderauftrag hat. Und jetzt gehst du nach Hause, bevor Annabelle dich holen kommt.«

*

Freya Moll sah ihre Tochter fassungslos an. »Was um Himmels willen willst du auf dem Ball der Polizei? Falls du dich endlich gesellschaftlich einbringen möchtest, nehme ich dich gerne nächste Woche …«

»Nein, Mama«, unterbrach Frederica etwas zu unsanft, »nur der Polizistenball. Du hast doch Karten?«

»Ja, natürlich, aber …«

»Dann nehme ich eine.« Sie zögerte kurz. »Oder vielleicht doch lieber zwei.«

Frau Moll nippte an ihrem Gin Tonic. »Wenn meine Tochter mich mitten in der Nacht besucht, um für einen der uncharismatischsten Events der Saison Karten zu erbitten, mache ich mir Sorgen.« Sie setzte ihr Glas ab und gab einen Schuss Gin hinzu. »Muss ich mir Sorgen machen?«

Frederica verschränkte die Arme vor der Brust. »Kennst du einen Karl Bornheim? Er ist Inhaber der Privatbank Severin & Partner.«

Ihre Mutter musste nicht nachdenken. »Nein. Warum fragst du?«

»Nicht wichtig.« Ihr fiel plötzlich ihr Bruder ein. »Hat sich Steffen bei dir gemeldet? Er wollte dich zum Essen ausführen.«

Das Gesicht ihrer Mutter leuchtete auf. »Wirklich? Was für eine nette Idee. In der Hafen City hat ein neues Sterne-Restaurant eröffnet. Vielleicht kommst du mit. Dann sehe ich meine Kinder wenigstens einmal zusammen.«

»Ja, vielleicht. Hast du Papa eigentlich geliebt?«

Freya Moll hob überrascht die Augenbrauen. »Woher kommt das jetzt plötzlich?«

Frederica setzte sich zurück. »Seine Akte bei der Polizei ist gesperrt. Hast du damit etwas zu tun?«

»Sicherlich nicht. Den Ball organisiere ich aus anderen Gründen, in seine Arbeit habe ich mich nie eingemischt. Und wie du sehr wohl weißt, waren wir bereits lange getrennt, als er entschied, aus dem Leben zu scheiden.«

Für Frederica hörte sich die Erklärung zu glatt an, als hätte ihre Mutter sie bereits jahrelang geprobt. »Wie gut kennst du Henning Marquardt?«

Ein Rasiermesser hätte nicht schärfer schneiden können als die Stimme ihrer Mutter. »Ich denke, du bist übermüdet. Ich lasse dir die Karten morgen zustellen.« Freya Moll stand auf. »Gute Nacht.«

Frederica stand auf und ging zur Tür. Sie sah sich nicht um, als sie sprach. »Ich werde herausfinden, was wirklich passiert ist. Und da du mich liebst, auch wenn du mich nicht magst, wirst du am besten wissen, was du dann zu tun hast.«

Die Stimme ihrer Mutter klang hohl. Frederica stellte erstaunt fest, dass ihre Mutter unsicher war. »Du hast recht. Ich mag dich nicht. Und das werde ich für den Rest meines Lebens bedauern. Aber mit dem Tod deines Vaters habe ich nicht das Geringste zu tun. Ich kann dir natürlich keine Vorschriften mehr machen, auch wenn du sie dringend nötig hättest. Aber wenn dir irgendetwas an meiner Meinung liegt – komme darüber hinweg. Ich hatte gedacht, dass deine Ausbildung zumindest das erreicht hätte.«

Frederica zögerte mit einer Antwort. Sie hatte keinen Mut, sich zu ihrer Mutter umzudrehen. Wovor hatte sie Angst? Dass sie recht hatte? Hatte sie sich verrannt? Warum hielt nur niemand zu ihr? Sie atmete tief durch und öffnete die Haustür. »Gute Nacht, Mama. Danke für die Karten.«

*

»Ich habe getan, was du wolltest.«

Auf dem Weg zurück zu Roberts Wohnung im Bunker in der Feldbrunnenstraße hatte Martin sich Zeit gelassen. Er musste zurück, das wusste er. Aber nicht, weil er Angst vor einer Verhaftung hatte oder dass Robert ihm wirklich schaden wollte. Genauso wenig durfte er ihn allerdings konfrontieren. Robert war außer Kontrolle und damit nicht einzuschätzen. Der Tod des Nigerianers änderte nichts. Der Albtraum ging weiter.

Doch vielleicht konnte er wenigstens Robert retten. Er war also in das Penthouse zurückgekehrt und legte Robert den USB-Stick mit den Informationen und das Geld, das er nicht angerührt hatte, zurück auf den Tisch. Robert hatte ihn sitzend erwartet und sah ihn jetzt mit einer Mischung aus Ungläubigkeit und Bewunderung an. »Du hast dieses Schwein kaltgemacht?« Als Martin nickte, redete er aufgeregt weiter. »Wie hast du es getan? Hast du ihn leiden lassen? Wo ist er? Hast du Fotos gemacht? Ich will ihn sehen!«

Martin stellte entsetzt fest, dass Roberts Augen hasserfüllt flackerten. Er setzte sich ihm gegenüber an den Tisch und sah ihn direkt an. »Ich bin ihm in den Schanzenpark gefolgt und habe ihm das Genick gebrochen.«

Roberts Miene verdunkelte sich. »Konntest du dir nicht Zeit lassen? Hat er wenigstens gewusst, warum er sterben musste?«

Martin hob abwehrend die Hände. »Die Aktion war so schon riskant genug. Ich konnte mir noch nicht einmal sicher sein, ob er ohne Aufpasser dort war. Einmal war er mir bereits entwischt, dabei hatte er Hilfe.« Die Beteiligung von Matthias verschwieg er.

»Da sind noch andere?« Robert sprach zu sich selbst. »Natürlich, sie würden nicht nur einen Mann schicken, dazu ist das Projekt zu wichtig.« Er sah Martin an. »Hast du einen Beweis, dass er tot ist?«

Martin griff in seine Hosentasche und zog ein paar Dokumente hervor. »Seine Papiere. Die Leiche musste ich liegen lassen, die Polizei ist bereits vor Ort.«

Robert nahm die Papiere und steckte sie, ohne sie sich anzusehen, ein. Er stand auf und entfernte sich vom Tisch. »Gut, ich glaube dir. Ich bin froh, dass du so kooperativ bist. Da wäre allerdings noch etwas, das du für mich tun musst.«

Martin verzog keine Miene. Er stand ebenfalls auf, um bei einem möglichen Angriff nicht körperlich unterlegen zu sein. »Robert, ich habe jetzt bewiesen, dass ich auf deiner Seite stehe. Und wir hatten eine Abmachung. Mehr solcher Aufträge kann und werde ich nicht für dich ausführen.« Er trat auf den Banker zu. »Jetzt lass mich dir helfen. Zusammen …«

Robert schlug Martins Hand weg, die dieser ihm auf den Arm legen wollte. »Unten wartet meine ›Leibgarde‹ auf mich. Ein Anruf und du sitzt im Gefängnis.«

Terborn schüttelte den Kopf. »Ich habe Natascha nicht im Stich gelassen und das weißt du. Und bald weiß es auch die Polizei. So dumm sind die nicht, deine fingierten Beweise zu akzeptieren. Vielleicht lande ich für ein paar Tage in einer Zelle, aber am Ende werden sie mich gehen lassen müssen.« Er sah seinen Freund lange an, der unruhig auf und ab ging. »Robert, rede mit mir. Was immer du getan hast, wir stehen das zusammen durch. Ich halte zu dir. Lass uns beide zu dem Polizisten gehen. Christian Lauterbach ist auf unserer Seite.«

Robert Bornheim lachte kurz auf. »Martin, der Gutmensch. Für dich ist das Leben so einfach. Gut oder böse, mit nichts dazwischen. Aber so läuft das nun mal nicht. Wenn man etwas verändern will, muss man Risiken eingehen.« Er sah Martin neugierig an. »Wie ist es, einen Menschen zu töten? Sieht man danach im Traum sein Gesicht?«

Martin drehte sich zum Fenster, um seine Frustration zu überspielen. »Robert, was erwartest du von mir? Wohin soll das Ganze führen? Es sind bereits zu viele Menschen gestorben und es ist dabei egal, ob du die armen Leute selbst umgebracht oder jemanden dafür bezahlt hast. Du wirst auf jeden Fall verurteilt werden. Die Frage ist nur, für wie lange du ins Gefängnis musst.«

Robert blieb abrupt stehen. »Wovon redest du? Ich habe niemanden umgebracht. Vor der Polizei habe ich keine Angst. Wenn du es genau wissen willst – mir sind Profis auf den Fersen. Die erwarten von mir eine Lieferung und wenn sie die nicht bekommen, werden sie mich töten. Allein schon, um ein Exempel zu statuieren.«

Martin ließ sich nicht beirren. »Sie werden dich nicht töten. Du hast ihnen die Namen deiner Leute gegeben.«

Roberts erstaunte Miene schien echt. »Was sagst du da? Ich soll …?« Plötzlich hörte er auf zu sprechen.

»Ich weiß alles, Robert. Es macht keinen Sinn mehr, mir etwas vorzumachen. Einer deiner Handlanger hat mich entführt und mich nur wieder freigelassen, weil er Profi genug war, um einzusehen, dass noch eine Leiche seine Geschäfte endgültig zunichtemachen würde. Die Bank wird bereits überprüft. Du siehst also – komm, sei vernünftig. Lass uns überlegen, wie wir deiner Familie und der Bank weitere negative Schlagzeilen ersparen. Denk an deinen Vater …«

»Ich hatte also recht! Du steckst mit meinem Vater unter einer Decke!« Robert Bornheims Augen blitzten Martin entgegen. »Aber nicht mit mir! Ich habe bereits dafür gesorgt, nicht für die Machenschaften meines Vaters zur Verantwortung gezogen werden zu können.« Er hob triumphierend die Hände. »Und dabei spielst du eine zentrale Rolle.«

Martin hob die Augenbrauen. »Wie habe ich das zu verstehen?« Seine Stimme glich flüssigem Stahl.

Robert wich ihm aus. »Du hast sie nicht beschützt.«

Martin ging einen Schritt auf Robert zu. Die Fingernägel seiner geballten Fäuste schnitten ihm in die Handflächen. »Du verdammtes Arschloch. Du warst nicht dabei, wie kannst du dir erlauben, über mich zu urteilen. Ich denke jeden Tag an Fayola.«

»Deine nigerianische Übersetzerin? Wen kümmert die. Ich rede von Natascha. Ich habe euch beim Bootshaus beobachtet. Hattet ihr mal was? Hast du sie deshalb dort allein zurückgelassen?« Er kam so nahe an Martin heran, dass dieser die Luft anhalten musste. »Aber nein, du hattest ja Wichtigeres zu tun. Du musstest mir unbedingt hinterherschnüffeln.« Seine Stimme wurde unnatürlich ruhig. »Wäre alles nach Plan verlaufen, könnte ich jetzt meinen Vater und dich im Gefängnis besuchen.« Plötzlich grinste er ihn an. »Oder tot beim Bestatter. Durch Claires Aktion konnte ich Natascha nicht mehr mitnehmen. Claire hätte nur das Programm zusammensetzen sollen. Wäre sie am Freitag ruhig mitgekommen, wäre ihr nichts passiert. Aber so musste ich improvisieren.« Er zog seinen Schlüsselbund aus der Hosentasche. »Aber das hier, das habe ich mir ganz so vorgestellt. Unsere neuen Freunde werden gleich hier sein, um dich abzuholen. Und wenn du ihnen nicht sagen kannst, wo die restlichen Programmteile sind …«, Martin sah mit wachsender Besorgnis, wie sich Roberts Gesicht in eine Fratze verwandelte, »… was du natürlich nicht kannst, dann werden sie dich so lange fragen, bis du nicht mehr antworten kannst. Und jetzt entschuldige mich.« In einer einzigen Bewegung verließ er die Wohnung und schloss hinter sich ab.

Martin rannte zur Tür und rüttelte an der Klinke. Robert hatte ihm sein Handy abgenommen, als er, die beiden Polizisten vor der Tür umgehend, das Loft erreicht hatte. Rasend vor Wut warf er sich gegen die Haustür und glitt auf den Boden. Die dicke Industrietür würde nicht nachgeben und an eine Flucht aus dem Fenster in fast 40 Meter Höhe an der Betonfassade eines Bunkers entlang war nicht zu denken. Er rannte zu den Fenstern. Sie waren nicht zu öffnen. Als er einen Stuhl dagegen warf, prallte dieser ab, ohne auch nur einen Kratzer zu verursachen. Schweißnass ließ er sich wieder auf den Boden fallen und schloss die Augen. Er war gefangen. Was hatte Robert vor? Warum tat er ihm das an? Doch mehr noch als um seine eigene Unversehrtheit machte er sich Sorgen um den Mann, den er gestern noch seinen Freund genannt hatte.

KAPITEL 32

Hanna Hirsefeld, die 14-jährige Tochter von Claires Arzt, Dr. Hirsefeld, hatte eine Entscheidung getroffen. Wenn ihre eigene Mutter kein Interesse an ihr hatte, konnte sie ihr ein für alle Mal gestohlen bleiben. Sie würde ihr keine Träne mehr hinterherweinen. Sie sah auf das Kommissariat in der Sedanstraße und dann wieder auf ihre dünnen Unterarme, die von unzähligen Narben übersät waren. Wirklich keine einzige mehr. Sie zog ihren schwarzen Kapuzenpullover wieder über die Male und sah auf. Ihre Augen weiteten sich in freudiger Erwartung. Da war sie. »Dr. Frederica Moll«, stand auf der Visitenkarte, die sie ihr im Krankenhaus gegeben hatte. Ihre Augen waren so anders gewesen. Sie hatte ihre Male gesehen und sie nicht verurteilt.

Sie stand auf und wollte der kleinen Polizistin hinterhergehen, als sich ihr ein großer, dunkelhäutiger Mann in den Weg stellte. »Hallo, kleine Miss, gibst du mir einen ab?«

Hanna steckte schnell die Tüte Gummibärchen wieder weg, die sie als Geschenk mitgebracht hatte. Misstrauisch sah sie an dem Mann hoch. Er war sehr groß und sehr dunkelhäutig. Und er sprach Deutsch mit einem merkwürdigen Akzent. Außerdem war er zu alt, mindestens 35. »Verpiss dich. Ich habe nichts zu verschenken.«

Der Mann schnalzte mit der Zunge und sah sie von oben bis unten an. »Eine kleine Wildkatze bist du also. Vielleicht sollte ich dich mitnehmen. Du bist zwar etwas zu dünn, aber deine helle Haut wird sich gut verkaufen.«

Hanna musste lachen. »Im Ernst jetzt? Du hast sie doch nicht mehr alle.«

Sie wollte an ihm vorbeigehen, doch er hielt sie schmerzhaft am Arm fest. »Schlau bist du ja. Das ist gut, denn so hässlich, wie du bist, wirst du sonst verhungern. Und jetzt sagst du mir ganz brav, warum du der Polizistin folgst. Ist sie deine Mutter?«

Hanna sah sich panisch um. Sie stand in der Sedanstraße vor dem Kommissariat, doch es war niemand zu sehen, der ihr hätte helfen können. Fieberhaft versuchte sie, sich eine Strategie zurechtzulegen. Schreien? Er könnte sie mit einem einzigen Hieb bewusstlos schlagen. Weglaufen? Ihr Arm schmerzte jetzt schon mehr als die Wunden, als sie noch frisch gewesen waren. Sie entschied sich für das Notwendige. »Ja, ich wollte sie überraschen, sie hat heute Geburtstag. Und wenn Sie schon wissen, dass sie Polizistin ist, sollten Sie mich lieber sofort loslassen!«

Der Mann schnalzte wieder mit der Zunge und zog sie am Arm zu sich hoch. Als Hanna vor Schmerz aufheulte, zog er sie noch höher, bis zu seinem Gesicht, das ihr plötzlich riesengroß vorkam. »Dann richte ihr doch etwas von mir aus, kleine Miss. Sie hat etwas, das mir gehört, und wenn sie es mir schön lieb zurückgibt, bleibt ihre Welt so schön deutsch, wie sie sie kennt. Wenn nicht ...«, er zog sie noch näher an sich heran, »... werde ich dich mit nach Hause nehmen und du wirst für mich das Geld verdienen.« Er ließ sie so abrupt los, dass sie wie ein nasser Sack zu Boden glitt. Sie schlug mit dem Hinterkopf auf der Straße auf und verlor das Bewusstsein.

KAPITEL 33

»Da haben wir uns aber in Schale geworfen – wobei ich deutlich besser aussehe als du!« Matthias' flapsige Bemerkung konnte nicht über seine bewundernden Blicke hinwegtäuschen, mit der er Frederica ansah. Der Ball der Polizei war eine einfache Abendveranstaltung, daher hatte Frederica sich für das klassische kleine Schwarze entschieden, wenn auch von Givenchy. Dazu trug sie schlicht gefassten Diamantschmuck. Die Solitäre im Collier, den Ohrringen und dem Ring waren jeweils aus einem Schliff und in Platin gefasst. Gleichmütig sah sie ihn an. »Selbstverständlich. Warst du bei dem Vintage-Store an der Max-Brauer-Allee für diesen Anzug?«

»So weit muss ich nicht fahren, um mich angemessen zu kleiden.« Er strich sich stolz sein ungebügeltes Jackett glatt, aus dem lange, angegilbte Manschetten lugten. »Ich habe sogar ein Hemd für Manschettenknöpfe gefunden. Deine Mutter wäre stolz auf mich.«

»Sehr elegant«, erwiderte Frederica trocken, »die Manschettenknöpfe dazu kaufst du dann das nächste Mal?«

»Du hattest doch gesagt, dass diese Veranstaltung nicht schick ist. Außerdem sehe ich so schon besser aus als alle anderen Schnösel zusammen.« Seine Stimme klang fast beleidigt. Aber Frederica musste ihm insgeheim zustimmen. Mit seinen stahlblauen Augen und seinem offenen Lächeln zog er alle Frauenblicke auf sich.

Schnell sah sie auf ihr Handy. »Lass uns reingehen. Umso schneller sind wir hier fertig.«

Er sah sich suchend um. »Warten wir nicht auf deine Mutter? Die Bewunderung noch einer Moll würde meinen Abend krönen.«

Frederica konnte nicht verhindern, dass ihre Stimme einen kühlen Unterton annahm. »Grundgütiger Himmel, nein. Das hier ist nichts für sie. Kommst du jetzt?« Sie sah ihn auffordernd an. Je eher sie das hier über die Bühne gebracht hatten, umso schneller konnte sie die Gedanken an den Mann ihres Lebens wieder sicher wegschließen.

Stumm gab er ihr seinen Arm und begleitete sie in den Tanzsaal. Das Hotel Elysee an der Rothenbaumchaussee galt unter Nicht-Hamburgern als eine der ersten Adressen in der Stadt, was wahrscheinlich an seinem Standort in der vornehmen Straße lag. Frederica sah jedoch nur ein solides, unprätentiöses Hotel mit einem biederen Ambiente, von dem ihr außerdem die schlechte Küche in Erinnerung geblieben war. Sie waren spät gekommen und mussten sich durch den prall gefüllten Saal an schnatternden Gruppen vorbeiquälen, um ihren Chef zu finden. Matthias hatte Champagner besorgt, der Frederica mit jedem Zusammenstoß an breite Rücken über ihr Kleid zu schwappen drohte. »Wenn du einen Schluck abtrinken würdest, wäre das sicherlich einfacher«, raunte Matthias ihr ins Ohr.

»Nein, danke, von dem billigen Zeug bekomme ich Kopfschmerzen.« Ihre Stimme klang immer noch rau, was sie ärgerte. Matthias hingegen schien es nichts auszumachen, so dicht neben ihr zu stehen. Er wirkte unangenehm unbekümmert. Schnell schob sie sich weiter durch die Phalanx an Anzügen, Uniformen und ausladenden Kleidern. Hätte sie vielleicht Christian an seiner statt mitnehmen sollen?

Sauer genug war er gewesen, als sie ihm ihre Entscheidung mitgeteilt hatte. Zusammen mit Tanja und Philip hatten sie im Dezernat den Einsatzplan besprochen und den Autopsiebericht des Nigerianers analysiert. Tanja hatte eine blaue Perücke getragen, deren lange Zöpfe wie Schnüre ihren Rücken herunterhingen.

Ihr seltsam gerötetes Gesicht bildete einen farbigen Kontrast zu ihrer Frisur. »Ich verstehe nicht, wie die Fingerabdrücke von Kio Akintola auf Nataschas Sandalen gekommen sind. Die KTU hat keine weiteren gefunden, auch nicht von Natascha, also muss sie jemand abgewischt haben. Wenn der Nigerianer ihr Mörder ist, macht das keinen Sinn.«

»In diesem Fall macht gar nichts Sinn«, grummelte Christian. »Robert Bornheim hat sich während des Verhörs sehr merkwürdig benommen. Wir wissen immer noch nicht, wer Natascha Gruber wirklich war. Vielleicht wollte sie ihn nur ausnehmen und hatte andere Lover. Er hat es spitzgekriegt und sie ermordet. Und jetzt will er es Martin anhängen.«

»Du vergisst, wie sie in der Bank ausgestellt worden ist«, erwiderte Frederica. »Damit wollte der Mörder etwas aussagen. Aber bleiben wir mal bei deiner Theorie. Er war rasend vor Eifersucht, hat sie so zugerichtet und in der Bank abgelegt. Reumütig ist er dann geflüchtet. Warum aber die Bank?«

»Vielleicht hatte sie ein Verhältnis mit seinem Vater?«

Frederica nickte Tanja anerkennend zu. »Das wäre eine Erklärung.«

»Und was wäre deine?« Christian sah sie herausfordernd an. »Sie hatte ein Verhältnis mit Martin und die Inszenierung sollte ihm gelten?«

Frederica schüttelte den Kopf. »Dann hätte er sich einen anderen Ablageort ausgesucht, vielleicht einen, an dem Martins Liebsten vorbeikommen. Ich glaube nach wie vor, dass Robert Bornheim nichts mit dem Tod an seiner Freundin zu tun hat.«

»Und was ist mit dem Mord an dem Nigerianer? Und dem Professor?«, wandte Tanja ein. »Wenn die alle zusammenhängen, hat Robert Bornheim dann jemanden beauftragt?«

»Wenn die Morde alle zusammenhängen, haben wir aber ein anderes Motiv«, sagte Frederica, »den Angriff auf Claire – und es war ein Angriff, auch wenn sie sich, um ihr

Leben zu schützen, selbst das Insulin gespritzt hat – müssen wir mit einbeziehen. Mit ihrer Arbeit am Bitcoin-Projekt hat sie unangenehme Kunden aufgescheucht, die um ihr Geschäftsmodell fürchten. Ich glaube, dass sie alle in etwas hineingeraten sind, das sie nicht mehr kontrollieren konnten. Denkt nur an die naive Idee, Comic-Charaktere zu verwenden. Ihre gutbürgerlichen Lebensumstände könnten ihnen zum Verhängnis geworden sein.«

»Aber irgendwie müssen die Nigerianer ja ins Boot geholt worden sein«, wandte Christian logisch ein. »Und wenn es nicht Robert Bornheim war, dann war es sein Vater. Und Martin ist zwischen die Fronten geraten.« Er sah Frederica fragend an. »Wir haben immer noch nicht mit dem Senior gesprochen. Hat das einen bestimmten Grund?«

Frederica verschränkte die Arme vor der Brust. Warum konnte er sie immer so leicht verärgern? Sie hatte es satt, sich immer erklären zu müssen. Sie schloss kurz die Augen. Vielleicht war es besser, wenn sich ihre Wege trennen würden. »Nicht den, an den du denkst«, antwortete sie kryptisch. »Und bevor du wieder in die Luft gehst – mit Karl Bornheim haben wir etwas anderes vor.«

Falls Christian überlegt hatte, auf diese Spitze einzugehen, ließ er sich das nicht anmerken. »Und was genau?«

»Das erkläre ich dir gleich beim Wolf. Wir haben nicht mehr viel Zeit. Einer der USB-Sticks befindet sich in unserem Besitz, aber wir wissen nicht, wie viele noch im Umlauf sind. Bislang wurde für jeden bekannten Stick ein Mord begangen. Wenn es noch weitere Programmteile gibt, müssen wir von weiteren Morden ausgehen. Und die gilt es unbedingt zu verhindern.«

Sie schreckte auf und war wieder im Elysee. »Frederica, bist du bei mir?«

Sie sah wieder Matthias in seinem zerknitterten Anzug neben sich stehen, mit einem zweiten Glas Champagner in der Hand. Sie griff geistesabwesend danach, doch er hielt es sich an den Mund und trank es in einem Zug aus. Er zeigte mit dem leeren Glas in eine Ecke. »Da ist der Wolf. Der alte Bornheim steht neben ihm.«

Ohne es zu wollen, musste sie grinsen. Dann musterte sie die beiden Männer. »Gib mir die Castafiore.«

Matthias sah sich suchend um, aber es war kein Kellner in der Nähe, der ihm die beiden Gläser hätte abnehmen können. Er streckte Frederica seine Hüfte entgegen. »Typisch teures Kleid, für Taschen war wohl kein Geld mehr da.«

Frederica steckte ihm die Hand in die Hosentasche und zog den Stick hervor. »Was glaubst du denn, wo ich mein Handy habe?«

»Da, wo du auch deine Waffe hast.«

»Du bist dir auch für kein Klischee zu schade.«

»Nie. Aber wo bleibt Bornheims Sohn?« Er sah sich wieder suchend um. »Hattest du ihn nicht angerufen?«

»Er wird hier sein. Als ich ihm die Karte hinterlegen ließ, hatte er bereits nach ihr gefragt. Ich habe ihm immerhin versprochen, dass wir ihm den wahren Mörder seiner Freundin präsentieren werden.«

»War Christian sehr sauer, dass du mich und nicht ihn mitgenommen hast?«

»Er war außer sich. Aber hier nützt du mir mehr als er.« Und sie konnte freier handeln.

Matthias' Blick weitete sich. »Da hinten steht er und stiert dich an.«

Robert Bornheims Blick hatte tatsächlich etwas Manisches. Sie erwiderte ihn kühl und nickte ihm zu. »Geh zu ihm und lotse ihn zum Wolf. Wir müssen Vater und Sohn zusammen haben, damit der Plan gelingt.«

Matthias nickte und verschwand. Vielleicht hatte ihn das so anziehend gemacht. Seine unkomplizierte Art, ihren Gedankengängen zu folgen und sie zu akzeptieren. Seine unbedingte Loyalität.

Plötzlich materialisierte sich ein Kellner an ihrer Seite und berührte sie leicht am Arm. »Frau Dr. Moll?« Als sie nickte, sprach er leise weiter. »Am Eingang wartet jemand auf Sie. Sie sagte, es wäre dringend.«

»Hat sie ihren Namen gesagt?«

»Nein, tut mir leid. Sie sieht aber beunruhigt aus.«

»Gut, ich komme gleich.« Der Kellner verschwand ebenso lautlos, wie er gekommen war. Sie sah zu den drei Männern, die sich angeregt zu unterhalten schienen. Sie konnten noch einen Moment warten.

Am Eingang stand eine unruhig wartende Frau.

»Frau Wohlert, was machen Sie hier?«

Inge sah sie nervös an. »Sie gehen nicht an Ihr Telefon. Robert hat mir dann gesagt, wo Sie sind. Frau Moll, ich brauche Ihre Hilfe. Martin ist verschwunden!«

»Das wissen wir. Wir würden auch gerne mit ihm sprechen.«

Inge schüttelte ungeduldig den Kopf. »Sie verstehen nicht. Wir waren verabredet und er ist nicht gekommen. Er ist in Gefahr, das wissen Sie!«

Frederica nickte nur. »Also gut. Wann haben Sie ihn zuletzt gesehen?«

»Gestern. Wir hatten uns in der Stadt getroffen und wir – haben uns unterhalten.«

»Worüber?«

»Das ist jetzt unwichtig. Wichtig ist nur, dass er nicht

gekommen ist. Das passt nicht zu ihm. Ich bin mir sicher, dass ihm etwas zugestoßen ist!«

»Sie wissen, dass eine Fahndung nach ihm läuft?«

Inge nickte. Ihre Augen blitzen kurz auf. »Damit waren Sie ja bislang sehr erfolgreich.«

Frederica ignorierte die Bemerkung. »Frau Wohlert, was wollen Sie von mir? Ich bin beschäftigt.«

Inge sah sich um. »Das sehe ich.« Sie setzte bitter nach, »wie auch die Bornheims. Dann werde ich ihn selbst suchen müssen.«

»Frau Wohlert, Sie werden jetzt nach Hause gehen, oder wo Sie momentan untergekommen sind, und auf mich warten. Ich werde mich um Ihren Freund kümmern, sobald ich hier fertig bin. Einverstanden?« Sie lächelte Inge aufmunternd zu.

Inge musterte sie, als hätte Frederica ihr gerade geraten, sich einen netten Abend zu machen. Dann schien sie aber auf ihren Vorschlag einzugehen. »Ich werde auf Sie warten. Die Adresse ist Bahrenfelder Steindamm 145.«

Ohne sie noch einmal anzusehen, ging Frederica in den Saal zurück. Matthias hatte Robert mittlerweile zu dessen Vater gelotst und die Gruppe vervollständigt. Sie trat auf sie zu, die Castafiore lag in ihrer Hand. Sie konnte die fordernden Blicke der Bornheims auf ihrem Gesicht spüren. »Herr Wolf, kann ich Sie kurz sprechen?«

Der Dezernatsleiter sah sie scheinbar konziliant an. »Frau Dr. Moll. Schön, dass Sie uns mit Ihrer Anwesenheit beehren.« Er sah auf die Männer. »Wir sind hier unter Freunden. Worüber wollen Sie mit mir sprechen?«

»Wenn Sie meinen.« Sie zuckte mit den Schultern. »Wahrscheinlich hat die Familie Bornheim ein Recht auf diese Information.« Sie hielt ihm den USB-Stick entgegen. »Den hier haben wir soeben im Besitz von Martin Terborn gefunden. Eine Streife hat ihn auf dem Weg zum Flughafen aufgegriffen.« Sie hatten in Wolfs Büro besprochen, die Bornheims mit der angeblichen Festnahme zu täuschen, daher nickte Wolf nur. »Noch hat er kein Geständnis abgelegt, aber das wird nur eine Frage der Zeit sein. Ich werde sofort ins Dezernat fahren und ihn verhören.« Sie steckte den Stick in ihre verborgene Kleidtasche. »Den USB-Stick werde ich morgen früh an die Forensik übergeben. Solange werde ich ihn in der Asservatenkammer verwahren lassen.« Sie sah ein leichtes Zucken um Robert Bornheims Mundwinkel, bevor seine Miene wieder neutral wurde.

Ihr Chef winkte lässig ab. »Ja, natürlich. Und informieren Sie mich sofort, wenn Sie ihn so weit haben. Ich werde mich dann persönlich um alles Weitere kümmern.« Er strahlte Vater und Sohn an. »Ich hatte Ihnen doch schnelle Ergebnisse versprochen!«

Karl Bornheims Stimme klang irritiert. »Ist das alles?«

Frederica ignorierte den Senior und sah Robert Bornheim mit gespieltem Erstaunen an. »Sie waren doch so wild darauf, uns Martin Terborn als Täter zu präsentieren. Er hat für seine Auftraggeber die Programmteile gestohlen und ist der Mörder Ihrer Freundin. Wahrscheinlich ist sie zur falschen Zeit am falschen Ort gewesen, er musste sie als Zeugin eliminieren und hat, um seine Spuren zu verwischen, ihren Tod als Tat eines Psychopathen inszeniert.«

Robert zog seine Schultern ein. Frederica entging der Blick nicht, den er schnell seinem Vater zuwarf.

»Ich werde jetzt gehen.« Sie nickte ihrem Chef zu. »Später wissen wir mehr.«

Sie verließ das Hotel, trat auf die Rothenbaumchaussee und holte tief Luft. Der heiße Sommertag hatte sich zur

Nacht hin nicht merklich abgekühlt, der Verkehr floss nur noch spärlich durch Hamburgs Hauptschlagader. Nur in der Distanz Richtung Völkerkundemuseum konnte sie ein paar Menschen entdecken. Auf dem Weg zu ihrem Wagen ging sie langsam die kleine Seitenstraße hinter dem Hotel hinunter, sorgsam das Licht der Straßenlaternen vermeidend. Sie sah sich um. Die meisten Häuser lagen in tiefer Dunkelheit. Während ihre Hände mit der Castafiore spielten, sah sie hoch und zählte die Sterne.

Als sie bei 300 angekommen war, sprach sie eine gutturale Stimme an. Sie klang freundlich, aber bestimmt. »Du hast etwas, das mir gehört.«

Langsam drehte sie sich um und sah in ein dunkelhäutiges Gesicht, das weit entfernt über ihr zu schweben schien. Zu seiner freundlichen Miene trug der Mann Schwarz. Schwarzer Anzug, schwarzes Hemd, schwarze Handschuhe. Nur durch sein Lächeln konnte sie erkennen, dass ein Mensch vor ihr stand. Sehr dicht und sehr bedrohlich.

»Reden Sie mit mir?« Sie musterte das schwebende Gesicht, als versuchte sie, sich zu erinnern. »Kennen wir uns?« Er sprach Englisch mit einem harten Akzent und Frederica hatte ihm in derselben Sprache geantwortet.

Das Gesicht musterte sie von oben bis unten und bleckte die Zähne. »Ich würde dich gerne kennenlernen. Aber zuerst gibst du mir den Stick.«

Frederica hatte den Stick in die Hand genommen. Jetzt ließ sie die Castafiore zurück in ihre versteckt eingenähte Seitentasche gleiten. Dabei stellte sie sich bewusst so ungeschickt an, dass der Stick zu Boden fiel. Schnell bückte sie sich, aber das Gesicht, das gerade noch in den Sternen geschwebt zu haben schien, war schneller. Er nahm den Stick an sich. Beim Hochkommen griff er nach ihrem

Handgelenk und zog sie so heftig mit sich hoch, dass Frederica unwillkürlich aufschrie.

»Lass sie sofort los, du brutales Arschloch!« Frederica sah nur etwas weiteres Schwarzes, das von hinten den Mann ansprang und mit kleinen weißen Fäusten wild auf seine massigen Schultern einschlug. »Damit hast du wohl nicht gerechnet, was?«

Mit einer flinken Bewegung griff er nach einem der rotierenden Arme und zog Hanna nach vorne. Er gab ihr einen kräftigen Fausthieb an die Schläfe und sie sank zu Boden.

Frederica beugte sich über das Mädchen, das benommen auf dem Boden liegen blieb. »Hanna? Was machst du hier?« Sie sah zu dem Mann auf, der sich den Anzug abstaubte und sich nicht um sie zu kümmern schien, ebenso wenig wie um den USB-Stick, der ihm aus der Hand gefallen war und vor Frederica auf dem Boden lag. Sie flüsterte Hanna zu: »Du verhältst dich jetzt ganz ruhig und bleibst unten, hörst du? Das hier ist kein Spiel!«

Wäre Hannas Vater hier gewesen, hätte er Frederica dringend davon abgeraten, seiner Tochter Anweisungen zu erteilen. Oder zumindest solche, die nicht genau das Gegenteil bewirken sollten. Sofort sprang das Mädchen auf und warf sich wieder auf den Mann. »Du schlägst mich nicht noch mal! Lass uns in Ruhe und verpiss dich endlich!«

Als würde er eine lästige Fliege fangen, verdrehte er Hanna beide Arme auf dem Rücken und hielt sie mit einer Hand an ihren Handgelenken fest. Langsam hob er ihre Arme, bis sich Hannas Füße vom Boden lösten und sie vor Schmerzen wimmerte. Dabei lächelte er Frederica an. Aus dem Augenwinkel sah sie Christian, der vor dem Hotel Stellung bezogen hatte, vorsichtig auf sie zukommen, und gab ihm ein Zeichen, auf Abstand zu bleiben. Hoffentlich war es kein Fehler gewesen, ihn draußen einzuteilen und Matthias im Saal zu lassen. »Was für eine glückliche Fügung die Angelegenheit doch nimmt.« Der Fremde sah Frederica unverwandt an, während sich sein Arm weiter hob. »Die restlichen Daten für deine Tochter. Das ist doch ein vernünftiger Preis?« Er sprach jetzt Deutsch mit einem ebenso harten Akzent wie im Englischen.

»Dein Arm für das Mädchen, das nenne ich einen vernünftigen Preis!« Christian trat weiter auf sie zu und hielt seine Waffe auf den Arm des Mannes gerichtet. »Lassen Sie sofort das Mädchen los. Und Hände über den Kopf!«

Frederica sah beunruhigt, wie der Mann nur grinste und seinen Kopf langsam drehte. Plötzlich tauchte noch ein Mann auf – und es war nicht Matthias. Er stellte sich beschützend hinter ihren Angreifer und Frederica begriff, dass die Waage gefährlich zu kippen begann. Woher war dieses Kind aus dem Krankenhaus nur gekommen? Und was wollte sie hier? Warum gab sie sich als ihre Tochter aus? Der Neuankömmling nickte seinem Chef zu und fixierte die Gruppe, seine Schrotflinte auf Frederica gerichtet. Er sprach zu Christian. »Nehmen *Sie* Ihre Waffe runter und drehen Sie sich um.«

Christian bewegte sich nicht. »Ein höflicher Mensch«, nickte er anerkennend. »Da wird die Festnahme doch zum Vergnügen!« Er lächelte dem Mann zu, der Hanna festhielt. »Aber der Papierkram dabei ist immer so lästig. Stört es Sie, wenn ich Ihren Bodyguard erschieße? Sie haben doch sicherlich noch mehr davon.«

»Tun Sie sich keinen Zwang an.« Der Mann legte seine andere Hand an Hannas Genick. »Dieser kleine Hals wird schnell brechen. Aber deine kleine Polizistin hat bestimmt auch mehr davon.«

Frederica konnte sehen, dass Christian mit der Aussage nichts anzufangen wusste und seine Augen hin und her wanderten. Er fing sich jedoch schnell wieder und richtete seine Waffe wieder auf den Bodyguard. »Verstärkung ist unterwegs.« Er sah das Mädchen an: »Keine Angst, dir passiert nichts.« In harschem Ton fuhr er fort. »Frederica?«

»Mir geht es gut. Hanna, sieh mich an!« Als das Mädchen nicht reagierte, wurde ihre Stimme eindringlicher. »Hanna?«

»Ich habe, was Sie wollen. Lassen Sie das Mädchen los und geben Sie mir Martin zurück. Dann können Sie ihn haben.« Inges Stimme klang ängstlich.

Christian schrie Frederica an. »Wer ist das jetzt?« Er sah zu Inge, die sich neben Frederica gestellt hatte und ein kleines längliches Teil in die Luft hielt. Er brüllte die Frau an. »Bleiben Sie stehen und zeigen Sie Ihre Hände!«

»Inge, tun Sie, was er sagt.« Frederica hob beschwichtigend die Hände und nickte Christian zu. »Ich kenne sie.« Sie sah auf Inges Hand. »Was haben Sie da?«

»Nestor«, sagte Inge nur.

KAPITEL 34

Martin sah sich in dem Loft im Medienbunker um, das sich als eine Gefängniszelle entpuppt hatte, und dachte fieberhaft nach. Was hatte Robert gesagt? Er würde abgeholt werden? Von wem und warum? Er konnte nicht glauben, dass Robert die Morde in der Schweiz, England und in Hamburg begangen hatte. Aber was war mit Natascha? Er hatte Robert angelogen, als er den Auftragsmord des Nigerianers bestätigt hatte, aber es ging ihm darum, ihn zu beruhigen. Ihm zu helfen. Endlich Antworten zu finden. Und irgendwie hatte er es gründlich versaut.

Er hatte ihn gefunden. Den Mann, der sein Gewissen zerstört hatte, damals, in Lagos. Er hatte zugesehen, wie man ihm buchstäblich das Genick gebrochen hatte. Und so wie es aussah, waren es dessen eigene Leute gewesen. Das befriedigende Gefühl, das sofort in ihm aufgestiegen war, spürte er jetzt wieder. Und es war immer noch – erfüllend. Nichts konnte Fayola ins Leben zurückholen. Und die Wunde würde niemals heilen. Aber die Wut darüber, dass ihr Tod sein Gleichgewicht zerstört hatte, und seine Selbstvorwürfe, Fayola dafür verantwortlich gemacht zu haben, waren verschwunden.

Doch was war mit Robert passiert? Hatte er ihn tatsächlich nur eingestellt, um einen Sündenbock zu haben? Wenn das wahr war, musste Natascha seit mindestens einem Jahr ein Verhältnis gehabt haben. Aber nicht mit ihm, so viel war sicher. Doch mit wem dann? Und wollte sie Robert für den anderen Mann verlassen? Hatte dieser andere Mann sie vielleicht umgebracht?

Während seiner Überlegungen hatte er das Loft systematisch abgesucht. Bislang hatte er sich mit einem Brotmesser und einem Korkenzieher bewaffnen können. Jetzt sah er beunruhigt auf seine bescheidene Ausbeute. Er wusste nicht, wie viele Männer vor der Tür stehen würden, und er wusste auch nicht, wie sie ihn überwältigen wollten. Robert würde ihnen gesagt haben, dass er eine Nahkampfausbildung hatte. Aber der Gebrauch von Schusswaffen war in geschlossenen Räumen mit einem hohen Risiko verbunden. Er entschied sich für fünf bis acht Mann, die ihn überwältigen und sedieren würden. Grimmig öffnete er die Abstellkammer mit den Reinigungsmitteln und machte sich an die Arbeit.

*

Tanja wartete angespannt im Dezernat und nahm schnell den Hörer ab, als das Telefon klingelte. »Ja? Frederica, ist alles gut gegangen? Was? Und Christian? Ich komme sofort. Doch, ich lege jetzt auf.« Sie wandte sich zu Philip, der sie erwartungsvoll ansah. »Es hat Komplikationen gegeben. Christian wurde – verletzt. Es gab Tote.«

Die Rothenbaumchaussee war bereits auf Höhe Binderstraße von zwei Einsatzfahrzeugen abgesperrt. Die Blaulichter pulsierten abwechselnd zu Tanjas Herzschlag. Vor dem Hotel standen weitere Einsatzfahrzeuge, die die Straße zum Dammtor hin bewachten. Dazwischen liefen Menschen anscheinend planlos zwischen mehreren Krankenwagen und Scheinwerfern umher, die in die eintretende Dämmerung Schneisen bohrten. Tanjas Hände wollten nicht greifen und sie ließ sich von Philip durch das Chaos schieben, bis sie Frederica, viel zu ruhig, an einem der Krankenwagen stehen sah. Tanja fiel diese Ruhe unangenehm auf, die in starkem Kontrast zu ihrer eigenen Besorgnis stand, und sie fühlte sich missbraucht. Etwas zu kalt sprach sie Frederica an. »Wo ist Christian?«

Frederica drehte sich zu ihr um. Sie hatte einen Kaffeebecher in der Hand, aus dem sie einen großen Schluck trank, bevor sie antwortete. »Ich hatte dich gebeten, nicht zu kommen.«

»Kannst du nicht einmal wie ein normaler Mensch reagieren? Was ist bloß los mit dir! Du hättest draufgehen können! Was ist jetzt also mit Christian?«

»Shorty, regst du wieder die Leute auf?« Matthias war hinter Tanja getreten und schob ihren Rollstuhl um die eigene Achse. Christian saß in der Tür eines Krankenwagens und wurde an der Hand verbunden. »Ihm geht es gut, okay? Kannst ihm um den Hals rollen gehen, wenn du willst.« Er besah sich das chaotische Straßenbild. »Das war knapp.« Er nahm Fredericas Kaffee und trank ihn aus. Den leeren Becher gab er ihr zurück. »Hat er die Castafiore?«

Frederica nickte.

Tanja drehte sich wieder zu Frederica um. »Wen bringt der Krankenwagen dahinten weg?«

Frederica sah dem Wagen nach. »Ein junges Mädchen, nur leicht verletzt.«

»Was für ein Mädchen?«

»Ein Mädchen, das ich im Krankenhaus getroffen hatte, als ich Claire Muller befragt habe. Warum sie hier aufgetaucht ist, weiß ich noch nicht. Sie hat sich als meine Tochter ausgegeben. Frag mich nicht, warum.« Sie sah zu Matthias. »Das war mehr als knapp.«

»Um seinen Bodyguard ist es nicht schade. Ansonsten ist doch alles so weit nach Plan verlaufen, also mach dir nicht zu viele Gedanken.« Matthias sah zu Christian. »Wenigstens war es nicht das andere Knie.«

Frederica setzte sich auf das Trittbrett des Krankenwagens, dessen Mannschaft sie versorgt hatte. Ihre Gedanken wollten ihr nicht gehorchen und der heutige Einsatz war plötzlich sehr weit weg. »Matthias, warum hast du mir nicht gesagt, dass du bei dem Einsatz nicht gestorben bist? Ich meine, wenn du keine Beziehung wolltest, ist das ja das eine, aber mich …«

»Ich wollte mehr als alles andere eine Beziehung. Mit dir und nur mit dir. Aber du nicht mit mir. Und noch einen Verlust will ich nicht ertragen.« Er sah ihr in die Augen. »Sorry, Shorty, aber so ist es nun einmal. Außerdem bin ich ein Mann und der sucht immer den einfachsten Ausweg.«

Sie stand wieder auf. Was er sagte, machte keinen Sinn. »Ich wollte keine Beziehung? Ist die Ausrede nicht etwas zu billig? Deine Familie ist tot, okay, aber meine ist auch nicht der Hort der Liebe. Wir hätten gemeinsam daran arbeiten können.«

»Nein, hätten wir nicht. Und nur, weil du gerade ein nervenaufreibendes Erlebnis hattest und Streicheleinheiten brauchst, ist das kein Fundament für die ewige Liebe.«

Vaterliebe. Mutterliebe? Das war das Fundament ewiger Liebe. Nur, wenn die nicht reichte, was war dann? Frederica zerknüllte den leeren Kaffeebecher und warf ihn in den Mülleimer. Sie wusste, wer sie war und was sie wollte. Doch das war wohl nicht das, was andere in ihr sahen.

»Philip weiß, wer diesen netten Besuch aus Nigeria eingeladen hat.« Christian rieb sich die bandagierte Hand. Er sah Fredericas Blick und interpretierte ihn falsch. »Es sind noch alle Finger dran und die Wunde wird komplett verheilen. Das Schrot hat hauptsächlich den Baum erwischt.

Lausiger Schütze. Aber das hat sich nun erledigt.« In seiner Stimme klang Bedauern mit.

»Du hast alles richtig gemacht. Wer weiß, was die andere Ladung angerichtet hätte«, beruhigte ihn Matthias. »Und es ist Karl Bornheim, oder?«

»Richtig. Ohne richterliche Genehmigung, die wir wegen fehlender Beweise sowieso nicht bekommen hätten, können wir sein Telefon nicht beschlagnahmen, um ihn zu überprüfen. Aber durch seine Handlung im Saal haben wir jetzt Gewissheit, dass er der Drahtzieher hinter der betrügerischen Software ist, und können die weiteren Ermittlungen auf ihn konzentrieren.« Er sah zu Frederica. »Für den Wolf war das in Ordnung?«

»Ich habe ihm noch nichts von Hanna erzählt. Also ja.«

»Meinetwegen. Die Geschichte höre ich mir ein anderes Mal an. Matthias, deine Abteilung ist informiert?«

»Wir sind dran. Fahndung läuft, auch wenn wir kaum Informationen über diesen Mann haben, der Frederica vor dem Hotel bedroht hat. Aber er muss etwas von dem Schrot abbekommen haben. Lausiger Schütze ist kein Ausdruck. Vielleicht lässt er sich irgendwo behandeln. Als Schussverletzung wird das aber nicht unbedingt zu erkennen sein, sodass der Arzt sich nicht melden wird.«

Frederica sah sich um. »Wer hat Inge Wohlert?«

Ein Streifenbeamter hatte sie gehört, winkte ihr zu und machte eine Handbewegung in Richtung seines Streifenwagens, neben dem er stand. Frederica ging zu ihm hinüber, während der Beamte die Beifahrertür öffnete. Inge saß auf dem Beifahrersitz und machte ihre Aussage. Sie war äußerlich unverletzt geblieben, aber Frederica konnte einen leichten Tremor in ihrer Stimme erkennen. »Frau Wohlert? Kommen Sie, Ihre Aussage können Sie später beenden. Tanja, nimmst du ihr den Stick ab und wertest ihn mit Philip aus? Vielleicht ist er das letzte Puzzlestück.«

»Wahrscheinlich das wichtigste«, wandte Philip aufgeregt ein. »Nestor war der erste Butler von Haddock, ein Insider also.«

Inge schüttelte den Kopf. »Sparen Sie sich die Mühe. Das ist nur ein Dummy. Ein Probeexemplar, das ich habe anfertigen lassen.«

Matthias musterte sie interessiert. »Der sollte Martin Terborn als Köder dienen?«

»Als Köder, als Eintrittskarte, als was auch immer. Ich wusste, ich konnte ihn nicht davon abhalten, sich einzumischen, also habe ich mich mit eingemischt.«

»Dabei haben Sie nicht an die Risiken gedacht?«

»Daran habe ich nur gedacht. Aber Martin und ich gehören zusammen. Und dann geht man jedes Risiko ein, das erforderlich ist.«

Frederica ignorierte Matthias' Blick. »Das war dumm. Wir werden Ihren Freund sofort finden müssen.«

»Wo gehst du hin?« Christian lief ihr hinterher. »Was hast du vor?«

»Matthias findet, ich muss mehr Risiken eingehen. Also werde ich genau das jetzt tun.«

Fredericas ironischer Unterton prallte an Christian ab. »Ich habe mich da wohl verhört. Gibt es noch mehr Unheil, das du an einem Abend anrichten kannst? Ich möchte nicht in deiner Haut stecken, wenn du dem Wolf deinen Bericht vorlegen musst. Ich blicke jedenfalls nicht mehr durch.«

»Wir haben Nataschas Mörder immer noch nicht zweifelsfrei identifiziert und Martin Terborn bleibt verschwunden. Und der Mord an dem Nigerianer im Park ist völlig offen. Also bin ich offensichtlich noch nicht weit genug gegangen.«

»Sprichst du jetzt über den Fall oder Matthias?«

Frederica blieb stehen. »Wie meinst du das?«

»Für eine Freundschaft, für eine Beziehung, sollte kein Weg zu weit sein und kein Risiko zu hoch. Aber nicht, wenn wir an einem Fall arbeiten.«

Frederica dachte an Natascha Gruber. Die gespreizten Beine, die fehlende Unterwäsche. Karl Bornheim am Bürofenster. Und ihre eigene Fehlbarkeit. »Das ist für mich dasselbe.«

»Sollte es aber nicht sein. Deshalb landen wir immer da, wo wir landen – im Chaos.«

»Oder in der Elbe, mit einer zerschmetterten Kniescheibe, ich weiß. Was letztlich nur bedeutet, dass ich nicht gut genug war. Nicht mehr und nicht weniger.«

*

Die Bornheims saßen an einem halb abgeräumten Bankett-Tisch und ihre voneinander abgewandte Körperhaltung verriet, dass sie nicht freiwillig dort Platz genommen hatten. Doch während Karl Bornheims Gesichtsausdruck nur Indignation ausstrahlte, konnte Frederica erkennen, dass der Sohn mühsam seine Abneigung verbergen musste. Ob sie die beiden Flaschen Rotwein, die leer vor ihnen standen, selbst getrunken hatten, war nicht erkennbar. Der Festsaal, in dem noch vor zwei Stunden reges Treiben geherrscht hatte, lag ausgestorben vor ihnen. Bis auf die Bornheims waren nur noch Thomas Wolf und ein paar Polizisten anwesend. Ihr Chef stand etwas abseits und tippte in sein Handy. Als er Frederica und Christian kommen sah, ging er auf sie zu und führte sie zurück an den Eingang. »Karl Bornheim hat also, kurz nachdem er den USB-Stick gesehen hat, eine unbekannte Nummer angerufen. Ein Indiz, mehr nicht. Frau Dr. Moll, ich muss sicherlich nicht noch einmal betonen, dass Sie mit äußerster Vorsicht vorzugehen haben?«

»Robert Bornheim hat währenddessen Ihre Seite nicht verlassen?«

»Nein. Er sah seinem Vater nur hinterher und wirkte eher zufrieden.«

Sie sah zum Tisch hinüber. »Warum sind die beiden nicht getrennt worden?«

Thomas Wolf steckte sein Handy weg und sah sie streng an. »Was hatte ich gerade gesagt? Dafür gab und gibt es keinen Grund.« Er ging auf den Tisch zu und erwartete, dass sie ihm folgte. »Sie können sie jetzt befragen.« Er sah sie eindringlich an. »Nur befragen.«

»Warum sind wir noch hier?« Karl Bornheims Stimme schnitt unangenehm sanft durch die Stille. Sein Sohn stierte Frederica durch glasige Augen an und lehnte sich langsam zurück. Er schien sich an der Unterhaltung nicht beteiligen zu wollen.

»Sie können jederzeit gehen, aber ich muss Sie eindringlich davor warnen, ohne unser Einverständnis das Hotel zu verlassen.« Sie sah ihren Chef an, der nicht von ihrer Seite wich. »So lange, bis wir jegliche Gefahr für Sie ausschließen können.«

»Und welche Gefahr soll das sein?« Karl Bornheim schien die Situation langsam zu amüsieren. »Bis auf ein paar Polizisten, die inkompetent in den Ecken herumstehen, scheint nicht viel zu passieren.« Er stand auf und nickte seinem Sohn zu. »Mein Fahrer wartet vor der Tür. Wir sind in der Lage, unsere Angelegenheiten selbst zu regeln.«

Frederica stellte sich ihm in den Weg, was ihn noch mehr zu erheitern schien. »Interessante Wortwahl, Herr Bornheim. Es sind also Ihre Angelegenheiten, die uns hier gerade beschäftigen?«

Jetzt lachte er laut auf. Seine buschigen Augenbrauen tanzten auf und ab. »Mehr fällt Ihnen nicht ein? Als Gast Ihres Vorgesetzten ist das hier eine der denkwürdigsten Veranstaltungen, zu der ich jemals eingeladen wurde.« Er gab seinem Sohn ein Zeichen aufzustehen. »Auf Wiedersehen.«

»Ja, geh du nur, so wie du es immer machst«. Robert Bornheim blieb sitzen. Er verschränkte die Arme vor der Brust und stierte seinen Vater aus kalten Augen an. Er sprach betont langsam, wie um nicht über seine eigenen Worte zu stolpern. »Du nimmst dir, was du willst und wen du willst.« Er zog eine Grimasse. »Nein, du gehst nicht über Leichen. Du drehst dich einfach um und lässt sie liegen.«

Bevor Karl Bornheim etwas erwidern konnte, stellte Frederica sich zwischen Vater und Sohn. »Hat Ihr Vater auch Natascha so liegen lassen?«

Robert Bornheims Mimik nahm einen dümmlichen Ausdruck an. Erst jetzt schien er sie zu bemerken. »Was?«

»Sie gehen entschieden zu weit!« Der Vater ging um den Tisch und zog seinen Sohn am Arm hoch. »Herr Wolf, ich möchte Sie bitten, Ihre Angestellte aufzufordern, sich zu mäßigen.«

Robert schüttelte sich frei. »Mit dir gehe ich nirgendwo mehr hin! Lass mich in Ruhe! Martin und du, ihr habt sie auf dem Gewissen!« Er lachte schrill auf. »Ach ja, ich vergaß – du hast gar keines!«

»Robert, reiß dich zusammen! Das hier ist nicht der Ort, um deine kindischen Befindlichkeiten auszuleben. Ich habe deine Freundin nicht umgebracht und das weißt du auch. Du bist betrunken. Wir fahren jetzt nach Hause.«

Plötzlich sackte Robert in sich zusammen. »Und warum hattest du dann ihre Schuhe?«

Karl Bornheim richtete sich auf. »Rede kein dummes Zeug. Komm jetzt endlich!«

Robert setzte sich wieder, nahm sich eine der Rotweinflaschen und ließ den letzten Rest in sein Glas tropfen. Dann setzte er es langsam an den Mund. Er schien sich zu wundern, dass er nichts schmecken konnte, hielt sich das Glas vor die Augen und starrte konzentriert hinein. »Du hattest sie nicht versteckt. Sie lagen einfach in deinem Arbeitszimmer, fein säuberlich nebeneinandergestellt. Auf dem Stuhl vor deinem Arbeitstisch. Da sollte ich sie doch finden, oder? Aber keine Sorge, ich habe mir für sie eine gute Einsatzmöglichkeit ausgedacht.« Er sah lächelnd auf. »Damit hast du nicht gerechnet, nicht wahr? Dass ich den Spieß umdrehe und mir meine eigenen Lakaien suche?«

Frederica musterte den Senior. Trotz seiner Bemühungen, seine Mimik unter Kontrolle zu halten, konnte sie einen Zug der Ratlosigkeit in seinem Gesicht erkennen. Sollte er nicht wissen, worum es ging? Sie zog Nestor aus ihrer eingenähten Tasche und hielt ihn Robert entgegen. »Ich glaube, der gehört Ihnen.«

Robert schreckte vor dem USB-Stick zurück, als wäre es eine Giftschlange. »Woher haben Sie den?«

»Geschenkt bekommen. Wo ist Martin Terborn, Herr Bornheim?«

Er fixierte weiter den Stick. »Woher soll ich das wissen? Fragen Sie meinen Vater!«

»Ich frage aber Sie. Was haben Sie mit ihm gemacht?«

»Gar nichts! Ich will jetzt gehen.«

Frederica entging Karl Bornheims ironisches Lächeln nicht. »Schon wieder aus Ihrem Gewahrsam verschwunden? Da haben Sie Ihren Schurken. Ist es nicht immer der, der flieht?«

Sie sah ihm direkt in die Augen. »Deswegen haben wir den Fingerabdruck von Kio Akintola auf Natascha Grubers Sandalen gefunden. Er war für Sie gedacht.«

Diesmal war sein Erstaunen echt. »Für mich? Robert hat sie nicht ...«

»Er hat Natascha ermordet!« Robert Bornheim stand auf und baute sich dicht vor Frederica auf. Christian machte einen Schritt auf sie zu, aber Frederica machte ihm ein Zeichen, auf Distanz zu bleiben. »Hat mein Vater ihren Tod in Auftrag gegeben? Reden Sie schon, ich will es wissen!«

»Nein, das hat er nicht. Ihre Freundin wurde als Warnung umgebracht.«

Robert Bornheim glotzte sie ratlos an. »Als Warnung für mich? Aber ich wollte doch liefern!«

»Als Warnung für Ihren Vater. Mehr zu liefern. Deswegen mussten wir sie in der Bank finden. Und weil Kio Akintola, der mit dem Mord beauftragt wurde, dummerweise ein sexuell pervertierter Sadist war, musste ihre Freundin unnötigerweise lange leiden, bevor er sie endlich erwürgt hat.«

»Du dummes Schwein! Du arrogantes, dummes Arschloch! Konntest den Hals nicht vollkriegen. Erst musstest du Natascha vergewaltigen und dann hast du sie auch noch weitergereicht!«

Thomas Wolf würde sich nur in einer albtraumhaften Sequenz an diesen Abend erinnern, der ihn fast seine Karriere gekostet hätte. Mit einer flinken, grazilen Bewegung, die niemand dem betrunkenen Mann zugetraut hätte, griff Robert Bornheim hinter sich, nahm eine der Rotweinflaschen auf und schlug sie in einer einzigen ausholenden Bewegung seinem Vater an die Schläfe. Dieser sackte, ohne einen Ton von sich zu geben, in sich zusammen.

KAPITEL 35

»Hast du den Bericht fertig?« Christian sah Frederica über die Schulter, die nicht reagierte, sondern heftig weitertippte.

»Kann nicht mehr lange dauern, den Großteil wird Matthias' Abteilung liefern müssen.« Tanja saß zurückgelehnt an ihrem Schreibtisch und kämmte eine dunkle Langhaarperücke durch, die sie auf ihrem Schoß ausgebreitet hatte. »Dieser MAD-Typ Andreas Wenninger hat sich bei ihm im Büro einquartiert. In der Bank steht kein Stein mehr auf dem anderen.«

»Aber die Morde gehören uns.«

»Das Motiv für die Morde in der Schweiz, England und hier in Hamburg an Professor von Metzingen wird im Bereich der Wirtschaftskriminalität verortet. Karl Bornheim konnte den Hals nicht vollkriegen und hat an der gut gemeinten Bitcoin-Währung seines Sohnes herumdoktern lassen, bis er mit seinem Geldwäscheprogramm die ganz großen Fische angeln konnte.«

»Und der Köder war Natascha Gruber.« Frederica war fertig und nahm sich einen Schaumkuss. »Ein Callgirl, das von den Nigerianern angeheuert worden war, um auf Robert Bornheims Projektergebnisse aufzupassen. Und von der der Angler Karl Bornheim seine Finger nicht lassen konnte.«

Tanja begutachtete ihre Frisierkunst und setzte sich die Perücke wieder auf. »Urs Wendeler und Maggie Smiles sind wegen ihrer Programmteile umgebracht worden und um sie als Mitwisser zu eliminieren. Der Professor wollte ein größeres Stück vom Kuchen haben. Den Bitcoin 2.0 fertigzustellen und in London zu verkaufen, hätte die Produktionskette geschlossen und die Nigerianer wären nicht mehr in der Lage gewesen, ihre Geldwäsche virtuell zu betreiben, also zu verschleiern. Die Programmierungen aber derart weiterzuentwickeln, um ihre Praktiken zu augmentieren, wäre unbezahlbar gewesen. Claire Muller war wiederum die Einzige, die alle Teile zusammenfügen und das Programm in diesem Sinne endkonfektionieren konnte. Daher sollte sie erst entführt und danach wahrscheinlich ermordet werden. Ob Robert Bornheim davon etwas ahnte und sie in Sicherheit bringen wollte oder doch enger mit seinem Vater zusammenarbeitete, als er zugeben will, werden wir vielleicht nie erfahren.«

»Er leidet an Kastrationsangst. Ihm etwas wegzunehmen, bedeutet, ihn in höchstem Maße zu destabilisieren«, sagte Frederica. »Dass er sich in Natascha Gruber verliebt hat, war wahrscheinlich so geplant gewesen, um ihn besser kontrollieren zu können. Sie dann aber zu ermorden, hat ihn emotional völlig aus der Bahn geworfen und Ereignisse in

Gang gesetzt, die unweigerlich zu einem unbeabsichtigten Ende führen mussten.«

Christian sah sie erstaunt an: »Du wusstest, dass er dazu fähig war, seinen Vater zu töten?«

Frederica stand auf. »Sei nicht albern. Natürlich nicht. Wäre Robert nüchtern oder nur betrunken gewesen, hätte er es sicherlich nicht gewagt, seinen Vater anzugreifen. Hätte ich gewusst, dass er mit Diazepam vollgepumpt war, hätte ich …« Sie biss sich auf die Zunge. Hätte sie anders reagiert? Oder war sie nur davon besessen gewesen, schneller zu sein als ihr Gegner? Die sizilianische Eröffnung perfekt zu spielen, auf eine brillante Art? Sie streckte sich. »Wenigstens ist deinem Martin nichts passiert.«

Christian nahm den Köder an. »Er ist nicht mein Martin. Und er ist unschuldig.«

Tanja grinste ihn an. »Aber nur, weil der Junior so entsetzt über seine Tat war, dass er uns Terborns Aufenthaltsort nannte und wir noch rechtzeitig vor Ort waren, um ihn davon abzuhalten, ein paar nigerianischen Ex-Elitesoldaten die Gesichter zu verätzen.«

»Wozu er alles Recht der Welt gehabt hätte. Aber gut, dass du mich erinnerst, ich muss Annabelle fragen, wie sie es schafft, unsere Kinder am Leben zu halten. Alle ereifern sich daran, dass jeder Idiot eine Anleitung für Bomben im Netz findet, aber was für Höllenwaffen unter jeder Spüle stehen, interessiert niemanden.«

»Dieses afrikanische Killerkommando wird auch nicht reden und unser ›Schurke null‹ wird wieder zu Hause sein.« Sie spielte betont verträumt mit ihren Locken. »Schade, dass wir das Gesicht dieses Typen nicht sehen, wenn er die Castafiore benutzt und feststellt, dass wir ihm einen Trojaner aufgespielt haben. Philip pinkelt seit Tagen in eine Flasche, um ja seinen Einsatz am Rechner nicht zu verpassen.« Ihr Telefon klingelte. Sie nahm den Hörer ab, zog die Stirn kraus und legte wieder auf. »Ihr sollt zum Chef.«

Maureen schien vom Erdboden verschluckt, als Frederica und Christian die Tür zu Thomas Wolfs Büro aufstießen. Sofort waren sie umhüllt von einer beißenden Wolke aus Zigarettenqualm.

»Setzen Sie sich!«, bellte ihnen ihr Chef hinter der Wolke entgegen. »Solange hier noch Stühle stehen. Ihnen wäre es jedenfalls nicht zu verdanken, wenn sie auch dort blieben.«

Frederica öffnete ein Fenster. Sofort teilte sich die Wolke und ihr missmutiger Chef kam hinter einem überquellenden Aschenbecher zum Vorschein. Frederica legte ihm einen Ausdruck ihres Berichtes vor. »Dass Karl Bornheim erschlagen wurde ...«

»... war Ihre Schuld«, antwortete Thomas Wolf brutal. »Ich war von Anfang an dagegen, Sie in den Polizeidienst zu holen, aber ...« Er griff zur Zigarettenpackung und zündete sich eine an. »Jedenfalls kann der Marquardt mich mal. Um meinen Arsch zu retten, muss ich zwangsläufig auch den Ihren retten. Und das schließt Ihren Allerwertesten mit ein, Herr Lauterbach!«

»Moment mal, was hab ich damit zu tun? Ich hab den Junior nicht angestachelt.« Er schielte unsicher zu Frederica. »Nichts für ungut, aber ich hatte hier nicht die Leitung. Tatsächlich gehöre ich nicht einmal mehr zur Abteilung!«

»Das ist richtig«, stimmte Wolf zu. »Sie beide gehören nicht mehr in diese Abteilung, und zwar ab sofort.« Er zog seelenruhig an seiner Zigarette.

Frederica gönnte ihm den Triumph nicht, den er bei einer Antwort gefühlt hätte, und blieb stumm. Sie sah ihn nur ruhig an und schob mit einem spitzen Zeigefinger den Aschenbecher von sich weg. Amüsiert stellte sie fest, dass seine Augen unruhig flackerten. Er betonte ihren Titel. »Kein Kommentar, Frau Dr. Moll?«

»Sie werden uns sicherlich gleich mitteilen, was Herr Marquardt entschieden hat.« Befriedigt stellte sie fest, dass es ihn ärgerte, wie sie ihm seine Entscheidungsbefugnis absprach.

»*Ich* habe, zusammen mit Herrn Marquardt, entschieden, dass Sie nunmehr ohne weitere Verzögerung die Leitung unserer neuen Cold Case Unit übernehmen werden.«

»Sie wird *befördert*?« Christian hatte sich nach vorne gelehnt und starrte seinen ehemaligen Chef ungläubig an.

»Das ist keine Beförderung«, antwortete Frederica, »sondern eine Abschiebung. Wahrscheinlich werde ich irgendwo in einem Keller nicht digitalisierte Akten durcharbeiten, bis ich mit einer Staublunge in die vorzeitige Rente geschickt werde. Sollte ich auf dem Weg dorthin noch einen oder zwei Fälle lösen, wäre das gut fürs Renommee, und wenn nicht, auch egal. Und jetzt darf ich mich entscheiden, ob ich diese Herausforderung annehme oder dahin zurückgehe, von wo ich gekommen bin. Habe ich so weit alles richtig zusammengefasst, Herr Wolf?«

»Aber wer wird denn … Es ist nicht so, als hätten Sie die Pension nötig, nicht wahr?« Er wandte sich an Christian. »Und weil Sie sich dort unten so ganz allein fürchten könnte, werden Sie mitgehen.«

»Ich werde keinesfalls …«

Frederica legte ihm beschwichtigend die Hand auf den Arm. »Es tut mir leid, aber nimm es erst mal hin, es muss nicht für immer sein.«

Wütend schüttelte er ihre Hand ab. »Dass du das ins Lächerliche ziehen musst, war ja klar. Aber ich liebe meinen Job. Und ich habe Verantwortung, eine Familie, für die ich sorge. Für dich ist das alles fremd. Aber für mich ist es meine Existenz.«

»Bitte keine Gefühlsausbrüche in meinem Büro.« Ihr Chef sah nervös zur Tür. »Wo ist eigentlich Maureen?« Er winkte beide nach draußen. »Es steht Ihnen beiden selbstverständlich frei zu kündigen. Wenn nicht, dann melden Sie sich am Montag bei der Hausverwaltung, sie wird Ihnen Ihre neuen Räume zuweisen.« Er begleitete sie bis zur Tür und hielt nach seiner Assistentin Ausschau. »Ach ja, nehmen Sie Frau Buchholz und ihre sabbernde Entschuldigung von einem Behindertenhund gleich mit, sie würde sowieso keine Ruhe geben.« Er sah sie erleichtert an, als wäre das Schlimmste überstanden. »Grüßen Sie Ihre Frau Mutter von mir.«

Stumm gingen sie den Flur hinunter. Was hatte sie sich eigentlich dabei gedacht, sich in den Fokus einer Mordserie zu stellen? Sie hatte jedenfalls ein Händchen dafür, die Fähigkeiten der Menschen um sie herum auf die Probe zu stellen. Ihre Unbestechlichkeit auszutesten. Ihren Willen zu fordern, für sie einzustehen. Sie wusste natürlich, woher diese menschliche Maßlosigkeit kam. Aber ließ sie sich überhaupt kontrollieren? Und wenn ja, wie? Von wem?

Frederica wartete, bis sich Christian etwas beruhigt hatte, und stieß ihm in die Seite. »Ich möchte dich was fragen.« Als er nicht reagierte, fasste sie es als Zustimmung auf. »Wenn du eine Million hättest, würdest du dann morgen kündigen oder mit mir die neue Abteilung leiten?«

Er blieb stehen und sah sie misstrauisch an. »Das sind zwei Fragen. Was meinst du mit leiten?«

»Genau das, was ich sage. Bisher sind alle unsere Schwierigkeiten daraus entstanden, dass einer von uns beiden der

Chef war und der andere sich übergangen gefühlt hat. Als du mein Vorgesetzter warst, bin ich auf eigene Faust losgezogen – an deinen Unfall musst du mich dabei nicht erinnern – und du bist missmutig hinterhergetrottet. Und jetzt haben wir noch weniger zusammengearbeitet. Also ist doch die logische Konsequenz, dass wir gemeinsam gleich viel zu sagen haben und uns die Kompetenzen aufteilen.«

»Wie aufteilen?«

»Das sehen wir dann. Würdest du das wollen oder lieber kündigen und die Million nehmen?«

»Deine Million?«

»Eine Million.«

»Also deine Million.«

»Ist das wichtig? Du kannst sie mir irgendwann zurückzahlen.« Sie knuffte ihn noch einmal. »Du grinst. Ist das ein Ja?«

»Das ist ein ›du spinnst‹. Glaub ja nicht, dass ich nicht weiß, was du hier für eine Nummer abziehst.«

»Funktioniert es denn?«

Er gab keine Antwort. Stattdessen öffnete er die Tür zu ihrem Büro. »Tanja, gut, dass du noch da bist. Nimm deine Perücken und dieses Ungetüm von einem Hund. Wir ziehen um!«

Kommissarin Moll ermittelt:

GMEINER SPANNUNG

WWW.GMEINER-VERLAG.DE
Wir machen's spannend

Anne Nørdby
Rot. Blut. Tot.
Thriller
512 Seiten, 13,5 x 21 cm,
Premium-Klappenbroschur
ISBN 978-3-8392-0430-6
€ 17,00 [D] / € 17,50 [A]

»Da war der Wolf. Er kam jede Nacht. Nebelgrau, mit
gelben Augen und mächtigen Pfoten. Er konnte seine
Krallen durch den Stoff seines Hemdes spüren. Sie
drangen in ihn ein. Der ganze Wolf drang in ihn ein …«

Nach 30 Jahren Haft kehrt ein entlassener Mörder
in seine alte Heimat auf die Insel Møn zurück. Alle
wissen, was der „Wolf von Møn" damals getan hat.
Als Leichen mit brutal auseinandergerissenen Kiefern
auftauchen, beginnt für die Super-Recognizerin Marit
Rauch Iversen und ihre Kollegen von der Kopenhage-
ner Mordkommission eine Menschenjagd.

GMEINER SPANNUNG

WWW.GMEINER-VERLAG.DE
Wir machen's spannend

Martina Parker
Aufblattelt
Gartenkrimi
458 Seiten, 13,5 x 21 cm,
Premium-Klappenbroschur
ISBN 978-3-8392-0326-2
€ 18,50 [D] / € 19,00 [A]

»Hast schon gehört?«
»Was meinst?«
»Na die Sache mit dem jungen Grafen.«
»Was ist mit dem? Jetzt sag schon.«
»Er heiratet ein Mädchen von hier. Isabella Kirnbauer.«

Jeder im Bezirk wusste, wer der Isabella ihr Vater war.
Der alte Säufer. Und ihre Großmutter – über die sprach
man besser gar nicht. Das ist ja wie in der »Neuen
Post«. Nur besser, weil man im Südburgenland ist und
die Leute persönlich kennt. Und dass dann die Gegen-
braut auf der Hochzeit Blut spuckend zusammenbricht,
ist erst der Anfang der Katastrophe …

GMEINER SPANNUNG

WWW.GMEINER-VERLAG.DE
Wir machen's spannend

DIE NEUEN Lieblings-plätze

ISBN 978-3-8392-0154-1

AM INN

ISBN 978-3-8392-2730-5

AUGSBURG UND BAYERISCH-SCHWABEN

ISBN 978-3-8392-0155-8

FÜNFSEENLAND

ISBN 978-3-8392-0158-9

HARZ

ISBN 978-3-8392-0160-2

mit Hund
NORDSEEKÜSTE NIEDERSACHSEN

ISBN 978-3-8392-0159-6

LÜNEBURGER HEIDE

ISBN 978-3-8392-0161-9

NIEDERRHEIN

ISBN 978-3-8392-0163-3

OSTSEE MECKLENBURG-VORPOMMERN

ISBN 978-3-8392-0164-0

OSTSEE SCHLESWIG-HOLSTEIN

ISBN 978-3-8392-2626-1

SACHSEN

ISBN 978-3-8392-0156-5

Für Senioren
BODENSEE

ISBN 978-3-8392-0157-2

Für Senioren
NORDSEE SCHLESWIG-HOLSTEIN

ISBN 978-3-8392-0166-4

SÜDLICHE WEINSTRASSE UND PFÄLZERWALD

ISBN 978-3-8392-0166-4

SÜDTIROL

ISBN 978-3-8392-2838-8

USEDOM

ISBN 978-3-8392-0168-8

WIESBADEN RHEIN-TAUNUS RHEINGAU

GMEINER KULTUR

WWW.GMEINER-VERLAG.DE
Mensch, Kultur, Region